emery rose

Quando as estrelas caem

Traduzido por Paula Tavares

1ª Edição

2023

Direção Editorial:	**Revisão Final:**
Anastacia Cabo	Equipe The Gift Box
Tradução:	**Arte de capa:**
Paula Tavares	Bianca Santana

Preparação de texto e diagramação: Carol Dias

Copyright © Emery Rose, 2020
Copyright © The Gift Box, 2023

Todos os direitos reservados.
Nenhuma parte do conteúdo desse livro poderá ser reproduzida em qualquer meio ou forma – impresso, digital, áudio ou visual – sem a expressa autorização da editora sob penas criminais e ações civis.
Esta é uma obra de ficção. Nomes, personagens, lugares e acontecimentos descritos são produtos da imaginação da autora. Qualquer semelhança com nomes, datas ou acontecimentos reais é mera coincidência.

Este livro segue as regras da Nova Ortografia da Língua Portuguesa.

CIP-BRASIL. CATALOGAÇÃO NA PUBLICAÇÃO
SINDICATO NACIONAL DOS EDITORES DE LIVROS, RJ
Gabriela Faray Ferreira Lopes - Bibliotecária - CRB-7/6643

R718q

Rose, Emery
    Quando as estrelas caem / Emery Rose ; tradução Paula Tavares. - 1. ed. - Rio de Janeiro : The Gift Box, 2023.
    344 p. (Lost stars ; 1)

Tradução de: When the stars fall
ISBN 978-65-5636-277-9

1. Romance americano. I. Tavares, Paula. II. Título. III. Série.

23-84293   CDD: 813
            CDU: 82-31(73)

Para Jennifer Mirabelli.
Este livro não seria o que é sem você. Um milhão de
vezes obrigada. Beijos.

"Quando está escuro o bastante, dá para ver as estrelas."
Ralph Waldo Emerson

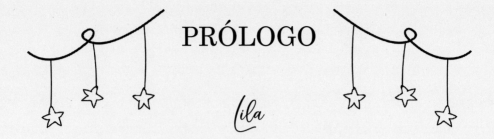

PRÓLOGO

Agarrei seus pulsos, meus olhos arregalados. Ele estava me sufocando com as próprias mãos, cortando o ar que ia para a minha traqueia.

Era assim que ia acabar?

Eu ia morrer nas mãos do homem que amava?

Mas não era ele. Este era um homem que eu não reconhecia. Seus olhos azuis estavam selvagens e desfocados, como se ele estivesse em outro lugar. Eu ofegava, lágrimas escorrendo pelo meu rosto.

Vi o momento em que ele registrou que eu estava no chão do quarto engasgada, com suas mãos enroladas no meu pescoço, impossibilitando-me de respirar. Soltou-me e sentou-se de volta em seus calcanhares, puxando as pontas do cabelo. Tentei respirar em meio à dor, minha mão se estendendo para esfregar meu pescoço machucado.

— Lila — disse ele, com a voz rouca. A lua estava tão brilhante esta noite que eu podia ver a dor gravada em seu rosto. — Porra. Lila. Sinto muito, querida. Sinto muito.

Ele me levantou do chão do cômodo, me puxou para seu colo e me segurou em seus braços, sua testa pressionada contra a minha. Suas lágrimas se misturaram com as minhas.

Como chegamos a esse ponto?

— Fale comigo — implorei, pela centésima vez desde que ele voltou para casa há um ano. Ingenuamente, eu acreditava que, quando ele chegasse, poderíamos retomar nossa vida regularmente programada. Eu estava errada. Errada pra caralho. Mesmo que estivesse tremendo por dentro, eu lutei no meio disso. Tive que perguntar: — Diga o que aconteceu com você — roguei novamente. — Por favor, Jude, estou te implorando.

Ele enterrou o rosto na curva do meu pescoço e não disse nada. Doía que ele não pudesse falar comigo sobre nada quando costumávamos confiar um no outro. Agora, eu estava andando sobre ovos. Constantemente à procura de seus gatilhos. Estradas de terra. Os fogos de artifício de Quatro de Julho. Um farfalhar na grama alta atrás do celeiro. Ele via perigo em lugares onde não existia.

E esta noite, tudo o que fiz foi envolver meus braços em torno dele enquanto ele dormia. Fiz isso por instinto, estendendo a mão para ele no meio da noite como fiz tantas vezes antes.

As noites eram as piores. As olheiras eram prova de sua falta de sono.

— Eu te amo — disse ele, as palavras arrancadas de sua garganta como se fossem dolorosas. — Eu te amo pra caralho.

— Te amo mais. Eu... Jude... — Agarrei-me a ele.

Não vá.

Não me deixe.

Mas eu sabia que ele já havia partido. Eu o perdi em algum lugar do outro lado do mundo.

— Precisamos encontrar alguém que possa ajudá-lo.

Ele não disse nada. Estava indo a um terapeuta, mas não estava ajudando. Convenceu-se de que ninguém poderia ajudá-lo. Desistiu. Eu podia ver a derrota em seus olhos.

— Sinto muito — ele dizia repetidamente. Continuava dizendo, como se assim tudo fosse ficar bem. Mas eu sabia que nada ficaria bem novamente.

Jude McCallister era o homem mais forte que eu já conheci. Ele sobreviveu a três missões no Afeganistão. Cinco anos de serviço ativo no Corpo de Fuzileiros Navais dos EUA. Ele levou um tiro na cabeça e sobreviveu. Guardei seu capacete no meu armário. Um enorme buraco rasgou o material, mas o Kevlar parou a bala e salvou sua vida. Minha foto foi gravada dentro daquele capacete e ele disse que me carregava com ele aonde quer que fosse.

Eu costumava pensar que nosso amor era forte o suficiente para sobreviver a qualquer coisa. Mesmo uma zona de combate.

Eu estava errada.

O que eu não contava eram os ferimentos que não deixavam cicatrizes. As partes quebradas que nenhum médico conseguiu consertar. Ele trouxe aquele inferno consigo para casa, e eu não tinha ideia de como ajudá-lo. Mas continuaria tentando.

Eu não poderia perder Jude.

Ele deveria ser meu para sempre.

Quando as estrelas caem

Jude

Sentei-me na beira do colchão e observei-a dormindo. Ela parecia tão pacífica. Linda pra caralho, seu cabelo castanho ondulado todo bagunçado e desgrenhado, seus longos cílios descansando nos vãos sob seus olhos. Aqueles olhos verdes, o mesmo tom de verde que a grama no prado. Meu olhar baixou para as marcas roxas em seu pescoço que eu havia colocado lá há dois dias. Ela usava maquiagem para cobrir, mas elas ainda estavam lá, claras como a porra do dia para todos verem. Nenhuma quantidade de maquiagem poderia esconder a verdade.

Eu tinha feito isso com ela.

Eu tinha infligido dor à pessoa que dizia amar acima de todas os outras.

Alguns meses atrás, quase quebrei seu pulso no meio de um terror noturno. Eu me odiava pelo inferno que a tinha feito passar. Os gritos, as acusações infundadas, a bebida e as vezes que não suportava ser tocado. Não era com isso que ela havia concordado. O amor não deveria ter que doer tanto. Ela tentou me convencer do contrário, mas estava cega para a verdade. E eu seria um maldito se continuasse a arrastá-la comigo. Lila era dura e forte, mas seu amor por mim a deixava fraca. Ela tinha ficado ao meu lado, passando pelo melhor e pior, quando deveria ter me dado um pé na bunda.

Inferno, ela deveria ter me deixado no dia em que fui para o campo de treinamento aos dezoito anos. Naquela época, eu achava que tinha tudo resolvido. Era tão arrogante. Tão confiante que era de ser forte o suficiente para lidar com qualquer coisa. Isso foi há apenas seis anos, mas parecia outra vida.

Agora, ela estava com medo de mim. Assustada por mim. Com medo de me deixar sozinho. Com medo de eu não chegar ao meu vigésimo quinto aniversário.

Olha o que você fez com ela, babaca. Você pode realmente esperar que ela te ame na alegria e na tristeza?

Ela merecia muito mais do que um psicopata que quase a sufocou até a morte. A lista de merdas que eu tinha feito a ela — a toda a minha família — era longa e imperdoável. Não apenas no ano passado, desde que eu estava em casa, mas os anos que passou esperando e se preocupando comigo enquanto eu estava fora lutando em uma guerra que ela me implorou para ficar de fora. Lila afirmava que não tinha feito nenhum sacrifício para estar comigo, mas isso era mentira e nós dois sabíamos disso.

Levantei-me e coloquei o bilhete na mesa de cabeceira; em seguida, saí do quarto antes que pudesse mudar de ideia. Eu esperava que ela entendesse que estava fazendo isso porque a amava. Era hora de libertá-la. Eu não podia ser o homem que ela precisava. Aquele homem se foi.

O sol estava começando a nascer enquanto eu me afastava. Saí de casa. Saí do Texas. Deixei minha família. E deixei o amor da minha vida. Se eu pudesse ter rastejado para fora da minha própria pele, e da minha cabeça, eu os teria deixado para trás também.

Aumentei o volume de um rock clássico, *Carry On Wayward Son*, e dirigi.

Levantando a garrafa de uísque até os lábios, tomei um longo gole.

— Você se fodeu, McCallister. — Virei a cabeça para olhar meu colega Reese Madigan, sentado no banco do passageiro do meu Silverado. Ele esfregou a mão sobre seu corte batido, sua outra mão tocando no ritmo da música. Reese adora essa música. Ele costumava soltar a voz ao plenos pulmões apenas para irritar a todos. O cara tinha a pior voz de todas cantando. Não conseguia acompanhar uma melodia nem que sua vida dependesse disso. — Você deveria saber.

— Ele era apenas um menino — argumentei. — Jogamos futebol com ele. Dei-lhe doces. Como eu poderia saber?

— Você está me dizendo que não viu o celular? Você viu, mas hesitou, não foi?

Limpei o suor da testa com as costas do braço. Meu coração estava martelando contra minha caixa torácica, medo e pavor rastejando pela minha espinha.

Verifiquei o banco do passageiro novamente. Reese se foi. Porque Reese estava morto pra caralho. Eu estava falando com homens mortos agora.

Tomei outro gole de uísque. E continuei dirigindo.

Ela estaria melhor sem mim. Minha garota era uma lutadora e era resiliente. Eu não acreditava mais em quase nada, mas ainda acreditava nela.

Quando as estrelas caem

Parte I

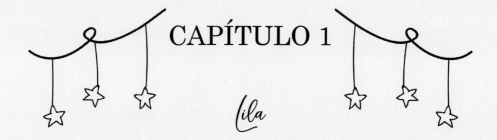

CAPÍTULO 1

Lila

— Por que eu tenho que usar um vestido ridículo? — resmunguei, enquanto minha mãe escovava os nós do meu cabelo. Fiz uma careta para o meu reflexo no espelho. O vestido de verão era amarelo com flores brancas bordadas. *Flores*. Quero vomitar.

— Porque os McCallister nos convidaram para um churrasco.

Os McCallister moravam perto da nossa nova casa, então acho que isso os tornava nossos vizinhos. Ontem, Kate McCallister passou para nos dar as boas-vindas à vizinhança e descobriu-se que ela e mamãe se conheceram na faculdade. *Mundo pequeno*, elas disseram, rindo e se abraçando como amigas afastadas há muito tempo.

— Não consigo ver por que deveria importar o que eu visto.

— Pare de ser resmungona — mamãe provocou, dividindo meu cabelo em três partes para que pudesse trançá-lo. Ela estava sorrindo. Ela sorria desde que Derek concordou em deixar Houston e se mudar para Cypress Springs, uma pequena cidade em Texas Hill Country. Mamãe era enfermeira e começaria em seu novo emprego na próxima semana. Derek era eletricista e, como trabalhava por conta própria, não importava onde morássemos, ele poderia trabalhar em qualquer lugar.

— Dois dos meninos são da mesma idade que você — disse ela. — Talvez vocês possam ser amigos.

— Duvido. Não quando eles me virem neste vestido. Eu pareço idiota.

— Você está bonita. — Ela puxou a ponta da trança francesa que acabara de prender no meu cabelo. Meus olhos encontraram os dela no espelho. Eram do mesmo tom de verde que os meus e nós duas tínhamos cabelo castanho-escuro ondulado. Todo mundo dizia que eu era a cara dela.

Parei e pensei no que ela disse.

— Espere um minuto. Como os dois podem ter a minha idade? — Meus olhos se arregalaram. — Eles são gêmeos?

— Não. Eles são primos.

— Ah. — Meus ombros caíram em decepção. Gêmeos pareciam muito mais divertidos. Eles podiam enganar as pessoas fingindo ser um ao outro.

— Bem, não é que você está bonita como uma pintura? — Derek disse com um sorriso.

Forcei um sorriso, embora ainda estivesse aborrecida por ter que usar vestido.

— Derek pode usar jeans e camiseta. — Fiz uma careta para os girassóis em meus chinelos enquanto nos dirigíamos para a porta da frente. Preferia usar meus tênis de cano alto Converse. — Como isso pode ser justo?

— A vida não é justa, querida — disse ele, com uma risada. — Você vai aprender isso em breve.

Não foi a primeira vez que ouvi isso, mas decidi parar de reclamar. Não mudaria nada. Esta era a nossa nova casa e minha mãe insistiu que eu iria adorar aqui. Ela fez parecer uma grande aventura. Mas não foi ela quem teve que deixar sua melhor amiga para trás. Girei a pulseira roxa da amizade em meu pulso várias vezes, me perguntando o que Darcy estava fazendo agora. Provavelmente nadando na piscina do nosso complexo de apartamentos. Suspirei com saudade, pensando no verão que havíamos planejado durante inúmeras festas do pijama. O verão que foi arruinado quando minha mãe anunciou que estávamos nos mudando.

Derek passou o braço tatuado em volta dos ombros da minha mãe e beijou o topo de sua cabeça enquanto nós três subíamos a estrada para os McCallister comigo bufando ao lado deles. Por sete anos inteiros, éramos apenas eu e mamãe, e era assim que eu gostava. Até que ela se casou com Derek há dois anos.

Agora que ela o tinha, eu me sentia deslocada.

A vida não é justa, querida.

Não é verdade?

Os McCallister viviam em uma grande casa de fazenda de pedra com uma varanda em torno em alguns acres de terra. Comemos na varanda dos

fundos com vista para um campo e um celeiro com colinas ondulantes à distância que Patrick McCallister disse pertencer a um rancho. Ele era um empreiteiro geral e possuía uma empresa de construção. A julgar pelo tamanho da casa deles e de toda a terra, tive a sensação de que eles eram muito mais ricos do que nós. Dentro de cinco minutos, os adultos estavam rindo e conversando como velhos amigos enquanto eu estava presa na mesa das crianças com os meninos. Todos os quatro.

Com hambúrgueres, milho na espiga e salada de batata, aprendi algumas coisas sobre os meninos McCallister.

Número um: Jude McCallister era o garoto mais irritante do mundo. Um exibido e sabe-tudo, agia como se fosse o nosso chefe.

Número dois: o primo de Jude, Brody, tinha os piores modos dentre todos os garotos que já conheci. Ele mastigava com a boca aberta e comia sua comida tão rápido que você pensaria que era a primeira refeição que ele teve em anos. Quando Jude pegou outra espiga de milho, Brody golpeou sua mão com um garfo.

Número três: Brody tinha acabado de se mudar com a família no mês passado e nem sequer tinha conhecido seus primos antes disso. Eu não sabia a história completa, porque, quando perguntei onde sua mãe estava, Brody disse:

— Não é da sua maldita conta.

O que me deixou chocada e em silêncio. Uma criança de nove anos não deveria cuspir e eu disse a ele.

— Eu não tenho nove anos — disse, com a boca cheia de comida. — Eu fiz dez no dia dez de abril.

— E eu farei dez anos em vinte de agosto — disse Jude. — Quando é o seu aniversário?

— Cinco de maio — soltei, relutante. Eu tinha acabado de completar nove anos, o que significava que ambos eram mais velhos do que eu. Jude, o sabe-tudo, foi rápido em fazer as contas.

— Você é nove meses mais jovem do que eu e treze meses mais jovem que Brody.

Como se isso os tornasse muito superiores. Não tornava. Ambos estavam indo para a quarta série, assim como eu.

Gideon tinha seis anos e tudo o que ele queria fazer era entrar e assistir filmes, mas seus pais não permitiram. Então ele estava de mau humor. Jesse, o bebê da família, tinha quatro anos e era adorável de todas as formas. Ele era fofo, engraçado e nos fazia rir das coisas bobas que dizia.

Quando as estrelas caem

13

Agora todos nós tínhamos terminado de comer — exceto Brody, que estava em sua terceira porção de bolo de morango — e os adultos nos disseram para sair e brincar. Brody queria andar a cavalo, mas não tínhamos autorização para fazer isso sem a supervisão de um adulto, então tivemos que criar nossa própria diversão. Foi assim que acabamos no campo atrás da casa jogando futebol.

— Você não vai alcançá-la — disse Jude, o sabichão.

— Brody acabou de pegar. Eu também consigo. — Olhei para Brody. Ele era muito menor que Jude e meio magro. Tinha joelhos ossudos, cotovelos afiados e cabelo loiro-escuro. Mesmo que tivesse o mesmo sobrenome, não se parecia com o resto dos meninos McCallister de olhos azuis e cabelo castanho.

Jude balançou a cabeça.

— Brody é dureza. Ele está acostumado a pegar a bola de futebol. Você é uma menina. De vestido — zombou, jogando a bola no alto e pegando-a nas mãos.

— Você vai levar um sacode — disse Brody, arrancando uma casquinha do joelho. O sangue escorria por sua panturrilha. *Nojento*.

— Isso se você conseguir pegar a bola — ameaçou Jude.

Eu não estava ansiosa para a quarta série na minha nova escola se isso significasse que eu teria que vê-los todos os dias. Jude estava enrolando, agindo como se fosse um grande problema, quando na verdade não era. Era apenas uma bola de futebol, não uma bomba.

— Apenas jogue a estúpida bola. Qual é o problema? Você está com medo de uma garota agarrá-la? — provoquei.

Jude bufou como se a própria ideia fosse ridícula.

— Você não vai agarrar.

Eu odiava o jeito que ele soava tão seguro, como se soubesse de tudo.

— Apenas jogue a estúpida bola — repeti, ficando mais irritada a cada minuto.

— Ok. Mas lembre-se: você pediu por isso.

Revirei os olhos, tirei meus chinelos e corri pelo campo, colocando distância entre nós, assim como Brody tinha feito.

— Já está longe o suficiente — gritou.

Eu o ignorei e continuei correndo. Ele não era o meu chefe. Quando estava pronta, parei de correr e me virei para encará-lo. Uau. Eu cobri alguma distância. Ele estava bem longe. Provavelmente não conseguiria nem jogar uma bola de futebol tão longe.

Eu sorri, imaginando a bola caindo no meio da distância. Isso iria ensiná-lo uma lição sobre se vangloriar.

— Vai doer — avisou Gideon, sem nem levantar a cabeça do gibi que estava lendo. Acho que ele ainda não sabia ler, então estava apenas olhando as imagens. Seus lábios estavam roxos por causa do picolé de uva em sua mão, suco escorrendo por seu braço.

— Isso se ela conseguir pegar. — Jude riu.

Eu a pegaria mesmo se isso me matasse. Além disso, duvidava que ele pudesse arremessar uma bola tão forte ou tão longe quanto diziam. A bola saiu de sua mão e voou em espiral pelo ar como um míssil direcionado diretamente para mim. O céu estava tão azul e eu estava olhando para o sol, o que tornava difícil ver a bola. A voz irritante de Jude estava gritando alguma coisa, mas não ouvi suas palavras. Eu estava muito focada em capturar essa bola. Concentrando-me como se minha vida dependesse disso.

Quando percebi, estava de costas, todo o ar arrancado dos meus pulmões. Havia um elefante sentado no meu peito dificultando a respiração ou até mesmo o movimento.

— Ela está morta? — Parecia a voz de Jesse. Um dedo cutucou minhas costelas. Eu me fingi de morta.

— Jude matou Lila? — Esse deveria ser Gideon. — Nós vamos ter tantos problemas.

— Vamos pegar outro picolé.

— Sim. Isso é chato.

Uma sombra bloqueou o sol em meu rosto. Abri os olhos e pisquei algumas vezes. Olhos azuis da cor das flores silvestres no campo fixaram-se no meu rosto, fios de um cabelo castanho muito longo caindo sobre a testa, as sobrancelhas franzidas.

— Você está bem? — Jude perguntou, sua voz mais suave do que antes, tingida de preocupação.

Ofeguei, tentando recuperar o fôlego para poder falar.

— Estou bem.

— Você pegou a bola.

Meus olhos se arregalaram de surpresa.

— Eu peguei?

Ele balançou a cabeça e me deu um sorriso que colocou covinhas em suas bochechas.

— Claro que sim — ele disse, e ouvi o orgulho em sua voz. Meu estúpido coração inflou como um balão. — E permaneceu com ela.

Quando as estrelas caem

Inclinei meu queixo para baixo para olhar para a bola de futebol que eu ainda estava segurando no meu peito. Agora era a minha vez de me vangloriar.

— Bem, claro que sim. Eu disse que conseguiria.

— Está escrito "sábado" na sua calcinha. — Brody apontou, e eu não conseguia decidir quem era mais irritante. Ele ou Jude. — Hoje é domingo.

— Abaixe seu vestido — Jude mandou, rispidamente, batendo na cabeça de Brody. — Não olhe para a calcinha dela.

Brody deu de ombros.

— Não é minha culpa que ela esteja usando um vestido para jogar futebol. Não é minha culpa que ela não troque de calcinha.

Eu certamente trocava minha calcinha todos os dias e abri minha boca para protestar. Mas Brody já havia se afastado e me calei, sem me preocupar em corrigi-lo.

Jurei nunca mais usar um vestido. Ignorando a mão estendida de Jude, levantei-me e alisei a saia do vestido estúpido.

— Não tem domingo — murmurei.

— O quê? — Jude perguntou.

— A calcinha. Há apenas seis no pacote. Eles pularam o domingo.

— Isso é errado.

— Sim. — Minhas bochechas coraram de calor. Isso foi tão embaraçoso. Procurei algo para fazer, além de jogar futebol. Minhas mãos ainda doíam de pegar a bola e meu peito ainda sentia a batida, mas eu não ia admitir isso.

— Quer correr? — No ano passado, fui uma das corredoras mais rápidas da terceira série e sabia que poderia vencer Jude e Brody, mesmo de vestido e descalça. Isso mostrava o quão confiante eu estava.

— O que vamos apostar? — Brody quis saber.

— A pergunta é: o que você está disposta a perder? — Jude sorriu para mim.

Tão. Chato.

— Já que você vai perder, vamos melhorar. — Na minha cabeça, eu estava repassando uma lista dos meus bens mais valiosos, pronta para oferecer um deles ao vencedor. Como eu seria a vencedora, não teria que me desfazer de nada.

Jude inclinou a cabeça e estudou meu rosto.

— Verdade ou desafio?

— O quê?

16 **emery rose**

— Escolha um.

— Desafio — eu disse rapidamente, sem nem mesmo parar para pensar. Jude e Brody também escolheram desafio, grande surpresa. Nós nos alinhamos e Jude verificou se nós três estávamos quites.

Então ele estalou os dedos como se tivesse acabado de se lembrar de algo.

— Ah, ei, você não tem medo de crocodilos, tem?

Procurei em seu rosto por sinais de que ele estava brincando, mas ele parecia muito sério.

— Eu não tenho medo de nada — afirmei, bravamente. Eu só tinha medo de uma coisa. Tempestades. Mas não ia dizer isso a ele. — Por quê? — perguntei, imediatamente desconfiada. Procurei um pântano ou o que quer que fosse onde os crocodilos viviam, mas não vi nenhum.

— Apenas certifique-se de vencer e não terá que se preocupar com isso.

Segui seu olhar até a cerca no fundo do campo. Nossa linha de chegada. Era bem longe, mas eu não estava muito preocupada com a distância.

— Tem certeza de que quer fazer isso? — insistiu, me dando uma saída. Eu assenti.

— Tenho certeza.

— Você pode ter uma vantagem, por ser uma garota e tudo mais — Jude ofereceu.

— Não, obrigada. — Cruzei os braços sobre o peito e mantive os pés plantados no chão. — Vou ficar onde estou.

— Você não está usando sapatos — Jude declara, apontando o óbvio.

— E daí?

— Isso torna a corrida injusta.

— Você só está com medo de ser derrotado por uma garota. Estou bem aqui. Mesmo sem sapatos.

Jude olhou para mim por um minuto, então tirou os tênis e as meias para ficar descalço também. Brody fez o mesmo. Olhei para seus pés.

— Agora está justo — disse Jude, e fiquei surpresa por ele se importar em jogar limpo, mas a maneira como ele disse isso me fez pensar que era importante para ele.

— Em suas marcas, preparar, já!

Eu saí como um tiro e pude ver pelo canto do olho que estava na liderança. Corri mais rápido do que nunca. Meus pulmões queimando, pernas e braços bombeando. A grama áspera e pequenas pedras cravaram nas solas dos meus pés, mas ignorei a dor e me forcei a ir mais rápido. A cerca estava ao alcance dos meus olhos quando Jude me alcançou. Ele passou correndo por mim, tão rápido que senti o vento.

Perdi para Jude por um metro e para Brody por um pescoço. Quando cheguei aos meninos, Jude estava sentado em cima da cerca, parecendo descolado. Como se ele estivesse lá por horas e já estivesse entediado esperando. Ele não estava nem sem fôlego. Brody se jogou no chão e ofegou como um cachorro. Minhas pernas cederam e meus joelhos bateram no chão. Inclinei-me, minhas mãos plantadas no solo, e tentei respirar.

Parecia que eu ia vomitar.

Mamãe sempre disse que é importante ser uma boa perdedora, mas essa doeu. Deixou um gosto amargo na boca. E agora eu teria que pagar o preço.

— Então, qual é o desafio? — Eu mostraria a eles. Nunca recuaria de um desafio.

CAPÍTULO 2

Lila

Jude levantou o polegar sobre o ombro. Aproximei-me da cerca e olhei para o riacho logo acima do morro. Meu estômago caiu e engoli com força, tentando empurrar meus nervos para baixo.

— Eu e Brody iremos com você. — Brody balançou a cabeça em concordância e escalou a cerca, pulando do outro lado e descendo a colina até o riacho.

— Vou te mostrar o que você precisa fazer — disse Jude, pulando da cerca para ficar ao meu lado.

Olhei por cima do ombro para ver se nossos pais estavam assistindo, mas não conseguia vê-los daqui.

— Você precisa de ajuda para escalar a cerca? — perguntou.

Neguei com a cabeça. Eu não queria que ele pensasse que eu era um bebezão. Com um encolher de ombros, Jude pulou a cerca, fazendo parecer muito fácil. Ele me olhou através das ripas do outro lado.

— Basta rastejar por aqui.

— Mas você não fez dessa maneira.

— Não importa como você chega ao outro lado, Marrenta. Desde que chegue aqui.

— Marrenta?

— Sim. Marrenta. — Ele fez uma careta para mim, e mordi o interior da minha bochecha para não sorrir. Eu gostava desse apelido. Me fazia parecer legal. — Tudo o que eu digo, você está sempre dizendo o contrário. É irritante.

— Você é muito irritante, Sr. Sabe-tudo.

— O que eu sei é que você vai ganhar uma farpa. — Ele olhou para minhas mãos enquanto eu segurava a madeira áspera. Ignorando seu aviso, levantei-me e então percebi que tinha um problema. Eu estava usando um vestido e precisava passar por cima da cerca para chegar ao outro lado.

— Vire-se — ordenei. — Não olhe.

Surpreendentemente, ele fez o que pedi. Usando toda a minha força, tentei me levantar e colocar uma perna por cima como ele tinha feito. Mas não foi tão fácil quanto parecia. Eu era muito pequena e meus braços não eram fortes o suficiente.

— Ai. — A madeira estava cutucando meu estômago. Não tenho certeza de como consegui ficar nessa posição com minha bunda para cima e meu corpo dobrado sobre a cerca. Todo o sangue subiu à minha cabeça e meus pés estavam pendurados para um lado, meus braços do outro. Estendi meus dedos como se pudesse tocar o chão daqui de cima.

Ouvi Jude rindo.

— Marrenta. Isso não é maneira de escalar uma cerca. Ponha seus pés de volta no outro lado e rasteje como eu disse.

Eu ouvi? Claro que não. Em vez disso, deslizei por cima, levantei as pernas e mergulhei no chão. O que me deixou esparramada a seus pés, com ele rindo, e todo o vento me deixou sem fôlego. Ele estava rindo tanto que se curvava.

Quando finalmente parou de rir, me ajudou a ficar de pé e olhei para os arranhões em meus joelhos, limpando as mãos e escondendo as evidências ao segurá-las atrás das costas.

— Qual é o tamanho da farpa?

— Não tenho uma — menti.

Ele apenas levantou uma sobrancelha, não acreditando em mim nem por um minuto.

— Temos permissão para estar aqui? Estamos invadindo.

Jude sorriu, malícia dançando em seus olhos azuis.

— Isso é o que torna um desafio.

— Ah. Certo. — Afastei meus medos e o segui até o riacho onde Brody estava pulando pedras, um pedaço longo de grama pendurado no canto da boca como um cigarro.

Jude desenrolou uma corda que estava enrolada no galho grosso da árvore e a estendeu para mim.

— Você tem que balançar o mais longe que puder sobre a água e depois voltar. Fácil.

— Cuidado com os crocodilos — disse Brody, olhando para a água marrom e verde cor de esgoto. O riacho era largo, a água correndo entre duas margens de terra com grama rala e cascalho solto.

— Tivemos muita chuva. Às vezes o riacho fica inundado — disse Jude, coçando a cabeça como se estivesse confuso com alguma coisa. —

Não tenho certeza de como os crocodilos encontram o caminho até aqui, mas eles encontram.

Houve um barulho alto e pulei para trás, minha mão sobre meu coração acelerado enquanto Brody se dobrava, rindo, uma grande pedra em sua mão do tamanho da que ele tinha acabado de jogar.

— Tenho certeza de que é hora da comida. Nhac, nhac — Jude provoca, movendo sua mão como se fosse a mandíbula de um crocodilo.

Arranquei a corda da mão de Jude e continuei dizendo a mim mesma que eles estavam mentindo. Só tentando me assustar. A corda era grossa e cheia de nós, e a estudei em minhas mãos, tentando descobrir como sair de onde estava, passar pela água e voltar. Engoli em seco, não querendo deixar transparecer que estava com medo e não tinha ideia de como fazer isso.

— Aqui — disse Brody, lutando para tirar a corda das minhas mãos. — Vou te mostrar como se faz.

— Se você quiser. — Dei de ombros, como se não fosse grande coisa. Mas, secretamente, estava aliviada. Feliz por não ter que ir primeiro.

Brody recuou até que a corda estivesse esticada, suas mãos envolvendo um dos nós. Então ele correu e pouco antes de chegar à beira da água, se levantou e enrolou as pernas em volta da corda, balançando descontroladamente acima do riacho com um braço levantado no ar enquanto gritava e gritava antes de voar de volta e cair de bunda, levantando uma nuvem de poeira que quase me sufocou.

Jude pegou a corda dele e o observei fazer a mesma coisa que Brody tinha acabado de fazer. Mas o estilo de Jude era diferente. Ele voou como uma bala de canhão, tão rápido que era um borrão e então ele estava de volta ao meu lado, ambos os pés plantados no chão, me oferecendo a corda. Tive a sensação de que não havia nada que Jude não pudesse fazer.

Mais tarde, eu descobriria que ele era um daqueles garotos bons em tudo, que faziam tudo parecer fácil. Mesmo quando não era.

Minhas mãos estavam suadas e eu não tinha certeza do que mais me assustava. Os crocodilos ou o medo de me envergonhar por não conseguir.

— Você sabe nadar? — Jude perguntou, sua voz baixa como se ele não quisesse que Brody ouvisse.

Eu balancei a cabeça e engoli em seco, apertando mais a corda.

— Se você está com medo, tudo bem — afirmou, calmamente.

Virei a cabeça para olhar para ele, tentando decidir se ele estava apenas sendo legal ou se estava tirando sarro de mim.

Quando as estrelas caem

21

— Eu não estou com medo.

— Ok. — Ele cruzou os braços sobre o peito e sorriu. — Se você diz.

Recuei para ter uma boa quantidade de espaço para dar um salto correndo. Se eu caísse, acabaria no riacho. De vestido. Com crocodilos famintos prontos para me comer. Mas eu não podia desistir de um desafio. Não agora que os meninos estavam observando e esperando para ver o que eu faria.

Então respirei fundo, corri e logo estava voando pelo ar. A corda escorregou das minhas mãos suadas e eu bati na água com um respingo e desci, desci, desci. Esse riacho era muito mais profundo do que eu esperava. Meus braços tremiam enquanto a corrente me levava embora.

Tomada pelo pânico, esqueci-me de nadar.

Braços se enrolaram ao meu redor e minha cabeça emergiu da água. Eu tossia, meu nariz queimando de toda a água que tinha inalado. Meu corpo se debateu, lutando para se libertar.

— Pare de lutar comigo.

Ele estava boiando, mantendo-nos acima da água, agarrando-se a mim lutando pela vida. Seu aperto era tão esmagador, que espremeu todo o ar dos meus pulmões e eu estava lutando para respirar.

— Deixe-me ir — chiei. — Eu sei nadar.

Ele soltou o controle, mas ainda sem largar.

— Você me enganou bem. Parecia estar se afogando.

— Eu não estava me afogando. Me solte.

Assim que minhas palavras saíram, Brody veio voando e pousou na água com um grande respingo que espirrou gotas de água em nossas cabeças.

Jude me soltou e retomei o controle, boiando enquanto os meninos faziam baderna, um afundando o outro e rindo. Eu não conseguia evitar, comecei a rir com eles. Todos os pensamentos de crocodilos famintos escaparam da minha cabeça.

Nos revezamos balançando da corda e caindo no riacho. Quanto mais vezes eu fazia isso, mais fácil era e mais corajosa eu ficava. Jude me alertou para cair na água na parte profunda ou eu me machucaria.

Desta vez, ouvi seu conselho.

— Jude McCallister! Você deve algumas explicações.

Puxei meu cabelo molhado da testa e olhei para a mãe de Jude, que estava do outro lado da cerca com as mãos nos quadris, um olhar em seu rosto que dizia que ela claramente não estava feliz. Minha mãe estava ao lado, com uma expressão parecida.

Estávamos muito encrencados.

emery rose

Nós três nos arrastamos até a varanda dos fundos para enfrentar nosso castigo, a água do riacho pingando de nossas roupas. Todos nós fomos questionados. Mantive meus lábios fechados. Eu não era uma dedo-duro, então não mencionei que era um desafio. Brody não disse uma palavra, apenas ficou lá parecendo entediado com a coisa toda.

Jude deu um passo à frente.

— Foi tudo minha culpa. Minha ideia. Eu os convenci. — Sua voz nunca vacilou, era forte e segura, seus ombros retos, enquanto se erguia diante dos quatro adultos que atuavam como nosso juiz e júri.

— Não foi culpa dele — disse Brody, dando um passo à frente. — Eu o desafiei a fazer isso.

— Na-não. — Não querendo ficar de fora, ocupei meu lugar bem no meio dos meninos. — Foi tudo ideia minha. Eu queria ver o que havia do outro lado da cerca. — Apontei meus polegares para os meninos. — Eles *me* seguiram.

Jude bufou.

— Eu não sou uma ovelha, Marrenta. Eu *lidero*. Não sigo.

— Eu também não sou uma ovelha e não te seguiria a lugar nenhum.

— Com certeza eu fui o primeiro a descer no riacho, esperando vocês dois — disse Brody.

Estávamos tão ocupados brigando sobre quem seguia quem que mal ouvimos nosso castigo. Os meninos fariam tarefas domésticas e eu também. Mas nem me importei. Valeu a pena.

Depois daquele primeiro dia, Jude, Brody e eu nos tornamos unha e carne. Passei mais tempo na casa dos McCallister do que na minha. Kate ficava em casa com as crianças e não trabalhava, então disse à minha mãe que ficaria mais do que feliz em tomar conta de mim também.

Essa não seria a última vez que teríamos problemas. Corremos soltos e livres, e no final do verão minha pele estava bronzeada em um marrom noz e meus braços e pernas estavam cobertos de cortes e hematomas.

Uma vez, Brody encontrou um ninho de vespas na lateral do celeiro e teve a brilhante ideia de que ele o esguicharia com a mangueira. Obviamente, irritou as vespas e elas nos perseguiram. Nós três fomos picados e meus braços e costas ficaram cobertos de vergões.

Esse foi o verão em que aprendi como andar a cavalo. Como pular pedras no riacho que não deveríamos estar nem perto. Como escalar uma cerca e balançar de uma corda. No Quatro de Julho, soltamos fogos de artifício no quintal e fizemos uma festa de fogueira. Roubamos uma cerveja da caixa térmica e nos escondemos no celeiro, passando e nos revezando. Só tínhamos tomado alguns goles cada quando o pai de Jude nos pegou e nos levou até a varanda. Minha mãe nos deu uma palestra sobre o consumo de bebidas alcoólicas por menores de idade e quantas células cerebrais acabamos de matar bebendo aqueles poucos goles de cerveja e mais uma vez fomos punidos.

Parecia que passamos a maior parte daquele verão descascando milho, batatas e limpando feijões, enquanto não dávamos ouvidos a mais uma palestra.

Certa noite, em agosto, convencemos nossos pais a nos deixar acampar em uma barraca no quintal dos McCallister. Brody dormia com uma lanterna e tive a sensação de que ele tinha medo do escuro, embora preferisse cortar o braço a admitir. Nós nos enchemos de porcarias e ficamos acordados até tarde contando histórias de fantasmas, passando a lanterna de um lado para o outro e segurando-a sob o queixo para tornar as histórias ainda mais assustadoras.

No meio da noite, acordei com o som de um trovão e corri para casa tão rápido que certamente teria vencido os meninos se fosse uma corrida. Mergulhei sob as cobertas de Jude no beliche de baixo, meu corpo tremendo, e ele e Brody se juntaram a mim não muito tempo depois. Jude dormia com os pés perto da minha cabeça e eu reclamava de como eles cheiravam mal. O que o levou a mover os pés para bem debaixo do meu nariz.

Secretamente, eu não me importava com seus pés fedorentos. Estava feliz por ele e Brody estarem dormindo no mesmo quarto que eu. Isso tornava a tempestade menos assustadora e eles distraíam minha mente contando piadas de picles que eram tão estúpidas que tudo que eu conseguia fazer era rir.

Eu nunca quis que aquele verão acabasse.

Mas, como todas as coisas boas, acabou.

CAPÍTULO 3

Jude

— O verão acabou. Ela vai voltar em breve — disse Brody, tentando tirar a mala das mãos da minha mãe. — Não quero que ela fique aborrecida se eu não estiver pronto para ir.

— Brody — minha mãe respondeu, com um sorriso suave. — Se sua mãe voltar, eu te ajudo a fazer as malas.

Suas mãos se fecharam em punhos.

— Não se. Quando. Você disse se.

— Sinto muito. Você tem razão — ela se desculpou. — Quando sua mãe voltar, vamos arrumar suas coisas. Mas até lá, você e Jude vão dividir um quarto e não precisamos dessa mala aqui, querido. Que tal movê-la para o sótão até que você precise dela?

— Sim, tudo bem. Eu acho — murmurou. — Posso montar Maple Sugar amanhã?

— Claro que pode. Você pode montá-la quando chegar em casa da escola.

Ela mexeu no cabelo dele como se fosse mais um de seus filhos e não seu sobrinho.

Eu não sabia onde Brody estava antes de ele vir morar conosco, mas logo após o fim de semana do Memorial Day, papai foi buscá-lo e trouxe-o para nossa casa. Ninguém teve notícias de sua mãe desde então. Mas ele continuava pensando que ela voltaria para buscá-lo. De vez em quando ele arrumava a mala para estar pronto para ela. Tive um mau pressentimento de que ela não voltaria e percebi pela expressão de mamãe que ela pensava a mesma coisa.

Eu tinha ouvido meus pais conversando sobre a irmã mais nova de papai, Shelby. Papai disse que ela se envolveu com drogas quando era adolescente e sempre foi problemática. Ele disse que Brody estava melhor morando conosco e que faria tudo ao seu alcance para garantir que pudéssemos mantê-lo aqui.

Mas eu não deveria saber nada disso, e não ia dizer a Brody que sabia coisas que ele não sabia. Ele sentia falta da mãe, acho, e não podia culpá-lo por isso. Eu sentiria muita falta da minha mãe se ela simplesmente se levantasse e me deixasse assim. Não era algo que eu poderia imaginar minha mãe fazendo. Ela nos amava demais e dizia isso o tempo todo.

Minha mãe nos abraçou e nos deu um beijo de boa-noite e Brody subiu no beliche de cima que costumava ser meu. Mamãe me fez dar a ele porque ela sabia que ele queria. Não vou mentir, isso me irritou. Tínhamos um quarto vago para o qual ele poderia ter se mudado, mas mamãe achou que ele ficaria com medo de dormir sozinho, então agora eu tinha que dividir.

Depois de certificar-se de que a luz noturna estava acesa para Brody, que alegou não ter medo do escuro, mas realmente tinha, mamãe apagou as luzes.

— Bons sonhos — ela disse, como sempre fazia antes que a porta se fechasse suavemente atrás dela.

— Jude? — Brody disse alguns minutos depois.

— Sim?

— Você não acha que minha mãe vai voltar, acha?

Enfiei os braços debaixo da cabeça e olhei para o beliche acima de mim, mesmo não conseguindo vê-lo. Minha mãe e meu pai sempre diziam que nunca se deve mentir. E, geralmente, eu me orgulhava de dizer a verdade. Mas algo em seu tom de voz me impediu de ser honesto.

— Claro que sim. Ela só precisava de férias, é tudo.

— Sim — ele disse, soltando um fôlego como se estivesse segurando, esperando minha resposta. — É o que eu penso também.

Ficamos quietos por alguns minutos e eu estava quase dormindo quando do ele disse:

— Você acha que Lila é bonita?

Eu bufo.

— Não.

Era a segunda vez naquela noite que eu mentia e não tinha ideia de porquê tinha feito isso. Só não queria admitir isso para Brody, eu acho. Lila Turner era muito mais bonita do que Ashleigh Monroe, e todos os meninos achavam que Ashleigh era a garota mais bonita da nossa classe. Mas a Lila era nossa amiga, era uma de nós, e minha para proteger.

Eu tinha decidido desde o dia em que a conheci, com medo de que ela se afogasse naquele riacho, que sempre estaria lá para resgatá-la e mantê-la segura. Então eu não queria pensar se ela era bonita ou não.

No dia seguinte, começamos a escola e Lila apareceu no ponto de ônibus de vestido. Eu poderia dizer pelo olhar em seu rosto que ela não estava feliz em usá-lo. Durante todo o verão, exceto naquele primeiro dia, ela usava shorts e camisetas. Então foi estranho vê-la em um vestido azul-claro com borboletas brancas por todo o lado. Seu cabelo havia sido escovado, o que era uma grande mudança em relação à aparência normal, e ela usava uma faixa na cabeça para mantê-lo afastado do rosto.

Ela parecia... uma menina. Eu estava olhando, minha boca aberta.

— Tentando pegar moscas? — perguntou.

Minha boca se fechou, mas eu ainda estava olhando. Não faço ideia do porquê.

— Pare de olhar para mim — retrucou, me dando uma cotovelada nas costelas. A garota tinha os cotovelos mais afiados do mundo. — Eu pareço estúpida — ela murmurou.

Acho que ela estava esperando que eu dissesse que não, mas o ônibus escolar parou na nossa frente e eu não falei uma palavra. Subi no ônibus na frente de Brody, que tentou me empurrar para fora do caminho para entrar primeiro. Não ia acontecer.

— Jude! — Reese chamou, suas mãos em concha na boca enquanto ele gritava para mim. — Guardei um lugar para você.

Sentei-me ao lado de Reese e fingi que não percebi que Lila estava sentada na frente sozinha. Brody esparramou-se em um assento na parte de trás, com os pés pendurados no corredor, o que lhe rendeu uma surra de alguns dos meninos mais velhos. Ele não recuou, então entrei para ajudá-lo e fui repreendido pelo motorista do ônibus por causar problemas. Isso foi apenas o começo do dia, e as coisas pioraram a partir daí, graças a Brody.

Na hora do almoço, todos os meninos da quarta série falavam sobre as calcinhas de dias da semana de Lila e diziam que ela nunca trocava. Derrubei Brody no playground e ele estava chutando e socando, rindo como uma hiena. Ele me deu um soco no rosto e o soquei de volta. Nós dois fomos enviados para a sala do diretor.

Naquela noite, fomos repreendidos na mesa de jantar.

— Brigar não é a maneira de resolver problemas — disse minha mãe, olhando para meu pai em busca de apoio. — Não é mesmo, Patrick?

Meu pai ergueu os olhos de sua tigela de chili.

— Tudo depende do motivo da briga.

Eu sorri. Brody sorriu. Ele era um idiota. Estava com um olho roxo e um lábio partido, mas não parecia se importar. Brody adorava brigar e, no pouco tempo que esteve aqui, já arrumou muitas brigas comigo. Agora ele pegou outro pedaço de pão de milho, passou manteiga e enfiou metade na boca.

— Patrick. Você deveria estar me apoiando aqui.

— Parece que me lembro de uma vez em que briguei por você naquele bar...

— Patrick — minha mãe sibilou, olhando para ele. — Não podemos permitir que eles entrem em brigas.

Meu pai assentiu e murmurou que ela estava certa antes de se concentrar em Brody, que sempre observava meus pais como se fossem uma espécie alienígena. Ele não sabia quem era seu pai e não tinha crescido com um, então acho que tudo isso era novo para ele.

— Brody. Chega de espalhar fofoca, entendeu? Nesta casa, tratamos as moças com respeito. E isso vale para qualquer coisa que você diga e faça fora desta casa. Entendeu? — questionou meu pai, com a voz severa.

— Sim, senhor — disse Brody, uma expressão mal-humorada em seu rosto ao me olhar de lado.

— E Jude... — Meu pai olhou para o rosto da minha mãe e repetiu as palavras que ela sempre dizia. — Use suas palavras da próxima vez, filho.

Tentei manter o sorriso fora do rosto.

— Está bem.

— O que tem para sobremesa? — perguntou Gideon. — Posso assistir TV agora? — Era só com isso que meu irmão se importava. Sobremesa e TV.

— Posso tomar sorvete? — Jesse perguntou, rastejando no colo da mãe e batendo as mãos em suas bochechas antes de beijá-la. — Você é tão bonita, mamãe.

— Que charme.

— Isso significa que posso tomar sorvete?

Ela riu.

— Sim, vocês dois podem tomar sorvete.

— E eu? — Brody e eu dissemos em uníssono.

Os lábios da minha mãe pressionaram em uma linha plana. Ela não estava feliz conosco e eu sabia que o esporro ainda não tinha acabado.

— Vocês dois podem limpar a mesa e encher a máquina de lavar louça.

Empurrei Brody para fora do caminho e empilhei os pratos antes que ele pudesse chegar até eles. Ignorei minha mãe me alertando para fazer duas viagens. Eu poderia lidar com isso.

Brody fez cara feia, recolhendo os talheres e me esfaqueou com um garfo a caminho da pia, uma pilha de pratos nas mãos. Quando não reagi, ele me esfaqueou de novo, mais forte dessa vez. Rangi os dentes quando um prato caiu nos azulejos terracota e se quebrou aos meus pés.

— Meninos! — gritou meu pai, vindo ficar na nossa frente. Ele tirou a pilha de pratos das minhas mãos e os colocou na pia, depois cruzou os braços sobre seu peito largo e nos deu *o olhar*. Aquele que dizia que estávamos testando a paciência dele e, se não parássemos, o inferno iria acontecer.

— O que sua mãe disse? — ele me perguntou.

— Para fazer duas viagens — murmurei.

— Sem mesada para os dois neste mês. O dinheiro não cresce em árvores e esses pratos custam caro.

— Isso significa que não temos que fazer nossas tarefas? Já que não vamos receber mesada? — perguntou Brody, com a voz esperançosa. Como eu disse, ele era um idiota. Meu pai era um ex-fuzileiro naval e, quando estabelecia uma regra, você não discutia com ele, a menos que quisesse o dobro da punição.

Obviamente, meu pai disse:

— Isso significa que você fará o dobro das tarefas que costuma fazer. Agora faça o que sua mãe pediu. E tente não quebrar nada.

Eu exalei alto enquanto meu pai se afastava e então estreitava meu olhar em Brody. Ele jogou os talheres na pia, o aço inoxidável batendo contra o esmalte e voltamos para a mesa da fazenda para recolher os copos. O restante da família estava na varanda dos fundos comendo sanduíche de sorvete. Meu favorito.

— Sabe por que eu fiz isso? — Brody perguntou, enquanto eu lavava um prato e o entregava a ele, não confiando totalmente que ele faria o trabalho corretamente.

Dei de ombros como se não me importasse, não querendo deixar transparecer que estava curioso.

— Só para provar o meu ponto.

— Qual era o seu ponto?

— Você *gosta* da Lila.

Ele fazia parecer que eu estava apaixonado por Lila ou algo assim. Zombei dele.

— Não, eu não.

— Claro que não — ironizou. — É por isso que você me deu um soco na cara. Você quer ouvir a parte engraçada?

Quando as estrelas caem

29

— Não.

— Ela acha que foi você. — Ele rachou de rir por causa disso. Infelizmente, era verdade. Brody começou o boato e eu levei a culpa.

Ninguém parecia se importar que ela tivesse vindo atrás de mim e me chutado na canela. Só porque ela era uma menina, ela se safava. Como isso era justo? Quando eu ri na cara dela, isso só a deixou com mais raiva.

Suas mãozinhas se fecharam em punhos.

— *Vou dar um soco em você, Jude McCallister.*

— *Me dê um soco. Eu nem vou sentir, Minnie Mouse.*

Ela me deu um soco e eu ri ainda mais. Ela era tão engraçada quando ficava empolgada e às vezes eu apenas pegava no seu pé para ver o que ela faria. Deixar Lila toda irritada era uma das minhas formas favoritas de entretenimento. Ela nunca deixou de entregar.

Naquela noite, depois que Brody adormeceu, escondi todas as luzes noturnas no sótão onde ele nunca se aventuraria. Eu não sabia por que ele era um bebezão no escuro.

No meio da noite, ele acordou gritando, chorando e coberto de suor. Papai era o único que conseguia acalmá-lo. Nunca tinha visto meu pai tão zangado comigo como naquela noite e nem entendi por quê. Tudo o que fiz foi esconder as luzes noturnas. Foi vingança pelo que Brody tinha feito na escola, para não mencionar me fazer derrubar um prato. Parecia justo.

Papai me disse que Brody passou por muitas coisas ruins em sua vida e eu precisava ter isso em mente antes de pregar peças. Ninguém se preocupou em me contar que tipo de coisas ruins ele passou. Esperava-se que eu entendesse algo que não fazia sentido. Mas depois disso, certifiquei-me de que sempre tivéssemos uma luz noturna em nosso quarto.

Acho que se pode dizer que Brody era como um irmão para mim. Irritante pra caramba, mas ele era da família. Sempre que se metia em brigas na escola, o que era frequente, eu estava ao seu lado. Eu sempre lhe dava cobertura, sem perguntas. E sempre que precisava trabalhar em minhas habilidades de passe, ele passava horas no quintal comigo, demorando para pegar um passe sem reclamar uma vez.

E quanto a Lila… Brody estava certo, afinal. Eu tinha uma queda por ela. Mas demorei anos para admitir ou até mesmo perceber o porquê de agir daquela maneira perto dela. Em minha defesa, eu estava apenas tentando cuidar dela como faria com qualquer amigo.

O fato de ela ser uma menina tornava tudo muito mais complicado.

CAPÍTULO 4

Lila

— Jude Mccallister, você é a ruína da minha existência — gritei, deslizando para dentro do celeiro e fechando a pesada porta de madeira antes que ele pudesse me alcançar. Apoiando minhas costas contra a porta, eu ofegava pelo esforço de correr. A única razão pela qual o venci foi porque ele mancou depois de ser atingido por uma bolada. Serviu bem. Ele estava muito ocupado me causando problemas para manter os olhos no jogo. Não era típico dele ficar tão distraído, mas, quando chegou à base do arremessador, ele se redimiu.

Meu olhar pousou em Brody.

— Como é que você não estava no jogo?

— Tive que limpar o celeiro. — Ele estava mastigando um longo pedaço de palha enquanto selava Whiskey Jack, o cavalo quarto de milha em que praticava corridas de barris.

— Você está bem? — perguntei.

Ele encolheu os ombros. Na linguagem Brody, isso era um não. Algumas semanas atrás, sua mãe voltou e causou uma cena. Agora ela estava lutando pela custódia.

— O que você vai fazer?

Outro encolher de ombros seguiu a minha pergunta.

— Tio Patrick me disse para falar minha própria verdade. Mas não quero causar problemas para ela, sabe?

— Sim — eu disse, embora não soubesse. Não de verdade. — Você quer... quero dizer, você quer morar com sua mãe?

Ele balançou a cabeça e meu alívio foi instantâneo. Eu não queria que ele fosse embora, não queria que ele nos deixasse.

— Não quero que as coisas voltem a ser como eram. Mas eu quero que ela fique bem.

Assenti, sem saber exatamente o que dizer sobre isso. Patrick disse que sua irmã era uma mãe inadequada que não merecia seu filho. Eu concordei. Pelo que ouvi, ela foi uma mãe ruim. Trancou Brody em um armário e o deixou lá por dias sem comida nem nada. Ele acabou em um orfanato e, felizmente, a assistente social rastreou Patrick, que foi buscá-lo. Não sabíamos o que Shelby fez com o filho, mas acho que nada disso era bom porque minha mãe me sentou e me deu um sermão sobre drogas e como elas eram ruins.

— O que Jude fez agora? — perguntou, deixando claro que não queria falar sobre sua mãe ou a batalha pela custódia.

— Não importa. — Não era nada comparado ao que Brody estava passando e foi bom me lembrar de que as pessoas tinham problemas maiores do que os meus. Afastei-me da porta e caminhei até as baias, avaliando o Appaloosa preto e branco, Raven. Um cavalo selvagem, se é que um dia existiu algum. Brody implorou aos McCallisters para comprar este cavalo do dono do rancho e, como pagamento, estava fazendo tarefas extras.

— Se importa se eu for com você? — Eu normalmente não pedia permissão, mas, desde que Shelby apareceu, ele queria mais tempo sozinho e eu não queria me intrometer.

Seus olhos examinaram minha regata, shorts e Converse.

— Você precisa colocar um jeans.

— Eu vou ficar bem. — Não era a primeira vez que cavalgava de bermuda.

— Você pode vir comigo. Montei os barris.

Sorri com o convite.

— Sim, eu vi.

Ele estreitou os olhos em mim enquanto eu acariciava a cabeça de Raven. Os olhos do cavalo brilharam e ele relinchou, arremessando a crina e mostrando os dentes. Larguei a mão ao lado e dei um passo para trás.

— Esse não, Lila.

— Sou uma boa amazona. Posso lidar com ele.

— Ele fica maldoso e teimoso. Eu sou o único que pode montá-lo.

Normalmente, eu argumentaria se não fosse o fato de ser verdade. Kate chamou Brody de encantador de cavalos e disse que ele tinha um dom.

— Como você aprendeu a ser tão bom com cavalos? — Ninguém conseguia lidar com um cavalo como Brody. Aos quatorze anos, ele também não era o mesmo garoto maltrapilho que conheci. Ainda era magro e fino, mas tinha músculos agora. E também não passou despercebido pelas meninas da escola. As meninas babavam pelos meninos McCallister. Isso me irritava sem fim.

— Não sei. Só vem naturalmente, eu acho. Como Jude e esportes com bola.

— Sim. — Sorri, esquecendo que há poucos minutos eu estava chamando Jude de a desgraça da minha existência. Ele me irritava como ninguém. Mas, na real, o garoto tinha um dom quando se tratava de futebol americano. Ele jogava futebol americano, basquete e beisebol e era bom em todos eles. Não apenas bom. *Muito bom.*

Mesmo tendo apenas treze anos, a dois meses de quatorze, todos já diziam que ele estava destinado a chegar até os profissionais. Quando perguntei se jogar na NFL era o seu sonho, ele disse que não. Queria se alistar nos Fuzileiros Navais assim como seu pai havia feito. Era tudo o que ele falava. Às vezes eu queria que ele tivesse um sonho diferente. Não queria pensar nele lutando em uma guerra. Mas não lhe disse isso. Faria parecer que eu me importava com o que ele fazia. E não me importo. Nem um pouquinho.

Enquanto ajustava os estribos para minhas pernas mais curtas, Brody levou Raven para fora do estábulo e conversou com ele baixinho enquanto colocava as rédeas nele. As orelhas de Raven se ergueram como se estivesse ouvindo cada palavra.

Quando me virei para pegar o caixote e arrastá-lo para poder subir nas costas de Whiskey Jack, esbarrei em Jude. Ele ainda estava vestindo seu uniforme de beisebol azul e branco com manchas de barro e poeira nos joelhos. Mechas de cabelo castanho apareciam na parte de trás de seu boné virado. Ele cheirava a suor de menino e chiclete Double Mint.

— O que você está fazendo, se aproximando de mim desse jeito?

— Eu vou te dar um empurrãozinho.

Estreitei meus olhos nele.

— A última vez que você me deu um empurrãozinho, me jogou bem nas costas do cavalo.

Ele e Brody riram de fungar. Revirei os olhos e tentei empurrá-lo para fora do caminho, mas ele me bloqueou e não se mexeu um centímetro. Ele ficou tão mais alto que eu que tive que olhar para cima para ver seu rosto. Plantei as mãos em meus quadris e levantei minhas sobrancelhas.

— Você se importa?

— Vamos lá, Marrenta. Prometo que vou fazer com gentileza.

— Por que eu deveria acreditar em você?

— Já menti para você?

Eu bufei.

— Apenas cerca de um milhão de vezes. Você mentiu sobre os crocodilos no riacho. E tenho certeza de que, se pensasse um pouco, pensaria em muitas outras vezes em que mentiu.

— Bem, não estou mentindo agora. — Ele me deu um sorriso que eu sabia que era genuíno. Eu conhecia todos os seus sorrisos. Este era real e exibia seus dentes brancos e retos. Corri a língua sobre o aparelho transparente em meus dentes, contando os meses até que eles saíssem.

— Por que você está sendo tão legal de repente? Sua consciência culpada está te incomodando?

— Não tenho nada pelo que me sentir culpado.

— Você disse a Kyle Matthews que eu tinha piolhos. — Empurrei seu peito. Era como uma parede. Quando ele ficou tão grande e forte? — Outra mentira.

Ele deu de ombros e mastigou o chiclete em sua boca.

— Pensei ter visto algo se movendo em seu cabelo. — Ele levantou as duas mãos como se fosse inocente. — Um erro honesto.

Um erro honesto, uma ova.

— Ele não vai chegar perto de mim agora.

— Que bom. Eu não gosto do cara. Também não gostei da forma como ele estava olhando para você.

Brody ironizou. Jude e eu o ignoramos.

— Como ele estava olhando para mim?

— Não se preocupe com isso. — Cruzou os braços sobre o peito. — Vou cuidar de Kyle Matthews.

— Eu não quero que você *cuide* dele. Você não pode ficar mexendo com todo menino que olha para mim.

— Não posso? — perguntou, com aquele olhar presunçoso no rosto que me dava vontade de socá-lo. Pena que minha mãe me fez prometer que nunca mais iria socá-lo.

Olhei para ele.

— Não, não pode. Você precisa manter seu nariz fora das minhas coisas.

— Bem, veja só, não posso fazer isso porque você continua fazendo escolhas estúpidas.

Meu queixo caiu.

— Não faço escolhas estúpidas.

— Falar com Kyle Matthews é um excelente exemplo.

— Ele parece bom o bastante — eu disse, sem saber por que estava forçando o ponto. Eu não me importava em nada com Kyle Matthews, mas me irritava Jude pensar que ele poderia ditar com quem eu sairia ou não.

— Ah, espere. Você gosta de Kyle Matthews? Você tem uma *queda* por Kyle Matthews?

— E se eu tiver? — provoquei-o, apenas para ver o que ele faria. Era meu esporte favorito e ele sempre jogou junto.

— Bem, deixe-me dizer-lhe uma coisa. Mesmo que você tivesse insetos no cabelo, eu nem me importaria.

— Você não se importaria se eu tivesse piolhos?

— Não.

— O que devo dizer sobre isso?

— Obrigado seria um bom começo.

— Eu devo agradecer?

— Sim. — Ele me deu uma cara de "dã".

— Por quê? — perguntei, confusa.

— Porque, Marrenta... se um cara vale a pena... — Ele se inclinou para perto, perto o suficiente para que eu pudesse sentir o cheiro de seu hálito mentolado, e enrolou uma mecha do meu cabelo em torno de seus dedos, puxando-o suavemente. Era uma brincadeira, mas parecia outra coisa, principalmente com a forma como ele me olhava, seus olhos azuis mais escuros, focados na minha boca. Molhei meus lábios com a língua, notando o caminho que seus olhos seguiam e sua respiração ficava superficial. — Se ele *realmente* gosta de você, ele nem vai se importar se tiver que raspar a cabeça por sua causa.

— Isso... — Abanei a cabeça. Às vezes ele não fazia absolutamente nenhum sentido. Ele estava dizendo que gostava de mim? Gostar, *gostar* de mim? — Você é ridículo, sabe disso?

— Por que vocês dois não se beijam e acabam com isso? — Brody disse por cima do ombro.

Meus olhos arregalaram de horror.

— Eu não o beijaria se ele fosse o último menino do mundo.

— Claro que não. — Brody revirou os olhos e tirou seu cavalo do celeiro.

Eu o observei um minuto para ter certeza de que ele estava bem naquele cavalo malvado e teimoso. Foi um pouco esquisito, mas, em vez de controlá-lo, Brody deu-lhe a liderança, inclinando-se sobre seu pescoço e falando em seu ouvido, sua voz baixa demais para ouvir, como se ele realmente fosse um

Quando as estrelas caem

encantador de cavalos e aquele lá entendesse cada palavra. Não só isso, mas Brody estava montando sem sela. Raven não amava ser selado.

Quando tive certeza de que Brody tinha tudo sob controle, voltei meu olhar para Jude. Ele me deu um sorriso lento e preguiçoso que fez meu estômago virar.

Foi só nesse momento que percebi que meu melhor amigo/ruína da minha existência era lindo com sua pele bronzeada que fazia seus olhos azuis mais azuis e seu sorriso ondulado e maxilar quadrado se desatacarem.

Agora eu entendia por que as meninas se batiam tentando chamar a atenção dele.

Eu odiava isso. Odiava a maneira como falavam dele, o perseguiam e lhe entregavam bilhetinhos na escola. A maneira como Ashleigh Monroe virava seu cabelo loiro sobre o ombro e lambia seus lábios rosados sempre que ele olhava para ela.

Como eu poderia ter sido tão cega para não perceber o que estava bem na minha frente? Fiquei ali, olhando para ele como se fosse a primeira vez que o via.

— Agora, quem está mentindo? — questionou, antes de sair do celeiro com a última palavra. Ele *sempre* dava a última palavra, mas desta vez tudo o que eu podia fazer era olhar para a porta pela qual ele tinha acabado de sair, enquanto meu pulso acelerava e meu coração batia tão forte que eu podia senti-lo em minha garganta.

O que tinha acabado de acontecer?

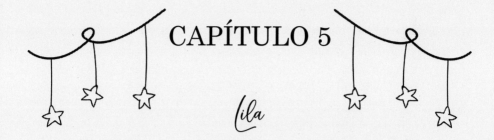

CAPÍTULO 5

Lila

— Apenas divirta-se. — Ouvi Kate dizendo à minha mãe ao telefone enquanto Jude dava nossas cartas. Ela estava no viva-voz para que pudéssemos ouvir minha mãe de onde estávamos na varanda dos fundos. Ela e Derek tinham viajado no fim de semana para comemorar seu sexto aniversário de casamento. — Você sabe que amamos receber a Lila. Ela é como um membro da família.

Aqueceu-me por dentro ouvir aquelas palavras. Eu gostava de pensar que era da família, como se fizesse parte de algo maior e tivesse um lugar especial na vida dos McCallister. Não me fazia sentir tão solitária sendo filha única. Não quando eu tinha quatro meninos que eram como irmãos para mim.

Kate saiu para a varanda dos fundos e me entregou o telefone. Tirei-o dela com um sorriso. Minhas mãos estavam grudentas da melancia que tínhamos acabado de comer, então coloquei o telefone na mesa de piquenique.

— Oi, mãe.

— Oi, querida. Tudo bem?

— Sim. Estou jogando poker com Jude e Brody.

— As apostas estão altas — disse Jude, observando meu rosto enquanto verificava minhas cartas. Aff. Era a pior mão de todas. Deitei-a na mesa de piquenique, de bruços. Eu ia perder. *De novo.* — Lila está prestes a perder suas nozes.

— Pena que ela não tem nenhuma. Já eu... Tenho para dar e vender — disse Brody, fazendo ele e Jude gargalharem e eu revirar os olhos para suas provocações estúpidas.

Estávamos usando nozes como moeda. Na semana passada, tentamos usar M&M's, mas continuamos comendo-os e não tínhamos nada para apostar depois da segunda mão.

— Já basta, meninos. Olhem os modos — disse Kate, balançando a cabeça e voltando para dentro da casa. Ela estava sempre dizendo a eles para se comportarem. Não que eles ouvissem.

— Estamos apostando nozes — esclareci à minha mãe antes que ela tivesse a ideia errada. Ninguém precisava ouvir mais uma de suas palestras sobre puberdade. Ultimamente, ela se encarregou de nos dar aulas de educação sexual que eram para lá de constrangedoras. — Vocês estão se divertindo?

— Estamos — disse ela, com a voz hesitante. — Derek e eu estávamos falando sobre sua adolescência.

Ah, não. Eu tinha ouvido algumas histórias sobre a adolescência de Derek e seus vinte e poucos anos. Ele era um motoqueiro *bad boy* sem direção real até que conheceu *um anjo que o ajudou a mudar de vida*. Essas foram as palavras dele.

— Quando eu chegar em casa, precisamos discutir práticas de sexo seguro.

Minhas bochechas coraram e fechei meus olhos, não querendo ver o olhar nos rostos de Brody e Jude. Uma das ciladas de ter uma mãe na profissão médica significava que nenhum tópico estava fora dos limites.

— Mãe, você está no viva-voz — sibilei, apontando um dedo para o botão que a tirava dele. Jude pegou o telefone da minha mão e o segurou no ouvido, sorrindo para mim.

— Ei, Caroline. É Jude. Se importaria se eu participasse dessa discussão?

Brody explodiu em gargalhadas.

— Eu também. Eu poderia usar algumas dicas.

Minhas bochechas estavam flamejantes. Minha mãe poderia me dar mais constrangimento?

Jude me devolveu o telefone enquanto Jesse e Gideon corriam até a varanda, deslizando no chão de azulejos, deixando poças em seu rastro dos aspersores pelos quais estavam passando. Felizmente, eles perderam a razão pela qual Jude e Brody ainda estavam rindo.

— Tchau, mãe. Estamos no meio de um jogo de cartas, então é, tenho que ir.

— Tá bom, querida. Seja boazinha e nos vemos amanhã. Te amo.

— Te amo também — murmurei, cortando a ligação e levando o telefone de volta para dentro de casa. Coloquei-o no balcão da cozinha e virei-o quando Jude entrou. Observei-o pegar um pote de conserva de uma prateleira alta no armário de carvalho. A bainha de sua camiseta verde subiu e expôs uma faixa de pele bronzeada.

— Ei — eu disse, enfiando meu cabelo atrás das orelhas, tentando agir de forma fria e casual.

Ele sorriu.

— Ansioso para a conversa sobre sexo com sua mãe. Não sei como ela vai superar a conversa de hormônios adolescentes. Como a puberdade tem te tratado, Marrenta?

Seus olhos baixaram para meus peitos. Que não eram realmente peitos. Eu ainda parecia um menino de dez anos e ainda nem tinha menstruado. Ao contrário de Ashleigh Monroe, que começou a dela no ano passado e tinha peitos.

— Melhor do que tem te tratado. Pelo menos não sou fedida.

— Eu não sou fedido — afirmou, ofendido. — Vamos lá. Me dê uma cheirada, Marrenta.

— Eu não quero cheirar você.

— Sim, você quer. — Ele se aproximou, me cercando. Minhas costas bateram na borda do balcão, seus braços me prendendo, então não tive escolha a não ser cheirá-lo. Ele não cheirava mal. Lembrava a grama recém-cortada e ao gel de banho com cheiro de madeira que usava. Ele cheirava a verão e menino. Nada mal. Mas fiquei um pouco tonta por estar tão perto dele, e não gostei nem entendi por que isso acontecia.

Este era Jude, o garoto mais irritante do mundo. Então, por que de repente parecia que eu não conseguia respirar com ele parado tão perto de mim?

— Marrenta.

— Sim? — Minha voz soou ofegante.

— A menos que você queira perder mais nozes, vai ter que melhorar essa sua cara de paisagem. — Ele franziu o rosto todo, uma tentativa patética de imitar minha expressão.

Como eu disse. *Irritante.*

Eu me abaixei sob seu braço e voltei para a varanda, sua risada me seguindo enquanto eu me jogava em uma cadeira de vime e inclinava meu rosto para pegar a brisa dos ventiladores de teto. Estava muito quente aqui fora no calor de agosto.

Brody estava comendo sementes de girassol e cuspindo as cascas por cima da grade. Ele estava com aquele olhar mal-humorado e triste em seu rosto que ficava às vezes.

Fazia duas semanas desde que Patrick obteve a custódia de Brody e ele não disse uma única palavra sobre isso. Eu queria perguntar como ele estava e o que achava disso, mas não tinha certeza de como fazer isso.

Enrolei um barbante da minha bermuda no dedo e puxei com tanta força que cortei a circulação enquanto meus olhos cavavam um buraco nas costas de Jude. Ele estava sentado no último degrau da varanda, abrindo buracos na tampa de um pote de vidro com o canivete suíço que ganhara de aniversário na semana anterior.

— Aqui está — Jude disse, entregando o pote para Jesse. — Seu próprio apanhador de vaga-lume.

— Legal. — Jesse sorriu para o irmão mais velho, um olhar de adoração em seu rosto como se Jude tivesse acabado de lhe entregar o sol, a lua e todas as estrelas no céu. Aos oito anos, Jesse ainda era o McCallister mais adorável e amável. — Obrigado, Jude.

— Não há de quê.

— Você tem que libertá-los — disse Brody, sua voz brusca. — Depois de admirar, você precisa abrir a tampa e deixá-los voar.

— Por quê? — Gideon perguntou, apontando o controle remoto para o carro de Fórmula 1 que ganhou em seu décimo aniversário. Ele correu pela varanda e parou antes que voasse pelos degraus.

— Porque nenhuma criatura viva jamais deve ser colocada em uma gaiola ou pote. Não está certo. Você ia gostar?

— Teria que ser um pote muito grande — Jesse disse, rindo com lufadas de ar e batendo na coxa como se fosse hilário.

— Você mantém seus cavalos em um estábulo — Gideon apontou, quando seu carro de corrida com controle remoto bateu no parapeito, as rodas girando.

— Sim, e eu também não gosto disso. Algum dia terei cavalos selvagens e muita terra para eles vagarem livremente.

Gideon entrou na casa, a porta de tela batendo atrás de si, o que fez Kate gritar de dentro da casa:

— Quantas vezes eu disse para você não bater a porta de tela? Às vezes, sinto como se estivesse falando com uma parede de tijolos.

Segurando o pote de vidro como uma bola de futebol, Jesse pulou da grade superior da varanda dos fundos e caiu de bunda.

— Quantas vezes eu disse para você não pular do parapeito superior — Kate repreendeu do outro lado da porta de tela. — Use as escadas.

Jesse sorriu e acenou para sua mãe, em seguida, correu pelo quintal em busca de vaga-lumes, embora fosse muito cedo para eles saírem. O sol estava se pondo sobre o campo, o céu de fim de verão riscado de rosa e laranja. O ar já estava começando a cheirar diferente. Como lápis recém-apontados e maçãs do pomar. Tínhamos apenas mais uma semana de liberdade antes do início das aulas e eu já estava triste por vê-la acabar.

O verão significava dias longos e quentes com partidas de beisebol durante todo o dia. Ficar acordada muito depois da nossa hora de dormir.

Saltar das rochas para a água fresca e verde da piscina. Eram os três meses do ano em que eu tinha meus meninos mais ou menos para mim. E era assim que eu gostava.

— Fiquem de olho em Jesse — Kate nos disse. — Estamos prestes a começar um filme. Será um milagre se passarmos dos créditos iniciais antes que seu pai adormeça.

— Se você escolhesse um filme de ação, eu ficaria acordado — resmungou Patrick.

Kate riu e suas vozes ficaram abafadas enquanto se dirigiam para a sala de estar para assistir a um filme.

Olhei de soslaio para Brody, pensando no que ele disse sobre os cavalos selvagens.

— Parece um bom sonho — eu disse. — Os cavalos selvagens e a terra.

Brody quebrou as sementes de girassol entre os dentes e não disse nada. Alguns dias era uma tarefa árdua tentar navegar por todos esses "hormônios masculinos".

— Qual é seu? — Jude me perguntou. — Você conhece o meu. Você conhece o de Brody. Qual é o seu sonho?

Meu sonho era que tudo ficasse exatamente como estava. Eu não queria que nada mudasse. Não queria que mudássemos. Mas eu não poderia dizer isso. Parecia burrice. Além disso, não era um sonho. Era um desejo. E nós já estávamos mudando. Eu via isso na maneira como Jude às vezes olhava para Ashleigh. Via isso na arrogância de Brody sempre que as garotas o observavam, e na maneira como ele piscava para elas ao passar, fazendo-as corar e rir.

— Não sei. Acho que quero fazer algo com a natureza. Tipo… ser paisagista ou algo assim.

— Isso é legal — Jude disse, e para variar, ele nem estava me provocando por nada.

— Por que você quer tanto ser fuzileiro naval?

— Quero lutar pelo nosso país. Quero fazer minha parte para proteger nossa liberdade. — Quando falava assim, parecia ter mais de treze anos, como se tivesse planejado o futuro. — Quero sentir que fiz a diferença — explicou, calmamente.

— Você só quer lutar — declarou Brody, jogando suas cartas viradas para cima. Eu olhei para a mão dele. Era um *full house*. — Pare de agir como se soubesse alguma coisa sobre guerra ou como seria ter uma arma apontada para você. Você não sabe nada sobre o mundo real porque vive neste

Quando as estrelas caem

41

mundinho perfeito e isso é tudo que você já conheceu.

Tendo exposto seu ponto, Brody pulou da varanda e se afastou. Olhei para suas costas, estupefata, e tentei descobrir o que tinha acabado de acontecer e por que as palavras de Jude o deixaram tão zangado.

Jude caminhou atrás dele e agarrou seu ombro, virando-o para encará-lo. Fui até os degraus da varanda e me sentei no de cima para poder observar.

— O que diabos foi aquilo?

Brody balançou a cabeça.

— Apenas falando a minha verdade, como seu pai disse que eu deveria fazer.

— Sua verdade? Você já esteve na guerra?

— Existem todos os tipos de guerra, Jude, e você não sabe nada sobre nada disso.

— Por que você não me diz, já que parece ser algum tipo de especialista?

Eles se enfrentaram, seus ombros se endireitaram, seus olhos se estreitaram como se estivessem prestes a arrancar a cabeça um do outro.

— Por que você está sendo tão duro com Jude? — perguntei a Brody. — Não é culpa dele…

Nenhum deles olhou para mim ou prestou atenção às minhas palavras, então não me incomodei em terminar minha frase. Eles estavam com raiva de algo que eu não sabia o que era. Não foi a primeira vez que os vi discordar. Eles brigavam muito em particular, mas, na escola e em público, sempre estiveram no mesmo time e sempre se defenderam.

Como Jude sempre dizia, eles eram uma família e a família sempre vinha em primeiro lugar. Era o lema dos McCallister.

— Pensei que você queria ficar conosco — Jude disse, sua voz baixa e com raiva. Tive a sensação de que o pensamento de Brody não querer ficar machucava Jude profundamente. Ele estava ferido, mas tentando não demonstrar. Era isso que os meninos faziam. Eles bloqueavam suas emoções. Patrick estava sempre dizendo a eles para "aguentarem". — Achei que você gostasse de morar aqui.

— Deixe-me colocar deste jeito. Eu tinha duas escolhas: merda ou mais merda.

— O que há de tão ruim em morar com a gente?

— Eu sou o vira-lata que sua família acolheu porque minha mãe está muito fodida para ficar limpa e meu pai… — Brody abaixou a cabeça e deixou sua frase no ar.

— E o seu pai? Achei que você não soubesse nada dele.

— Eu sei o suficiente.

Brody se virou para ir embora. Jude agarrou seu braço para detê-lo.

— O que você sabe?

— Essa é a questão de falar a sua verdade. Você acaba ouvindo a verdade de todo mundo e nem sempre é bonito.

— Onde está o seu pai? — Jude perguntou novamente, não querendo deixar isso passar.

— Prisão. Trancado em uma cela. Para o resto da vida. Feliz agora?

Ah, meu Deus. Meus olhos se arregalaram. Seu pai estava na prisão? Para *sempre*? Isso tinha que significar que ele tinha feito algo muito, muito ruim. Como matar alguém.

Atordoado com a resposta de Brody, Jude soltou o braço do primo. Pela primeira vez, Jude não tinha nada a dizer. Ele esfregou a nuca, um olhar no rosto como se estivesse arrependido, mas não sabia o que dizer ou fazer para melhorar isso.

— Sim — disse Brody, empurrando o peito de Jude. — Então pense nisso quando estiver lutando uma guerra pela nossa *liberdade*.

Com essas palavras finais, Brody virou-se e afastou-se.

— Brody. — Fui atrás dele, mas Jude agarrou meu braço e me impediu de ir.

— Deixe-o. Ele só precisa de um pouco de tempo sozinho. Ele vai voltar. — Jude soou tão seguro que eu quis acreditar nele.

Assisti Brody cruzar o campo e então ele pulou a cerca e o perdi de vista. Talvez Jude estivesse certo. Talvez Brody precisasse de espaço. Mas e se ele precisasse saber que estávamos lá por ele?

Cerca de uma hora depois que ele saiu, Kate veio até a porta de tela e pediu que fizéssemos Jesse entrar para sua hora de dormir. Nós o encontramos ao lado do celeiro, brincando com um pequeno lagarto verde que ele havia encontrado.

—Solte-o — disse Jude. — Coloque na grama.

— Mas o cortador de grama pode pegá-lo.

Então levamos o pequeno lagarto até a cerca e o soltamos na grama alta do outro lado dela.

— Tenha uma boa vida, Olhos Esbugalhados — disse Jesse, se despedindo antes de se virar e correr para a casa.

Jude e eu nos olhamos, ambos pensando a mesma coisa. Sem dizer uma palavra, subimos a cerca e fomos em busca de Brody.

Era anoitecer, os vaga-lumes estavam fora agora, cigarras chilreando alto enquanto seguíamos o riacho. Olhei para as colinas ondulantes e árvores do outro lado. Brody poderia estar em qualquer lugar.

— Talvez ele esteja no rancho em algum canto.

Tropecei no chão irregular, e Jude me pegou pelo cotovelo antes que meus joelhos batessem no chão, então entrelaçou minha mão na sua, que era maior, e me guiou pela margem do riacho. Olhei para as nossas mãos unidas. Era a primeira vez que demos as mãos assim. Parecia muito mais agradável do que eu imaginava.

Estar com Jude sempre me fez sentir segura. Como se ele pudesse me proteger de qualquer coisa. Ele me fazia sentir mais corajosa e eu gostava disso.

— Eu sei onde ele está — anunciou.

Caminhamos por mais dez minutos antes de enxergar Brody através das árvores, sentado em cima de um contêiner de carga vermelho-ferrugem.

Meu corpo se encheu de alívio por ele estar bem, mas, ao mesmo tempo, o ciúme deu as caras. Os meninos obviamente conheciam esse lugar, mas o mantiveram em segredo. Tirei a mão da de Jude.

— Você nunca me falou sobre esse lugar.

— Bem, agora você sabe — disse ele, com os olhos mirando meu rosto.

Lembrei-me do que ele tinha dito sobre a minha cara de paisagem e evitei o meu olhar para que ele não pudesse ver a mágoa.

— Tanto faz. Não é como se vocês tivessem que me dizer cada coisinha. — Magoada e irritada, segui em frente.

— Ei. — Ele puxou meu cotovelo e me girou para enfrentá-lo.

— O quê? — Cruzei os braços sobre o peito e bati o pé no chão.

— É uma espécie de local secreto do Brody. Ele gosta de vir aqui e apenas relaxar.

— Ah. Bem… Eu acho… — Mastiguei o lábio, ponderando. — Ele tem muito em que pensar.

Jude assentiu.

— Sim. Tem sido difícil para ele.

Olhei por cima do ombro para Brody e depois para Jude.

— Você acha que ele nos quer aqui?

— Não sei se ele *quer* que estejamos aqui, mas acho que ele *precisa* que estejamos aqui.

— Qual é a diferença?

Ele pensou um pouco antes de responder.

— Às vezes, pensamos que queremos uma coisa, mas o que precisamos é algo completamente diferente.

Às vezes, Jude era inteligente. Mais esperto do que você esperaria de um garoto irritante de quatorze anos. E às vezes ele não era nada irritante. Nem um pouco.

Ele ergueu o queixo.

— Vamos.

Fechamos a distância entre nós e Brody. Ele nos viu, mas não nos disse para irmos embora. Ele não disse uma única palavra.

Jude estava atrás de mim enquanto eu tentava descobrir como escalar o lado e chegar ao topo onde Brody estava. Escalada ainda não era meu forte. Antes que eu tivesse resolvido, suas mãos envolveram minha cintura e fui levantada do chão como se fosse leve.

— Agarre o corrimão.

Estendi a mão para o corrimão e segurei com as duas enquanto ele me dava outro impulso. Tocando o metal corrugado com a ponta dos meus tênis, eu me empurrei para cima e Jude escalou a parede de metal sem nenhum problema e sentou na beirada, com as pernas penduradas para o lado.

Tomei meu lugar entre os dois meninos e nós três ficamos sentados em silêncio. Não era o tipo ruim de silêncio. Era confortável. Como se nem precisássemos de palavras.

O céu escureceu e nos deitamos de costas sob um manto de estrelas. Jude sabia tudo sobre as estrelas e constelações e, em noites claras como esta, ele podia traçar com o dedo. Disse que era a Aurora Australis e aceitei sua palavra, porque astronomia era sua praia.

Uma vez perguntei a ele por que ele era tão obcecado pelas estrelas. Ele disse que era legal que estivessem a milhares de anos-luz de distância, mas que pudéssemos vê-las a olho nu. E que nosso planeta não passava de um grão de poeira para quem nos observava das estrelas. Eu disse a ele que isso me fazia sentir pequena e sem valor. Ele disse que era o contrário, que fazíamos parte de algo maior.

E acho que era assim que Jude encarava a vida, como se estivéssemos todos aqui com um propósito e fosse nossa responsabilidade fazer nossa parte. Ele realmente acreditava que, ao lutar por nosso país, estaria fazendo algo para um bem maior e que poderia proteger as pessoas que amava.

— Você sabia que as estrelas brilham mais forte aqui? — Jude questionou. — Por não ter poluição luminosa. Nas cidades, elas são mais difíceis de ver.

— É verdade — Brody concordou. — Eu nunca podia ver as estrelas onde eu morava.

Pensei em um céu sem estrelas e não poderia imaginar nada mais triste. Onde morávamos, o céu era maior. Os dias eram incrivelmente claros e o céu noturno era azul-escuro, tão escuro que dava para ver milhões de estrelas.

— É uma merda ser você — Jude brincou, uma tentativa de aliviar o clima.

— Sim — disse Brody, com uma risada, dobrando os braços sob a cabeça. — Acho que não é tão ruim aqui, afinal.

— Acho que não. Mas às vezes cheira a merda. Você sabia que o estrume de vaca é pior para a poluição do ar do que os carros? E quando peidam, emitem gás suficiente para alimentar um foguete.

Todos rimos e tudo voltou a ser como deveria. Mas, quando seus dois melhores amigos eram meninos, havia momentos em que ficava complicado. Eu queria ser um deles, mas, ao mesmo tempo, queria que vissem que eu era uma menina. Eu não gostava quando olhavam para outras meninas. Eu particularmente não gostava quando Jude olhava para outras meninas.

Mas acaba que esse seria o menor dos meus problemas.

Como Brody disse, havia todos os tipos diferentes de guerras, e havia algumas guerras que, não importa o quanto você lutasse, não poderia vencer.

Esse foi o ano em que tudo mudou.

Esse foi o ano em que uma palavra me colocou mais medo do que eu jamais pensei que qualquer uma fosse capaz de fazer.

Câncer.

— Vamos vencê-lo — Derek disse, com a voz soando convicção.

Minha mãe apenas sorriu enquanto ele a puxava para seus braços e beijava sua testa. Ela me alcançou e me puxou para dentro do círculo deles para que eu não ficasse do lado de fora olhando.

Eu gostaria que Derek tivesse câncer em vez de minha mãe. Fechei os olhos e apertei os lábios, sem dar voz aos meus pensamentos horríveis.

No entanto, não conseguia parar de pensar, com os anos passando e minha mãe perdendo a batalha, que desejava aquilo de todo o coração.

Mas alguns desejos não se tornam realidade.

CAPÍTULO 6

Jude

O jardim foi ideia de Lila, uma surpresa para a mãe, que vinha falando sobre o assunto desde que se mudaram para a casa, mas nunca tinham chegado a fazê-lo. Era o primeiro dia de nossas férias de primavera, e eu tinha chegado aqui cedo esta manhã, logo depois que Derek levou a mãe dela para a quimioterapia. Desde que cheguei, Lila estava mandona, dando ordens como um sargento. Agora ela voou para fora de casa e correu pelo quintal, batendo os braços como um pássaro furioso. Uma gargalhada irrompeu de mim. Não pude evitar. Ela parecia tão engraçada quando estava brava.

Depois que tirou a pá das minhas mãos, cruzei os braços sobre o peito, sentindo o calor de seu olhar furioso.

— Está tudo errado — lamentou ela.

Parecia estar à beira das lágrimas. Eu estava prestes a dizer a ela para cavar seus próprios canteiros malditos. Mas não faria isso. Era para Caroline, mas principalmente por Lila. Ela precisava disso e eu seria aquele que daria isso a ela. Mesmo que significasse suar minhas bolas no sol de abril e ouvir gritos da Minnie Mouse.

Respirei fundo para não perder a cabeça.

— Você disse que queria canteiros. Estou cavando canteiros de flores. — Olhei para baixo para todo o solo que tinha cavado. O espaço era um longo retângulo, exatamente como ela havia especificado e, até onde eu pude perceber, era quase perfeito. — O que há de errado nisso?

— Não consigo ver da janela do quarto dos meus pais. Isso é o que há de errado. — Seus ombros caíram, toda a luta desapareceu. — Minha mãe não vai conseguir ver as flores.

Não me preocupei em apontar que sua mãe teria uma visão clara da janela da cozinha ou que ela seria capaz de vê-las enquanto se sentava no deque de trás e bebia seu café como fazia todas as manhãs. Mantive a boca fechada e limpei o suor da testa com a parte de trás do braço enquanto Lila caminhava pelo quintal e parava a cerca de dez metros de onde eu estava cavando.

— Precisa ser aqui.

Teria ajudado muito se ela tivesse decidido isso antes de eu cavar um canteiro inteiro. Quando cheguei, foi aqui que ela disse que ele precisava estar. Enquanto eu cavava o quintal e removia as pedras do solo, ela usava uma espátula para fazer buracos para as plantas e flores. Então, perdemos horas de trabalho em algo que ela agora considerava totalmente errado.

— Tem certeza? — perguntei, antes de desenterrar mais de seu gramado. Não tinha tanta certeza se Derek ficaria feliz quando visse o que eu tinha feito com sua grama, mas, ao contrário de meu pai, Derek não estava preocupado em ter linhas retas ao cortá-la. Eu nunca tinha notado isso antes, mas hoje realmente me incomodou quando vi suas linhas irregulares como se ele realmente não desse a mínima para a aparência. Fiquei tentado a cortar a grama sozinho, para que Caroline tivesse linhas retas para olhar. Era assim com um monte de coisas em sua casa.

Eu já tinha feito uma lista mental de coisas que consertaria. Lubrificante para as dobradiças da porta que rangem. O deque precisava ser repintado e a tinta das grades estava descascando. A grelha Weber no deque estava enferrujada e suspeitei que ele nem a mantinha coberta. Eu não era um grande fã de Derek e também não achava que meus pais fossem, mas nenhum de nós jamais diria uma palavra. Todos nós adorávamos Caroline, e Derek era o padrasto de Lila. Portanto, embora ele estivesse sempre olhando por cima do ombro e eu não confiasse nele, precisava manter minhas opiniões para mim mesmo.

— Tenho certeza. É para lá que tem que ir — respondeu Lila, referindo-se ao local onde deveria estar o canteiro.

Tirei meu boné, passei a mão pelo cabelo suado e o coloquei para trás. Seus lábios se curvaram em um sorriso que me pegou desprevenido. Não foi a primeira vez que notei como minha melhor amiga era bonita ou como seus olhos eram verdes ao sol ou como seus lábios pareciam carnudos e beijáveis. Mas havia algo em seu sorriso neste momento que fez meu peito apertar.

— Para que esse sorriso?

— Você... — ela disse suavemente, rindo um pouco, seus olhos baixando para seus tênis brancos sujos. — Obrigada por fazer isso. E obrigada por me aturar. Eu sei... — Ela ergueu os olhos para mim e respirou fundo. — Acho que tenho sido meio insuportável ultimamente.

Dei de ombros, hipnotizado pela maneira como ela puxou o lábio inferior entre os dentes brancos e retos. Sem aparelho dentário. Sem a garotinha magricela em um vestido de verão amarelo. Ela ainda era pequena e delicada, baixa o suficiente para que tivesse que levantar o queixo para me olhar nos olhos. Cresci para um metro e oitenta e cinco enquanto ela ainda não tinha um metro e meio. Mas ela não era mais uma criança. Seu cabelo castanho ondulado estava em um coque bagunçado e as mechas de cabelo que escapavam emolduravam seu rosto perfeito. Ela nunca usava maquiagem como as outras meninas da nossa classe e eu ficava feliz com isso. Ela não precisava.

Lila tinha cinco sardas no nariz. Eu sabia por que tinha contado.

— É compreensível. Eu seria muito pior.

— O que você faria? Se fosse eu?

— Eu plantaria um jardim e me certificaria de que fosse perfeito.

Ela olhou para um ponto por cima do meu ombro e piscou para conter as lágrimas. Lila não chorou. Nenhuma vez.

— O que mais você faria?

Eu não tinha certeza sobre o que ela estava perguntando, mas tentei me colocar no lugar dela e pensei um minuto antes de responder.

— Acho que eu tentaria apoiá-la fazendo coisas que sei que ela gostaria. Coisas que são importantes para ela, para que ela saiba que a amo.

Lila estendeu a mão e tocou minha bochecha.

— Tem sujeira no seu rosto — ela disse como explicação, seus olhos fixos nos meus, e esfregou o dedo na minha bochecha.

Ela se aproximou, apenas um passo, mas estava perto o suficiente para que eu pudesse sentir o cheiro de seu xampu. Chuva de primavera e madressilva. Inalando profundamente, enchi meus pulmões com o cheiro de Lila. Isso fez minha cabeça girar e o chão se inclinar embaixo de mim.

Eu poderia beijá-la. Poderia roubar seu primeiro beijo agora. Bastava mergulhar minha cabeça e reivindicar seus lábios. Seriam macios? Ela teria o gosto do Dr. Pepper que tinha bebido antes? Ela me beijaria também?

Eu queria ser o primeiro beijo dela. Queria ser o primeiro em tudo.

— Oi, oi, oi — Reese disse, contornando a lateral da casa com nosso outro amigo, Tyler, a tiracolo. Lila deu um pulo para trás, afastando a mão como se estivesse fazendo algo ilegal, e se separou de mim.

Normalmente, eu riria, mas estava muito ocupado observando-a enquanto ela desenhava uma linha de giz na grama para onde queria que o canteiro fosse. Daqui, eu tinha uma visão perfeita de sua bunda naqueles pequenos shorts jeans que ela sempre usava.

Quando as estrelas caem

Tyler me deu um soco no ombro, me despertando.

— Apreciando a vista?

— Cale a boca — rosnei, esperando que ela não tivesse ouvido.

— Então é por isso que você nos disse para virmos mais tarde — Reese provocou, balançando as sobrancelhas. Elas eram de um tom mais claro de vermelho do que seu cabelo.

Agora me arrependi de ter chamado reforços enquanto eles cumprimentavam Lila, que agia como se fossem enviados do céu.

— Obrigada, pessoal, eu realmente aprecio a ajuda — ela se emocionou. Menos, Lila. Eles nem fizeram nada de útil ainda.

— Não é nada. — Reese esfregou as mãos e olhou para mim, pronto para trabalhar. — O que você precisa que eu faça?

Joguei uma pá para ele.

— Comece a cavar.

Alguns minutos depois, Brody apareceu com um carrinho de mão cheio de sacos de lascas de madeira e palha que suspeitei que ele tivesse roubado de nosso galpão. Meu pai era meticuloso com relação a seu jardim e mantinha um inventário de suas ferramentas e suprimentos, mas, como era para Caroline, eu sabia que ele não se importaria. Logo atrás dele estavam Ashleigh e Megan. As duas loiras carregavam potes Tupperware e sacos de lanches. Supostamente, eram amigas de Lila, mas eu não confiava nelas. Elas não eram amigas de verdade. Saíam com Lila para se aproximarem de mim, mas, se eu dissesse isso, ela simplesmente ficaria chateada e me chamaria de arrogante.

— Fiz aqueles cupcakes que você gosta — disse Ashleigh, seu sorriso voltado para mim. Ela estava usando um vestido camisetão curto que se agarrava a cada curva de seu corpo. Não pude deixar de notar seus peitos, porque eles eram grandes e estavam bem na minha cara. Todos os caras da nossa classe os olhavam com cobiça e Reese e Tyler estavam praticamente salivando.

— Comida do diabo — disse Ashleigh, referindo-se aos cupcakes que ela sempre trazia para meus jogos de beisebol.

Lila olhou para mim, seus olhos se estreitando em fendas.

— Acho que você gostaria de comida do diabo — ela murmurou.

Eu ri. Ashleigh olhou de mim para Lila, sem saber o que era tão engraçado ou se eu estava rindo às custas dela. Eu não estava. Gostei de Lila ter ficado com ciúmes. Não que ela fosse admitir isso.

— A mamãe está aqui — Jesse berrou, correndo pela lateral da casa.

— Você precisa descarregar as plantas e flores — disse Gideon, enfatizando o "você" e fazendo uma careta ao simples pensamento de tocar em qualquer coisa verde. Era como se Gideon fosse alérgico ao ar livre. Ele odiava a natureza. Odiava morar em uma cidade pequena. Até alegou odiar o Texas. Resumindo, Gideon odiava tudo em sua vida e estava constantemente falando sobre fugir e morar em uma cidade grande.

Mamãe disse que ele estava passando por uma "fase", mas, pelo que pude perceber, essa fase durou todos os onze anos em que esteve no planeta. O cara era frio. Se ele tinha alguma emoção, nunca a deixava transparecer.

Seu cabelo era mais escuro que o meu, quase preto, sua pele pálida como se nunca tivesse visto o sol. Ele parecia uma estátua grega esculpida em mármore. Era difícil dizer se um coração pulsante vivia sob aquele exterior gelado.

— Seu irmão parece um vampiro brilhante do livro que estou lendo — disse Megan, olhando para Gideon.

— Ah, meu Deus, ele parece totalmente — suspirou Ashleigh. — Ele é meio gostoso.

— Ele tem *onze* anos — ressaltou Lila, com uma expressão de desgosto no rosto com a qual concordei plenamente. — Então isso é simplesmente assustador.

Sem mencionar que ele era gelo, nada acolhedor.

Ashleigh apenas deu de ombros e enrolou o cabelo no dedo e eu sabia que ela não levantaria um dedo para ajudar hoje. Ela poderia ficar com Gideon. Como previsto, Gideon se jogou em uma espreguiçadeira no deque e brincou em seu Nintendo enquanto Jesse realizava "atos que desafiam a morte" no trampolim de Lila.

— Olha isso. Eu sei fazer um salto duplo — disse Jesse a Ashleigh e Megan, seu público cativo que continuava dizendo como ele era fofo. O que significava que ele se mataria para fazer um show para elas.

Reese e Tyler seguiram Brody e eu até a caminhonete do meu pai, estacionada na garagem. McCallister & Filhos Construtora foi pintado na porta. Isso sempre me fazia rir. Nenhum dos filhos do meu pai trabalhava para ele, embora ele sempre dissesse que um dia o negócio seria nosso.

Quando descarregamos o caminhão, o quintal ficou cheio de vasos de plantas e flores que minha mãe considerava perfeitos para o clima subtropical. Ela alegou que elas seriam de baixa manutenção, mas bonitas de se olhar.

Lila abraçou minha mãe e agradeceu muito, tão emocionada com o gesto que parecia estar chorando. Não dava para dizer. Minha mãe me olhou por cima do ombro de Lila e me deu um sorriso triste. Desviei o olhar e voltei ao trabalho, onde pelo menos parecia que estava fazendo algo de bom, em vez de ficar sentado me sentindo impotente por não ter uma cura para o câncer.

Ao contrário da minha mãe, eu não acreditava em rezar por milagres. Mas nunca diria essas palavras a ela, a Lila ou a qualquer outra pessoa. Eu apenas plantava um jardim com meus amigos na esperança de colocar um sorriso no rosto da minha melhor amiga.

Lila se jogou no trabalho, plantando as flores como se fosse sua única missão na vida tornar este jardim espetacular.

Mais tarde, quando Caroline chegou em casa, ela se sentou no deque dos fundos com minha mãe e elas conversaram baixinho enquanto trabalhávamos. Mesmo parecendo cansada, Caroline tinha um sorriso no rosto, então eu sabia que tinha valido a pena.

A primavera se transformou em verão e, antes que eu percebesse, já era agosto e faltavam apenas dois dias para meu aniversário de quinze anos.

Ontem, havíamos começado o treinamento de pré-temporada de futebol e Lila me chocou ao anunciar que havia feito teste para a torcida e conseguido. Foi a primeira vez que ouvi que ela tinha interesse em ser líder de torcida, mas suspeitei que tivesse algo a ver com a mãe dela, que tinha sido líder de torcida no colégio.

— Ela me deixou chegar à segunda base na primeira noite — Reese disse, enquanto escondíamos nossas bicicletas atrás de uma árvore na piscina. — Na última noite de nossas férias, ela me deu uma chupada. Achei que tinha morrido e ido para o céu.

— Não me diga. Ela engoliu? — Tyler perguntou.

— Não. Eu gozei por todo a barriga dela. Tive que dedá-la também. — Apontou uma arma de dedo e girou o polegar. — É tudo sobre esse polegar.

— O que você faz com o polegar? — Tyler perguntou, seu polegar posicionado sobre o teclado de seu telefone. Não ficaria surpreso se ele estivesse fazendo anotações.

— Você golpeia com ele e desencadeia uma explosão maior do que os fogos de artifício de Quatro de julho. Ela disse que estava vendo estrelas. — Ele caminhou em direção à água com um pouco mais de arrogância do que o normal. O irmão mais velho de Tyler tinha um estoque de pornografia debaixo da cama e uma noite em junho fizemos uma maratona de pornô. Suspeitei que essa fosse a fonte das informações de Reese, e não a experiência real.

— Eu acho que é conversinha — eu disse. Nunca o tinha visto falar com uma garota, muito menos encontrar uma que o deixasse fazer tudo o que ele dizia ter feito. Ele tirou a camiseta, expondo seu peito pálido e sardento. Reese era menor do que eu e Tyler, mas era rápido, o que o tornava um bom *running back*.

— Ache o que quiser, mas aconteceu.

— É meio suspeito que essa merda sempre aconteça quando você está fora da cidade e não há testemunhas para apoiar sua história — comentou Tyler, passando a mão no cabelo preto espetado. — Que tal você nos mostrar como se faz?

O rosto de Reese visivelmente empalideceu e seu pomo de adão balançou quando ele engoliu.

— Parece justo. Escolha uma menina. Qualquer menina — propus, sentindo-me generoso. Convenhamos, o cara não tinha lábia alguma. — E faça o seu movimento.

— Não preciso provar nada.

Dei de ombros.

— Tá bom. Então meu veredicto permanece. Sua história foi uma baboseira.

— Isso só aconteceu em sua imaginação hiperativa — disse Tyler.

— Aconteceu, estou dizendo. Ok. Digamos que eu concorde com isso. Quando eu conseguir, vocês dois cabeçudos precisam fazer o mesmo — disse ele, desafiando a mim e a Tyler.

— Não. Não éramos nós que nos gabávamos de conseguir uma mamada. — Joguei minha camiseta em cima da toalha em uma pedra plana e coloquei o resto da água na garrafa, enxugando a boca com o dorso da mão. Tinha que estar fazendo quarenta graus hoje. A água fresca me chamava, mas agora eu tinha que acompanhar isso antes de poder dar um mergulho.

— Ou de usar nosso dedo mágico. — Tyler disparou com uma arma de mão e nós rimos. O rosto de Reese ficou tão vermelho que combinava com seu cabelo e, por um minuto, me senti quase mal em provocá-lo. Isso mudou rapidamente.

— Tá bom. Tá valendo. — Ele sorriu. — Eu já tenho a garota em mente. — Segui seu olhar para um grupo de garotas na mesa de piquenique em um bosque de árvores dançando uma música do Black Eyed Peas. Meus olhos se voltaram para Lila, assim como sempre faziam toda vez que ela estava perto de mim. Ela estava usando um biquíni listrado verde que exibia... bem, tudo. Seu estômago liso, pernas bronzeadas e seios que não tinham estado lá no verão passado. Eu assisti, hipnotizado, enquanto seus quadris giravam no ritmo e seu longo cabelo ondulado voava ao seu redor.

Eu nunca a tinha visto dançar antes, e agora não conseguia desviar os olhos. Antes, eu pensava nela como uma menina bonita. Mas agora o que vi foi algo diferente. Uma menina gostosa.

Vê-la dançar assim confirmou algo que eu suspeitava há algum tempo. Ela se tornou mais para mim do que apenas minha amiga de infância.

Agarrei Reese pelo ombro enquanto ele se arrastava para a frente, pronto para fazer seu movimento.

— Lila está fora dos limites. Qualquer outra menina, menos ela.

— Com certeza suas instruções foram para escolher qualquer garota. Você está recuando agora, McCallister? — Ele inchou o peito esgarçado. — Está com medo de que ela veja que eu sou o cara certo?

— Você não é o cara certo. — Ampliei minha postura e cruzei os braços sobre o peito suado, confiante de que *eu* era o cara para ela. Não Reese. Não Tyler. Não aquele idiota do Kyle que estava sempre farejando como um cachorro.

— Acho que vamos ter que ver para saber. Ei, Brody — gritou Reese, enquanto meu primo saía da caçamba de um caminhão que eu não reconhecia e descia a colina em nossa direção. Mesmo de bermuda e camiseta, ele andava, parecia e agia como um cowboy. Havia se envolvido no rodeio e, neste verão, estava competindo na categoria cutiano. O que só mostrava o quão louco ele era.

Brody passou os dedos pelo longo cabelo loiro-escuro e parou na nossa frente, apertando os olhos contra o sol.

— E aí?

— Reese aqui afirma que ganhou um boquete de alguma garota em suas férias em família — explanou Tyler.

Brody bufou.

— Parece um conto de fadas para mim. Você não tem lábia, cara.

Exatamente o que pensei. Às vezes, Brody e eu estávamos na mesma página.

— Estou prestes a provar que todos vocês estão errados. Veja-me fazer meus movimentos em Lila Turner. — Ele estalou os dedos e estendeu os ombros, preparando-se para o que eu tinha certeza de que seria uma derrota enorme.

As sobrancelhas de Brody subiram até a linha do cabelo. Ele me deu um olhar indagador que perguntou se eu estava de boa com isso. Com certeza ele poderia jurar que eu não estava.

Quando se tratava de Lila, estávamos totalmente de acordo. Ninguém podia mexer com ela. Nem os rapazes nem as garotas. Nós nos certificávamos disso. Ela era nossa para proteger.

— Ele vai ser abatido — disse Brody. — Poderei muito bem aproveitar o show.

— Pena que ele perdeu o memorando de que ela pertence a Jude.

— Não sei como ele poderia. Jude poderia muito bem ter anunciado isso pelo alto-falante da escola, de tão claro que estava.

Não podia negar. Era a maldita verdade. Mas Reese não era muito brilhante. Cara legal, alguns parafusos soltos, mas não era um babaca. Essa era a única razão pela qual me levantei e observei de fora, olhos estreitos, braços cruzados sobre meu peito, enquanto Reese se movia em direção à Lila.

— Ah, olhem, ele está indo. Elas estão olhando para cá — disse Tyler, narrando o jogo como se eu não pudesse ver com meus próprios olhos.

Reese cutucou sua mão e sussurrou algo no ouvido de Lila. Ela olhou para minha direção e sorriu. Eu conhecia aquele sorriso. Era o sorriso tortuoso que ela usava quando estava prestes a fazer algo para me irritar. Ela se inclinou e sussurrou algo no ouvido de Reese que colocou um sorriso em seu rosto. Ele pegou o frasco de protetor solar de sua mão e ela virou as costas para ele, deslizando seu cabelo sobre um ombro para expor a pele bronzeada. Apenas uma corda amarrada em seu pescoço e suas costas seguravam a parte de cima do biquíni no lugar e ela estava oferecendo para Reese Madigan em uma bandeja prateada. Como se a pele dela fosse dele para tocar.

Ah, inferno, não mesmo. Isso não ia acontecer.

Antes que eu pudesse me deter, eu estava caminhando em direção a eles, pronto para acabar com esse joguinho que eles estavam fazendo.

— Ei, Jude. — Ashleigh apareceu na minha frente, bloqueando meu caminho para Lila. Ela virou o cabelo loiro sobre o ombro e sorriu para mim. — Você foi muito bem lá hoje. No treino — completou.

— Obrigado.

— Então, vou dar uma festa na piscina no próximo sábado. Você deveria vir. Traga quem quiser.

— Sim, talvez — eu disse, distraído por Lila, cujas costas estavam sendo besuntadas com elogios e bronzeador por Reese, que estava fazendo um trabalho de merda, posso acrescentar.

Mas suas mãos tocavam Lila. Eu estava com dificuldade para respirar.

— Convidei as meninas da equipe. Vamos apenas curtir e relaxar à beira da piscina. — Dando-me outro sorriso, ela passou a língua sobre seus lábios rosados brilhantes e colocou a palma de sua mão em meu peito nu, olhando para mim por baixo de seus longos cílios. — Vai ser divertido. Ainda mais divertido se você estiver lá.

Olhei direto nos olhos de Lila enquanto ela nos observava por cima do ombro. Ela desviou o olhar rapidamente, mas não antes de eu ver seu rosto cair. Decepção? Dor?

Enquanto isso, ela estava sentada em cima da mesa de piquenique ao lado de Reese, conversando agora. Eles estavam ombro a ombro, coxas se tocando, e ela estava ouvindo cada palavra que saía de sua boca como se ele fosse a criatura mais fascinante do planeta.

Nenhuma parte dela deveria estar tocando em qualquer parte dele.

Havia algumas maneiras diferentes de frear isso, mas eu conhecia Lila bem o suficiente para saber que, se os cortasse, ela recuaria, então optei por uma tática diferente.

Improvisar. Adaptar. Superar.

— Ei, Lila — chamei, casualmente.

— Sim? — Suas sobrancelhas levantaram, um olhar de tédio praticado em seu rosto para esconder a curiosidade. Eu conhecia essa menina tão bem, que praticamente conseguia ler sua mente.

— Está a fim de uma corrida?

— Que tipo de corrida?

Empurrei meu queixo em direção à água.

— Primeiro a alcançar a cachoeira ganha.

— O que você está disposto a perder?

Que risível que ela realmente achou que poderia me vencer. Tenho que amar esse tipo de otimismo.

— O *vencedor* ganha um serviçal por um dia.

— Então, quando você *perder*, estará à minha disposição por um dia inteiro.

Mordi o interior da minha bochecha para não rir quando ela pulou da mesa de piquenique mais rápido do que você poderia dizer Marrenta, ganhando uma carranca de Reese. Qual é, eu o avisei. Sejamos justos.

— Estou dentro. Prepare-se para comer minha poeira.

Lila nunca resistia a um desafio ou chance de competir comigo. Mesmo que ela nunca tenha vencido, ainda acreditava que um dia conseguiria.

Ela correu em direção à água e dei a ela uma vantagem antes de correr atrás, como fazia desde os nove anos de idade.

Como de costume, ela perdeu e eu estava esperando quando ela chegou à cachoeira.

Ela afastou o cabelo molhado do rosto com as duas mãos.

— Você fez isso de propósito — ela acusou, os olhos verdes se estreitando em mim, água pesando em seus longos cílios. A luz do sol refletiu as manchinhas douradas em sua íris. Ela era bonita. Cheia de fogo e atrevimento. E eu não queria que mais ninguém a tivesse.

Eu queria beijá-la. Lamber as gotículas de água do rosto dela. Chupar seu lábio inferior carnudo.

— Fiz o quê? — Me fiz de bobo. Estávamos boiando, circulando um ao outro, seu longo cabelo escuro penteado para trás de seu rosto bronzeado pelo sol de verão, e estava adorando a ideia de que ela seria minha escrava por um dia. Minha imaginação corria solta com as possibilidades de ter Lila à minha disposição.

— Me desafiou para uma corrida, sabendo que nunca poderei resistir.

— Você nunca pode resistir a mim? — Minha perna roçou a dela debaixo d'água e me perguntei se ela também sentia aquela corrente de eletricidade que percorria meu corpo.

Ela revirou os olhos.

— Não foi isso que eu disse.

— É o que você quis dizer. — Abri meus braços. — Sou irresistível.

O que foi o único convite que ela precisava para se lançar para fora da água e me afundar. Envolvi minhas mãos em sua cintura, tirei-a da água e joguei-a no ar como se ela não pesasse nada. A expressão em seu rosto foi impagável quando ela emergiu, cuspindo.

Eu ri. Ela era tão fofa. Levou apenas alguns segundos para se lançar sobre mim novamente.

Quando as estrelas caem

— Você nunca aprende, não é?

Eu a joguei. Ela voou pelo ar. E jogamos esse jogo de afundar mais algumas vezes até que nós dois estávamos rindo tanto que não conseguíamos respirar. Eu nem sabia do que estávamos rindo e duvidava que ela também soubesse. Não importava.

Ela era minha pessoa favorita. Mesmo quando ficava meio má. Mesmo quando me lançava olhos de assassina quando eu conversava com outras garotas. *Especialmente* quando ela fazia isso.

Ela era a única garota que me deixava com raiva. Frustrado. Ciumento. A única que me fez querer protegê-la de todas as coisas ruins do mundo. A única garota com quem eu queria passar meu tempo. A única com quem eu queria falar sobre tudo e nada.

Tarde da noite, nos mandávamos mensagem. Às vezes, fazíamos isso por horas. Às vezes, conversávamos sobre coisas estúpidas, como qual superpoder escolheríamos ou como era errado misturar Skittles e M&M's como Brody fazia.

Não importava o assunto. Não importava se eram duas da manhã e eu tivesse que acordar cedo para o treino de futebol. Eu queria ser a pessoa dela às duas da manhã. Aquele que estava lá para ela, não importa o quê.

Lila era minha. Fim da história.

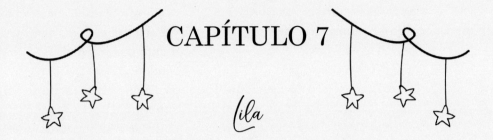

CAPÍTULO 7

Lila

Arranquei as ervas daninhas do canteiro como se fossem responsáveis pelo câncer que estava matando minha mãe. Fazia apenas um ano que tínhamos plantado essa horta, mas tudo mudou. Para pior.

Olhei por cima do ombro enquanto Jude dava mais uma volta com o cortador de grama. Nosso quintal não era tão grande, então ele usou o do galpão em vez do cortador trator de seu pai. Os músculos de seus braços se flexionavam e tirei um momento para apreciar suas panturrilhas musculosas e a largura de seus ombros enquanto suas costas estavam voltadas para mim.

A ponta de seu cabelo castanho se enrolava um pouco onde encostava na gola de sua camiseta branca manchada de suor. Kate estava sempre em cima dele para que cortasse o cabelo, mas eu gostava quando estava um pouco longo demais.

Ele tinha feito de sua missão na vida dar linhas retas à minha mãe no gramado dos fundos. Derek apenas riu e disse:

— O que te fizer feliz.

Agora ele saiu na parte de trás e chamou meu nome.

— Eu vou sair. Acabei de verificar a geladeira. Parece que você tem tudo para o jantar.

Jude parou o motor do cortador de grama e o encarou com uma expressão pétrea. Nossa geladeira estava cheia de comida em recipientes Tupperware que Kate trouxe. Era sua maneira tentar ajudar de qualquer maneira que pudesse. Quando minha mãe estava muito fraca para cozinhar, limpar e lavar roupas, Kate e os amigos da minha mãe do hospital cuidavam disso. Até que eu lhes disse que podia cuidar de tudo.

E eu podia. Queria fazer isso pela minha mãe. Queria estar lá para ela de qualquer maneira que pudesse. Não queria que ela tivesse que se preocupar com a casa estar limpa, com a roupa ou qualquer coisa que drenasse a pouca energia que lhe restava.

— Sim, claro, tanto faz — eu disse a Derek, minha expressão neutra para que ele não pudesse ver o quanto eu o odiava.

— Para onde está indo, Derek? — Jude perguntou, como se tivesse o direito de questionar um adulto.

Derek acariciou sua barba negra, nivelando meu amigo com um olhar. Jude o chamava de ardiloso e acho que eram seus olhos arredondados que o faziam parecer assim. Minha mãe era muito inteligente com um coração tão grande. Como ela poderia ter se apaixonado por um homem que só estava lá para ela quando os tempos eram bons? Isso não era amor. Ele prometeu estar ao seu lado nos bons e maus momentos, na saúde e na doença.

— Vou sair — disse. — Encontrar alguns amigos. — O que era um código para: vou a um bar onde vou arrumar uma tola e dar carona a ela na minha Harley, porque sou o idiota que comprou uma moto quando minha esposa ficou doente com câncer. — Tudo bem por você?

Jude olhou para a janela fechada do quarto de minha mãe — ela havia subido as escadas para tirar uma soneca mais cedo — e apenas balançou a cabeça com nojo, murmurando algo baixinho. O cortador voltou à vida e ele continuou cortando nosso gramado dos fundos.

Depois que terminou e devolveu o aparelho para o galpão, o ajudei a recolher os restos de grama e ensacá-los, o que ele disse que fazia parte do trabalho.

Quando terminamos, a porta dos fundos se abriu e minha mãe pisou no deque. Seu cabelo estava começando a crescer de novo, um cabelo de bebê parecendo penugem de pêssego, que deixava seus olhos enormes. Agora eles estavam cobertos de óculos de sol grandes para combater o brilho do sol da primavera.

Jude estava ao seu lado antes mesmo que eu pudesse chegar ao deque. Ele enrolou o braço na cintura dela e a ajudou a se sentar em uma cadeira de gramado almofadada. Ele parecia muito maior e mais forte do que ela. A personificação da saúde. Enquanto ela estava desaparecendo um pouco mais a cada dia.

— Obrigada, querido.

Sempre que Jude estava por perto, ele insistia em ajudá-la. Era meio doce.

— Desculpe, estou todo suado. — Ele testou cheirar as axilas e fez uma careta que me fez rir.

— Você está fedendo. Posso sentir seu cheiro ruim daqui — brinquei, saindo do alcance dele quando tentou me puxar para um abraço e me sufocar com suor de menino.

Minha mãe estava rindo das nossas palhaçadas.

— O quintal está lindo — disse ela.

Isso colocou um sorriso no rosto de Jude. Ele estava orgulhoso de seu trabalho manual e eu sabia que essa era sua maneira de tentar fazer algo para deixar minha mãe feliz. Ele estava sempre aparecendo com sua caixa de ferramentas para consertar o que estava quebrado em nossa casa. Tão útil.

— Preciso pegar um pouco de água para esse menino fedorento.

— Apresse-se — disse ele, ofegando como um cachorro. — Estou morrendo de sede aqui fora.

— Tão dramático.

Entrei e peguei o jarro de água fria da geladeira que havia decorado com fatias de limão como Kate sempre fazia, porque sabia que era assim que Jude gostava. Carreguei o jarro e três copos até o deque e os coloquei na mesa de teca entre a cadeira da minha mãe e a minha.

Depois de servir um copo de água para todos nós, sentei-me na outra espreguiçadeira enquanto Jude se encostava ao corrimão de frente para nós. Há algumas semanas, ele havia lixado as grades e as pintado novamente. Elas estavam como novas e limpas agora, a tinta brilhante e branca. Minha mãe insistiu em pagá-lo, mas ele se recusou a receber o dinheiro.

— Eu te amo, bebê — minha mãe me disse. Ela dizia isso muitas vezes agora, como se quisesse ter certeza de que eu sabia.

— Eu te amo também, mãe.

Ela sorriu para mim e virou aquele sorriso para Jude. Ultimamente, ela vinha nos dando "palestras", como se elas pudessem nos (*me*) preparar para perdê-la. Mas nada poderia me preparar para isso.

— Cada vez que olho para vocês, crianças, os dois parecem mais adultos. Vão mais devagar. Não quero que cresçam tão rápido.

Ela piscou com lágrimas e Jude e eu fingimos não perceber.

— Então, vocês dois já se beijaram?

A água jorrou da boca de Jude e ele tossiu, batendo o punho contra o peito. Minhas bochechas arderam. Minha mãe apenas riu. Às vezes ela era tão constrangedora.

O que eu ia fazer sem ela?

— Então, você e Jude são apenas amigos, certo? — Ashleigh me perguntou, torcendo uma mecha de cabelo loiro ao redor do dedo e se encostando no armário ao lado do meu.

Enfiei os livros que precisaria para a lição de casa deste fim de semana na mochila e fechei meu armário. O som ecoou no corredor quase vazio, todos com pressa para sair da escola e começar o fim de semana.

Meu estômago doía. Tive vontade de gritar.

— Quer dizer, estou a fim dele há anos. E vocês, tipo, só são amigos porque suas mães são amigas e vizinhas... — Ashleigh conclui, fazendo-me sentir irritada. Como se o fato de nossas mães serem amigas fosse a única razão pela qual Jude andasse comigo.

É verdade que ele era o Sr. Popularidade. Desde que começamos o ensino médio este ano, eu vinha percebendo como as pessoas agiam ao seu redor. Jude era um atleta, tinha muitos amigos e os fazia facilmente, e todos gostavam dele. Até os professores gostavam de Jude e o aliviavam mais que os outros calouros.

Jude era legal sem nem tentar, e tinha aquele carisma que fazia as pessoas gravitarem em torno dele. Como se estivessem prontos e dispostos a segui-lo em qualquer lugar. Mas, ao contrário de alguns dos caras da equipe, ele nunca abusou de seu poder ou de sua popularidade e acho que era isso que o tornava tão especial. Tipo, ele *poderia* agir como um idiota e tratar os outros como merda e ainda se safar, mas ele nunca gostou desse nível de liderança.

— Você fica de boa com isso? — perguntou ela. — Se eu quiser ficar com ele?

Esta foi a minha oportunidade de dizer não. Ela estava pedindo minha permissão. Jude e eu éramos muito mais do que apenas amigos. E ainda... Éramos *apenas amigos*.

— Sim, claro. Tanto faz. Jude e eu somos apenas amigos — afirmei. Ela me deu um grande sorriso Colgate, como se tivesse acabado de ganhar um prêmio. Eu queria me dar um soco na cara, mas, em vez de calar a boca, continuei falando: — Por que eu não ficaria bem com isso?

— Bem com o quê, Marrenta? — Sua voz era baixa em meu ouvido. Ele estava bem atrás de mim, tendo se arrastado para lá como um ninja.

Virei-me para encará-lo.

— Você precisa parar de se esgueirar para cima de mim.

Seus olhos se estreitaram em fendas.

62   emery rose

— Com o que você está bem?

— Nada. — Balancei a cabeça. — É… só… nada.

— Ei. Vejo vocês amanhã. — Ashleigh nos deu um pequeno aceno e um sorriso extra especial apenas para Jude. Amanhã ela daria outra festa na piscina. Eu não tinha intenção de ir.

— Quer me dizer o que foi aquilo? — Jude pegou minha mochila e a jogou no ombro. Ele já carregava sua própria mochila e sua pesada bolsa de treino.

— Você não precisa carregar minha bolsa. — Tentei pegar de volta, mas ele afastou minha mão e caminhou pelo corredor como se fosse o dono do lugar.

— Pesa mais do que você. — Ele diminuiu o ritmo para acompanhar minhas pernas mais curtas e eu não ter que correr. — O que você tem aqui, afinal? Tijolos?

— Apenas livros didáticos.

— Só faltam mais algumas semanas de aula.

— Eu sei. Mas ainda temos dever de casa. — Eu estava trabalhando duro, determinada a tirar nota máxima para deixar minha mãe orgulhosa. Estávamos conversando sobre a faculdade e eu disse a ela que queria ir para a Universidade do Texas em Austin, assim como ela.

Atrás de mim, ouvi alguns caras rindo e falando merda. Sem precisar olhar, reconheci uma das vozes como sendo de Kyle Matthews. Tenho certeza de que ele ainda estava irritado comigo por dar um fora nele. Em outubro, ele me convidou para o Baile de Boas-vindas. Na verdade, nem fui eu quem o descartou. Foram Jude e Brody, que estavam chateados porque alguém realmente ousou me convidar para sair.

Aff, garotos. Às vezes, Jude e Brody me tratavam como uma irmãzinha. Era assim que Jude me via também?

Ignorando os comentários obscenos de Kyle, acelerei. Meu estômago realmente doía agora e tudo que eu conseguia pensar era como dei permissão a Ashleigh para ir atrás de Jude. Por que eu não disse a ela… disse a ela o quê, exatamente?

Não querendo deixar os insultos passarem, Jude se virou e caminhou para trás, lançando um olhar furioso na direção de Kyle.

— Você tem um problema, idiota?

— Não. Mas sua namoradinha sim. Primeiro, piolhos e agora isso. Que merda. Ela é um partidão, hein, McCallister? Aposto que ela fica insuportável quando está naqueles dias, não é?

Ai, meu Deus. *O quê?*

Quando as estrelas caem

63

Jude jogou Kyle contra um armário. Não fiquei tempo suficiente para ver o que estava acontecendo. Corri para o banheiro feminino mais próximo e me tranquei em uma cabine. Era um massacre. Sangue por toda parte.

Por que eu fui vestir uma minissaia branca hoje? *Por quê?* O top floral que eu estava usando era largo, o elástico deslizava na parte inferior da minha cintura. Não servia de nada para cobrir os danos. Kate me levou para fazer compras no fim de semana passado e comprou essa roupa para mim no meu aniversário de quinze anos. Na hora, achei que era muito fofo. Uma tentativa de deixar de lado meus jeans, camisetas e Converse habituais.

Quantas meninas não tinham menstruado até os quinze anos? Eu. Euzinha. Eu queria minha mãe.

Por favor, melhore, mãe. Eu preciso de você. Mas ela não ia melhorar. O câncer tinha sofrido metástase e não havia nada que os médicos pudessem fazer agora.

E eu estava trancada em um banheiro sem minha bolsa. Não que alguma coisa na minha bolsa pudesse ter ajudado nessa situação. Tentei fazer o que pude com maços de papel higiênico, mas não adiantou. Dei descarga e me encostei na porta, olhando para as sapatilhas em meus pés como se elas tivessem uma solução para o meu problema.

Eu não poderia ir lá até ter certeza de que todos tinham ido embora. Eu ia perder o ônibus escolar. Então teria que caminhar para casa. Por que isso estava acontecendo comigo?

Lágrimas de frustração turvaram minha visão, mas eu as contive. Lágrimas não poderiam me ajudar agora.

— Oi. Você está bem? — perguntou a voz de uma garota do outro lado do banheiro.

Não reconheci a voz, mas ela poderia ajudar. Respirei fundo algumas vezes, tentando encontrar minha voz.

— Hum. Acabei de menstruar... — Suspirei, meus ombros caídos.

— Ai, cara, isso é péssimo. Você precisa de algo? Acho que tenho um O.B. Espere. Achei.

Olhei para baixo quando um absorvente apareceu embaixo da porta e o tirei dos dedos da garota.

— Obrigada. Eu... — Olhei para o tampão na minha mão, então rasguei a embalagem de papel e olhei para ele um pouco mais. De todas as coisas que minha mãe me ensinou, colocar um absorvente interno não foi uma delas. Deus, isso era tão embaraçoso.

— Nunca usei antes. — Eu me encolhi.

— Ok. Tudo bem. Vou te falando como é. Minha irmã mais velha me ajudou. É meio estranho na primeira vez, mas você se acostuma.

Ela me foi me ensinando e, se ela não tivesse sido tão legal sobre isso, eu teria ficado mais humilhada do que já estava. Sem mencionar que parecia estranho e eu não tinha certeza de como me acostumaria com isso.

— Eu sou Christy, a propósito. Cristina Rivera.

Coloquei um rosto no nome. Cabelo escuro, longo e liso, grandes olhos escuros, roupas descoladas. Ela saía com o pessoal das artes.

— Lila Turner.

— Temos algumas aulas juntas.

— Lila?

Meus olhos arregalaram ao som da voz de Jude.

— Ah, oi. Ela está aqui dentro. Você é Jude, certo?

— Sim. Christy, né?

— Essa sou eu.

— Você está bem, Marrenta? — perguntou ele, com a voz estrondosa ecoando pelo revestimento.

— Você não deveria estar aqui dentro — sibilei.

— Saia — disse ele, soando como se não se incomodasse com o fato de que ele estava no banheiro feminino e que eu estava trancada em uma cabine com sangue na minha saia jeans branca.

— Eu… — Exalei alto. — Não posso.

— Espere. — Sua bolsa esportiva caiu no chão com um baque e embaixo da porta eu o vi revirando nela. Alguns segundos depois, ele jogou seu moletom azul desbotado sobre a porta.

— Oi. Vejo vocês mais tarde — avisou Christy. — Tenham um bom fim de semana.

— Obrigada. Por tudo.

— Sem problemas. — Ouvi a porta fechar-se atrás dela e então éramos só eu e Jude. Só. No banheiro feminino.

— Jude… você deve ir. Vai perder o ônibus.

— Já perdi. Liguei para minha mãe nos buscar. Basta colocar meu casaco. Vai ser comprido o suficiente para cobrir… — Limpou a garganta. — … você sabe.

Minhas bochechas arderam de vergonha.

Todas as outras meninas que eu conhecia já tinham menstruado. Chegou a minha vez no final do meu primeiro ano no meio do corredor da escola. E quem tinha visto? Além dos caras que riram de mim, claro. Jude.

Quando as estrelas caem

65

Queria que o chão me engolisse. Eu não teria tanta sorte. Ainda estava de pé em terra firme.

— Obrigada — murmurei, puxando seu moletom enorme que chegava ao meio da coxa e cobria as evidências. O casaco cheirava ao amaciante que sua mãe usava e seu gel de banho amadeirado e chiclete de hortelã-pimenta. Cheirava a ele.

Saí da cabine, sem conseguir olhá-lo, e lavei as mãos na pia.

— Isso é tão nojento.

— Não. Não é nada demais.

Fácil para ele dizer. Eu o olhei de lado quando saímos do banheiro. Ele não parecia enojado. Só me deu um sorrisinho e nem me provocou.

— Eu vou, é... lavar o casaco e devolvê-lo amanhã.

— Fique com ele — disse, mantendo a porta da frente aberta para mim.

Saí e respirei fundo o ar quente e abafado.

— Mas é o seu favorito.

— É por isso que eu quero que você fique com ele. — E veio ficar ao meu lado, jogando as três bolsas na calçada enquanto esperávamos a mãe dele chegar.

— Mas por quê? — perguntei, sem entender sua lógica.

— Porque, Lila... Se um cara não te dá seu moletom favorito, ele não vale o seu tempo.

Virei a cabeça para olhar para o rosto dele. Ele sorriu, suas covinhas à mostra. Minha respiração ficou presa em minha garganta quando ele puxou uma das cordas de seu moletom.

— Eu gosto de você no meu moletom. Fica melhor em você.

Não ficava. Ficava bom nele. Assim como a bermuda de basquete e a camiseta que ele estava usando. Tudo ficava bom em Jude, porque ele era como um jovem deus com cabelo castanho desgrenhado, lábios cheios e olhos azuis penetrantes, que podiam ler meu rosto e ver diretamente em minha alma.

Por alguns longos momentos, ficamos ali olhando um para o outro e eu queria retirar todas as coisas estúpidas que tinha dito para Ashleigh.

Porque Jude era meu e eu não queria que mais ninguém o tivesse.

Porque esse foi o dia em que me apaixonei por Jude McCallister. Seis dias depois do meu décimo quinto aniversário. A primeira vez que menstruei. No dia em que ele entrou no banheiro das meninas e veio em meu socorro me dando seu moletom.

— Minha mãe chegou — avisou, quebrando o feitiço em que eu estava presa.

CAPÍTULO 8

Lila

Mais um ano tinha se passado e eu comemorei meu décimo sexto aniversário soprando todas as velas de um bolo que Kate fez para mim e desejando um milagre. Eu barganhava, permutava e implorava a um Deus que não estava ouvindo.

Se eu tirar notas máximas no meu boletim, minha mãe vai melhorar.
Se eu limpar a casa de cima para baixo, minha mãe vai melhorar.
Se eu me esforçar para correr um quilômetro a mais, minha mãe vai melhorar.

Alerta de spoiler: ela não ia melhorar.

Agora eu estava amontoada no sofá, tentando me perder em um livro idiota de vampiros, uma tempestade de verão estourando do lado de fora. Bella estúpida. Ela era tão irritante que fiquei tentada a jogar o livro pela sala, mas continuei lendo para ver se ela tomava uma atitude. Edward nem era isso tudo. Qual era o motivo de todo alvoroço?

Continuei esperando que ele a mordesse e a transformasse em vampira. Então talvez tivéssemos uma história divertida.

— Oi, Marrenta. Você está bem? — Jude perguntou, quando atendi meu telefone.

— Me vigiando? — perguntei. — Ou você só quer participar da pizza que vou pedir?

— Pizza. Por que não disse antes?

Um raio iluminou o céu do lado de fora da janela da minha sala e eu grunhi, esperando não ser ouvida sobre o trovão estrondoso.

— Estou indo.

Acho que ele tinha ouvido aquele grunhido.

Eu não o vi muito neste verão, mas tinha ouvido muitas coisas que preferia não saber. Ele trabalhava na construção civil para o pai e eu passava a maior parte do tempo em casa, cuidando do jardim e lavando roupa, limpando e cozinhando. Não que minha mãe comesse muito hoje em dia.

Minutos depois, abri a porta da frente para Jude, que entrou, com um metro e oitenta e cinco de músculos e ombros largos, e era estranho pensar que o conhecia desde que ele era apenas um garotinho com um sorriso travesso e cabelo desgrenhado caindo em seus olhos. Ele balançou a cabeça, espalhando gotas de água da chuva em cima de mim. Eu pulei para trás, rindo.

— Você parece um cachorro molhado. Cheira como um também.

Não, ele não cheirava. Ele cheirava bem. Cheirava a chuva fresca, ao gel de banho que usava e ao chiclete Double Mint que sempre mascava.

— Onde está a pizza?

— Ainda não pedi.

Ele foi até a cozinha e pegou o telefone para fazer o pedido. Deixei que ele assumisse o controle porque lá fora uma tempestade de verão estava forte. Depois de fazer o pedido de uma pizza de pepperoni, pegou uma toalha limpa do banheiro do andar de baixo e passou-a no cabelo antes de pendurá-la no gancho atrás da porta.

— Vamos ver o que está passando na TV. — Ele me cutucou para frente, com a mão na parte inferior das minhas costas.

— Não podemos assistir TV … — Eu pulei com o estrondo de um trovão e cobri meu rosto com as mãos. — Eu sou tão covarde.

— Não. Todo mundo tem medo de alguma coisa.

Eu me sentei no sofá ao lado dele, que se inclinou para frente, pegando o controle remoto da mesa de centro e apontando para a TV.

— Do que você tem medo? — perguntei.

— Nada.

Dei um tapa em seu braço e ele riu, mudando de canal. Ele parou em um jogo de beisebol e tentei arrancar o controle remoto de sua mão, mas ele o ergueu no ar, fora do meu alcance.

— Minha casa. Minhas regras — declarei, tentando pegar o controle remoto.

— Vem pegar — provocou, segurando-o fora do meu alcance. Pulei no sofá e me lancei para o controle remoto. Minha mão o envolveu e o segurei no ar triunfantemente, mas minha vitória durou pouco. Ele me agarrou, puxando minhas pernas debaixo de mim e me prendendo no sofá, seu rosto a poucos centímetros do meu.

Encarei sua boca, seus lábios entreabertos, seus estúpidos lábios perfeitos. Então me lembrei de onde aquela boca esteve.

Empurrei seu ombro.

— Saia de cima de mim — rosnei.

Ele sorriu e sentou-se, nem mesmo lutando.

— Como quiser, Marrenta.

O controle remoto estava de volta em sua mão, com um sorriso presunçoso no rosto. Eu odiava Jude McCallister. Realmente, realmente odiava.

As luzes piscaram e apagaram assim como a TV, mergulhando-nos na escuridão.

— Preciso verificar a caixa de fusíveis.

— Não. — Não me deixe sozinha no escuro com uma tempestade lá fora. Agarrei seu braço para impedi-lo de sair do sofá. — Você não pode fazer isso.

— Você quer que a gente fique aqui sentado no escuro?

— Está no porão. A caixa de fusíveis.

— Hm, sim, geralmente é onde elas ficam. — Ele se livrou do meu domínio e se levantou. Outro raio iluminou a sala escura e clareou seu rosto por uma fração de segundo. — Eu volto já.

— Espere. — Pulei do sofá. — Vou com você. — Ele usou a lanterna do telefone para guiar o caminho e fiquei logo atrás, parando antes de me segurar na bainha de sua camiseta. Eu tinha meus limites. Não era tão covarde. Eu poderia me virar sozinha e não precisava de um cara para cuidar de mim. *A maior parte do tempo.*

— Esse é o tipo de coisa que acontece em filmes de terror — comentei casualmente, enquanto descíamos as escadas para o porão. — Tipo, é para não descer lá e aí a pessoa se aventura e bam… — Bati palmas para dar efeito. — É um ataque de zumbi ou um louco com um facão pula e corta a vítima inocente e guarda as partes do corpo na gela…

— Lila.

— Hum?

— Você pode parar agora.

Respirei fundo e tentei conter minha loucura.

— Ok.

Quando chegamos ao pé da escada, ele teve que abaixar a cabeça porque o teto era muito baixo. Pegou minha mão e apontou a lanterna pelo porão, procurando a caixa de fusíveis. Eu odiava isso aqui. Cheirava a mofo e nem o desumidificador que eu esvaziava diariamente tirava a umidade do ar.

— Está perto da lava e seca — revelei e ele se concentrou no aparelho com sua lanterna.

Quando as estrelas caem

— Sabe o que eu não entendo?

— O quê? — Havia muitas coisas que não entendia, mas adoraria saber qual era a dele.

— Por que você gosta tanto de assistir filmes de terror? Você nunca fica com medo quando vemos. Você fica totalmente bem. Mas tem medo de porões e tempestades?

— Porque as coisas que acontecem nos filmes de terror não são reais, então não me assustam. Tempestades são reais. — O câncer é real.

— Eu nunca deixaria nada acontecer com você — afirmou, sua voz baixa e profunda, tão confiante que poderia me proteger de perigos invisíveis. — Você está segura. Nós estamos seguros. Está tudo bem.

— Ok. — Só que não estava tudo bem. Enquanto eu estava tentando muito manter as coisas sob controle, tudo estava desmoronando, e eu também. Não que ele precisasse saber disso.

Como se pudesse ler meus pensamentos, ele deu um aperto suave na minha mão, um lembrete de que estava ali ao meu lado. Atravessamos o piso de concreto e, quando paramos em frente à caixa de fusíveis, ele me entregou o telefone.

— Segure para mim para que eu possa ver a caixa. — Fiz o que ele pediu, direcionando a luz para a caixa de fusíveis para que pudesse ver o que estava fazendo.

Ele a estudou por um momento, então ligou alguns interruptores e olhou para as escadas do porão. Ainda estava escuro.

— Não são os fusíveis. A energia deve ter acabado.

— Ótimo — eu disse, meus ombros caindo. — Então estamos presos sem eletricidade no meio de uma tempestade?

— Parece que sim. Você tem alguma vela?

Joguei a borda na caixa e Jude a agarrou e comeu em duas mordidas. Tínhamos devorado a pizza e agora não havia nem um restinho.

— Então, por que você saiu da torcida?

Encolhi um ombro e tomei um gole da minha Coca-Cola, deixando uma cortina de cabelo cobrir a lateral do meu rosto que estava virada para ele.

— Não era realmente a minha praia.

Ele mexeu no meu braço.

— O que há de errado?

— Nada.

— Nada sempre significa alguma coisa.

— Você aprendeu isso em Introdução à Psicologia?

— Aprendi isso em Introdução à Lila. Eu sei que você gosta de um livro.

— Ah, sério. — Virei-me no assento e sentei-me de pernas cruzadas, de costas para o apoio de braço. Ele chutou para trás e apoiou os pés vestidos de Nike na mesa de centro. O lampejo das chamas das velas dançava em seu rosto. — Então você acha que pode me ler?

— Sim — disse ele, muito seguro de si mesmo.

— Então por que você precisa perguntar se já me conhece como um livro?

Ele enfiou a mão no cabelo e virou a cabeça para me olhar. Forcei-me a encontrar seu olhar. Ele lambeu os lábios e por um momento vi um lampejo de culpa cruzar seu rosto. Tão fugaz que eu poderia ter imaginado.

Não como se tivéssemos prometido ser os primeiros um do outro. Não como se fôssemos nada mais do que apenas amigos.

— O que você ouviu?

— Por favor. — Acenei com a mão no ar. — Não tenho tempo para fofocas sem sentido.

— Não significou nada. O beijo — esclareceu.

Pelo que ouvi, não foi só um beijo. Os rumores indicaram que eles fizeram muito mais do que apenas beijar. Eu tinha perdido aquela festa estúpida. Tinha perdido as bebidas frutadas de vodca, os shots, os beijos e o sexo, ou o que mais tivesse acontecido em mais uma das infames festas na piscina de Ashleigh.

Eu não ia mais a festas, porque precisava estar aqui. Apenas por precaução.

Na maioria das vezes, minha mãe estava dormindo. Ela dormia mais do que ficava acordada esses dias. Mas ainda assim. Eu não queria perder nenhum momento em que ela estava acordada e queria passar sua sabedoria para mim.

— Ah. Você acha que me importo que você beijou Ashleigh? — Eu ri como se fosse a coisa mais ridícula que já tinha ouvido. — Por que eu deveria me importar?

Quando as estrelas caem

— Porque se você beijasse alguém, eu me importaria.

Eu bufei.

— Você não quer me beijar, mas não quer que ninguém me beije.

— O que te faz pensar que eu não quero te beijar?

— Você quer?

Ele se deslocou como fosse avançar e me beijar. Foi quando as luzes se acenderam e a TV voltou tão alta, que quase pulei do sofá. Jude pegou o controle remoto e baixou o volume e nos sentamos e assistimos TV como se nada tivesse acontecido. Porque nada tinha acontecido. Ele olhou para mim, mas mantive meu olhar focado na tela. Estávamos assistindo a um filme, mas eu nem sabia do que se tratava.

— Pode ir agora. A tempestade passou.

— Tudo bem — concordou, mas ficou onde estava, sentado ao meu lado no sofá, perto o suficiente para que eu pudesse sentir o calor de sua pele e sentir sua essência masculina. Perto o suficiente para que eu pudesse ouvir suas inspirações e expirações, sentir a subida e descida de seu peito. Seu coração estava batendo descontroladamente como o meu? Seu pulso estava acelerado? Eu mal podia respirar. Nenhum de nós tirava os olhos da tela.

— Você disse a Ashleigh que éramos apenas amigos. Imaginei que não se importaria com o que eu fizesse com ela.

Isso foi há um ano, quando eu era mais jovem e mais estúpida.

— O que exatamente você fez com ela? — Usando meu dedo médio, raspei o esmalte azul índigo do meu polegar.

— Eu não saio me gabando.

Usei meu dedo médio de uma maneira diferente. Ele riu baixinho.

— Isso é por mim… ou por Ashleigh?

— Por você.

Foi melhor assim. Pior ainda do que saber onde estava a boca dele era saber onde *estava a dela.* Soquei um travesseiro em frustração, o que o fez rir ainda mais. Eu era uma fonte de entretenimento para ele.

Eu tinha dezesseis anos e nunca tinha sido beijada. Tudo culpa de Jude. Ele tinha declarado sua reivindicação e todos os outros caras achavam que eu estava fora dos limites.

— *O beijo dele é o mais incrível de todos. Ai, meu Deus, ele é tão gostoso* — desabafou *Ashleigh. Com certeza ela só me chamou para se exibir e esfregar na minha cara.*

Quão incrível poderia ter sido? Não é como se ele tivesse muita experiência. Como ele sabia o que fazer? Talvez estivesse se relacionando com garotas nos quatro cantos e eu simplesmente não soubesse disso. No ano passado, ele tinha ido a muitas festas que eu tinha perdido.

Eu nunca seria o primeiro beijo dele agora. Não que ele quisesse me beijar. Argh, eu não sei.

Não sabia mais o que Jude e eu éramos um para o outro. Costumava ser tão simples. Ele era meu vizinho. Meu melhor amigo, às vezes inimigo, mas não de verdade. O menino com quem cresci. O menino mais chato do mundo. Sr. Sabe-tudo. Ele foi quem me ensinou a escalar uma cerca, pular pedras e balançar de uma corda amarrada a uma árvore. Ele era o garoto com quem eu tinha ficado com os joelhos esfolados. Ele era o meu verão. Minhas lembranças de infância.

O menino que sabia que eu estava com medo de tempestades e correu para minha casa na chuva torrencial para ter certeza de que eu estava bem. Se ele não estivesse aqui, eu estaria encolhida no sofá, sozinha e no escuro.

Ele fazia promessas de dedinho e ficávamos sentados assim, com os olhos colados na tela da TV.

Eu e o garoto que me deu seu moletom favorito quando menstruei, e ele não tinha tirado sarro de mim ou me feito sentir uma aberração.

Quando contei a história para minha mãe, ela sorriu e disse:

— *Isso é o que eu chamo de uma verdadeira história de amor.*

— *Eu não iria tão longe.*

— *Foi um ato de cavalheirismo. Nem todos os homens são honrados. E não conheço muitos adolescentes que teriam lidado tão bem com essa situação. Quando você se apaixonar, certifique-se de que ele é digno do seu amor.*

A porta da frente se abriu e olhei para cima quando Derek entrou na sala de estar, seu olhar saltando de mim para Jude.

— Obrigado por fazer companhia a Lila durante a tempestade — disse, passando a mão em seu cabelo escuro, como se se preocupasse com minha segurança e bem-estar, o que eu tinha certeza de que ele não se importava.

— Sim. Certo. A qualquer momento. — A mandíbula de Jude estava apertada e eu sabia que ele estava lutando contra a vontade de contar ao meu padrasto o que ele pensava sobre o cara não estar aqui. Mas não era novidade. Ele nunca mais esteve aqui, e isso era muito bom para mim.

Mas a pergunta que continuava me incomodando era: *o que aconteceria quando minha mãe não estivesse aqui?* Eu não era filha de Derek, e meu pai de verdade nunca tinha estado em cena. Eu nunca tinha me importado, porque sempre tive minha mãe e ela era como dois pais em um. Mas agora

Quando as estrelas caem

73

eu não tinha ideia do que aconteceria. Minha mãe me garantiu que Derek cuidaria de mim e ele havia prometido que cuidaria.

Mas promessas eram feitas para serem quebradas e eu o vi quebrar muitas para simplesmente confiar em sua palavra.

Distraído com seus próprios pensamentos, Derek se despediu e entrou na cozinha com passos pesados. Ouvi a geladeira abrir e depois o som dele abrindo uma lata de cerveja antes que a porta do pátio se abrisse e fechasse. Este era seu novo ritual noturno. Bebendo cerveja no deque dos fundos até desmaiar. Às vezes eu o encontrava lá de manhã.

Era como se ele já tivesse feito check-out. Raramente o via e, quando via, não conversávamos sobre nada importante. Às vezes ele tentava jogar conversa fora, mas era tão estranho que eu preferia que ele não falasse nada.

As sobrancelhas de Jude se levantaram em questionamento.

— O que Derek está fazendo?

— Bebendo uma cerveja.

Ele olhou para o teto como se pudesse ver diretamente o quarto da minha mãe.

— Não parece certo. — Ele hesitou por um momento e pensei que poderia dizer mais, mas ele se levantou e o acompanhei até a porta da frente.

— Boa noite, Lila.

— Noite.

Eu o observei correr na direção de casa até que a escuridão o engoliu e o perdi de vista.

Então subi as escadas, me preparei para dormir e entrei no quarto da minha mãe, fechando a porta silenciosamente atrás de mim para não a incomodar. O que Jude não sabia — o que eu não havia contado a ninguém — era que Derek dormia no quarto de hóspedes e vinha fazendo isso nos últimos dois anos.

Rastejei para a cama ao lado da minha mãe e ouvi sua respiração. Tranquilizada pelo som, sabendo que ela ainda estava aqui, adormeci.

CAPÍTULO 9

Lila

O livro escorregou das minhas mãos e bateu no chão com uma pancada. Sentei-me e pisquei, desorientada. Pavor instalou-se no meu estômago. Quando meus olhos se ajustaram à escuridão, descobri a forma adormecida de minha mãe.

— Vá em frente e durma, querida — disse-me a enfermeira da noite, Marge. Ela deve ter apagado as luzes.

O trabalho dela era manter minha mãe o mais confortável possível. O que significava que ela dosava a medicação para a dor.

— Mãe, eu volto mais tarde, tá? — eu disse baixinho, querendo que ela soubesse, mas não querendo perturbá-la caso estivesse dormindo.

— Tchau, bebê — respondeu, com a voz quase um sussurro. — Te amo.

Marge me levou até a porta como se estivesse com pressa para se livrar de mim.

— Vou cuidar dela. — Sentindo minha relutância em sair, ela tentou me tranquilizar com palavras que nós duas sabíamos que era mentira. — Vai ficar tudo bem.

Com um último olhar para minha mãe, saí do quarto e fiquei no corredor por alguns segundos. Eu não estava mais cansada. Estava estressada.

No meu quarto, coloquei meu tênis e puxei meu cabelo para dentro de um rabo de cavalo, verificando o tempo no meu telefone enquanto saía de casa. Eram dez horas. Um tempo louco para ir correr, mas eu vinha fazendo isso todas as noites.

Uma forma sombria veio do lado da casa dos McCallister, a grande lua laranja de outubro iluminando seu caminho. Como se ele estivesse me aguardando. Como se esperasse que eu viesse.

— Você precisa parar de correr tão tarde, Marrenta. — Ele ligou a lanterna do celular e a apontou para o chão à nossa frente para não tropeçarmos ou torcermos um tornozelo em uma vala ou buraco. — É perigoso.

— Você não precisa vir comigo.

Ele bufou.

— Como se eu fosse deixar você sozinha.

Ninguém sabia que corríamos tarde da noite. Todas as noites, nas últimas semanas, Jude descia a treliça da janela de seu quarto e lá estava ele, me esperando, mesmo em um dia de aula. Mesmo quando estava cansado depois de um dia inteiro de escola e treinos de futebol.

Jude era o *quarterback* titular este ano e estava nessa posição desde o segundo ano. O que era uma grande coisa em uma cidade obcecada por futebol. Ele carregava nos ombros as esperanças e expectativas de uma cidade inteira, porém, se sentia a pressão, nunca deixava transparecer.

Eu costumava pensar que tudo vinha muito facilmente para Jude. Claro, ele tinha talento natural. Mas ninguém na equipe trabalhava mais do que meu amigo. Dava tudo de si e deixava tudo em campo. Era assim em todas as coisas que ele fazia. Uma vez que Jude se comprometia com algo, dava cento e dez por cento.

Ao longe, um cachorro uivava, mas, fora isso, estava tranquilo, exceto pelo som de nossa respiração e nossos pés batendo na pista de terra. O ar fresco de outono cheirava a fumaça de lenha e folhas em decomposição.

— Como está sua mãe? — Jude perguntou, enquanto subíamos uma colina.

— O mesmo — eu disse, encerrando efetivamente nossa conversa.

Não havia mais nada a dizer e, ao contrário dele, eu não podia conversar durante a corrida, porque precisava respirar para que Jude não me pressionasse por mais.

Esperar que alguém morresse era a forma mais cruel de punição. Todas as manhãs, antes de ir para a escola, eu me preocupava que ela não estivesse lá quando eu chegasse em casa. Todas as noites, quando ia dormir, preocupava-me que ela tivesse ido embora quando eu acordasse.

Eu queria continuar correndo, até o fim do mundo. Ou de volta a uma época em que meu maior problema era ter que usar um vestido para conhecer os McCallister. Antes de minha mãe ficar doente e Derek fazer check-out. Ele tinha sido um cara legal quando eu era mais jovem? Eu realmente não conseguia me lembrar. Talvez fosse minha culpa por nunca o tratar como um pai. Mas eu tinha apenas sete anos quando se casou com minha mãe, então ele não deveria ter se esforçado?

— Você está bem? — Jude quis saber.

Nem mesmo perto. Mas eu sabia que ele estava falando sobre correr e, se eu dissesse que não, ele diminuiria o ritmo ou viraria e voltaria para casa. Eu não estava pronta para ir para casa. Correr se tornou meu vício e eu precisava disso. Precisava disso para me ajudar a esquecer. Para me deixar tão cansada que acabaria pegando no sono.

— Estou bem. — Para provar meu ponto, dei um tiro para frente com uma explosão de velocidade. Para mim, foi muito esforço fazer esse percurso e tive que forçar meu corpo para continuar mesmo quando tive vontade de desistir. Não era plano. Era montanhoso e acidentado. Para Jude, foi moleza.

Ele era o homem biônico, seu passo muito forte e seguro, e sua respiração medida, nem um pouco sem fôlego. Ele não parecia mais um menino. Com um metro e oitenta e dois, tinha a mesma altura de seu pai, que sempre pareceu um gigante para mim. Ele tinha um tanquinho e eu sabia disso porque, quando cortava a grama no verão, às vezes ficava sem camisa.

Quando voltamos para a casa dele e fizemos nossos exercícios de alongamento, eu ainda não estava pronta para ir para casa. Sabia que o sono não viria.

— Já está cansada? — perguntou, como se estivesse lendo minha mente.

Neguei com a cabeça.

— Mas está tudo bem.

Eu me virei para ir. Ele agarrou meu pulso e me arrastou ao longo do lado de sua casa. Paramos em frente à treliça. Ela terminava a poucos metros da janela de seu quarto, que ele havia deixado aberta, esperando seu retorno.

— Vamos. — Apontou com o queixo para a treliça. — Vamos sentar no telhado.

— No telhado? — Inclinei a cabeça para trás, olhando para o telhado de dois lados. Como ele propunha que chegássemos lá?

— Sim, Marrenta, no telhado. Está mais perto das estrelas. Confie em mim — ele disse, notando o jeito que eu mastigava meu lábio, preocupado sobre como diabos ele esperava que todos os meus 1,70m subissem no telhado. — Eu nunca deixaria você cair.

Foi o jeito que ele disse, como se fosse capaz de morrer antes de me deixar cair, que me incentivou a fazer o que ele pediu. Às vezes eu pensava que seguiria esse garoto até as profundezas do inferno se ele me pedisse. E às vezes isso me assustava. Eu não queria que ele tivesse esse tipo de poder sobre mim. Foi a razão pela qual eu o afastava com tanta força, não querendo que cedesse um centímetro, sabendo que ele daria um metro.

Quando as estrelas caem

Se acomodar no telhado não foi tarefa fácil, mas Jude permaneceu fiel à sua palavra e agora aqui estamos, deitados no telhado sob um céu cheio de estrelas, nossos joelhos dobrados, pés plantados nas telhas de cedro. E tudo o que tínhamos que fazer para chegar até aqui era subir os trilhos, andar na corda bamba pela calha, escalar o muro de pedra e depois nos puxar para cima e para o telhado.

— Da próxima vez devemos usar uma escada.

— Onde estaria a diversão nisso? — Jude perguntou e eu ri.

Desse ponto, as estrelas estavam tão próximas que parecia que podíamos alcançá-las e tocá-las.

Tudo estava mudando e eu odiava isso

— Minha mãe está morrendo, Jude. Ela vai morrer.

Ele nem se deu ao trabalho de tentar negar. Não podia, porque sabia que era verdade. Ela ia morrer e não havia nada que alguém pudesse fazer a respeito.

Jude pegou minha mão e a apertou na dele, e ficamos em silêncio por um tempo, perdidos em nossos pensamentos, nossos olhares se concentrando nas estrelas, e eu não conseguia dizer se realmente aconteceu ou se meus olhos estavam pregando peças em mim, mas eu poderia ter jurado que vi uma estrela cadente em meu olhar periférico. Quando virei a cabeça, ela sumiu.

— O que acontece quando as estrelas caem, Jude?

— Eu as coloco de volta no céu para você — respondeu, soando muito confiante. Como se ele tivesse esse tipo de poder. Como se fosse um deus, e não apenas um garoto de dezessete anos. — Eu faria qualquer coisa por você, Lila.

— Qualquer coisa?

— Qualquer coisa. — Não houve hesitação em sua resposta, nem mesmo por um breve momento. Ele estava muito convicto. Como ele foi corajoso e tolo ao fazer uma declaração como essa. E se ele não conseguisse entregar? E se eu lhe pedisse para me dar o sol, a lua e todas as estrelas? O que ele faria então?

— Tá bom. Então me beije — provoquei, com falsa valentia, como se esse fosse um de nossos desafios.

— Você quer que eu te beije? — perguntou, como se quisesse ter certeza de que me ouviu corretamente. E desta vez ouvi a hesitação em sua voz. Talvez ele nem quisesse me beijar e eu tivesse acabado de me fazer de boba.

— Lila — chamou, com a voz baixa e rouca —, você quer que eu te beije?

Encolhi um ombro como se não me importasse se ele fizesse isso ou não e pressionei as palmas das minhas mãos contra as telhas para impedi-las de tremer.

— Você quer?

Ele ficou quieto e não fez nenhum movimento em minha direção. Olhei para o céu noturno, com muito medo de ver o que talvez não quisesse. Ele nem tinha dito que sim. Deus. Quanto mais eu poderia me envergonhar?

Ele era apenas nove meses mais velho do que eu e nunca costumava notar a diferença em nossas idades, mas agora eu percebi. Enquanto ele ia a festas, bebia cerveja e deixava as meninas beijá-lo e chupá-lo, eu ficava sentada em casa vendo minha mãe morrer.

Queria voltar aos meus dias despreocupados, quando nada me assustava. Queria ser imprudente e ousada de novo. E estava determinada a fazer isso com ou sem ele.

— Muito bem. — Empurrei-me para cima dos antebraços. — Se você não me beija, vou encontrar alguém que o faça.

As palavras mal saíram da minha boca e eu estava enjaulada em seus braços, seu rosto tão perto do meu, toda a periferia estava embaçada. Não era como nos tempos em que costumávamos brincar de lutinha. Meu corpo estava zumbindo e eu podia sentir o tremor em seus braços enquanto ele os usava para se preparar para não pressionar todo o seu peso sobre mim.

— Você vai cair do telhado.

— Vale a pena — replicou.

E o que ouvi foi que *eu* valia a pena. Ele cairia de bom grado para a morte por mim.

Seu hálito suave se misturava com o meu e eu podia sentir seu suor e o amaciante de tecido que sua mãe usava e a essência que era totalmente ele. O cheiro que me deixava levemente tonta. Eu estava tão zonza que poderia ter flutuado se ele não me prendesse a esse telhado.

— Eu sou o seu primeiro beijo? — perguntou baixinho, estudando meu rosto ao luar, seu olhar saltando dos meus olhos para os meus lábios, onde ficou.

Quando as estrelas caem

Franzi os lábios, sem querer reconhecer e balancei a cabeça.

— Não.

Ele sorriu.

— Sim, eu sou. — Ele se deslocou para que estivesse apoiado em um antebraço e passou levemente as pontas dos dedos sobre meus lábios. Tão suavemente que parecia uma brisa suave, não o toque de um menino que prometia colocar as estrelas de volta no céu. — Ninguém mais pode te beijar.

E esse era o problema. Ele tinha decidido que eu era dele, mas podia beijar quem quisesse. A hipocrisia me irritou e me ergui contra seu toque macio, que fazia deliciosos arrepios correrem para cima e para baixo da minha espinha.

— Mudei de ideia. — Tentei empurrá-lo para longe e sair de debaixo dele, mas ele apenas riu. — Não quero te beijar.

— Você quer. Vou fazer com que seja bom para você.

— Ouvi dizer que seu beijo é péssimo.

— Diga sim, Marrenta. — Sua boca pairava a poucos centímetros acima da minha. Ele lambeu o lábio inferior e esperou para ouvir a palavra saindo da minha boca e eu sabia que ele esperaria até que as estrelas morressem se fosse preciso. Nunca faria nada sem o meu consentimento, mas mesmo assim ainda parecia perigoso. — Quer que eu te beije?

Eu queria isso mais do que já quis qualquer coisa na minha vida. Devo realmente me negar esse prazer? Eu balancei a cabeça.

— Sim.

Quando seus lábios encontraram os meus, ele estava sorrindo. Seus lábios roçaram os meus, enviando uma onda de choque através de mim, e não foi realmente um beijo, apenas o prelúdio. Como se ele tivesse todo o tempo do mundo e não estivesse arriscando a vida para me beijar no topo deste telhado. Envolvi meus braços em seu pescoço, pensando que talvez pudesse salvá-lo da queda.

E foi aí que ele me beijou. Com força. Engoli em seco, e ele aproveitou a oportunidade para aprofundar o beijo. Sua língua acariciava a minha e era tão estranho, mas tão maravilhoso ao mesmo tempo. Ele gemeu e fiz um sonzinho que estava perto de um gemido.

Não posso mentir. Foi um beijo perfeito.

Eu cairia do telhado com prazer se isso significasse que eu poderia continuar beijando-o assim. Eu nunca queria que acabasse.

CAPÍTULO 10

Jude

Beijar Lila foi diferente de tudo que eu já tinha experimentado antes. Eu não queria largá-la. Meu pau estava tão duro que eu sabia que ela tinha que ter sentido o cutucão em sua coxa. Suas costas arquearam para fora do telhado e seus dedos cravaram em meus ombros e, quando ela balançou os quadris, eu nem parei para pensar. Estava empurrando contra ela, o material fino e sedoso de nossos shorts de corrida era a única barreira que me impedia de me enterrar dentro dela.

Isso estava rapidamente se transformando em muito mais do que um beijo. Estávamos nos atracando no telhado e minha boca estava em seu pescoço, meus dentes roçando sua clavícula, seus dedos puxando as pontas do meu cabelo enquanto, na minha cabeça, eu pensava em um milhão de maneiras diferentes de fazê-la se sentir tão bem que nunca iria querer beijar outro cara na vida.

Mas não poderíamos continuar fazendo isso. Agora não. Não aqui em um telhado enquanto sua mãe estava morrendo. Não depois das promessas que fiz.

— *Você é um bom amigo para Lila. Ela vai precisar de você para ajudá-la com isso.*

— *Eu estarei lá. Eu sempre estarei lá por ela.*

— *Eu sei que sim, querido. Ela tem sorte de ter você. Apenas me faça um favor, ok?*

— *Qualquer coisa.*

— *Torne a primeira vez dela especial.*
Tossi, sem ter certeza de ter ouvido direito.
— *A primeira vez dela?*
Ela riu.
— *Sexo, Jude. Não aja como se não tivesse pensado nisso. Posso estar morrendo, mas não sou cega. Eu vejo o jeito que você olha para ela. Mas não há pressa. Vocês dois são jovens. Espere até a hora certa.*
— Eu... — Eu ri. — Isto é estranho.
— *Sexo é natural. Não há necessidade de torná-lo estranho. Sou feliz por vocês terem se encontrado. Às vezes eu gostaria de... bem, não importa. É bom esperar até que a pessoa certa apareça e, quando essa pessoa certa aparece aos nove anos de idade, é mágico.*

Com cada grama de força de vontade que eu possuía, me forcei a parar e me afastei, tentando controlar minha furiosa ereção. Longe de ser uma tarefa fácil. Eu a queria tanto que não conseguia enxergar direito. Apoiando os braços em cada lado de sua cabeça, olhei para seus lábios inchados e machucados pelo beijo. Eu queria marcá-la como aqueles vampiros estúpidos nos livros que todas as garotas estavam lendo.

Ela olhou para mim, seus lábios se abrindo, e abaixei a cabeça e beijei seu pescoço, chupando a pele sensível até ter certeza de que estaria manchada de roxo amanhã.

Minha.

— Você acabou de me dar um chupão? — ela perguntou, quando a virei e sentei a seu lado.

— Uhum.

Apoiei-me para trás em meus cotovelos, muito orgulhoso do meu trabalho, e ela revirou os olhos e disse *nojento*, mas havia um sorriso em seus lábios e eu não achava que ela se importasse de verdade.

— Como foi seu primeiro beijo? — perguntei, desejando ter ficado de boca fechada.

— Nada mal. Foi legal.

— *Legal?*

— Não quero inflar seu ego nem nada. — Ela puxou o lábio inferior entre os dentes, de repente tímida. Era bonitinho. — Todos os beijos são assim?

Eu ri e esfreguei as mãos no rosto, sufocando um gemido.

— Não, definitivamente não.

Ela sorriu, triunfante, como se fosse um concurso e tivesse vencido. E ela tinha. Reverências para o melhor beijo que já dei. Porque era a Lila. E eu estava morrendo de vontade de beijá-la há mais tempo do que me lembrava. Tivemos tantos quase beijos que tornaram este ainda mais doce. A espera. O querer. A saudade.

Queria mais. De tudo.

— Que bom — disse ela.

O sorriso escorregou de seu rosto e vi a tristeza que estava lá há meses. Voltei a estender a mão para a dela e segurei na minha.

— Eu tinha minha mãe como algo certo. Pensei que ela estaria aqui para sempre, sabe?

Às vezes eu esquecia quão baixinha Lila era, mas agora ela parecia muito pequena. Muito frágil.

— Vem cá.

Sentei-me e puxei-a para o meu lado, enrolando meu braço em seus ombros, tentando deixá-la saber que eu estava lá por ela. Podia senti-la quebrando. Ela chorava. Apenas essas grandes e silenciosas lágrimas rolando por suas bochechas e tudo o que eu queria fazer era tirar sua dor e torná-la minha. Eu queria consertar isso para ela e não conseguir me dava raiva.

Engoli com força. Lila falava da mãe como se já tivesse ido embora, e talvez fosse isso que ela tivesse que fazer. Contradizê-la, dizer-lhe que ainda havia uma chance de sua mãe ficar bem, seria mentira.

— Ela foi a melhor mãe de todas.

Eu balancei a cabeça em concordância. Ela estava lá no topo com a minha mãe, que era muito boa.

— Diga-me algo bom, Jude.

Quebrei meu cérebro tentando pensar em algo bom e optei por algo engraçado. Ter Jesse por perto garantia que sempre houvesse muito do que rir.

— Se você colocar uvas no micro-ondas, elas explodem. Descobrimos isso ontem, quando Jesse conduziu um experimento.

Lila riu.

— Ele é louco. O que sua mãe fez?

— Apenas balançou a cabeça e tentou não rir. Ele disse que seria mais fácil fazer geleia agora e espremeu todas as uvas explodidas e as espalhou em seu sanduíche de manteiga de amendoim.

Lila estava realmente rindo agora.

— Jesse é obcecado por comida explosiva. Lembra quando ele testou o mito de Mentos e Coca-Cola?

Eu bufei. Ele ficou tão desapontado quando seu estômago não explodiu. Apenas o fez arrotar.

— Você sabia que o Capitão Crunch tem um nome verdadeiro? — indaguei, compartilhando mais curiosidades sobre Jesse.

— Não. Qual é?

— Capitão Horatio Magellan Crunch.

— Não pode ser. Você está inventando isso.

— Não. A história é real. E o nome da Minnie Mouse é Minerva. — Olhei de soslaio para ela. — Você meio que tem cara de Minerva.

— Claro que sim. Com um nome como esse, posso entender por que ela se chama Minnie.

— Aposto que pode, *Delilah*.

Ela torceu o nariz.

— Eca, não me chame assim.

— Por que não? Acho legal.

— Ah, é?

— Uhum. Ela era uma sedutora bíblica.

— A queda de Sansão. É melhor você não cortar o cabelo — disse ela.

— É melhor você não cortar enquanto eu estiver dormindo.

— Tentador.

— Não faria isso se fosse você.

Ela riu e eu a beijei novamente. De novo. E de novo.

Pisquei para minha mãe quando ela entrou no meu quarto e sentou, rolando meu ombro que estava rígido de dormir no chão duro. Pelo olhar no rosto da minha mãe, eu conseguia adivinhar porque ela estava aqui.

— Ah, querido. Ela estava com você a noite toda? — sussurrou minha mãe.

Sentei-me, passei a mão pelo cabelo e assenti, meu olhar procurando Lila. Ela ainda estava dormindo na minha cama e tive a sensação de que fazia muito tempo que ela não dormia tão profundamente. Foi por isso que sugeri isso ontem à noite — ou melhor, nas primeiras horas da manhã. Assim que ela tirou o tênis e bateu a cabeça no meu travesseiro, ela adormeceu. Eu tinha debatido se deveria subir na cama e dormir com ela, mas optei pelo meu saco de dormir no chão. Não que eu estivesse sendo nobre. Eu tinha dezessete anos, era um cara e ela me gerou uma ereção violenta que era impossível de esconder. Se eu tivesse engatinhado na cama atrás dela, não poderia confiar em mim mesmo para não roçar nela durante o sono.

— Não a acorde — pedi, meu tom abafado.

Minha mãe assentiu, seu sorriso triste e por alguns segundos nós dois assistimos Lila dormindo antes de eu seguir minha mãe para fora do quarto. Eu tinha chegado até a porta quando a voz grogue e adormecida de Lila me parou.

— Jude?

Minha mãe parou no corredor. Relutantemente, voltei para o quarto, odiando que eu fosse o primeiro rosto que ela visse enquanto todo o seu mundo era destruído. Por outro lado, fiquei feliz por poder estar aqui por ela. Minha mãe e eu não precisávamos dizer as palavras. Lila sentou-se na cama, seu cabelo ondulado selvagem e o olhar em seu rosto… a devastação nele era algo que eu esperaria nunca mais ver nesta vida.

— Lila, querida. — A voz da minha mãe era suave. — Derek está aqui, meu amor. Eu sinto muito. — A voz da minha mãe falhou nas palavras e pude ver que ela mal estava se controlando.

Lila não chorou. Ela não derramou uma única lágrima. Saltou da cama e enfiou os pés nos tênis.

— Eu deveria estar lá. Eu deveria ter estado lá por ela.

Estendi a mão para ela, tentando puxá-la para um abraço, mas ela me empurrou e saiu correndo do meu quarto. Eu a persegui e colidi com meu pai no corredor.

— Deixe-a ir. Derek veio buscá-la.

Fisicamente, ele estava aqui, mas pelo que eu tinha visto, ele não era realmente presente para Lila ou Caroline. Ele nem era o pai de Lila, mas agora era tudo o que ela tinha como figura paterna. Uma figura de merda, se você me perguntasse.

Quando as estrelas caem

No andar de baixo, ouvi a porta fechar, então o silêncio se instalou na casa e ficou tudo muito quieto.

A porta de Brody se abriu e ele se juntou a nós no corredor em sua cueca boxer, esfregando a mão no rosto. Seu cabelo loiro-escuro estava emaranhado de um lado onde ele dormiu.

— O que está acontecendo? — ele perguntou, e na respiração seguinte ele disse: — Ah, porra. — Lendo a situação sem ter que ser dito. — A mãe da Lila.

— Olha a boca — minha mãe disse a ele, mais por hábito do que qualquer outra coisa.

— O que aconteceu com a mãe de Lila? — Jesse perguntou, sua voz em pânico subindo algumas oitavas acima.

Passei por meu pai, deixando-o para lidar com meu irmão. Lila precisava de mim.

Com os pés descalços, shorts de corrida e camiseta com a qual eu havia dormido, corri até a casa dela, as folhas caídas sendo esmagadas sob meus pés, e entrei pela porta da frente que estava aberta.

— Onde ela está? — Lila gritou lá de cima.

— Acalme-se.

— Onde está minha mãe? — No andar de cima, uma porta se fechou e ouvi o som de algo quebrando.

— Lila. Pare com isso! — Derek gritou.

— Como você pode deixar que a levassem? — ela berrou. — Eu nem cheguei a me despedir. Sai. De. Cima. De. Mim! Me solta.

Aquele filho da puta.

Minhas mãos se fecharam em punhos e subi os degraus de dois em dois. Sem nem mesmo parar para pensar, afastei Derek dela, girei-o e joguei-o pelo corredor. Ele bateu na parede, derrubando uma foto de um gancho e ela caiu no chão, o vidro da moldura se estilhaçando.

Prendi-o contra a parede com o braço e acertei-o bem na cara.

— Você tocou nela? — exigi, minha voz tremendo de raiva.

— Fique longe de mim. — Ele tentou me empurrar para longe, mas não era páreo para mim. Eu tinha uns bons três centímetros a mais e músculos no lugar de sua barriga de cerveja.

Agarrei sua camiseta nas mãos e o olhei nos olhos. Seu rosto tinha adquirido um tom alarmante de vermelho-beterraba.

— Eu estou te fazendo uma pergunta — indaguei, fervendo. — Você encostou…?

— Jude. Pare. Ele não fez nada. Só... pare de bagunçar tudo. — Ela agarrou meu braço e me puxou para longe de Derek, que olhou para mim e rolou os ombros.

Sem saber ao certo o que havia acontecido, olhei para Lila, que estava de joelhos, segurando a foto que havia caído da parede. Na foto, Lila soprava as quatro velinhas de seu bolo de aniversário e sua mãe estava ao seu lado com um grande sorriso no rosto. Caroline parecia tão jovem e tão saudável, seus olhos verdes vibrantes e seu cabelo escuro brilhante, e havia tanta alegria e amor em seu rosto enquanto observava Lila que quase chorei só de olhar para ela.

—Vá para casa, Jude. — Sua voz era calma. Decidida.

— Ele estava te...?

— Ele não estava fazendo nada. Só vá. Quero ficar sozinha.

Dei alguns passos para longe de Derek.

— Desculpe — murmurei, passando a mão pelo cabelo. Limpei minha garganta. — Pensei...

Ele balançou a cabeça com nojo.

— Eu sei o que você pensou. Você a ouviu. Vá para casa.

Mas eu não podia ir para casa e simplesmente deixá-la, então segui o rastro de sangue pelo corredor de tapete cinza até seu quarto. Seus joelhos estavam sangrando de onde ela havia se ajoelhado no vidro quebrado.

— Lila. Desculpa. Eu...

A porta bateu na minha cara. Pressionei a testa contra a madeira e ouvi a fechadura girando do outro lado como se ela estivesse tão desesperada para me manter fora que teve que se trancar do lado de dentro. Meus olhos se fecharam e coloquei as palmas das mãos encostadas na porta dela.

— Deixa eu entrar, Lila. Por favor. — Eu estava suplicando. Implorando. E sabia que soava patético, mas foda-se isso. Ela não podia me excluir. Eu era o melhor amigo dela. Era o cara que a amava mais do que qualquer um neste planeta. Caroline se foi, mas eu ainda estava aqui, implorando para que ela me deixasse entrar.

E era isso. Eu a amava. Eu a amava desde sempre. Desde os nove anos de idade, com medo de que ela se afogasse no riacho. Eu a amava quando ela me deu um soco na quarta série.

Quando lhe dei meu moletom favorito no primeiro ano.

Eu a amava no segundo ano, quando ela torcia por mim da arquibancada dos meus jogos de futebol, mesmo sendo a menina triste.

Depois que saiu da equipe de torcida, ainda foi aos jogos porque a cidade inteira ia. Ela geralmente se sentava com minha família ou com Brody se ele não estivesse ausente em um de seus rodeios. Numa sexta-feira, na escola, em dia de jogo, tentei dar a ela uma das minhas camisas para usar durante a partida, mas ela me devolveu.

— *Isso deve significar alguma coisa?* — *Olhou para a camisa azul na mão, meu nome e o número dez estampado em dourado.*

— *Ah, sim. Significa que você está no meu time.* — *Significa que você é minha e de mais ninguém. Como ela poderia não ter descoberto isso?*

Ela jogou a camisa na minha cara e foi embora.

Mas eu a amava de qualquer maneira.

Infelizmente, sendo o burro que eu era, deixei meu pau assumir o pensamento e de alguma forma ele tinha encontrado seu caminho para dentro da boca de Ashleigh e de alguma forma minha boca tinha encontrado seu caminho para… Sim, você entendeu. Eu gostaria de dizer que foi uma coisa pontual, mas estaria mentindo.

Merda.

— Marrenta. Abre. — Bati a palma da mão contra a porta dela. — Deixe-me entrar.

Você precisa de mim.

Lila não respondeu. Não destrancou a porta. Fiquei onde estava, grudei na porta dela e esperei. E ouvia sinais de vida lá dentro. Meu coração bateu no peito quando ouvi seus passos atravessando o cômodo, se aproximando. Respirei aliviado e dei um passo para trás, esperando que a porta se abrisse.

Minhas esperanças foram frustradas quando, dois segundos depois, *Move Along*, do All-American Rejects, explodiu de seus alto-falantes. Dei um pulo para trás percebendo por que seus passos haviam chegado tão perto da porta. Ela colocou um alto-falante do outro lado dela e aumentou o volume. A música estava tão alta que sacudia as paredes.

Siga em frente. Que fofo, Marrenta, que fofo.

— Vou acampar do lado de fora da sua porta até que você me deixe entrar — gritei sobre a música.

— Vá. Para. Casa.

Sentei-me do lado de fora da porta dela e apoiei meus antebraços nos joelhos dobrados. Ainda estava sentado lá, ouvindo sua música emo de menina raivosa quando as botas de trabalho do meu pai apareceram na minha frente. Levantei a cabeça e encontrei seu olhar. Sua mandíbula estava apertada e ele parecia estar a dois segundos de perder a cabeça.

— É hora da escola.

— Não vou. — Chutei minhas pernas na minha frente, cruzei os braços sobre o peito e me encostei na porta, acomodando-me para a longa espera.

— Jude. — Ele beliscou a ponte do nariz e falou com os dentes cerrados. — Saia da porra do chão e leve sua bunda para casa agora. Ou haverá muitas consequências a pagar. Entendeu?

— Não posso ir à escola. Não agora que… — Empurrei o polegar para a porta atrás de mim. Preencha os espaços em branco, pai. Menina triste estava do outro lado, talvez chorando muito, e como eu deveria deixá-la assim?

Eu não podia.

Eu não faria.

— É noite de jogo. Você é o *quarterback* principal. — Como se futebol fosse a coisa mais importante em um momento como esse. — Você precisa ir para a escola e precisa resistir. Todos esperam uma vitória esta noite.

Resistir. O bordão do meu pai. *McCallisters são vencedores, não desistentes.* Essa era sua outra frase famosa. Nada menos que a vitória era aceitável.

Se eu não fosse para casa com ele agora, realmente haveria muitas consequências a pagar.

Então respirei fundo algumas vezes pelo nariz e me levantei. Era uma sexta-feira. Noite de jogo. E eu não tinha ideia de como levaria meu time à vitória depois que Lila acabara de perder a mãe. Mas era o que se esperava de mim.

Todas as sextas-feiras à noite, durante a temporada de futebol, eu ia para aquele campo e deixava tudo de mim lá. Meu sangue, meu suor e as lágrimas de minha mãe quando fui derrubado em um *sack* e acabei com uma concussão três semanas atrás. Na segunda-feira seguinte, eu estava de volta naquele campo para treinar. Porque é isso que os vencedores fazem. Eles voltam ao jogo, não importa o que aconteça.

O treinador esperava que eu entregasse o melhor. Meus companheiros esperavam isso. Inferno, toda a maldita cidade esperava por isso.

Mas não importava o quão bem eu jogasse, meu pai ainda apontava o que eu poderia ter feito melhor. Eu sempre temi o café da manhã de sábado, porque era quando ele repassava o jogo, citando jogada a jogada e apontando quaisquer pontos fracos meus.

Não me interpretem mal. Eu amava futebol e amava meu pai. Mas às vezes ele era um pai mão de ferro e um capataz que exigia nada menos que excelência de mim. *O amor é difícil*, era como ele chamava quando me fazia treinar às seis da manhã nos fins de semana. Ele fez o mesmo com Jesse, que havia entrado no motocross no verão passado. E o mesmo com as competições de rodeio de Brody.

Tínhamos que ser os melhores, e nada menos seria suficiente.

Com Gideon, meu pai não sabia o que diabos fazer. Gideon odiava praticar esportes. A parte engraçada era que ele tinha muita habilidade, mas odiava a maneira como meu pai ficava competitivo, então ele fazia meia-boca, o que sempre levava a discussões e portas fechadas.

Agora, meu pai e eu cruzamos o gramado da frente dos Turner, as solas dos meus pés doendo dos cortes que fiz na minha corrida descalça até a porta da frente.

— Que diabos você estava pensando quando socou Derek? — meu pai perguntou.

Ele disse ao meu pai que dei um soco nele? Aquele traidor maldito.

— Foi um mal-entendido — declarei. Ele ergueu as sobrancelhas, esperando por uma explicação. — Achei que ele estava — limpei a garganta, envergonhado com minhas suposições, mas não totalmente arrependido de minhas ações — sendo inapropriado com a Lila — finalizei, tentando colocar com delicadeza e não me pintar como o maior babaca do mundo. Mas ei, eu só estava tentando defendê-la.

— Ah. — Meu pai assentiu, como se entendesse, e não disse mais nada enquanto caminhávamos pela rua até nossa casa, as árvores uma profusão de cores, as folhas de outono naquele ponto onde ainda eram laranja vibrante, vermelho e dourado pouco antes de murcharem e morrerem.

Murchar e morrer.

Olhei por cima do ombro para a casa de telhas marrons de Lila antes de chegarmos à curva da estrada e as árvores obscurecerem minha visão. Achei ter visto o rosto dela na janela do segundo andar, me observando. Mas provavelmente ela não estava pensando em mim, muito menos me observando de sua janela.

— Você acha que ele estava? Isso é algo com que eu deveria me preocupar? — meu pai perguntou quando chegamos à nossa varanda. Minha mãe a decorou com abóboras, teias de aranha e um espantalho de chapéu de palha com camisa xadrez por baixo do macacão.

— Acho que não, mas não confio no cara.

— Se você notar alguma coisa, me diga, ouviu? Não se responsabilize por lidar com isso sozinho. Se o pior acontecer, vou cuidar de Derek e vamos trazer Lila para cá conosco.

O quê?

— Você pode fazer isso?

Ele assentiu.

— Caroline tomou decisões em seu testamento. Apenas no caso de ser necessário.

Bem, merda. Eu não sabia disso e duvidava que Lila também soubesse. Mas meu pai me pediu para guardar para mim, então o fiz.

Não que isso importasse. Lila me ignorou. Saiu de seu caminho para me evitar. As estações iam e vinham e a menina triste fazia novos amigos e ia a festas com os garotos artistas onde os caras tocavam violão e as meninas calçavam sandálias birken e não depilavam as axilas.

Certeza de que ela era lésbica agora.

Parei de deixar bilhetes no armário dela. Parei de tentar falar com ela. Parei de enviar mensagens de texto sem resposta.

Parei de dar a mínima para o que ela fazia ou com quem ela fazia. O que teria sido perfeito para um caralho se fosse verdade. Eu sentia falta de sua chuva de primavera e cheiro de madressilva.

Sentia falta do jeito que ela me beijava. Como se eu fosse seu oxigênio e ela não pudesse respirar sem mim.

Sentia falta de sua risada, baixa e gutural, e meio suja. Sentia falta do sorriso dela. Todos os seus sorrisos. Os desonestos, os felizes, os doces e os tímidos.

Sentia falta do jeito que ela costumava brigar e discutir comigo.

Eu sentia falta *dela*, mas, em vez de me debruçar sobre isso, me conectei com garotas que queriam estar comigo. As genericamente bonitas com nomes como Ashleigh, Megan e Kylie. Ok, eu me conectei com as três.

Mas que porra? Marrenta estava me deixando louco.

A única maneira de manter minha mente longe dela era fingir que ela não existia.

Quando as estrelas caem

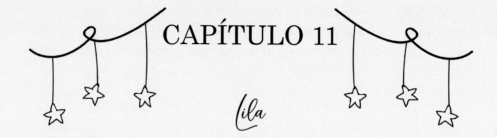

CAPÍTULO 11

Lila

Sete meses. Esse foi o tempo que Derek levou para decidir que não tinha interesse em cuidar da filha de sua esposa morta.

Um mês depois que minha mãe morreu, Derek trouxe sua namorada para casa para me conhecer. Haha, brincadeira. Ele não a trouxe para me conhecer. Eu só estava lá quando ele parou sua Harley e ela desceu da parte de trás. Seu nome era Mindi com i e ela usava calça jeans desbotada, decotes e unhas de acrílico. Seu cabelo loiro descolorido tinha raízes de cinco centímetros e seus saltos deixavam buracos em nosso gramado da frente, mas Derek agiu como se fosse a melhor coisa desde que inventaram o pão fatiado. Se ele estava tentando encontrar a antítese da minha mãe, ele tinha conseguido. A motociclista Barbie tinha se mudado para nossa casa e para o quarto de minha mãe que ela dividia com Derek. Durante seis longos meses tive que lidar com Mindi, sua maquiagem e perfume barato sujando as prateleiras do banheiro, sua fumaça de cigarro atravessando a porta da tela e poluindo meu ar.

Eu tinha destruído o jardim que Jude tinha me ajudado a plantar porque não queria que Derek e Mindi tivessem uma bela vista.

Eu era pequena, mesquinha e amarga.

Tudo estava morto e quebrado.

A única surpresa foi que Derek ficou lá por tanto tempo quanto ele. Ele esperou até o dia seguinte ao meu aniversário de dezessete anos para me informar que estava colocando a casa no mercado e se mudando para outra cidade com Mindi.

Eu nem sabia para onde Derek estava se mudando e nem me importava de perguntar.

Agora era junho, a escola estava em férias, a casa estava vendida e minha vida tinha sido embalada em algumas caixas que estavam sendo transportadas para a casa dos McCallister.

O único ponto positivo no meu terceiro ano foi Christy Rivera, que jocosamente se chamava de A Menina do O.B. Eu a chamava de salva-vidas. Por mais patético que pareça, ela foi minha primeira amiga de verdade que era uma menina. Quanto aos meus outros dois melhores amigos... sentia falta deles. Muito.

Especialmente Jude. Eu sentia falta dele como um membro perdido e, enquanto o observava ir de uma garota para outra, eu sabia que não tinha ninguém para culpar por nossa briga, exceto eu.

Eu disse a mim mesma que era melhor assim. Eu não suportaria perder outra pessoa que amava. Jude estava indo embora, iria se alistar e deixar Cypress Springs logo depois que nos formássemos no ensino médio, então era melhor manter distância. Se eu chegasse muito perto, só iria doer mais.

Mas agora eu estava indo morar com a família dele e não tinha ideia de como navegar neste território desconhecido. Evitá-lo não seria uma opção.

— Como vão as coisas, L?

— Vamos colocar assim. Eu tinha duas opções: merda. Ou mais merda — disse, usando suas palavras de quatro anos atrás. Parecia ter sido em outra vida.

— Sim, eu entendo. — Brody caiu na minha cama e enfiou as mãos sob a cabeça, olhando para o teto. — Você tem um céu cheio de estrelas.

— O quê? — perguntei, transferindo minhas roupas da mala para a cômoda de carvalho.

Este quarto costumava ser o quarto de hóspedes e eu tinha ouvido que Gideon deveria sair do quarto que ele dividia com Jesse, mas, agora que eu estava aqui, ele teve que perder seu próprio quarto. O que me fez sentir mal, assim como tantas outras coisas sobre esse arranjo de vida.

— Você tem estrelas — disse ele, apontando para o teto.

Olhei para cima, mas, no início, não consegui ver nada.

— Desligue a luz.

— Por quê? — insisti, mas fiz o que ele disse e apaguei a lâmpada da cômoda. Ainda não estava tão escuro, mas o suficiente para ver as estrelas brilhando no teto acima da minha cama. Eu as estudei, tentando descobrir o padrão e qual constelação era, mas astronomia não era a minha praia. — Elas sempre estiveram aqui?

Ele riu baixinho.

— Não.

Jude. Mas será que ele realmente teria feito isso? Para mim? Ele me odiava agora. Eu tinha conseguido o que desejava. Ele me deixou em paz. Nunca tentava falar comigo. Nem olhava para mim quando passávamos um pelo outro nos corredores da escola. Ele não me intimidava. Não saiu do seu caminho para tornar a minha vida um inferno. Nem sequer me evitou ativamente ou me ignorou.

Ele apenas olhava através de mim como se eu nem existisse.

Então, por que ele teria colocado estrelas no meu teto?

— Você fez isso? — perguntei a Brody.

Ele apenas riu.

— Vocês dois se merecem. São dois burros.

Abri a boca para protestar, mas Kate enfiou a cabeça na porta, impedindo que as palavras saíssem.

— Oi, querida. Precisa de ajuda?

— Ah, hm… Estou bem. Obrigada. — Voltei a acender a luz e sorri para ela. Eu amava Kate. Amava toda a família. Mas sabia como Brody se sentia agora. Mesmo que suas intenções fossem boas, eu odiava me sentir como um caso de caridade.

— Brody. Tire suas botas do edredom da Lila — ordenou Kate.

Suas botas bateram no chão com um baque e ele ficou de pé, deixando-me com a lama seca que havia se lascado de suas botas e pousado no meu edredom com estampa de girassol.

— Nos falamos depois, L.

Quando Brody se foi, Kate tirou a sujeira do meu edredom e jogou na lixeira ao lado da minha mesa, em seguida, veio para ficar na minha frente e estendeu os braços.

— Vem cá, querida.

Dei um passo à frente e ela me envolveu em um abraço quase tão bom quanto o da minha mãe. Quase. Ela acariciou meu cabelo, segurou firme e a abracei de volta. Tentei engolir minhas lágrimas, mas o nó na garganta era muito grande e algo dentro de mim rachou. Foi como se uma barragem se rompesse e todas as lágrimas que eu estava segurando saíssem de mim.

94 emery rose

Eu soluçava muito, não conseguia respirar. Ela segurou firme e não largou.

— Eu sei, querida. Deixe sair. Às vezes você só precisa de um bom choro.

Estava tudo quebrado e eu não sabia como juntar todas as peças. Quando minhas lágrimas diminuíram, eu me afastei e ela me entregou um pacote de lenços do bolso da bermuda como se tivesse vindo preparada para minhas lágrimas.

Enxuguei os olhos e assoei o nariz; quando ela perguntou se eu me sentia melhor, assenti. De certa forma, era verdade. Eu me sentia oca e vazia, mas me era um pouco melhor. Minha mãe se foi, não voltaria e eu tinha que aceitar isso. Derek se foi, nossa casa foi vendida e eu tinha algumas caixas de lembranças guardadas no sótão dos McCallister. Isso era tudo o que me restava da minha antiga vida.

Este era o meu novo normal. Eu era uma órfã acolhida pela família do menino que amei por muito tempo. O garoto que afastei, porque estava com muito medo de deixá-lo se aproximar. Em vez de estar com minha mãe quando ela morreu, eu estava beijando Jude no telhado. Minha mãe morreu à uma da manhã. Três horas depois que a deixei. Mas eu não descobri até a manhã seguinte, porque Derek, o idiota, estava com sua namorada Mindi naquela noite.

Eu o odiava por isso. Eu me odiei por deixá-la. Se eu tivesse ficado, ela não teria que morrer sozinha. Se ao menos eu não tivesse sido tão egoísta.

Da minha visão periférica, percebi um movimento na porta, mas, quando olhei para ela, ninguém estava lá.

Naquela noite, dormi sob um céu estrelado.

"O que acontece quando as estrelas caem, Jude?"

"Vou colocá-las de volta no céu para você."

CAPÍTULO 12

Jude

Dois meses neste novo arranjo de vida e eu já estava contando os dias até poder partir para o campo de treinamento. O que, convenhamos, não aconteceria por pelo menos mais um ano. Eu ainda estava a duas semanas de completar dezoito anos. Ainda tínhamos que sobreviver o resto do verão e nosso último ano antes de podermos nos afastar um do outro. Mesmo assim, a garota fazia parte da família agora, então eu estava preso a ela.

Desligando o chuveiro, esfreguei as mãos no rosto e pisei nos ladrilhos, pegando uma toalha limpa na prateleira.

— Ai, meu Deus. Eu... merda. Eu não sabia... ahn...

Fiquei parado, minha mão segurando a toalha, seus olhos curiosos vagando pelo meu corpo nu. Suas bochechas estavam coradas e ela estava parada na porta aberta, fones de ouvido, um iPod amarrado no braço, sua música tão alta que eu podia ouvir daqui.

Ela estava vestindo shorts minúsculos e uma regata esportiva, o cabelo preso em um rabo de cavalo alto. Mais cedo, eu a vi correndo e passei direto por ela, deixando-a comer minha poeira, nem mesmo olhando em sua direção quando passei. Lila estava sempre correndo, corria quilômetros e quilômetros todos os dias, então é claro que meu pai a convenceu a se juntar à equipe feminina de cross-country no outono.

Deus te livre de viver com os McCallister e não competir em um esporte.

Enquanto isso, ela ainda estava olhando.

Deixei-a dar uma boa e longa olhada. Eu não tinha nada do que me envergonhar. Na verdade, tinha tudo para me orgulhar. Ralei muito por este corpo. Pelo segundo verão consecutivo, trabalhei na construção para meu pai. Eu corria oito quilômetros por dia. Levantava pesos, nadava e socava a bolsa de couro no celeiro que não abrigava mais cavalos. Brody mudou seus cavalos para o rancho onde trabalhava. Então meu pai montou uma academia lá. E amanhã começava o treino de pré-temporada de futebol americano. Eu estava em boa forma e não parecia mais o menino com quem ela cresceu.

Sim, garota, isso mesmo. Eu cresci. Pouco menos de um e noventa, meus ombros eram largos o suficiente para carregar o peso do mundo inteiro e meu abdômen era tão tonificado e rígido que você poderia jogar uma moeda em cima e ele não iria se mover.

Meu pau ficou em posição de sentido e estava instantaneamente a meio mastro. Eu poderia odiá-la, mas obviamente meu pênis pensava diferente.

Ela fechou os olhos com força. Então se virou e saiu correndo do banheiro. Ou assim ela teria feito se não tivesse corrido para a porta quando ela se fechou na cara dela.

Do outro lado, ouvi alguém rindo pra caralho.

Maldito Brody.

— Ai. — Ela gemeu e cobriu o rosto com as mãos e desta vez desconfiei que era de dor, não de constrangimento. Com uma expiração alta para deixá-la saber que vir em seu socorro mais uma vez era uma imposição enorme, enrolei a toalha em volta dos meus quadris e, em alguns passos largos, eu estava de pé atrás dela. Virei-a para mim, então tirei os fones de suas orelhas e os enrolei em volta do pescoço para avaliar o dano, mas não consegui ver nada por que suas mãos estavam cobrindo seu rosto.

— Marrenta. Que porra você está fazendo?

— Acho que está quebrado.

— Deixe-me ver — pedi baixinho.

Sem encontrar meus olhos, ela abaixou as mãos e amaldiçoei Brody quando do vi o sangue. Aquele idiota. Desenrolei um pouco de papel higiênico e limpei o sangue debaixo de seu nariz. Ela estremeceu, mas deixou-me limpá-lo.

— Precisamos colocar um pouco de gelo nele.

— Eu estou... — Seu rosto perdeu a cor e ela se balançou em seus pés. Eu sabia que ela iria cair se eu não a impedisse. Meus instintos entraram em ação e a segurei pelos braços para estabilizá-la. Quando soltei meu aperto, ela deslizou contra a porta e colocou a cabeça entre as pernas. — Deus. Isso é tão embaraçoso.

— Qual parte?

— Tudo. — Ela levantou a cabeça e encostou-a na porta. Não acho que o nariz dela estivesse quebrado, mas parecia vermelho e estava começando a inchar e eu sabia que devia doer.

— Você está tentando olhar pela minha toalha? — perguntei, agora consciente do fato de que estava de pé na frente dela em nada além de uma toalha.

Quando as estrelas caem

97

— Argh. Não. Estou tentando não vomitar.

— Vocês dois estão trepando feito loucos aí dentro? — Brody gritou do outro lado da porta. Deve ter alertado toda a porra da vizinhança.

Joguei a primeira coisa que consegui pegar, que por acaso era uma escova de cabelo. Ele atingiu a porta acima da cabeça de Marrenta e ricocheteou. Ela se esquivou e cobriu a cabeça com as mãos antes que pudesse atingi-la na queda. Bons reflexos.

Então, sem motivo aparente, Lila começou a rir. Ela estava rindo tanto que as lágrimas brotaram de seus olhos.

— Ai — disse, cobrindo o nariz com as mãos e depois rindo um pouco mais.

— Você está chapada?

Ela balançou a cabeça.

— Não. — Ela bufou. — Nem sei por que estou rindo. Mas é melhor do que chorar.

Eu me perguntava se ela chorava muito. A única vez que a tinha visto chorar, *chorar de verdade*, foi na noite em que se mudou, quando eu estava no corredor do lado de fora da porta do quarto dela. Foi preciso cada grama de autocontenção que eu possuía para não ir até ela e tentar consolá-la. Isso era o que eu teria feito no passado, mas não éramos mais os mesmos Jude e Lila.

Então eu tive que me lembrar de que ela não me queria. E eu tinha que fazer isso de novo agora antes de acabar me fazendo de bobo e dizendo a ela algo estúpido como *sinto sua falta*. Ou pior, *por que você me excluiu quando tudo o que eu queria era estar lá para você?*

Eu tinha esquecido temporariamente que estava bravo com ela. Tinha esquecido que a odiava por me afastar e me tratar como merda. E por destruir uma amizade que sempre achei tão sólida e que nada poderia arruiná-la. Mas isso é a vida. Você sempre pode ser pego de surpresa.

Eu estava farto e agora queria sair desse maldito banheiro e esquecer a menina triste com o nariz sangrando.

— Afaste-se, Marrenta. — Ela se afastou da porta o suficiente para que eu a abrisse e deslizasse para o corredor. — Espero que tenha dado uma boa olhada para saber o que está perdendo.

Baixo? Talvez.

Mas eu estava cansado de fazer o correto. Isso tudo era problema dela. Se me quisesse de volta em sua vida, teria que implorar, suplicar e se humilhar antes mesmo de eu considerar a possibilidade.

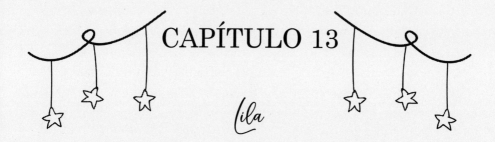

CAPÍTULO 13

Lila

Hoje era o décimo oitavo aniversário de Jude e, embora ele me odiasse, passei as últimas semanas trabalhando em seu presente. Agora não tinha certeza se deveria dar para ele ou se ele iria sequer querer.

— Ele te deu seu moletom favorito — disse Christy. — Isso se tornou um novo padrão. Se um cara não me der seu moletom favorito, ele não vale a pena.

— O que faz uma garota valer a pena? — perguntei.

— Batom vermelho.

Eu ri. Christy era bi-curiosa e tinha se relacionado com rapazes e meninas.

— Você deveria falar com ele.

— E dizer o quê?

— Que sente falta dele e quer pular nele. Você já viu as mercadorias. Poderia muito bem experimentá-las.

Eu gemi. Fazia duas semanas que trombei com Jude e toda vez que eu fechava os olhos, era a única coisa que eu podia enxergar. Jude nu. Com sua pele beijada pelo sol, músculos e... Ah, Deus, eu tinha visto TUDO dele. Eu não era especialista, mas parecia... substancial. Tipo, como essa coisa ia caber dentro de mim? Não que ele me quisesse. Por que ele ia querer quando tinha outras garotas à sua disposição? Garotas que eram muito mais fáceis do que eu em todos os sentidos.

Era pura tortura viver sob o mesmo teto que ele. Eu o via em todos os lugares. Na sala com a família em noites de cinema. No jantar nas noites em que Kate insistia que nos sentássemos e comêssemos como uma "família". *No banheiro*. Por que ele não trancou a porta? Ele queria que eu entrasse e o visse?

Havia dois banheiros no andar de cima, mas o outro estava ocupado. Provavelmente Gideon, cujos banhos duravam uma eternidade. Eu nem queria saber o que ele fazia lá. Felizmente, ele sempre trancava a porta. Era o mais reservado da família. Enquanto os outros meninos McCallister eram rudes e turbulentos, ele era mais quieto e discreto. Aos quatorze anos, já tinha o tipo de boa aparência que era um pouco intimidante. Maçãs do rosto salientes, cabelo escuro e olhos azuis árticos que não revelavam nada.

Esta noite, fizemos um churrasco em família com bolo para Jude e, quando ele soprou suas dezoito velas, me perguntei qual era o desejo dele.

Todo mundo deu a ele seus presentes, exceto eu, então ele provavelmente pensou que eu não tinha me dado ao trabalho de comprar nada. Mas não era o tipo de coisa que eu queria dar a ele na frente de toda a família.

Agora, eu estava deitada na cama, olhando as estrelas no teto e esperando que ele voltasse de uma festa.

— Ele provavelmente vai voltar para casa bêbado e com cheiro de outra garota — eu disse a Christy.

— Ele não gosta de nenhuma dessas garotas. Elas são sem graça.

— E eu sou uma vaca. Então, onde isso me deixa?

— Não tenho ideia. O amor é cego, surdo e mudo — ela disse, me fazendo rir.

O som de pneus esmagando o cascalho me atraiu para minha janela aberta, que convenientemente dava para o gramado da frente e para a garagem. Faróis iluminaram Jude e Brody enquanto eles saíam do jipe de Tyler.

Eles estavam em casa. Brody estava definitivamente bêbado, mas eu não tinha certeza sobre Jude.

— Ei, Christy — chamei —, tenho que ir.

— Me ligue amanhã, vadia.

Depois de prometer que sim, encerrei a ligação e joguei meu telefone na mesa de cabeceira, então respirei fundo algumas vezes. Isso iria melhorar as coisas ou explodir completamente na minha cara.

A sorte favorecia os ousados.

Apertando o presente contra o peito, rastejei pelo corredor escuro, rezando para não encontrar ninguém no caminho. Eu não estava com medo do pai dele, mas também não queria lhe dar um motivo para ficar com raiva. Entrar sorrateiramente no quarto de Jude no meio da noite poderia nos colocar em apuros. Jesse foi quem me disse que os meninos tiveram uma palestra na mesa de jantar antes de eu me mudar.

"Enquanto Lila estiver morando sob nosso teto, vocês a tratarão como uma irmã. Fui claro?", foi o que Patrick havia dito.

Aparentemente, Gideon respondeu: "Então você está dizendo que Jude e Brody não podem fazer sexo com Lila enquanto ela estiver morando conosco."

O que fez Jesse, de doze anos, cair na gargalhada quando me contou a história.

Não que eu estivesse planejando fazer sexo com Jude. Eu estava indo para o quarto dele para lhe dar seu presente de aniversário. Era perfeitamente inocente. Estava de bermuda e camiseta velha, não era a roupa de uma sedutora. Sem maquiagem. Cabelo em um coque bagunçado.

É agora ou nunca. Entrei no quarto de Jude e silenciosamente fechei a porta atrás de mim, deixando escapar um suspiro de alívio por não ter acordado ninguém. Uma lasca de lua iluminava seu quarto e debati mentalmente se deveria ou não acender as luzes. Por que eu não acenderia as luzes? Eu ainda estava parada no meio de seu quarto, pensando, quando sua cabeça apareceu na janela aberta. Coloquei a mão na boca para me impedir de gritar.

Por que ele estava subindo na treliça em vez de usar a porta da frente?

Congelei. Esta era uma ideia estúpida. Eu deveria ir. Sair pela porta antes que ele me notasse.

— É você, Marrenta? — Ele não parecia surpreso. Ou feliz. Seu tom era monótono como se ele realmente não se importasse de uma forma ou de outra.

— Sim, sou eu.

Ele acendeu a lâmpada de sua mesa, lançando um brilho suave no cômodo, e caiu na cadeira giratória, em seguida, virou-se para me encarar. Seu cabelo estava bagunçado e despenteado como se alguém tivesse passado os dedos por ele a noite toda e seus olhos estavam vidrados, mas eu não poderia dizer o quão bêbado ele estava.

— O que você está fazendo aqui? — perguntou, sua voz baixa enquanto seu olhar baixava para o presente embrulhado que eu estava segurando no meu peito. Segurando como se fosse minha preciosa vida, ambos os braços o envolvendo firmemente como um filho primogênito e eu não pudesse suportar me separar de algo tão valioso para mim.

— Eu queria te dar seu presente de aniversário. — Saiu mais como uma pergunta e me xinguei por soar tão insegura. Isso foi um grande erro. Não era o momento certo para dar esse presente a ele, e eu estava começando a pensar que nunca haveria um momento certo.

Ele me odiava. Eu poderia realmente culpá-lo? Eu também me odiaria.

Ele se recostou na cadeira e juntou as mãos atrás da cabeça, avaliando-me com desdém e frieza. Eu não me iludia. Ele estava no comando total

Quando as estrelas caem

da situação e iria usá-la em seu benefício. Seus olhos azuis estavam encobertos, percorrendo meu corpo da cabeça aos pés enquanto eu permanecia sob seu escrutínio. Ele não disse uma palavra. Por alguns momentos longos e excruciantes, tudo ficou tão quieto que eu podia ouvir meu coração martelando em meus ouvidos.

Ele queria me ver me contorcendo. Não sabia por que ainda estava parada ali como uma idiota. Por que eu não tinha saído pela porta ainda?

— Sabe o que eu quero de aniversário? — perguntou, finalmente.

Balancei a cabeça e, embora soubesse que estava me complicando, não pude deixar de perguntar:

— O que você quer? — Minha voz soou áspera como se eu não a usasse há muito tempo.

— Você. De joelhos na minha frente. — Ele lambeu os lábios e fechou os olhos como se estivesse saboreando o gosto. Então seus olhos se abriram e se fixaram nos meus, e havia algo diferente neles. — Eu quero que você me *implore* para deixar você chupar meu pau.

Meu queixo caiu e tive que pegá-lo do chão. Quem diabos ele pensava que era?

— Acha que pode lidar com isso? — provocou, como se este fosse um dos nossos desafios e ele estava me incitando a fazê-lo.

Eu me virei e me dirigi para a porta.

Minha mão estava na maçaneta quando sua palma bateu contra a madeira acima da minha cabeça e meu peito foi pressionado contra a porta, seu corpo nivelado com o meu.

Ele abaixou a cabeça, e arrepios correram para cima e para baixo na minha espinha, sua boca se movendo perto da concha da minha orelha, sua voz baixa e rouca.

— Fique, Marrenta. Vá até o fim. Eu te desafio.

Ele deu um passo para trás e fechei os olhos, minha testa pressionada contra a porta. Então endireitei os ombros, girei a maçaneta e o ouvi rir. Não havia traço de humor em sua risada.

— Vá em frente. Faça o que faz de melhor. Corra, Marrenta, corra. Mas, se você sair por aquela porta agora, não se preocupe em voltar.

Soltei a maçaneta e deixei meu braço frouxo ao meu lado. Eu nunca o tinha ouvido usar aquele tom de voz comigo, mas sabia que ele falava sério. Se eu fosse embora agora, não haveria retorno.

Lentamente, me virei para encará-lo. Colocando meu presente no chão como se fosse uma oferenda aos deuses, endireitei minha coluna, levantei meu queixo e encontrei seu olhar. Algo cintilou em seus olhos que fez meu pulso acelerar e meu coração martelar contra minha caixa torácica. Como se estivesse tentando se libertar.

Eu não ia recuar. Desafio aceito. Jude nunca me forçaria a fazer um boquete nele, eu sabia disso, mas eu estava me oferecendo. Eu ia fazer isso.

— Onde você me quer?

Quando ele não respondeu, dei alguns passos mais perto até ficar bem na frente dele. Colocando minhas palmas em seu peito, o fiz recuar até que a parte de trás de seus joelhos batesse no colchão. Curioso para ver o que eu faria, ele concordou. Com mais um empurrão meu, ele estava sentado na beira da cama, observando e esperando.

Caí de joelhos na frente dele e me aproximei, meus joelhos raspando no tapete trançado vermelho e azul até que eu estava ajoelhada entre suas pernas abertas.

— É aqui que você me quer?

Espalhei minhas palmas em suas coxas, seus músculos duros como pedra flexionando sob o jeans desbotado. Uma emoção passou por mim quando ouvi sua inspiração afiada.

Olhei para ele por baixo dos meus cílios e passei a língua sobre meu lábio inferior.

— É isso que você quer? — Com os olhos fixos nos dele, tirei uma das mãos de sua coxa e lentamente tracei o contorno de meus lábios com a ponta do dedo, observando a forma como seus olhos seguiram o movimento. — Quer esses lábios em volta do seu pau? — perguntei, tão ousada, tão descarada, como se eu dissesse aquilo todos os dias, quando na verdade era a primeira vez que saía da minha boca.

— Que boca suja, Marrenta.

Corri as duas mãos sobre o topo de suas coxas, avançando cada vez mais perto. Não havia como recuar agora. Eu não o faria e poderia dizer que ele sabia disso.

Eu não tinha ideia de como fazer isso. Não tinha ideia de como fazer um boquete ou seduzir um cara ou o que fazer para que ele se sentisse bem. Mas eu queria fazer isso. *Precisava* fazer isso.

— Tire a camisa — pedi.

Seus olhos ainda em mim, ele fez o que pedi e puxou a camisa sobre a cabeça; em seguida, jogou-a de lado, esperando para ver qual seria o meu próximo passo. Eu queria tocar sua pele bronzeada, correr minhas mãos sobre cada centímetro de seu peito nu e seu abdômen e aquele V que mergulhava no cós de sua calça jeans. Como se estivesse levando à terra prometida.

Mas, em vez de fazer isso, mergulhei dois dedos no cós de sua calça jeans e os arrastei bem devagar por seu abdômen. Ele respirou fundo quando parei no botão superior. Porque, claro, ele não podia usar jeans com zíper. Isso seria muito fácil.

— Desabotoe sua calça.

Ele balançou a cabeça, indicando que se recusava a fazê-lo; em seguida, ajustou-se em seu jeans e sorriu quando meus olhos baixaram para sua mão. Mordi meu lábio inferior. Ele pegou minha mão e a guiou para baixo para que eu pudesse sentir o quão duro ele estava. Saber que ele me queria me deu confiança e me estimulou. Minhas mãos tremiam e eu não sabia se era de nervosismo ou empolgação, talvez os dois, mas eu estava toda nervosa. E estava ficando tão excitada que era ridículo. Meus mamilos endureceram em faróis e apertei minhas coxas juntas.

— Jesus Cristo, Marrenta.

Meus dedos se atrapalharam com os botões até que ele perdeu a paciência com meus esforços desajeitados e empurrou minha mão para o lado para que ele pudesse fazer isso sozinho. Então abaixou o cós de sua cueca boxer e engoli em seco, porque essa coisa bem na frente do meu rosto era muito maior do que quando o vi saindo do chuveiro.

Eu estava encarando. Levantei meus olhos para ele esperando ver diversão neles, mas seus olhos azuis escureceram e não havia sinal de risos.

— Se você não vai fazer isso, eu mesmo farei — disse ele, com a voz tensa.

Apertei meus olhos fechados.

— Eu quero fazer.

— Estou morrendo aqui, então a hora que quiser...

Toda a minha coragem voou pela janela. Eu era um fracasso total na arte da sedução.

— Não sei o que fazer. E se eu fizer errado? — Estremeci. Estava me tornando tão vulnerável, me preparando para o ridículo.

Ele riu baixinho.

— Confie em mim. Qualquer coisa que você fizer vai ser boa agora. Só... enrole a mão em volta dele.

Acenei com a cabeça. Ele sibilou quando enrolei a mão em torno dele. Estava duro na minha mão, a pele macia, que eu estava praticamente salivando. Isso era loucura. Ele abaixou minha mão, enrolou a dele na minha e apertou. Então sua mão deslizou pela parte de trás da minha cabeça e ele a guiou para baixo até que minha boca estivesse a poucos centímetros de sua ponta.

Minha língua saiu e eu experimentei, tentando no início, como se fosse um novo sabor de sorvete e eu queria testá-lo antes de me comprometer com uma tigela inteira. Lambi a ponta e ele murmurou um xingamento. Sentindo-me mais ousada, afastei sua mão e assumi o controle, lambendo e chupando, pegando minhas dicas em suas respostas. Sua mão fisgou meu cabelo e os sons guturais que vinham da parte de trás de sua garganta me deixaram tão excitada que eu estava esfregando minhas coxas enquanto o chupava.

Graças aos cochichos de fofocas da escola, eu sabia que esse não era o primeiro dele, e queria que fosse o melhor boquete que ele já teve. Mas o que eu não esperava era que adoraria fazer isso por ele.

— Lila. Porra — disse, com a voz tensa. — Eu vou gozar. Você não quer…

Foi um aviso, mas não prestei atenção. Eu queria. Tudo isso. Tudo dele.

Estava toda dedicada e, mesmo quando ele tentou se afastar, mantive minha mão e meus lábios enrolados em torno dele.

— Porra, Marrenta.

Levantei os olhos para observá-lo. Eu amei. Adorei vê-lo desmoronar por mim. Com os lábios abertos e os olhos fechados, ele estava tão lindo que eu gostaria de tirar uma foto para preservar esse momento.

Líquido quente e salgado jorrou pela minha garganta e eu bebi tudo, engolindo até a última gota.

Quando o soltei, não pude evitar. Fiz uma cara que o fez rir.

— É tão salgado — assumi. Isso o fez rir mais, embora fosse uma risada silenciosa, porque estávamos em seu quarto fazendo algo que não deveríamos estar fazendo.

— Feliz aniversário para mim. — Ele desceu até pegar a cueca boxer, apagou a luz da mesa, subiu na cama e virou as costas para mim. — Feche a porta na saída.

Meu estômago caiu, mas apertei os dentes e bati os punhos, forçando de volta as lágrimas que picavam meus olhos.

Se não fosse o fato de que seus pais estavam no corredor, eu teria batido a porta na saída. Mas nem tive essa satisfação.

Escovei os dentes três vezes. Enxaguar e cuspir. Enxaguar e cuspir. Tentando livrar minha boca do gosto de Jude. Mas não deu certo.

Eu ainda podia prová-lo na minha língua. Esta noite tinha sido um fracasso épico. E pior ainda do que o que eu tinha acabado de fazer? Deixei o presente embrulhado no quarto dele.

Tinha que recuperá-lo antes que ele o abrisse.

Quando as estrelas caem

CAPÍTULO 14

Jude

— Você viu como Kelly está me fodendo com os olhos? — Reese perguntou, quando paramos para tomar água. Algumas das meninas da equipe de torcida estavam nas arquibancadas assistindo nosso treino. Odiava contar para Reese, mas Kelly não estava interessada nele.

— Kelly está olhando para Austin Armacost, que está bem atrás de você — alertei, enquanto reabastecia meus eletrólitos com a bebida esportiva que minha mãe comprou na caixa, garantindo que nossa despensa estivesse sempre totalmente cheia.

Reese olhou por cima do ombro para confirmar.

— Maldito. Achei que ela estava olhando para mim.

— Cara. Elas nunca estão olhando para você — disse Tyler, encharcando a cabeça com água da garrafa de plástico em sua mão. — Encare. Você vai morrer virgem.

— Pegou pesado. Brianna ainda está resistindo a você, hein?

— Eu segui em frente. Sua mãe estava disponível.

— Seu filho da puta. Deixe minha mãe fora disso. — Alguns dos outros caras da equipe se juntaram a Tyler para zoar Reese sobre sua mãe. A essa altura, ele deveria estar acostumado a ouvir merdas como essa. A mãe dele era gostosa e todos os caras brincavam com ele por causa dela.

Desliguei-me e verifiquei meu telefone, rindo baixinho quando li a mensagem de Brody.

> L está procurando algo no seu quarto. Virou de cabeça para baixo. Você roubou algo dela?

Apenas sua virtude. E o orgulho dela. Eu não podia acreditar que ela tinha concordado com isso. Mas, caramba, se não foi a coisa mais sexy que qualquer garota já fez por mim. Técnica à parte, foi o melhor boquete que já tive. Porque era Marrenta, de joelhos para mim. O que era algo que nunca pensei que veria.

Como um bônus, ela agora era minha irmã adotiva. Meu pai disse a mim e a Brody, em termos inequívocos, que ela estava fora dos limites para nós. Deveríamos tratá-la com respeito. Como se ela merecesse meu respeito. Ela não merecia nada de mim.

Mas, convenhamos, o aspecto proibido apenas tornou tudo muito mais gostoso. Que outros limites poderíamos ultrapassar?

— Foi ela quem te deu aquela doença no seu saco? — Austin perguntou a Tyler, me trazendo de volta à realidade enquanto eu guardava meu telefone na bolsa esportiva. Obviamente, eu perdi alguma coisa. — Essa merda foi desagradável. Seu púbis já voltou a crescer?

— Chupe meu pau e descubra por si mesmo.

Austin mostrou-lhe o dedo.

— Vamos, senhoras — chamou o treinador, batendo palmas. — Chega de fofoca. Vamos ver o quanto vocês falam depois do próximo exercício. Alinhem-se para as escadas de agilidade. Já sabem o que fazer.

— Maldição, eu odeio suicídios — Tyler resmungou, quando nos alinhamos na linha do gol. O apito soou, alto e estridente, e corremos para a linha de dez jardas. Sem parar, nos viramos e corremos a toda velocidade de volta para a linha do gol. Em seguida, corremos para a linha de vinte jardas. E assim por diante até minhas coxas queimarem e baldes de suor escorrerem de mim.

Com temperaturas altas e o sol da tarde batendo em nós, os suicídios não eram muito divertidos. Mas o Texas era assim. O futebol não era apenas um esporte, era uma religião. Então trabalhamos duro para nossos treinadores, para nossa cidade, para nosso time.

Eu não me importava com os exercícios de condicionamento. Era uma boa preparação para o campo de treinamento. Eu estava muito pronto para isso.

Reese me acompanhou enquanto eu me dirigia para minha caminhonete depois do treino. Seu rosto estava com um tom alarmante de vermelho e eu não sabia dizer se era um bronzeado ou insolação.

— Posso pegar uma carona? — perguntou, passando a mão sobre o cabelo úmido do banho que estava mais castanho-avermelhado agora do que o tom laranja que costumava ser.

— Sim, claro. Sem problemas.

Reese estava sempre tendo que pegar carona. O carro dele era uma merda, então ficava em manutenção com mais frequência do que na estrada.

— Então, eu estive pensando — começou, quando saí do estacionamento da escola e entrei na rodovia de pista dupla, ar-condicionado ligado e música alta. — Eu quero me alistar com você.

Que porra é essa? Isso tinha acabado de sair do nada. Eu conhecia Reese desde o jardim de infância e esta foi a primeira vez que ouvi falar disso.

— Você quer ser um fuzileiro naval? — perguntei, com ceticismo.

— Sim. Podemos nos alistar juntos. Eles têm um programa para amigos, então estaremos juntos de botina.

— Não tenho certeza se é assim que funciona.

— Podemos falar com o recrutador. Ver o que dizem.

— Quando me alistar, quero ser terceiro sargento. Na infantaria — esclareci, tentando dissuadi-lo. Eu tinha meu futuro traçado. Estava planejando me alistar nas próximas semanas, no Programa de Entrada Adiada. Queria entrar na Infantaria e depois na equipe de Reconhecimento. Eu gostava de Reese. Ele era um cara legal, mas, sem ofensa, eu não conseguia vê-lo sendo um fuzileiro.

— Sim, eu sei. Também é isso que eu quero. As garotas ficam loucas por caras de uniforme. Aposto que vamos conseguir tanta boceta...

Eu o cortei ali mesmo.

— Você não pode se alistar na Marinha só porque está desesperado por uma boceta. — Eu juro, foi a primeira coisa que o cara falou. Ele estava tão desesperado que cheirava a isso e as garotas podiam sentir o cheiro a um quilômetro de distância.

— Sim, eu sei. Essa não é a única razão pela qual eu quero fazer isso. É apenas um bônus.

Balancei a cabeça, discordando.

— Você precisa de um motivo melhor. É um compromisso enorme. Não é o tipo de coisa da qual você pode simplesmente se afastar ou desistir se decidir que não é para você.

— Eu sei de tudo isso — ele retrucou. — Há muito tempo venho pensando nisso. E é o que eu quero.

Olhei de soslaio para ele. Ele parecia determinado, mas eu não tinha tanta certeza sobre essa coisa toda de se alistar com um amigo.

— Podemos não acabar juntos. Não há garantia.

— Vou fazer com ou sem você. Mas eu ainda gostaria de fazer o programa para amigos. Eu fiz a pesquisa. Iríamos para o campo juntos com certeza e nossos nomes estão próximos no alfabeto, o que nos daria uma chance melhor de terminar no mesmo pelotão. Não precisamos assinar um contrato até que tenha tudo o que queremos *por escrito*.

Fiquei impressionado por ele saber tudo isso, então acho que ele fez mesmo algumas pesquisas.

— Você está bem com isso? — insistiu.

Eu não sabia como responder. Nunca tinha pensado em ir com um amigo. Desde que me lembro, sempre quis ser fuzileiro e todos sabiam disso. Então fiquei em silêncio, tentando formular uma resposta para sua pergunta enquanto virava em sua estrada de terra e cascalho flanqueada por arbustos raquíticos. Não havia árvores ao redor para dar sombra e sempre parecia estar dez graus mais quente do que outras partes da cidade.

Reese morava em um motorhome duplo em um pedaço de terra e grama esparsa que parecia nunca crescer. A mãe dele trabalhava como bartender no The Roadhouse, um boteco na beira da estrada, e eram só os dois. Ele não tirava férias em família para a praia, como costumava dizer. Na verdade, ele costumava visitar seu pai em Galveston. Mas tive a sensação de que seu pai realmente não o queria por perto, porque não o via desde o verão antes de começarmos o ensino médio.

— Se é o que você quer, não é como se eu pudesse impedi-lo — eu disse, estacionando do lado de fora do trailer. Em todos os anos que conheci Reese, nunca fui convidado a entrar. Eu suspeitava que era porque ele ficava envergonhado. Não como se fosse culpa dele. Não que eu fosse julgá-lo por algo tão superficial como onde ele morava ou quanto dinheiro tinha.

Brody odiava esse bairro. Alguns meses atrás, ele teve um desentendimento com o vizinho de Reese, que mantinha seus cães de caça em canis ao lado de sua casa. Quando Brody o confrontou e chamou isso de cruel e desumano, o cara veio atrás dele com uma espingarda. Ele alegou que estava dentro de seus direitos atirar em Brody por invasão de propriedade. Durante semanas, Brody só falou sobre esses cachorros. Agora notei que as grades haviam sumido e os cachorros também. Hm.

— Pense mais antes de se comprometer — insisti com Reese.

Quando as estrelas caem

— Por que você vai fazer isso? — ele perguntou, virando a cabeça para olhar para mim. — Dê-me a razão número um pela qual você está tão decidido a fazer isso. Porque, cara, eu tenho que te dizer... de onde estou vendo, sua vida é quase perfeita.

Olhei para as sucatas estacionadas no gramado da frente do vizinho. A varanda da frente balançava sob o peso de toda a merda empilhada sobre ela — um sofá velho, mesas com pernas faltando e eletrodomésticos brancos corroídos pela ferrugem. Por que eles tinham um freezer e uma máquina de lavar na varanda da frente?

— Acho que sempre pareceu meu dever — eu disse em resposta à pergunta de Reese. — Desde que me lembro, sabia que era algo que eu deveria fazer. Parece meu propósito. Minha responsabilidade é proteger as pessoas que amo. — Pareceu cafona pra caralho quando disse em voz alta, mas era como sempre me senti, então estava sendo honesto com ele.

— Eu posso respeitar isso. Mas cada um tem direito a sua opinião. Sua própria razão para querer entrar para o exército.

— Eu nunca disse que você não tinha direito a isso.

— Sim, bem, foi o que você insinuou.

Mentira. Ele me deu um motivo idiota para querer se alistar, então eu não sabia de onde ele saiu dizendo isso.

— Então, qual é o seu motivo?

Ele ficou quieto por um minuto, apenas olhando pelo para-brisa para o trailer amarelo-mostarda de largura dupla com acabamento marrom.

Quando eu estava prestes a desistir de esperar por um motivo válido, ele admitiu:

— Quero uma direção na vida. Não tenho dinheiro ou notas para ir para a faculdade e não quero acabar em um emprego sem futuro, trabalhando em uma fábrica ou em obra e não ter nada meu. Quero um propósito na vida, sabe?

Olhei para ele e parecia que o estava vendo sob uma nova ótica. Reese sempre foi o brincalhão, e muitas pessoas não o levavam a sério. Até agora, eu também não.

— Sim. Entendo.

Ele assentiu e estendeu a mão para a maçaneta da porta.

— Vou esperar até seu aniversário de dezoito anos e, se ainda for o que você quer, iremos juntos. — Seu aniversário era em novembro. Qualquer coisa poderia acontecer entre agora e essa data. Mas, se isso era algo que ele realmente queria, quem era eu para dissuadi-lo?

— Legal. — Ele bateu no meu punho antes de pegar sua bolsa esportiva e sair da minha caminhonete.

Enquanto me afastava, meus pneus cuspindo cascalho, pensei em como a realidade de Reese era diferente da minha. Nem todos tiveram a mesma sorte que eu.

Apertei a discagem rápida do meu telefone e esperei que Brody atendesse.

— E aí?

— Quer comer tacos de carne? Eu pago.

— Quem morreu?

Eu ri. Idiota.

— Você está dentro ou não? Estou morrendo de fome.

— Eu nunca posso dizer não a tacos. Mas não vamos falar sobre essa merda que eu te contei.

A merda que ele me contou era tão doentia que eu ainda não conseguia entender. Ele estava bêbado e chapado quando me contou isso ontem à noite e depois se arrependeu. Mas agora estava lá e ele me fez prometer que levaria para o túmulo. O que eu faria.

Eu gostaria que houvesse algo que pudesse fazer para ajudá-lo, mas não fazia ideia do que poderia ser. Exceto ser seu amigo, acho.

— Não planejei fazer isso.

— Te encontro lá. Estou saindo do rancho.

— Vejo você em dez minutos. — Desliguei a ligação e joguei meu telefone no porta-copos. Eu nem pensei em Lila ou no fato de que tacos de carne com *pico de gallo* eram sua comida favorita. Eu não pensei mesmo nela.

Quando as estrelas caem

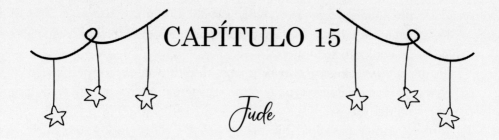

CAPÍTULO 15

Jude

Se passaram três dias desde a noite em que Lila entrou no meu quarto, e não tínhamos falado uma palavra um com o outro desde então. Ela estava sempre correndo, saindo com sua amiga gostosa e bi-curiosa, ou trabalhando. Ela trabalhava no centro de jardinagem. Minha mãe disse que Lila tinha um dom e podia fazer qualquer coisa crescer. Fiquei tentado a dizer-lhe que ela não tinha ideia de como aquilo era verdade. Meu pau crescia toda vez que Lila entrava em um ambiente. O que era inconveniente, considerando tudo.

Esta noite ela não tinha voltado para casa para jantar. Brody estava em um rodeio neste fim de semana. Jesse tinha acabado de chegar em casa de um dia de pista e se gabou durante todo o jantar sobre como seria a próxima sensação do motocross. E Gideon sentou-se em silêncio profundo, como sempre.

Enquanto comia minha caçarola de frango e brócolis, me desliguei da palestra do meu pai. Era dirigida a Gideon, não a mim.

— Você vai começar o ensino médio na semana que vem. Quais são suas atividades extracurriculares? Que esporte você vai praticar? — meu pai o importunava.

— Há mais na vida do que esportes — disse Gideon, pegando um pedaço de brócolis com seu garfo, mas não comendo.

— O esporte ensina sobre a vida. Ensina você a trabalhar com seus colegas de equipe. Ensina a saber ganhar e perder. A não desistir.

Terminei o jantar e peguei meu copo de água, virando o resto. Abaixando o copo, recostei-me na cadeira e bocejei, sonolento do calor e da longa semana de treinos de futebol. Sem contar que era sábado e hoje cedo meu pai me mandou cortar o gramado e fazer um milhão de reparos na casa como se eu fosse seu faz-tudo pessoal. Então eu estava cansado e minha mente estava em outro lugar.

— Posso ser dispensado? — perguntei, batendo os dedos na mesa de carvalho, agora ansioso para sair.

Em nossa casa, você não se levanta da mesa e sai sem permissão. Tínhamos regras estranhas. Beber podia, desde que você não ficasse ao volante. Brigar era legal, incentivado até. Se a gente tivesse toque de recolher, eu não tinha conhecimento, porque não era cumprido. Desde que chegássemos em casa vivos e inteiros, e mantivéssemos nossos compromissos no dia seguinte sem reclamar de cansaço ou ressaca, estava tudo bem.

Mas tínhamos que pedir autorização para sair da mesa. Tínhamos que completar todas as nossas tarefas no dia especificadas de acordo com o diagrama na geladeira. Que estava logo ao lado da tabela com estrelas douradas para nossas principais conquistas, tipicamente relacionadas ao esporte e apenas se tivéssemos vencido. Os quartos tinham que ser mantidos arrumados. Toalhas molhadas no chão do banheiro eram uma grande ofensa. Roupas sujas deveriam ser colocadas na lavanderia no sábado de manhã às oito ou você lavava sua própria roupa.

Estávamos todos sendo treinados para o Corpo de Fuzileiros Navais dos EUA.

Meu pai olhou para mim brevemente e assentiu, dando permissão para sair, então voltou a focar sua atenção em Gideon, que parecia estar diante de um pelotão de fuzilamento. Eu lamentava por ele, realmente. Era uma merda estar sob o escrutínio do meu pai.

— Você ouve Jude reclamando de ter que ir ao treino de futebol? — meu pai perguntou a ele, enquanto eu enxaguava meu prato e o colocava na máquina de lavar louça. — Você o vê desistindo quando as coisas ficam difíceis?

— Eu não sou Jude — gritou Gideon, disparando um olhar em minha direção como se fosse a porra da minha culpa que meu pai nos comparasse.

Não gostava mais do que ele. Odiava quando meu pai começava com aquela merda e colocava a gente um contra o outro como se fosse uma competição.

— Quero que vocês trabalhem em alguns treinos juntos. A partir de amanhã de manhã —decretou meu pai, com a voz firme.

Eu não queria trabalhar porra nenhuma em treinos num domingo com meu irmão.

Gideon balançou a cabeça e exalou alto.

— Quantas vezes eu tenho que dizer isso? Eu. Odeio. Futebol.

— Você acha que Jude seria tão bom quanto é se ele relaxasse e não se dedicasse cem por cento a tentar ser o melhor?

Eu não aguentava mais. Explodi.

Quando as estrelas caem

113

— Você precisa parar — eu disse a ele. Sua mandíbula apertou, seu olhar balançando para mim agora. Ignorando seus olhos estreitos e sabendo muito bem que estava patinando em um gelo muito fino, eu continuei como o burro que eu era. — Ele não sou eu. Futebol não é a praia dele. Ele tira notas máximas. Quer ir para uma faculdade da Ivy League e é inteligente o suficiente para entrar. — Eu só soube disso porque Jesse me contou. — No mundo real, isso é tão ou mais importante do que se ele quer ou não competir em esportes do ensino médio.

Meu pai olhou para mim, indignado por eu ousar questioná-lo. Quase dei risada. Ele parecia um daqueles personagens de desenhos animados com vapor saindo de seus ouvidos. Ele abriu a boca para falar, mas, antes de qualquer palavra sair, minha mãe interveio.

— Jude está certo, Patrick — disse minha mãe, parecendo cansada. Ela já tinha percorrido esse caminho com ele muitas vezes e já sabia que nada do que disséssemos mudaria sua mente. — É preciso parar de comparar os meninos. Gideon tem interesses diferentes e você tem que aprender a apreciar isso e respeitá-lo. Nem todo garoto quer jogar futebol.

Meu trabalho aqui foi feito. Eu tinha dito a minha parte. Cavei minha própria sepultura. Agora, minha mãe tinha assumido a causa e a deixei brigar verbalmente com meu pai. Ao sair da cozinha, peguei uma maçã verde da fruteira e olhei para Gideon. Ele me deu um aceno, apenas uma ponta do queixo, mas era a maneira dele de agradecer. Uma vez na vida, parecia que estávamos no mesmo time. E isso era muito bom.

Mas eu tinha algo mais urgente para cuidar agora. Subindo as escadas de dois em dois, fechei a porta do quarto atrás de mim, amaldiçoando o fato de que nossos quartos não tinham fechaduras nas portas.

Peguei o presente embrulhado de seu esconderijo onde estava desde que o tirei da minha caminhonete hoje cedo e sentei na cama com as costas apoiadas na cabeceira, o presente no meu colo. Fazia três dias que eu estava com esse presente e era um milagre que ainda não o tivesse aberto.

O papel de embrulho era azul meia-noite com estrelas douradas.

O presente era para mim, então não era como se eu tivesse roubado algo que não me pertencia. Eu o virei, passei a mão sobre ele, tentando descobrir o que poderia ser tão importante que ela vasculhou meu quarto tentando encontrá-lo.

Foda-se.

Rasguei o papel, amassei-o em uma bola e joguei-o de lado. Então olhei para o livro em minhas mãos. Um álbum de fotos? Um álbum de recortes? A aurora Boreal em um fundo preto enfeitava a capa e em marcador dourado, dizia: *O Livro de Jude*.

Abri e estudei a colagem de fotos. Eu reconheci a maioria delas. Tínhamos nove anos nessas fotos.

Ela era tão fofa naquela época. Minúscula, mas feroz. Em todas as fotos, estávamos rindo ou sorrindo. Jesus, eu sentia falta desses tempos.

Virei cada página lentamente para revelar mais memórias. Não eram apenas fotos. Havia notas escritas. Canhotos de ingressos de jogos de beisebol e filmes que tínhamos ido assistir. Flores silvestres secas que eu suspeitava serem da época em que colhi um monte delas no campo para ela. Ela as colocou em uma jarra no parapeito da janela da cozinha. Bilhetes de biscoitos da sorte chineses das quais rimos. As pulseiras da amizade que ela fez para nós naquele primeiro verão.

Ela guardou tudo. Eu não lembrava nem da metade dessas fotos nem tinha percebido que Lila era do tipo sentimental. Acho que podemos aprender algo novo todos os dias.

Depois de me debruçar sobre cada foto, cada memória, virei a página e fiquei desapontado ao ver que era a última. Mas isso, eu suspeitava, era o que ela queria retirar. Olhei para a porta. A casa estava silenciosa. Eu estava sozinho no meu quarto.

Respirando fundo, li a carta que ela me escreveu.

Querido Jude,

Tentei escrever isso centenas de vezes, mas as palavras saíram todas erradas. Talvez não haja palavras certas. Acho que só tenho que falar minha própria verdade e espero que você encontre uma maneira de me entender e me perdoar.

Desculpe por tê-lo afastado. Tratei você como lixo e estraguei nossa amizade. Na época, fazia sentido para mim, mas a cada dia que passa, faz cada vez menos e não sei o que fazer a respeito. Mas vou tentar explicar da minha perspectiva.

Eu estava com medo de deixar você se aproximar porque você vai me deixar e se tornar um fuzileiro naval. E se eu deixar você chegar muito perto apenas para perdê-lo, onde eu estaria sem você?

Quando as estrelas caem

Sozinha. Com saudades de você. Miserável.

Depois que minha mãe morreu, a ideia de você me deixar foi demais para o meu coração.

Há outra razão pela qual eu te afastei. Eu me senti culpada. Estava te beijando no telhado quando minha mãe morreu. Eu deveria estar lá ao lado dela. Odeio saber que ela morreu sozinha, sabe?

Então te empurrei para fora da minha vida. Eu o castiguei por algo que nem foi sua culpa.

Mas senti sua falta todos os dias. Sinto tanto sua falta que dói. E não sei como encontrar meu caminho de volta para você. Para nós. Como tudo costumava ser.

E acho que isso é parte do problema. Nunca poderemos voltar a ser como éramos porque mudamos. A vida nos muda. Não somos mais crianças, então nada é tão fácil quanto costumava ser. Mas algumas coisas não mudaram.

Mesmo quando às vezes você age como um idiota, ainda é meu humano favorito. Você ainda é a primeira pessoa com quem quero falar quando acordo e a última antes de dormir. Sempre que algo acontece na minha vida de bom, ruim, feio cada pequeno detalhe estúpido. Eu gostaria que pudéssemos sair e conversar sobre tudo e nada.

Você ainda é o garoto que me deu seu moletom favorito no que poderia ter sido o dia mais embaraçoso e humilhante da minha vida. Mas, porque era você, estava tudo bem. Você deixa tudo melhor. Mesmo em dias ruins.

Você me faz sentir mais forte e corajosa. Você me faz rir e sorrir mais do que qualquer um já fez. Você me deixa com raiva e com ciúmes e me enlouquece, porque alguns dias tudo em que consigo pensar é você. E isso realmente, realmente me irrita.

E nem sei se esta carta faz algum sentido, mas acho que o que estou tentando dizer é que sinto sua falta. Como diria Jesse: muito, muito. Tipo, mesmo, mesmo.

Antes de minha mãe morrer, ela me disse para ser corajosa com meu coração. Ela disse que o amor te deixa vulnerável, porém, com a pessoa certa, também te deixa mais forte. Eu realmente não entendi na época, mas acho que vejo o que ela estava dizendo agora.

Não estou dizendo que estou apaixonada por você ou algo assim — seria muito louco. Mas você me faz sentir fraca e forte, tudo ao mesmo tempo. Então, sim, não sei se você chegou até aqui, porém, se ainda estiver lendo, espero que possamos ser amigos novamente. Eu quero tanto isso.

E eu não sei, acho que o que estou tentando dizer é que você era minha pessoa das duas da manhã. Você era minha pessoa e gosto de pensar que talvez eu fosse a sua também.

Desculpe por ter estragado tudo. Não tenho certeza se vou dar isso a você, mas, se eu for corajosa o suficiente, eu vou. Quero ser corajosa.

Feliz aniversário de dezoito anos.

Nunca sua,

Lila

Encostei a cabeça na cabeceira da cama e fechei os olhos, esfregando a mão no peito para aliviar a dor.

Por que ela não me contou nada disso antes que fosse tarde demais? Eu teria entendido. Teria encontrado uma maneira de consertar tudo. De provar a ela que eu sempre estaria lá por ela. Quer eu estivesse no Texas ou na Califórnia ou onde quer que fosse, sempre encontraria uma maneira de incluí-la em minha vida. Mas agora ela foi e estragou toda a nossa amizade e eu não sabia como perdoá-la por isso.

Algumas palavras doces e algumas fotos deveriam mudar tudo? Era isso que ela esperava que acontecesse?

Meu celular vibrou no bolso, interrompendo meus pensamentos. Deslizei-o para fora e li a mensagem.

> Kylie: Ei, J, você quer vir hoje à noite? Meus pais estarão fora.

Esse era o código para: vamos fazer sexo.

Mandei uma mensagem de volta para ela, joguei meu telefone na mesa de cabeceira e ignorei as mensagens recebidas. Nenhuma daquelas garotas significava nada para mim e eu deixei isso claro desde o início. Não estava procurando uma namorada. Nunca seria o namorado delas. Quando Ashleigh percebeu que eu nunca me apaixonaria por ela, ela seguiu em frente e dei um suspiro de alívio quando ela começou a namorar um cara da faculdade.

Kylie não estava procurando um namorado. Apenas gostava de sexo, então isso tornava tudo mais fácil e muito menos complicado.

Li a carta de Lila mais três vezes e examinei todas as fotos novamente, lendo suas anotações embaixo delas até saber cada palavra de cor.

Nunca sua, ela assinou.

Foi aí que ela errou. Ela sempre foi minha e por um tempo eu fui dela. Ela estava cega demais para ver o que estava bem diante de seus olhos. Jogou meu amor de volta na minha cara como aquela camisa de futebol e foi embora. Eu tinha feito tudo ao meu alcance para estar lá por ela, mas o que ganhei com meus esforços? Um chute no saco. Porque era assim que eu me sentia.

Isso foi mais profundo do que ferir meu orgulho. Ela pisoteou todo meu coração.

Maldita seja, Marrenta.

Uma batida na porta do meu quarto me fez esconder o livro debaixo do colchão. A porta se abriu e meu pai apareceu, não parecendo muito feliz. Ele entrou e percebi que minhas palavras na mesa de jantar não haviam resultado em coisa boa.

Ai, merda, aqui vamos nós. Nenhuma boa ação fica impune.

— E aí? — Peguei a bola de tênis na minha mesa de cabeceira e joguei contra a parede oposta. Ela bateu lá e ricocheteou. Peguei-a no ar e joguei novamente. Jogar. Pegar. Jogar. Pegar.

— O que foi tudo aquilo na mesa de jantar? — ele perguntou, seu olhar fixo nos troféus e medalhas esportivas que minha mãe tinha colocado nas prateleiras para criar uma exibição. Eu continuava tirando-os do meu quarto e escondendo-os no sótão, mas eles reapareciam como num passe de mágica.

— Só estava tentando defender meu irmão. — Continuei batendo na parede com a bola de tênis e a pegando com uma das mãos.

— Olhe para mim enquanto estou falando com você. — Com um suspiro, peguei a bola na mão e balancei minhas pernas sobre a cama, em seguida, levantei-me para encará-lo. Com nós dois no quarto, o ambiente parecia lotado, como se não houvesse espaço ou ar suficiente para nós dois respirarmos confortavelmente. — Você precisa ser um modelo para seus irmãos. Espero mais de você, Jude. E me afrontar na mesa de jantar é inaceitável. — Ele cruzou os braços sobre o peito largo, sem dúvidas esperando por um pedido de desculpas. Imitei sua postura e olhei para ele. Eu não estava arrependido e não tinha intenção de dizer isso.

— Seus irmãos admiram você. Se você diz que está tudo bem, Gideon acredita.

Isso foi realmente risível. Gideon nunca foi meu maior fã e eu duvidava muito que ele acreditasse em tudo o que eu dizia e que tivesse interesse em seguir meu exemplo. Que era o ponto principal. Não se deve esperar que ele siga meus passos. Gideon e eu éramos noite e dia e, embora nunca tivéssemos sido próximos, ele ainda era meu irmão, então eu sempre o defenderia.

— Ele vai jogar futebol e você vai trabalhar com ele em suas jogadas — decretou meu pai com firmeza, sem deixar espaço para discussões.

Uma risada incrédula irrompeu de mim. Abanei a cabeça.

— Eu não entendo. Por que é tão importante para você que ele jogue futebol?

— Porque ele é bom. Ele tem uma habilidade natural, assim como você.

Não fazia sentido dizer ao meu pai que Gideon odiava jogar futebol, o que significava que ele faria um trabalho meia boca em campo se fosse forçado a jogar. Meu pai falaria com o treinador e colocaria o Gideon no time e pronto. Gideon seria um Maverick, vestiria a camisa azul e dourada nas noites de sexta-feira e acabaria ficando no banco. Ele descontaria a raiva dele em mim, porque eu estava sendo forçado a "trabalhar com ele".

Gideon começaria a se ressentir de meu pai e de mim, ainda mais do que ele já estava hoje. Ele sempre dizia que eu era o favorito do papai, mas o que ele não percebia era que não era exatamente um mar de rosas. Vinha com mais responsabilidade.

Quando as estrelas caem

Enfim, toda essa situação foi um caos gigante.

— É para o bem dele. Seu irmão precisa endurecer e aprender a começar a lutar suas próprias batalhas. É isso que os homens de verdade fazem — disse meu pai antes de sair do meu quarto, a porta se fechando atrás dele como um ponto final.

Homens de verdade. Ele estava nos criando para sermos exatamente como ele. Minha mãe era santa por aturar meu pai. Amor. Realmente era cego.

Depois que ele se foi, desci a treliça, atravessei o campo e abri a porta do celeiro. Então soquei a bolsa de couro pendurada nas vigas até que a pele sobre meus dedos se partiu e sangrou. Porque era isso que os homens de verdade fizeram.

Eles lutam, sangram e trancam suas emoções. Resistem e nunca desistem.

Homens de verdade não podem chorar, reclamar ou questionar a injustiça da vida.

Homens de verdade sempre foram vencedores. Ao vencedor, os benefícios.

Quando saí do celeiro depois de um treino extenuante que garantiu que eu não tivesse um grama de energia no meu corpo, já tinha escurecido. Enquanto atravessava o campo, sangue escorrendo de minhas mãos e suor emaranhando meu cabelo da ponta até a cabeça, vi Lila subindo a treliça até a janela do meu quarto. Parei e observei do lado de casa. Ela não tinha me visto nas sombras. Mas ela não subiu na janela do meu quarto.

Ela estava indo para o telhado.

Que porra ela estava pensando?

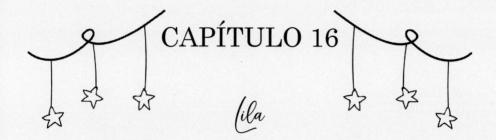

CAPÍTULO 16

Lila

Insanidade. Isso que era. Completa e total insanidade. Mas eu estava determinada a fazê-lo. No escuro. Sem alça de segurança ou corda e nada para amparar a minha queda.

Mantenha a calma. Não olhe para baixo. Encontre seu próximo ponto de apoio e continue subindo.

Seja corajosa.

Valeria a pena se eu acabasse morta? Ou paralisada? Ou com membros quebrados? Não conseguia pensar nos riscos. Não agora que estava no meio do caminho. Eu só tinha que continuar até chegar ao topo.

Como se viu, ser desafiada verticalmente era realmente uma coisa boa para uma escaladora. Quando Jude estava no treino de futebol, eu usava o equipamento na academia para trabalhar minha força na parte superior do corpo. Eu estava magra, leve e ficando mais forte a cada dia.

Você consegue, eu disse a mim mesma, minhas mãos cheias de giz agarrando a pedra, e encontrei meu próximo ponto de apoio, me empurrando mais alto.

Quase lá. Movimentei meus pés ao longo da calha, rezando para que ela continuasse segurando meu peso. Alcançando o topo, minhas pontas dos dedos roçavam a sarjeta que corria ao longo da borda do telhado. Empurrei na ponta dos pés e consegui uma aderência melhor, então enfiei o dedo do pé no rejunte da parede de pedra que eu estava escalando e me puxei para cima. Foi aí que tudo desmoronou. Meu outro pé estava pendurado abaixo de mim e eu não conseguia segurar.

O suor se acumulava na minha testa e havia um buraco no meu estômago que me transformava em gelo. O pânico tomou conta de mim, um disparo de adrenalina correndo em minhas veias e fazendo meu coração bater tão forte que parecia que ia estourar pelas paredes do meu peito.

Lila sem coração. Com o coração respingado no chão ao lado dela.

Santa merda. Eu ia cair e morrer. Não havia rede de segurança para me pegar. Nada que me impedisse de cair e bater no chão. Eu seria esmagada. Ia doer.

Para onde vou a partir daqui? O que eu faço? Minhas mãos suadas escorregaram e meu coração pulou uma batida enquanto eu ajustava meu aperto, me segurando à vida. Não aguentaria muito mais tempo.

— Não olhe para baixo. — Sua voz vinha de cima de mim e eu mal ouvi por cima do sangue pulsando para minha cabeça. Eu gemi. Ai, Deus. — Ouça.

— Okay.

— Estou com você. Você não vai cair. Estou com você.

Fechei os olhos, o alívio inundando meu corpo.

— Pegue um bom ponto de apoio e empurre para cima. E então eu te alcanço.

Eu não conseguia nem discutir com ele. Ele estava debruçado sobre a lateral do telhado, pronto para me agarrar e me puxar para um lugar seguro. Era fazer o que ele dizia ou arriscar uma morte súbita. Ok, talvez eu não morresse, mas doeria pra caramba cair do segundo andar.

Finquei os dedos dos pés, empurrei para cima e, ao mesmo tempo, suas mãos me envolveram embaixo das axilas. Enquanto ele puxava, eu empurrava, meu estômago raspando contra as telhas de cedro até que a maior parte do meu corpo estava no telhado e consegui colocar meus joelhos embaixo de mim e rolar as costas. Então me deitei lá no telhado, ofegante do esforço, meu pulso acelerado e meu coração batendo um ritmo louco.

E por muito tempo nenhum de nós disse uma palavra. Mantive meus olhos fechados, mas podia senti-lo ao meu lado. Não tão perto para nos tocarmos, mas perto o suficiente para cheirar seu suor e sentir o calor de seu corpo.

Mais uma vez, ele veio em meu socorro e eu odiei. Isso era algo que eu queria fazer por mim mesma. Algo que eu tinha me convencido de que precisava fazer. Agora eu não tinha certeza de porquê parecia tão importante na época.

Ah, sim, deve ter sido a coragem em forma de líquido.

Ele foi o primeiro a falar.

— Você perdeu a porra da cabeça?

Eu bufei uma risada.

— Ninguém pediu para você me resgatar.

— Quão bêbada você está?

Dei de ombros. Tomei alguns chás gelados de pêssego com vodca. Zumbindo, mas não bêbada, e agora me sentia totalmente sóbria, mas não contei nada disso a ele. Não contei a ele sobre a festa no lago ou sobre o garoto que beijei. Eu não disse a ele que o menino era fofo, mas que seus lábios pareciam todos errados nos meus. Seu toque não enviou uma corrente elétrica pelo meu corpo. Meu pulso não acelerou. Meu coração não batia descontroladamente. Seus lábios, suas mãos, não eram de Jude.

E isso me deixou com tanta raiva que não consegui apagar a lembrança do meu primeiro beijo substituindo-o por algo melhor. Porque talvez não houvesse nada melhor. Talvez Jude fosse o melhor e ninguém jamais se comparasse.

Também não contei a ele que vi sua amiga Kylie na festa. Ela me perguntou sobre Jude e queria saber onde ele estava esta noite. Eu disse a ela que não fazia ideia, o que era verdade. Também disse a ela que não me importava, o que era mentira.

Mas por que ele sempre escolheu loiras? Elas sempre eram altas e esguias também, com seios grandes, o oposto de mim em todos os sentidos. Ah, certo. Acho que esse era o ponto.

— Jesus Cristo, Marrenta — disse ele, parecendo exasperado. — Você realmente se superou desta vez. Se estava tentando chamar minha atenção, havia maneiras mais fáceis de fazer isso.

— Como o quê? Te dar um boquete? — Eu ri como se fosse a coisa mais engraçada que já ouvi. Minha risada beirava a maníaca e ele esperou até que eu me recompusesse antes de falar novamente. Ele queria ter certeza de que suas palavras seriam ouvidas.

— Como fazer algo que quase não matasse nós dois. — Sua voz era baixa, zangada e talvez um pouco magoada, eu não sabia. Não poderia dizer mais. — Mas sim, outro boquete teria funcionado. Pelo menos eu ganharia algo com isso.

— Eu não estava tentando chamar sua atenção. Não quero sua atenção.

— Sim. Entendi. Você deixou isso bem claro nos últimos dez meses.

Eu ainda estava com os olhos fechados quando senti que ele estava indo embora, levando meu coração machucado com ele. Quando abri os olhos, estava sozinha no telhado sob um céu estrelado tendo apenas o gosto amargo do arrependimento e minhas lágrimas salgadas de companhia.

Observei as estrelas cambaleando no céu e tentei encontrar a mais brilhante. Mas não consegui. Tudo o que eu conseguia pensar era em como minha mãe ficaria desapontada comigo agora.

Eu nem me importava se Jude tinha aberto meu presente ou se ele tinha lido minha carta estúpida, porque, se tivesse, não faria a menor diferença. Ele iria se apegar à mágoa e à raiva da mesma forma que me apeguei à culpa e ao medo. Nada havia mudado. E eu estava começando a pensar que nunca mudaria.

Em vez de tentar descer do telhado, rastejei pela janela do sótão. Jude a havia deixado aberta para mim. Não para ser gentil, mas para se livrar de ter que me resgatar novamente, sem dúvida.

Na manhã seguinte, fui para a parede de escalada, um pouco de ressaca e um pouco mais triste, mas escalei mesmo assim e disse a mim mesma que isso me tornaria mais forte e corajosa e seria capaz de alcançar as estrelas sozinha. Sem ele.

No Natal passado, Patrick me fez virar membra e me deu os sapatos de escalada, depois de uma conversa que tivemos. Ele me perguntou o que me faria sentir mais forte e achei uma pergunta estranha, mas boa. Eu disse a ele que queria aprender a escalar. Apenas me pareceu algo em que eu queria melhorar. Como uma boa habilidade para a vida. E foi assim que tudo começou. Era coisa minha. Não é exatamente um segredo. Brody sabia. Christy sabia. Mas nunca contei a Jude, porque não nos falamos mais.

Ao sair da parede de escalada, puxei as alças da minha mochila sobre os ombros para correr os cinco quilômetros até em casa quando a caminhonete de Brody parou bem na minha frente. Literalmente. Ele quase me atropelou. Brody era assim. Bad boy local e destruidor de corações em série ao seu dispor.

— Precisa de uma carona, Lábios de Mel? — Ele se inclinou no banco da frente e me deu aquele sorriso característico de Brody McCallister através da janela aberta, seus dentes tão brancos contra sua pele bronzeada.

Eu ri.

— Pare de me chamar assim. — O apelido não era para me fazer sentir especial. Eu o ouvi usá-lo com muitas garotas. Joguei minha mochila na caminhonete e entrei, fechando a porta. Sua caminhonete cheirava a cavalos, couro e ao alcaçuz preto Twizzlers que ele estava comendo. Ele era o único que eu conhecia que gostava de alcaçuz preto. Dei a ele uma caixa de cerveja preta e pacotes gigantes de Twizzlers em seu aniversário de dezoito anos em abril. Ele me deu uma caixa de Dr. Pepper e um saco de rosquinhas no meu aniversário de dezessete anos.

Ele dirigia com uma das mãos no volante, a outra tocando a batida de *Smack That*, de Akon, que estava explodindo em seus alto-falantes, e mesmo estando mais quente do que o Hades lá fora, suas janelas estavam abaixadas e ele se recusava a ligar o ar. Ele sempre disse que preferia suar a respirar ar artificial. Brody não suportava ficar preso e até tinha problemas para estar em um carro com as janelas fechadas.

— Você perdeu a entrada — eu disse enquanto ele seguia direto pela rodovia de duas pistas em vez de virar à direita. Ele me ignorou e me recostei no banco, olhando-o de soslaio. — Aonde estamos indo?

— É a minha vez de pagar.

— Pagar o quê?

— Tacos.

— Você está me levando para comer tacos? O que quer dizer com sua vez de pagar? Eu nunca comprei tacos para você.

Ele apenas riu e passou os dedos por seu longo cabelo loiro-escuro.

— Como foi o rodeio? — perguntei, por que, se ele fosse me levar para comer tacos no almoço, eu certamente não discutiria.

— Sou o melhor piloto sem sela de todo o Texas, foi assim.

Eu bufei.

— Sua cabeça é tão grande que estou surpresa que caiba nesse seu chapéu.

— Atualizei para um maior — ele brincou, e tudo que pude fazer foi rir. Na verdade, nunca o tinha visto com um chapéu de cowboy.

Por que era tão mais fácil sair com Brody hoje em dia? Suspirei alto, o som abafado por sua música.

Quando ele parou na churrascaria à beira da estrada, meus olhos se arregalaram. Ah, não. Não, não, não.

— Me leve para casa. Não quero tacos.

A julgar pela expressão no rosto de Jude, ele também não parecia feliz em me ver. Seus olhos se estreitaram e ele cruzou os braços sobre o peito, claramente infeliz com todo esse cenário. Ele estava encostado em sua caminhonete esperando por Brody, mas, ao invés disso, ele me trouxe também.

Brody tinha nos enganado.

— Você não vai dar para trás agora, vai? — Brody perguntou, e ouvi o desafio em sua voz. Sua pergunta foi dirigida a mim, mas foi alta o suficiente para Jude ouvir. O que significava que nenhum de nós iria recuar agora. Comeríamos tacos juntos nem que isso nos matasse. Comeríamos tacos juntos, mesmo que estivessem misturados com arsênio.

Jude era o leão e eu era o touro. Eu descobri ontem à noite. Leão e Touro. Essas foram as constelações que ele colocou no teto do meu quarto. Éramos nós e eu não conseguia entender por que ele tinha feito isso.

Certa vez, durante uma de nossas conversas aleatórias tarde da noite, perguntei a ele:

— *Quem venceria uma luta se um leão fosse colocado contra um touro?* — Eu esperava que ele dissesse que um leão sempre venceria, porque, entre outras coisas, ele tinha um complexo de superioridade e realmente se achava o rei da selva.

Mas ele me surpreendeu ao dizer:

— *Depende das circunstâncias. Se fosse um touro bravo e eles estivessem em um espaço fechado, o touro venceria. Ele espetaria o leão com seus chifres. Se estivessem ao ar livre, o habitat natural de um leão, o leão venceria. Os leões têm mais graça, velocidade e agilidade.*

Quem ganharia se um touro e um leão se sentassem em uma mesa de piquenique do lado de fora de uma churrascaria à beira da estrada para comer tacos com *pico de gallo*? Ninguém iria ganhar. Porque os leões só lutavam quando tinham algo pelo que lutar. E Jude parou de lutar por mim.

Mas depois que levamos nosso pedido para fora e nos sentamos frente a frente na mesa de piquenique sob a sombra das árvores com Brody ao meu lado, Jude bateu a ponta de seu tênis contra a ponta do meu sob a mesa. Achei que foi acidental, mas mantive meu pé onde estava e, quando ele não afastou, me perguntei se isso significava alguma coisa.

Levantei os olhos do meu taco e encontrei seus olhos. Aqueles olhos azuis, como as flores silvestres no campo. Nossos olhos se encontraram, se prenderam e todo o ar saiu de meus pulmões quando ele estendeu a mão sobre a mesa e segurou meu queixo em sua mão, roçando seu polegar em minha mandíbula.

— Você é quem mais faz bagunça comendo.

— Eu sei — respondi, minha voz quase um sussurro, porque mesmo que ele tivesse removido a mão e não estivesse mais me tocando, eu ainda podia sentir. E ouvi algo em sua voz que era quase gentil e me transformou em uma poça de slime.

— Já era hora — disse Brody. — Podemos todos ser amigos de novo? Estou ficando cansado pra caralho de bancar o pombo correio no meio de vocês dois idiotas de merda.

Meu olhar se voltou para Brody e depois voltou para Jude.

— Senti falta de nós — assumi, me tornando vulnerável e sendo honesta demais.

Mas essa era a verdadeira definição de bravura. Não era sobre quem poderia escalar uma parede ou atravessar um riacho cheio de crocodilos.

Ser corajoso significava ser honesto e assumir as coisas que você fez para machucar as pessoas. Foi o que minha mãe tentou me dizer, mas eu perdi completamente a lição. Até este minuto. E agora eu via tudo com uma clareza tão ofuscante que não fazia ideia de como tinha estado tão cega.

— Sinto muito — sussurrei, rezando para que ele aceitasse minhas desculpas. Porque aqui estava eu, uma garota oferecendo sua própria verdade e implorando para lhe darem um desconto. Tipo, por favor, pegue este coração que estou oferecendo a você em minhas próprias mãos. Seja gentil com ele. Não o quebre.

Eu faria o mesmo por ele se a situação fosse inversa? Não sabia.

— Você é tão teimosa, Marrenta. Irritante para caralho. Como você pode ser tão burra?

Como ele ousa? Como se ele tivesse sido um santo durante todo esse impasse de dez meses.

— Você quer falar sobre ser burro? Vamos falar sobre Ashleigh, Megan e Kylie. E você… meu Deus, você é o cara mais chato. Tem um complexo de herói tão grande que sente que precisa me resgatar de tudo.

— Ah, sim, muito melhor deixar você cair para a morte. O que diabos você estava pensando?

— Eu só entrei em pânico por um minuto, mas teria ficado bem. Sei que posso fazer isso.

— Nem pense em subir naquele telhado sem mim.

— Eu não preciso de você.

— Eu também não preciso de você.

— Eu nem senti sua falta.

— Você nunca passou pela minha cabeça.

Brody suspirou e balançou a cabeça.

Quando as estrelas caem

127

— Ah, lá vamos nós. Parece com os velhos tempos.

— Cuidado com o que deseja — disse Jude, e nós três rimos. Eu nem tinha certeza do que estávamos rindo, mas me senti bem. Parecia que o mundo estava certo novamente.

Depois de comermos, voltei para casa com Jude, que nos levou por uma rota cênica, optando por estradas secundárias tranquilas em vez da rodovia, nossas janelas abertas e o sol do final da tarde batendo no para-brisa. Nós nem estávamos indo para casa. Estávamos na minha estrada sinuosa favorita que nos levava por colinas e vales, com vista para os prados, riachos e falésias cobertas de plantações, o céu tão grande, de um azul sem nuvens. E eu não conseguia me lembrar da última vez que estive tão feliz. Apenas estar com ele de novo, dirigindo para lugar nenhum, *Tighten Up*, do Black Keys, tocando em seu aparelho de som. Foi tudo.

Eu não tinha ideia de como vivi sem isso por tanto tempo. Sem ele. Porque ele sempre foi minha pessoa. E sem ele, minha vida tinha sido muito mais vazia.

— Você quis dizer o que disse na carta? — ele perguntou, confirmando o que eu suspeitava. Ele abriu o presente, leu a carta e esperou até agora para me perguntar sobre isso.

— Você não deveria ter lido.

— Então por que você escreveu? Por que trouxe para o meu quarto se não queria que eu ficasse com ela?

— Eu quis que você ficasse com ela, mas depois mudei de ideia. — Fiz uma pausa, deixando que as palavras fossem absorvidas, como se precisássemos de um lembrete do que havia acontecido naquela noite. Não achei que ele estivesse tão bêbado a ponto de esquecer. — Quando voltei para procurá-la, havia sumido. E você fingiu estar dormindo.

Ele riu.

— Assim que você saiu do meu quarto naquela noite, eu a escondi.

— Você é um idiota — eu disse, mas minhas palavras não tinham força. Eu não falava de verdade. Embora às vezes ele fosse um idiota e em outras um completo idiota. Mas ninguém é perfeito.

— Onde você foi ontem à noite? — perguntou.

— Uma festa.

— Uma festa. Você deixou alguém te beijar?

Ele provavelmente sabia exatamente onde eu estive ontem à noite e conseguiu um relatório completo. Ou talvez Austin tenha contado a Brody. Eles eram bons amigos e Brody trabalhava no rancho da família do cara. Vamos atribuir esse erro ao número novecentos e noventa e nove. Perdi a conta de todos os erros que cometi nos últimos dez meses.

— Talvez.

Sua mão esquerda apertou o volante e sua mão direita pousou no topo da minha coxa.

— E como foi?

Olhei para a mão direita dele e depois para a do volante. Havia cortes nos nós dos dedos, a pele vermelha e em carne viva.

— O que aconteceu com suas mãos?

Ele apertou minha coxa.

— Pare de evitar a pergunta.

— Eu não beijo e saio espalhando. — Eu ri. Tinha acabado de dar a ele um gostinho de seu próprio remédio. Ele rosnou e apertou minha coxa novamente.

— Você está dura como pedra, bebê — disse ele, dando-lhe outro aperto como se para testar.

— Não era eu quem deveria dizer isso a você?

— Que mente suja. De onde você tirou todos esses músculos?

— Correndo. Escalada em parede. E malhando na sua academia.

— Ah, é? — Ele olhou para mim. Eu assenti. — Podemos começar a malhar juntos.

— Não vamos apressar nada.

Ele riu e afastou a mão, transferindo-a para o volante para que pudesse pendurar o outro braço para fora da janela e fazer a batida no teto do caminhão enquanto *Howlin' For You*, do Black Keys, começava a tocar. Olhei para o perfil dele, para o nariz reto, os lábios carnudos e o cabelo castanho que estava despenteado e bagunçado, uma brisa quente despenteando-o. Ele não parecia mais um menino. Havia barba por fazer em sua mandíbula e eu queria passar meus lábios nela. Deixar áspera minha pele macia. Tive uma vontade irresistível de beijar seu pescoço. Arrastar meus dedos por seu cabelo e lamber seu abdômen. Eu queria mordê-lo e deixar minha marca da mesma forma que ele fez comigo.

Ele olhou para mim e me agraciou com um sorriso lento e preguiçoso, como se pudesse ler minha mente e soubesse onde meus pensamentos me levaram.

— Então... isso significa que somos amigos de novo?

Ele bufou e voltou os olhos para a estrada.

— Nem pense em me colocar na *friendzone*.

— Em que zona você quer estar?

— Aquela em que puder arrancar suas roupas e fazer coisas sujas com você usando minha língua, minhas mãos e meu pau gigante.

Revirei os olhos.

— Ah, por favor. Nem é tão grande assim.

Ele bufou novamente.

— É sim.

Como eu não tinha base para comparação, não poderia argumentar contra. E parecia muito grande.

— Você terá sorte se eu deixar você me beijar com essa sua boca suja.

— Você terá sorte se descobrir o que essa minha boca suja pode fazer.

Ai, Deus.

Que diferença um ano fazia.

— Como é que isto vai funcionar? Agora que moramos juntos. — Pensei em voz alta enquanto nos dirigíamos para casa. Aos domingos jantávamos em família, então precisávamos chegar em breve.

— Deixe comigo. Querer é poder.

Típico de Jude. Ele não havia mudado nem um pouco. Ainda achava que poderia cuidar de tudo. Ele ainda precisava estar no comando. Mas por que eu lutaria com ele em algo que só beneficiaria a nós dois? Estávamos no mesmo time novamente, então ambos estaríamos ganhando. Por que lutar contra algo que eu queria há tanto tempo?

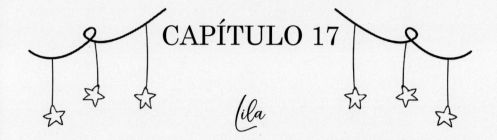

CAPÍTULO 17

Lila

— O que está acontecendo agora? — Jude questionou.

— Eles estão fazendo sexo.

Os pesos ressoaram ao atingir o piso de borracha. Abafei uma risada e mordi minha maçã verde, a acidez fazendo minhas bochechas franzirem enquanto meus olhos examinavam a página na minha frente.

— Ela está transando com o cara de kilt? — Jude perguntou.

— Jamie, sim. Ele é um gostosão — provoquei, a maçã fazendo uma trituração satisfatória enquanto eu dava outra mordida e o olhava de soslaio do meu lugar no sofá de couro. Algumas semanas atrás, Kate colocou um novo em L para a sala da família, então mudamos o velho sofá para o celeiro. Eu estava sentada com as costas no apoio de braço, os joelhos dobrados, o livro de bolso apoiado nas coxas.

Jude fez uma careta.

— Então ela está traindo o marido.

Eu conhecia suas opiniões sobre traição. Para ele, era um limite rígido que quebrava completamente a confiança. Ele disse que não há como voltar depois desse tipo de desonestidade. Eu o chamei de hipócrita, lembrando-o de todas as outras garotas com quem ele esteve, mas ele alegou que não contava por que não estávamos juntos.

— Tecnicamente, ela não está traindo — eu disse. — Ela viajou no tempo, então não conta.

— Conta sim. Ela ainda é casada.

Dei de ombros e terminei de comer minha maçã, colocando o caroço na caixa de madeira que servia como mesa de centro. Se o celeiro fosse quentinho, você quase poderia morar aqui.

— Então, se você me trair enquanto eu estiver em uma zona de combate, isso contaria como traição? — Seu punho enluvado atingiu a bolsa de couro com um baque.

Eu odiava pensar que ele estaria em uma zona de combate, mas não fazia sentido pensar nisso. Estava feito. No dia seguinte ao Dia de Ação de Graças, ele e Reese se alistaram. Isso foi há uma semana e eu ainda estava em negação.

— Iria contar — eu disse. — Isso é diferente. — Arrastei meus olhos para longe do livro para observá-lo. Mais cedo, ele havia tirado o moletom e jogado para mim, então eu o estava usando sobre minha camiseta e leggings para me proteger do frio de dezembro no ar, enquanto ele estava vestindo apenas shorts pretos e uma camiseta cinza.

Jude nunca sentia frio. Ele estava sempre aquecido, como meu aquecedor pessoal.

Comparado com seus treinos, os meus eram uma piada, mas ele gostava quando eu fazia companhia e não era grande dificuldade ficar no sofá e admirá-lo. Cada vez que eu olhava para ele, parecia que ficava maior e mais forte. Ele era todo musculoso sem um pingo de gordura e parecia mais um homem do que um menino agora.

As lâmpadas acesas penduradas nas vigas criavam um efeito de halo ao seu redor. Mas Jude não era nenhum anjo.

— Então, se você viajar no tempo e me trair, está dizendo que não contaria? — ele persistiu.

Pow. Pow. Pow. Os músculos de seus braços flexionavam a cada soco poderoso, seus olhos se estreitavam no saco como se fosse seu inimigo e ele estava imaginando o rosto do cara com quem eu estava hipoteticamente traindo. Se eu traísse Jude, o que nunca faria, ele rasgaria o cara membro por membro antes de se afastar de mim e nunca mais olhar para trás.

Eu o conhecia muito bem. Conhecia seus pontos fortes, suas falhas, fraquezas e suas vulnerabilidades. Ele gostava de fingir que não tinha nenhuma fraqueza ou vulnerabilidade, mas eu sabia que não. Uma vez que ele reivindicava, Jude era possessivo e exigia lealdade inquestionável. Era generoso com o coração, mas, se você o prejudicasse, ele atacava. Seu ego era tão gigante quanto o pau do qual sempre se gabava, e ele tinha um talento para o drama que eu achava extremamente divertido.

Com todos os defeitos, eu o amava. Verdadeiramente, profundamente, loucamente. Não achava que havia mais ninguém no planeta para preencher seu grande espaço. Então, traí-lo nunca tinha passado pela minha cabeça. Mas, ainda assim, gostei de pressioná-lo.

— Tecnicamente, o marido dela nem tinha nascido ainda, então acho que não deveria contar. — Era uma desculpa frágil e eu nem tinha certeza de que lado do debate moral eu estava. Mas era ficção, não vida real. — As chances são boas de que eu nunca viaje no tempo e conheça um escocês sexy, então você não tem com o que se preocupar.

Seu queixo apertou, sem se impressionar com minha tentativa de acalmá-lo, mas não comentou nada. Apenas continuou socando o saco ao som de *Seven Nation Army*, do The White Stripes, explodindo dos alto-falantes.

— Como está o sexo? — perguntou, alguns minutos depois, enxugando o suor da testa com a parte de trás do braço.

— Gostoso.

Isso despertou seu interesse.

— Quão gostoso?

— Muito gostoso. — Abanei-me com a mão, realmente brincando. — Do tipo que sobe um calor que dispara todos os alarmes de incêndio. Jamie sabe das coisas. — Lambi meus lábios e soltei um gemido baixo digno de uma estrela pornô enquanto minha mão deslizava entre minhas coxas. Era tudo o que ele precisava ouvir. Deixá-lo todo irritado era brincadeira de criança. Ele era um amante ciumento, mas eu também, e não ia reclamar. Não quando beneficiava a nós dois.

Jogando as luvas no chão, ele me alcançou. Uma emoção disparava através de mim, aumentando a expectativa. Eu sabia o que estava por vir e estava pronta para ele.

Estávamos nessa há alguns meses, e eu sabia o que aquela boca suja poderia fazer comigo agora. Sabia do que suas mãos, lábios e pau gigantesco eram capazes também. Bem, a maior parte.

— Você não vai precisar mais dele. — Ele pegou o livro da minha mão e o jogou pela sala. O livro bateu no chão com um baque.

— Ei!

Ignorando meu protesto, ele agarrou meus tornozelos grosseiramente e me arrastou pelo sofá até que minhas costas ficassem planas. Enfiando os dedos no cós das minhas leggings, deslizou-as pelas minhas pernas até que ficassem ao redor dos meus tornozelos.

— Deixe meus tênis no lugar, caso eu precise sair correndo.

Ele riu e puxou a lycra elástica por cima do meu tênis, depois jogou minhas leggings na parte de trás do sofá. Puxei minhas pernas para cima, pés apoiados na almofada, e ele se ajoelhou sobre mim, afastando minhas coxas.

— Alguém pode nos pegar — eu disse, minhas mãos alcançando seu

Quando as estrelas caem

133

cós e empurrando seu short, libertando-o de seus limites, meus movimentos apressados e com zero fineza. Rápido e sujo, era assim que a gente gostava.

— Uhum. — Ele tocou no interruptor na parede, mergulhando-nos na escuridão antes que seus lábios colidissem com os meus. Segurei a parte de trás de sua cabeça, ávida por seus beijos enquanto suas mãos exploravam as curvas e mergulhos do meu corpo e ele lentamente balançava contra mim. A única barreira entre nós era minha calcinha preta rendada.

Éramos dois adolescentes safadinhos ultrapassando limites, sempre a dois segundos de serem pegos. Havia um cadeado do lado de fora da porta do celeiro, mas não havia como trancá-lo por dentro.

— Eu sinto que preciso disso como preciso de ar — murmurei, meu peito arfando enquanto ele me drogava com beijos que faziam minhas coxas tremerem e a dor entre minhas pernas aumentar para um latejar surdo.

— Sinto o mesmo aqui.

Seus lábios ainda selados aos meus, ele deslizou minha calcinha para o lado e arrastou dois dedos pelas minhas dobras lisas. Envolvendo minhas pernas em volta de sua cintura, balancei meus quadris.

— Por que você está tão molhada? — Ouvi a acusação em sua voz.

— De tanto assistir você, seu gostoso — ofeguei, quando um dedo grosso mergulhou dentro de mim e seu polegar esfregou o apertado feixe de nervos que fez uma piscina de calor em minha barriga e enviou cargas de eletricidade para cima e para baixo na minha espinha. — Ah, meu Deus.

— Chamou?

Minhas unhas cravaram em seus ombros e meu corpo tremeu com uma risada. Ele engoliu com um beijo profundo, sua língua acariciando a minha e sua mão continuando a fazer mágica, quebrando a barreira apertada e esfregando um ponto que seu dedo médio havia encontrado alguns meses atrás.

Meus quadris arquearam, minhas costas se projetando para fora do sofá. Como seria se ele estivesse dentro de mim ao invés de seu dedo?

— Eu vou...

Só então, ele tirou a mão e me xinguei por dizer isso em voz alta. Meus dedos puxaram as pontas de seu cabelo em desespero.

— Jude.

— Só espere, bebê.

Eu estava por um fio, meus dedos cavando na almofada de couro enquanto ele se movia pelo meu corpo e sua boca substituía sua mão.

— Goze para mim — murmurou, seus dedos e língua garantindo que eu fizesse exatamente isso. O orgasmo cresceu dentro de mim até que eu estava me contorcendo e gemendo, minhas mãos agarrando sua cabeça e segurando-o para mim, sua língua e polegar trabalhando em conjunto, a outra mão sob minha camisa, apertando meu mamilo entre os dedos.

— Ai, meu Deus. Jude — gritei, esquecendo que deveríamos fazer silêncio. Minhas coxas se apertaram, a luz piscou por trás de minhas pálpebras fechadas e eu me desfiz.

Minhas pernas ainda tremiam enquanto sua língua lambia entre minhas dobras sensíveis, trazendo-me de volta do orgasmo que me balançou até o âmago. Agarrei sua cabeça, puxando-a para a minha e ele me beijou com força, sua língua correndo em minha boca para que eu pudesse me provar.

Afastando-se de mim, ele se sentou sobre os calcanhares e meus olhos baixaram para sua mão enquanto ele se tocava com vigor. Puxei minha camisa e moletom, oferecendo a ele meu estômago nu, e me levantei em meus cotovelos. Eu adorava vê-lo perder o controle. Seus olhos se fecharam e seus músculos ficaram tensos quando ele se inclinou sobre mim, segurando-se em um braço.

— Caralho, Marrenta. — Rangeu os dentes. — Olha o que você faz comigo. — Um líquido quente espirrou no meu estômago e ele levou alguns segundos para recuperar o fôlego antes de se levantar do sofá e tropeçar no escuro. Voltando com uma toalha, a usou para me limpar. Então ele desabou no sofá, apoiou os pés no caixote e me puxou para seu colo.

— Pronto para amanhã? — Aconcheguei-me nele.

Ele assentiu, sua mão acariciando minha coxa.

— Você não lavou minha camisa, não é?

Jude era supersticioso. Tipo, muito supersticioso. No dia do jogo, ele sempre bebia três Red Bulls. Quando estava se vestindo, calçava a meia esquerda antes da direita. Antes de um jogo, ele se ajoelhava e rezava a Ave-Maria, fazendo o sinal da cruz três vezes. Agora, sua nova superstição era que eu não poderia lavar a camisa que ele me deu porque isso atrapalharia sua sequência de vitórias.

— E ser responsável por fazer você perder um jogo? Nunca. Vou usá-la suja.

Ele apertou minha coxa.

— Boa menina.

— Eu também posso ser má. — Meus dentes afundaram em sua orelha.

— Guarde as presas, Marrenta.

Quando as estrelas caem

135

Chupei para aliviar a dor, arrancando um gemido de Jude. Ele gostava de um pouco de dor com o prazer.

— Eu adoraria ver você em um kilt. Como Jamie.

— Essa é a sua fantasia? — Ele deslizou a mão por baixo da minha camisa e segurou meu seio com uma de suas mãos grandes e ásperas, apertando e amassando, seus lábios roçando meu queixo.

— Aham. Se você ganhar amanhã, terá que usar um kilt para ir à escola. Para a reunião do time da próxima sexta-feira — acrescentei.

— Isso é um desafio. — Seu polegar roçou o bico levantado do meu mamilo e respirei fundo, me contorcendo em seu colo.

— Sim. — Minha mão percorreu seu peito duro e mergulhou dentro de seu short, sua respiração engatou quando envolvi a mão em torno de seu comprimento duro e apertei. — Você também não pode usar nada por baixo. Tem que ir solto.

— Desafio aceito. — E eu sabia que ele faria isso. Ele usaria um kilt para o encontro de torcida, na frente de todo o corpo discente de 1.800 pessoas, e não ficaria nem um pouco envergonhado. Ele o usaria posturado e orgulhoso. Jude nunca resistia a um desafio. — Melhor comprar aquele kilt, bebê, porque vamos ganhar amanhã. E *quando* vencermos, não se, você será minha escrava de amor.

— Então é melhor você economizar suas forças. Ouvi dizer que os Cavaleiros têm uma defesa impenetrável.

— Eu sou ótimo em penetrar. — Ele me girou então eu estava montando nele.

— Você é ótimo de conversa. Eu ainda sou virgem. — Esfreguei meu corpo contra o dele, buscando a fricção, minha calcinha encharcada.

— Cale a boca e me beije, moça. — Nós nos beijamos até que estivéssemos prontos para a segunda rodada.

A porta se abriu, trazendo consigo uma rajada de ar frio que gelou minha pele aquecida. Em pânico, me esforcei para sair de Jude. Ele aumentou seu aperto em meus quadris, me segurando firmemente no lugar.

— Fique aqui.

Eu não conseguia ver quem estava na porta, mas, segundos depois, as luzes se acenderam e eu ouvi a voz dela.

— Ei, J. O que está acontecendo?

J. Argh. Rangi os dentes e estreitei os olhos em Jude. Ele riu baixinho, como se isso fosse algum tipo de piada para ele. O ciúme mostrou sua cara feia. Com pressa para fugir, me desvencilhei de Jude, *acidentalmente* batendo meus joelhos em suas bolas. Ops.

Seu rosto se contorceu e sua mandíbula cerrou, tentando superar a dor que infligi.

— Que porra foi essa, Marrenta? — ele ofegou.

A pontada momentânea de culpa que senti foi rapidamente substituída por satisfação quando me lembrei de quem tinha acabado de entrar no celeiro.

Foi válido. Puxando o moletom para baixo até o meio da coxa, girei para encarar Brody e Kylie. Ele estava dormindo com ela agora? Brody estava rindo tanto que se dobrava. Eu não tinha ideia do que ele achava tão engraçado.

— Desculpe interromper — Kylie disse com um sorriso que fez Brody rir ainda mais.

Desculpe, uma ova. A loira de pernas compridas carregando uma garrafa de vodca era um lembrete do que Jude vinha fazendo durante nosso hiato de dez meses. Ela estava usando uma saia plissada xadrez que mal cobria sua bunda com botas pretas de cano alto sobre meia-arrastão. Por baixo da jaqueta de couro preta, usava uma camiseta com o nome de uma banda da qual nunca ouvi falar.

Eu odiava que ela parecesse tão legal. Mais sofisticada e mundana do que eu, embora estivesse apenas um ano à nossa frente na escola.

Ela e Jude fizeram safadeza? O que fizeram juntos?

Kylie era uma caloura na faculdade agora, então pelo menos eu não precisava vê-la na escola. Uma pequena vitória.

Engoli minha miséria. Pareciam cacos de vidro.

Ombros retos, coluna ereta, eu ignorei Jude, que estava chamando meu nome, e passei por Kylie, empurrando Brody para fora do meu caminho quando ele tentou me impedir de sair. O cheiro de maconha e álcool se agarrou a ele. E foi quando eu percebi que Brody estava chapado e bêbado. Apenas mais uma noite de sexta-feira em seu mundo. Eu me preocupava com meu amigo. Mas agora, tudo que conseguia pensar era em Jude e Kylie. Jude beijando Kylie. Jude… o que eles fizeram juntos?

Quando as estrelas caem

Com as mãos fechadas em punhos, me arrastei em direção a casa, o brilho fraco da luz da varanda guiando meu caminho. Meu sangue ferveu, me aquecendo por dentro, então nem senti frio.

Por que ele dormiu com ela, mas minha virgindade ainda estava intacta?

Foi só na metade do campo que percebi que havia deixado minhas leggings no celeiro junto com minha dignidade.

Era depois da meia-noite quando o menino que eu odiava amar subiu na janela do meu quarto e rastejou em silêncio pelo chão de madeira. O colchão mergulhou sob seu peso quando ele se sentou na borda para remover seu cano alto e, em seguida, levantou as cobertas e deslizou ao meu lado, enfiando seus braços sob sua cabeça. Mantive o olhar fixo no leão e no touro no teto, as estrelas brilhando no meu quarto lavado pela lua, mas o observava pelo canto do olho. Ele cheirava a ar fresco, Mentos e gel de banho perfumado e amadeirado. Cheirava a lar. Era o que ele era para mim. Minha casa. Tentáculos de medo se desenrolaram dentro de mim e serpentearam para cima. Eles envolveram meu coração, sufocando o ar em meus pulmões.

Os McCallister não eram minha família. Foram as pessoas que me acolheram quando eu não tinha para onde ir.

Amar Jude era perigoso. Eu tinha muito mais a perder do que ele. Se as coisas não funcionassem entre nós, poderíamos voltar a ser apenas amigos? Duvido. Se nosso relacionamento desmoronasse e virasse fumaça amanhã, ele ainda teria um lar amoroso e uma família. O que me restaria?

Era em noites como essas, em que meus pensamentos tocavam em um loop na minha cabeça, que sentia mais falta da minha mãe.

Ao meu lado, Jude se deslocou para que estivesse mais perto, muito perto — o calor de seu corpo me aquecendo enquanto ele arrancava minha mão de seu aperto no edredom enfiado sob meu queixo e a colocava sobre seu coração, sua mão maior em cima da minha para segurá-la firmemente no lugar. Debaixo da palma da mão, eu podia sentir o coração dele batendo em sincronia com o meu.

— Sempre foi só você — disse ele, com a voz baixa e rouca na quietude do meu quarto tranquilo. — Só você, Marrenta.

Mas como isso poderia ser verdade quando ele estava com outras garotas? Por alguns minutos, ficamos em silêncio, olhando para as estrelas, seu coração batendo firme sob minha mão, nossos peitos subindo e descendo a cada respiração que inspirávamos e exalávamos. Foi o silêncio de Jude que falou mais alto. E suas ações. Ele sempre dizia que as palavras não significavam nada sem ações para apoiá-las. Ele poderia ter me deixado fervendo nisso a noite toda, mas não o fez.

— Você deveria estar dormindo. Você tem um grande jogo amanhã à noite.

— Durmo melhor na sua cama. Diga-me que você quer que eu fique.

O que eu queria dizer era que nunca quis que ele saísse. Não esta noite. Nem nunca. Mas não poderia dizer isso.

— Pode ficar. Se quiser.

Esse era o único convite que ele precisava. Ele rolou de lado e puxou meu corpo contra o seu, enrolando um braço em volta da minha cintura. Meu corpo se encaixava tão perfeitamente na curva dele. Eu o amaldiçoei por ser tão perfeito. Não perfeito do tipo sem falhas. Simplesmente perfeito para mim. Às vezes eu não conseguia acreditar na minha sorte. Eu tinha encontrado esse menino quando tinha apenas nove anos de idade e ele me escolheu acima de todas as outras.

— Boa noite, Lila. — Ele beijou meu cabelo, tão gentil e amoroso, como se eu fosse algo precioso para ele, e deixei de lado meus medos. Não queria ficar me torturando com pensamentos das coisas que ele tinha feito com Kylie e que não tinha feito comigo. Eu não queria pensar nele com mais ninguém. Mesmo que ele não tivesse dito as três palavras que eu queria ouvir, eu podia sentir isso. Ele me *amava*.

— *Boa noite, Jude. Eu amo você. Só você.*

Quando as estrelas caem

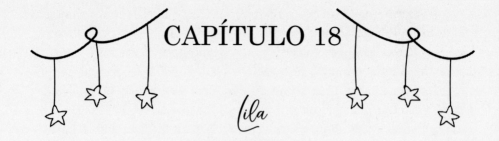

CAPÍTULO 18

Lila

Éramos uma frente unida de azul e dourado, uma corrente de eletricidade correndo através da multidão, tão palpável que eu podia tocá-la. Senti-la. Lá fora, sob as luzes do estádio, Jude McCallister era um deus. Esta noite ele estava pegando fogo.

Até que tudo desmoronou em um tempo.

— Merda — Patrick rosnou da fileira bem na minha frente. Ele levantou as mãos. — Que diabos foi isso? Essa foi a segunda interceptação lançada por Jude. Estivemos muito perto de ganhar.

— Não é só sobre ganhar — disse Kate a Patrick. — Os meninos lutaram bem. Eles jogaram com o coração e fizeram o seu melhor. É isso que conta.

Ele fez cara feia, recusando-se a se acalmar. Nos seis meses em que vivi com os McCallister, aprendi muito sobre a dinâmica familiar deles. E dizer que o pai de Jude valorizava a vitória era o eufemismo do século. Ele era duro com seus meninos, mas era pior com Jude. Eu nunca tinha notado isso antes e Jude nunca reclamou, mas às vezes seu pai podia ser um pouco idiota.

— Se a defesa deles tivesse tirado a porra da cabeça do munda da lua, talvez pudéssemos ter chegado a algum lugar — disse Patrick, bufando de desgosto ao conferir o placar novamente. Os números digitais não mudaram. Mavericks: 40; Cavaleiros: 43. — A cabeça do Jude não estava no jogo. Ele deixou que aquela última interceptação o abalasse.

Christy e eu compartilhamos um olhar. Ela levantou as sobrancelhas. Senti-me insultada em nome de Jude e queria defendê-lo. O que Patrick disse não era verdade. Depois que Jude lançou essa interceptação, ele não apenas largou a toalha, continuou jogando, dando tudo de si como sempre fez.

Algo bateu na parte de trás da minha cabeça e friccionei minha mão sobre meu cabelo, depois me virei em meu assento para ver Brody. Ele apenas riu e liberou mais um punhado de sementes de girassol em sua boca, depois se inclinou para frente em seu assento.

— Alegria, L.

Dei-lhe o dedo e voltei a olhar para a frente, ignorando completamente Kylie que estava praticamente no colo dele. Acho que Jude e Brody ficavam bem em compartilhar.

— Eu me pergunto se eles fizeram um *ménage à trois* — ponderou Christy. Puxei o ar com força. Ela colocou a mão na boca. — Desculpe. Eu disse isso em voz alta?

Cruzei os braços sobre o peito, empurrando as palavras de Christy para fora da cabeça, e vi os Mavericks perderem mais jardas. Patrick estava de pé, gritando algo para os árbitros. Kate agarrou seu braço e o puxou de volta para seu assento.

— Calma — disse ela com firmeza. — É só um jogo.

— Não é só um jogo. É futebol americano. E é o último maldito jogo que você verá Jude jogar.

— Ainda não acabou — disse Jesse, com as mãos em punhos. — Jude ainda pode fazer isso. Ele pode reverter isso.

— Querido, é tarde demais.

Jesse cortou o resto da sentença de sua mãe.

— Não é tarde demais — insistiu. — Jude pode fazer isso. Eu sei que ele pode.

Eu amava a fé cega de Jesse em Jude e seu otimismo. Ele realmente acreditava que seu irmão poderia virar esse jogo.

Estávamos atrás por três com apenas três segundos restantes. Jude bateu em seu capacete, indicando que ia mudar a jogada. Eu não sabia o que ele tinha em mente, mas seria preciso um milagre, um ato de Deus, para vencer esse jogo.

Jude pegou o *snap* e, sem tempo restante no relógio, lançou a bola para o céu. Foi um passe *Hail Mary* do meio-campo, um ato de desespero para um zagueiro com muitos metros para cobrir e sem outras opções.

Doze mil torcedores prenderam a respiração coletivamente enquanto a bola espiralava em direção à zona final. Austin Armacost saltou entre três defensores e fez a recepção.

— Puta merda — Brody gritou atrás de mim, enquanto eu olhava para o campo, sem acreditar no que acabara de testemunhar. — Ele conseguiu. Ele realmente conseguiu.

Estávamos de pé, os gritos e aplausos da multidão atingindo decibéis ensurdecedores. Todos sabiam que tinham acabado de testemunhar algo incrível. Tão espetacular que você quase poderia chamar de milagre. Um passe de quarenta e cinco jardas para marcar o *touchdown* da vitória nas semifinais da primeira divisão.

— Ele pegou a bola! — o locutor gritou, sua excitação era tão grande que ele repetia. — Não acredito que estava aqui para testemunhar isso. Isso é coisa de lenda. É por isso que amamos o futebol do Texas.

— Que jogada de Jude McCallister. Quarenta e cinco jardas nas mãos do recebedor do Mavericks, Austin Armacost — completou o outro locutor.

— Esse é o meu garoto! — Patrick gritou, mudando de tom agora que Jude era um vencedor.

— Eu disse que ele poderia fazer isso! — Jesse gritou, socando o ar. Colocou as mãos em concha sobre a boca e gritou para a multidão de fãs berrando. — Aí! Este é meu irmão. Estrela da Sorte. Vamos para os campeonatos estaduais. Sim, senhor. — Jesse fez uma pequena dança da vitória.

Eu estava rindo e chorando, abraçando Christy, nós duas pulando para cima e para baixo. Ela nem gostava de futebol, mas esta noite todo mundo era fã.

Soltei Christy e procurei no campo até que meu olhar encontrou Jude na zona final. Os jogadores estavam comemorando sua vitória, a energia voando alto enquanto eles pulavam uns nos outros, batendo os ombros e os punhos. Tão físico, mesmo em suas comemorações de vitória. Eles eram uma confusão emaranhada de membros e suor, se jogando no chão e acabando amontoados.

Não era todo dia que você via seu namorado fazer um passe de quarenta e cinco jardas para o *touchdown* da vitória. Mas, se alguém podia fazer mágica, era Jude. Ele era o próprio Midas. Tudo que tocava virava ouro. Eu me perguntei se estava brilhando tanto quanto o ouro que cobria minhas maçãs do rosto e pálpebras. Senti como se estivesse iluminada por dentro, tão cintilante que era impossível conter.

Esta era sua noite para comemorar. Sua noite para brilhar. E, enquanto eu estava nas arquibancadas em uma noite fria e clara de dezembro, as estrelas abafadas pelas luzes do estádio, desejei mais uma vez que Jude tivesse um sonho diferente. Eu queria que ele viesse para a Universidade de Austin comigo e jogasse futebol. Ou qualquer outra faculdade no Texas. Ele poderia ter escolhido. Poderia ter conseguido uma bolsa integral. Poderíamos estar juntos.

Mas era inútil pensar no que poderia ter sido.

Ele tinha assinado um contrato. Cinco anos de sua vida seriam perdidos antes de ser dispensado do serviço ativo.

Agora, assisti Jude correr pelo campo com seus companheiros de equipe, punhos erguidos. Seu capacete estava preso na mão, o cabelo escorregadio de suor, pintura de guerra preta sob seus olhos. Para mim, ele parecia um gigante entre os homens. Ombros impossivelmente largos sob as ombreiras afinando até a cintura estreita, coxas envoltas em calças de futebol azul com barras douradas nas laterais; ele era o único jogador que eu podia ver naquele campo. Não conseguia tirar os olhos dele.

Ele estava procurando por sua família nas arquibancadas, como fazia depois de cada jogo. Quando nos viu, sorriu e ergueu o capacete. Joguei-lhe um beijo. Ele o pegou em sua mão e bateu com o punho contra o coração.

Eu te amo, quis gritar, bem alto para que todos no estádio ouvissem.

Eu amava tanto aquele menino que às vezes chegava a doer.

Seu sorriso ficou mais largo, aquelas covinhas em suas bochechas aparecendo, e eu estava sorrindo para ele como uma idiota. Então eu estava rindo quando Christy disse:

— Alguém vai se dar bem esta noite.

Tudo o que eu queria era tirá-lo daquele campo e levá-lo para algum lugar sozinho onde não tivesse que dividi-lo com ninguém. Eu era gananciosa e bem egoísta nesse nível.

Mas eu sabia que levaria horas antes que pudesse tê-lo só para mim.

Faróis brilhando, fogueiras acesas e rádios no máximo, era assim que celebrávamos nossas vitórias ou afogávamos nossas mágoas depois de um jogo. A festa de campo desta semana foi no rancho de Austin Armacost. Estávamos aqui há uma hora e eu mal tinha visto Jude. Abri a tampa da minha garrafa de água e tomei um gole, desejando não ter me oferecido para ser a motorista da rodada.

— Existe alguma garota aqui disposta a dar uma foda por pena para o nosso amigo? — Tyler gritou, passando o braço em volta do ombro de Reese. — Nosso menino vai ser fuzileiro naval. Parte amanhã.

— Cale a boca — disse Reese, rindo. — Mas, sério. — Ele examinou os grupos de garotas, seus olhos parando em duas loiras sentadas no capô de um carro, com garrafas de vinho nas mãos. — Alguém quer?

Rindo, eles viraram a cabeça. Reese caminhou até mim e Christy, onde estávamos sentadas na porta traseira da caminhonete de Brody. Ele e Kylie desapareceram assim que chegamos aqui.

— Christy. O que me diz?

Ela colocou o dedo nos lábios e inclinou a cabeça como se estivesse pensando seriamente.

— Não.

Ele murchou.

— Droga. Achei que você estava realmente pensando.

— Eu gostaria, mas estou de olho em outra pessoa.

— Sim? Quem é ele?

— Não é ele, é ela.

— Merda. Então é verdade. Você gosta de garotas.

— Eu escolho oportunidades iguais. Gosto de garotas e garotos.

— Dá a você um campo de jogo maior. — Reese se sentou na porta traseira ao lado dela e balancei minha cabeça, rindo enquanto ele a enchia de perguntas sobre sua vida sexual.

— Amor, amor, amor. — Jude veio para ficar entre as minhas pernas. — Já disse que te amo?

— Você está bêbado — eu disse, rindo, enquanto ele acariciava meu pescoço. Jude Bêbado era meio adorável. — Então não conta.

— Conta sim. Eu te amo, Lila, e quero que todos saibam disso. — Ele se virou, me dando as costas e abriu os braços, uma garrafa de cerveja em uma das mãos. — Eu amo Lila Turner!

— Mais alto para as pessoas no fundo — disse Tyler. — Não tenho certeza se eles ouviram você no bairro ao lado.

— O próximo bairro ao lado — Jude zombou. — Quero que todo o Texas saiba disso. — Ele pulou na caçamba da caminhonete de Brody e gritou a plenos pulmões. — Eu amo Lila Turner.

— Sim. Nós sabemos — Reese disse, revirando os olhos.

— Eu amo Lila Turner!

— Cala a boca, McCallister — alguém gritou.

Jude pulou no chão e tropeçou, rindo e se endireitando.

— Merda. O chão estava mais perto do que eu pensava.

Isso nos fez rir.

— Isso é jeito de tratar seu *quarterback*? Ele é o nosso homem. Nosso MVP, mano — Austin disse, batendo nas costas de Jude.

— Não poderia ter feito isso sem você. Você é o cara — Jude declarou, passando o braço em volta do pescoço de Austin e esfregando os nós dos dedos no topo da cabeça dele. — Quem pegou aquela bola? Você. Você. Você. Porra. Eu te amo, cara.

Eu ri enquanto eles se seguravam, balançando, e suspeitei que, se não estivessem se agarrando, ambos cairiam.

— Então isso significa que estou perdoado por beijar sua garota? — Austin perguntou, quando se soltaram e brindaram com suas garrafas de cerveja.

Jude rosnou.

— Por que você teve que trazer isso à tona? Agora vou ter que te socar.

— Não, você não vai. — Pulei da traseira da caminhonete e puxei o capuz do moletom de Jude, arrastando-o em minha direção. Ele se virou e me puxou para seus braços, sua luta esquecida em sua névoa bêbada.

— Te amo, querida. — Ele esfregou o nariz ao lado do meu, o cheiro de cerveja e uísque em seu hálito. — Te amo muuuuito.

Isso tudo teria sido ótimo se não fosse pelo fato de que a primeira vez que ele me disse que me amava foi em uma festa com fogueira depois de um jogo de futebol, quando estava completamente bêbado.

Abaixando a cabeça, ele me beijou na boca, em seguida, arrastou os lábios em minha mandíbula.

— Você me ama, Marrenta?

Eu acenei.

Ele se afastou e estudou meu rosto atentamente, seus olhos vidrados por causa do álcool, mas focados.

— Diga. Eu preciso ouvir isso.

— Eu te amo — sussurrei. Embora eu tivesse pronunciado as palavras na minha cabeça uma centena de vezes, esta foi a primeira vez que as disse em voz alta.

Seus braços se apertaram ao meu redor.

— Diga isso de novo.

— Eu te amo.

— E você vai ficar comigo, não importa o que aconteça. Não vai se apaixonar por um cara da faculdade e me enviar uma carta como em *Querido John*, vai?

Esta foi a primeira vez que vi Jude parecer preocupado e, embora pudesse atribuir isso ao álcool, não achei que fosse o caso.

— Não. Não vou fazer isso. Eu nunca faria — assegurei a ele, meus braços envolvendo seu pescoço. — Você é o único cara para mim.

— Eu sou? — Ele estava observando meu rosto novamente, como se realmente precisasse de segurança, e senti que não era hora de provocá-lo, então dei o que ele pediu. Por que mentir quando era a verdade?

— Sim, você é.

Ele me levantou do chão e envolvi as pernas em sua cintura, travando os tornozelos enquanto ele caminhava para o lado da caminhonete e me empurrava contra ela, minhas costas apoiadas na janela do passageiro.

— Mesmo quando eu estiver longe… você ainda vai me amar? — perguntou, beijando o canto da minha boca.

— Mesmo assim.

— Sempre? Para todo o sempre?

— Para todo o sempre.

— Não me deixe de novo. Nunca mais me afaste. Se você fizer isso, meu coração vai quebrar. De verdade, de verdade. Você quer quebrar meu coração, Marrenta? Você vai? — Vulnerabilidade sangrava em cada palavra sua.

Balancei a cabeça.

— Não — sussurrei, emoldurando seu lindo rosto nas mãos e procurando em seus olhos a verdade. — Você vai quebrar o meu?

— Nunca. Prometo. Juro pela minha vida que sempre vou te amar. Você é minha, eu sou seu e é assim que as coisas são. Como sempre foi. — Suas palavras foram misturadas com tanta sinceridade que fizeram meu coração gaguejar e colocar um nó na garganta.

Talvez ele estivesse tão bêbado que não se lembraria disso amanhã. Talvez nossas palavras não significassem absolutamente nada. Mas, para mim, elas significavam tudo. Nós as selamos com um beijo que roubou o ar dos meus pulmões e me fez pensar onde ele terminava e eu começava. Parecia perigoso amar alguém do jeito que eu o amava. Eu sabia como a vida podia ser cruel. A pessoa que você amava pode ser arrancada de você em um piscar de olhos. Mas eu amava de qualquer maneira.

Apaixonei-me por Jude e estava tão envolvida que não havia como voltar atrás agora.

CAPÍTULO 19

Jude

Perdemos o jogo do campeonato estadual. Correção. Nós não apenas perdemos. Levamos uma surra na frente de 40.000 fãs. Terminei minha carreira no futebol americano colegial mancando do campo com uma torção no tornozelo durante o terceiro quarto. Gideon, o merdinha, sorriu enquanto eu passava o resto do jogo no banco, aplicando gelo no meu tornozelo. Como previsto, ele passou a temporada aquecendo o banco e fazendo malfeito nos treinos.

Graças ao nosso pai, meu irmão me odiava a ponto de se deleitar com minha derrota. O último jogo da minha carreira no ensino médio não foi uma das minhas melhores noites.

Sofri quatro *sacks*, o que irritou meu pai a ponto de ele gritar com os treinadores depois do jogo no estacionamento, os jogadores entrando no ônibus do time. Ele estava com o rosto tão vermelho que sua pressão arterial devia estar nas alturas. Eu estava seriamente preocupado que ele tivesse um ataque cardíaco.

Levei alguns dias para deixar a derrota para trás e seguir em frente. No final das contas, não adiantava ficar pensando no que poderia ter sido feito diferente. Acabou, jogamos pra caramba e o melhor time venceu. É assim que é. Você ganha algumas, perde outras.

Agora era véspera de Natal, a temporada de futebol havia acabado e eu estava no meu lugar favorito no planeta. A cama da minha namorada.

Lábios macios encontraram os meus e ela me beijava como sempre fazia. Como se eu fosse seu oxigênio e ela não pudesse respirar sem mim. Seus beijos eram meu vício e eu perseguia a euforia que só ela poderia me dar. Seus joelhos cavaram em meus lados, coxas apertadas em volta da minha cintura enquanto ela moía contra meu pau latejante. Duas finas camadas de algodão eram as únicas barreiras que me impediam de estar enterrado profundamente dentro dela.

Ela se afastou do beijo e sentou-se, montando em mim, as palmas das mãos achatadas no meu peito nu e jogou a cabeça para trás. O luar a pintou de prata, o comprimento de seu pescoço exposto. Meus dedos cavaram em seus quadris, seu peito arfando sob uma das minhas velhas camisetas com as quais ela sempre dormia.

Puxei a bainha da camiseta.

— Tire. — Quando estávamos juntos em seu quarto, falávamos em sussurros, nossas vozes tão baixas que precisávamos estar perto para ouvir as palavras. — Deixe-me vê-los.

Abaixando-se com as duas mãos, ela tirou a camiseta sobre a cabeça e jogou-a no chão, nua para mim agora, exceto por sua calcinha rendada. Minhas mãos subiram por seu estômago, sobre a pele sedosa e macia, e envolveram seus seios, meus polegares roçando e apertando os mamilos duros. As estrelas em seu teto brilhavam acima de nós e no silêncio de seu quarto, tudo que eu podia ouvir eram nossas respirações irregulares e os gemidos sussurrantes vindos de seus lábios.

Segurando sua cintura, eu a virei de costas e me ajoelhei entre suas pernas, pressionando suas coxas.

Um sorriso malicioso apareceu nos cantos de seus lábios.

— Vá em frente — ela sussurrou, e mesmo que sua voz fosse abafada, eu ouvi o desafio nela.

— Com o quê? — Eu sabia o que ela queria. A única coisa que eu ainda não tinha dado a ela. Puxando o algodão para o lado, acariciei-a com meus dedos, circulando e deslizando, revestindo-os com o calor úmido de sua excitação.

— Eu não quero seus dedos. — Impaciente, afastou minha mão. — Quero você.

— Vai doer. Eu vou te machucar.

— Eu não ligo. — Ela deslizou a calcinha pelas pernas e atirou-a para o outro lado do cômodo. Segui o exemplo e me ajoelhei sobre ela. Segurando seus quadris, eu a alinhei diretamente abaixo de mim e balancei contra ela.

— Tem certeza? — Em resposta, ela ergueu os quadris, arqueando as costas para fora do colchão, e deslizei entre suas dobras lisas. Era bom pra caralho, pele contra pele, cada célula do meu corpo queimando, e eu nem estava dentro ainda.

— Estou tomando pílula — disse ela, dando-me mais incentivo para romper suas paredes apertadas.

Eu nunca tinha tirado a virgindade de uma garota antes e nunca feito sem proteção. Porém, ainda mais assustador do que ser o primeiro de alguém, era que esse alguém fosse Lila, a garota que eu amava. Meu coração estava ricocheteando nas paredes do meu peito enquanto eu abaixava a cabeça e a beijava com força, cutucando sua entrada com a minha ponta.

Ela envolveu suas pernas na minha cintura e agarrou meus ombros com força. Levantei a cabeça, olhando para o rosto dela e empurrando nela um pouco mais. Fechando os olhos apertados, ela estremeceu e inalou uma respiração afiada. Eu mal estava aguentando. Mas fiquei onde estava e esperei que ela se ajustasse à pressão.

— Amor. Abra os olhos. — Seus olhos se abriram e beijei o canto de sua boca, meus lábios pairando sobre os dela. — Agora respire.

Ela assentiu um pouco e apertou meus ombros.

— Ok. Estou bem.

Observando seu rosto, avancei lentamente para dentro dela, mais lentamente do que pensei ser capaz. Seus músculos se apertaram em torno de mim como um punho e ela se agarrou a mim. Meus braços apoiados em cada lado de sua cabeça tremiam sob a tensão de usar cada grama de meu autocontrole.

Este era um gostinho do céu e do inferno, tudo junto.

Lágrimas escorriam por seu rosto e ela sussurrou:

— Não pare. — Suas mãos deslizaram dos meus ombros para o meu pescoço e para o meu cabelo enquanto ela levantava os quadris e puxava minha cabeça para baixo na dela. — Vá em frente.

Arrastei meus lábios por sua bochecha, beijando suas lágrimas. Bebi sua dor e então empurrei todo o caminho para dentro dela, indo aonde ninguém tinha ido antes de mim. Com o privilégio, veio uma responsabilidade maior, e me apavorava e me emocionava saber que ela confiava em mim para fazer isso ser bom para ela. Senti como se a estivesse dividindo bem no meio, abrindo-a para criar um espaço só para mim. Enterrado ao máximo, silenciei seus suspiros e gemidos com beijos suaves. Seus dedos cavaram em meu couro cabeludo e suas sobrancelhas se juntaram.

— Shh. — Beijei-a nos lábios, no queixo e na lateral do pescoço. Movendo minha boca para a concha de sua orelha, murmurei: — Shh.

Não sei se estava tentando confortá-la ou a mim mesmo, mas senti meu controle escorregar. O esforço necessário para não transar com ela loucamente, para não me perder neste momento e aproveitar o prazer, era muito grande. Meu suor escorria em sua testa e deixava nossos corpos escorregadios em todos os lugares em que nossa pele tocava.

— Amor. Eu preciso… — Minha voz estava tensa e apertei meus olhos fechados, cerrando os dentes.

Quando as estrelas caem

149

Lila colocou a ponta dos dedos sobre meus lábios.

— Shh.

Ela angulou seus quadris, rolando-os em pequenos círculos que me sugaram mais fundo. Minha testa caiu sobre a dela e sua respiração suave se misturou à minha. Ela segurou meu rosto em suas mãos.

— Dê-me tudo o que você tem. Não se segure. Quero ver você perder o controle.

Lila não tinha ideia do que ela estava pedindo ou o que isso significava, mas suas palavras afrouxaram minha determinação de ser tão cuidadoso com ela. Afastando-me para enchê-la mais profundamente, acariciei suas paredes com estocadas longas e poderosas que ela encontrou e recebeu, seu corpo combinando com o ritmo que estabeleci.

Nada, *nada* na Terra, jamais foi tão bom quanto estar dentro de Lila.

— Eu te amo.

— Eu te amo.

O sangue corria em minhas veias, meu coração batia forte. Tonto e meio cego, formigamento quente começou na base da minha espinha. Minhas bolas apertaram e eu persegui o clímax, cada golpe levando-me cada vez mais alto, até que cheguei ao ponto sem retorno. Não havia como parar agora. Lila balançou os quadris, suas unhas cavando em meus ombros.

Eu explodi. Estremecendo, gozei dentro dela, e parecia continuar e continuar. Puta merda.

Desabei em cima dela, deixando aqui todo o meu peso, e ela se agarrou a mim, nós dois muito parados e quietos. Por alguns segundos, fiquei tão fraco que nem conseguia me mexer.

Com medo de esmagá-la, rolei de cima dela e fiquei de lado, apoiando a cabeça na mão e traçando sua boca com a ponta dos dedos.

— Você está bem?

Ela sorriu.

— Sim. Estou bem. — O sorriso desapareceu de seu rosto. — Eu só... foi diferente do que pensei que seria.

— Porra. — Esfreguei a mão no rosto, a culpa me consumindo. — Desculpe. Eu não deveria...

— Não. — Ela agarrou minha mão. — Você foi ótimo. É só... foi tão intenso, sabe?

Sim, eu sabia.

— Eu nunca quero pensar em você fazendo isso com alguém que não seja eu. É tão… — Ela parou e respirou fundo e soltou o ar. — É tão íntimo, sabe? E eu odeio que você tenha compartilhado isso com…

— Shh. Não diga isso. Estar com você foi bem diferente de tudo que já experimentei antes.

— No bom sentido?

— No melhor sentido. Então vamos fingir que éramos virgens. Porque era assim que eu me sentia.

Ela sorriu.

— De verdade?

— De verdade. Eu volto já. — Saí da cama e vesti minha cueca boxer do chão.

— Aonde você está indo?

— Ao banheiro. Preciso de uma toalha para te limpar…

Ela balançou a cabeça.

— Você fica. Eu vou. Quero que esteja aqui quando eu voltar.

— Não vou a lugar nenhum.

Naquela noite, ela dormiu em meus braços, com as costas contra meu peito e seu corpo moldado ao meu. Enterrei meu rosto em seu cabelo e inalei o cheiro de Lila. Chuva de primavera e madressilva.

Parecia que apenas alguns minutos depois eu acordei com o som do alarme tocando. Rolando com um gemido, minha mão pegou meu telefone na mesa de cabeceira para silenciá-lo. Lá fora ainda estava escuro e Lila dormia profundamente.

Eu queria ficar em sua cama gostosa, com seu corpo quente envolto no meu, minhas mãos deslizando sobre cada centímetro de sua pele macia e sedosa.

Esfregando as mãos no rosto, bocejei e me sentei, em seguida, peguei minhas roupas do chão e me vesti, formulando meu plano de fuga. Havia duas maneiras de sair do quarto de Lila. Número um: rastejar pelo corredor e torcer que ninguém me ouvisse. Algumas semanas atrás, encontrei Gideon saindo do banheiro. Tive a sensação de que ele sabia onde eu estava, mas apenas me deu um olhar vazio e não disse nada.

Número dois: sair pela janela dela, pular para o telhado da varanda e deslizar pelo poste. Em seguida, contornar a lateral da casa e subir pela treliça até o meu quarto. E liberdade. Por causa do meu tornozelo, eu não fazia isso desde antes do jogo do campeonato estadual, mas estava me sentindo confiante de que estava forte o suficiente agora. Então decidi que essa era a façanha que eu faria para o ato de desaparecimento de hoje.

Dei-lhe um beijo de despedida e disse-lhe para fechar a janela depois de eu sair. Ainda meio adormecida, ela murmurou um "te amo" e me disse que sim. Hesitei um segundo quando seus olhos se fecharam.

— Não se esqueça de fechar a janela.

— Amor, está frio lá fora — murmurou, com um sorrisinho e um bocejo. — Vá. Eu entendi.

Com isso, saí pela sua janela e fui para o telhado.

Ignorando a dor aguda no tornozelo, manquei ao redor da casa até a treliça e voltei para o meu quarto em tempo recorde. Enquanto fechava a janela, ouvi a porta do meu quarto abrir e fechar. Os passos no chão do meu quarto eram pesados demais para serem os de Lila.

Ah. Merda.

— Jude. — Reprimi a vontade de rir. Não sei por que quis rir. Tive a sensação de que esse confronto não seria nem um pouco engraçado.

Limpando o sorriso estúpido do meu rosto, me virei da janela para encarar meu pai. Passei a mão pelo cabelo, tentando decidir se ele sabia que eu tinha acabado de sair do quarto de Lila e tinha alguma ideia de quanto tempo isso estava acontecendo. Rapidamente deduzi que ele não estaria no meu quarto se não soubesse. Eu poderia inventar uma desculpa para escalar a janela do meu quarto às seis da manhã. Tipo, ei, eu estava apenas começando um treino. Não queria acordar ninguém.

Ou eu estava brincando de Papai Noel e escondi alguns presentes no celeiro. O que era verdade. Eu tinha escondido meus presentes no celeiro. Mas sabia que não iria colar.

Então optei por não dizer nada e ver no que ia dar, minha resposta condicionada ao que ele me acusasse.

— Chame Lila e me encontre no celeiro em cinco minutos.

Meus olhos se arregalaram e respirei fundo. Não era o que eu não esperava e não era como se eu não quisesse que isso acontecesse.

— Podemos simplesmente deixá-la fora disso? Não é culpa dela...

— Estarei esperando por vocês dois no celeiro. — Ele se dirigiu para a porta, em seguida, virou-se, sua voz baixa. — Faça um favor a esse tornozelo.

Use a porta. E tente não acordar ninguém. Não há necessidade de alertar toda a família.

Balancei a cabeça em concordância. Era a última coisa de que precisávamos. Mas eu não esperava que ele arrastasse Lila para isso. Preferiria que ele não a envolvesse e me deixasse levar o castigo por nós dois. Mas ele estava convencido de que ela deveria estar lá. Pegando um moletom do meu armário, coloquei-o sobre a cabeça e rastejei pelo corredor para dar as boas notícias. Nós fomos pegos. Meu pai estava esperando por nós no celeiro.

Sem dúvida, haveria muitas contas a pagar, mas eu suportaria o peso disso. Ou pelo menos foi o que eu disse a Lila quando cruzamos o campo alguns minutos depois, nossas respirações saindo em nuvens brancas de fumaça, a geada cobrindo a grama e as árvores brilhando prateadas na madrugada.

— Estamos nisso juntos — garantiu. Ela estava usando meu velho moletom de beisebol como uma declaração de nosso amor. — Sou tão culpada quanto você, então não se atreva a tentar levar toda a culpa.

Agarrei a mão dela e a puxei para mim. Envolvendo meu braço em sua cintura, puxei-a contra o meu peito, nem mesmo me importando se meu pai nos visse.

— Esqueci de te contar uma coisa.

— O quê? — ela perguntou, com a testa franzida. Ela ficou tão apressada para se arrumar que nem parou para pentear o cabelo. Eu adorava assim. Era cabelo de sexo. As longas ondas desciam por suas costas e emolduravam seu rostinho perfeito.

— Esta noite foi perfeita. Você é perfeita. E não importa o que aconteça, ou qual seja o nosso castigo, valerá a pena.

Ela sorriu, seu corpo relaxando em alívio.

— Eu me sinto da mesma forma. Você vale totalmente a pena.

Minhas mãos vagaram para baixo e seguraram sua bunda enquanto eu pressionava um beijo suave em seus lábios. Relutantemente, a soltei antes que esse beijo se transformasse em algo mais.

— Vamos acabar logo com isso.

Seus ombros caíram, um pouco de sua bravura diminuindo enquanto ela olhava por cima do ombro para o celeiro.

Apertei a mão dela.

— Ficará tudo bem. Meu pai não vai ficar bravo com você.

— Isso torna tudo pior. Não quero tratamento especial. E não quero que você se meta em encrenca.

— Não é grande coisa. Nós damos conta.

— Ok. — Ela me deu um pequeno sorriso. Não parecia convencida, mas deixar meu pai esperando não nos faria nenhum favor. Então caminhamos lado a lado até o celeiro e tentei esconder que mancava, mas ela percebeu e balançou a cabeça com um suspiro exasperado.

Quando entramos com a porta fechada, meu pai apontou para o sofá de couro.

— Sentem-se. — Se ele soubesse quanta ação este sofá tinha visto.

Lila e eu nos sentamos lado a lado, mas não tão perto a ponto de estarmos nos tocando, enquanto ele permanecia à nossa frente, braços cruzados e pernas levemente abertas em uma demonstração de domínio que nos dizia que ele era a figura de autoridade com todo o poder. Eu ainda não havia avaliado o clima, então não tinha certeza do que colaria e do que não.

— Vocês dois me colocaram em uma posição estranha.

Não podia argumentar com isso, então mantive a boca fechada. Ele não parecia zangado, mas também não parecia feliz.

— Sinto muito — disse Lila. — Nunca pretendi desobedecer a você ou quebrar suas regras... — Sua voz sumiu e seus olhos baixaram para as mãos entrelaçadas em seu colo.

— Eu também já fui adolescente, acredite ou não. — Ele riu baixinho. Minhas sobrancelhas subiram até a linha do cabelo. Ele realmente iria nos dar um passe livre? — E é por isso que as regras estão em vigor. Há quanto tempo você está entrando furtivamente no quarto dela? — me perguntou.

Eu poderia mentir e dizer a ele que tinha sido apenas uma vez, mas duvidava que ele fosse acreditar. Seus olhos se estreitaram em mim, esperando para me pegar em uma mentira. Ele sabia a resposta e isso era um teste. Eu sabia por experiência própria que mentir na cara dele só iria irritá-lo. Qualquer punição que ele planejasse impor seria duplicada.

Então eu respondi honestamente:

— Desde setembro.

Ele relaxou sua postura e acenou com a cabeça como se eu tivesse confirmado algo que ele suspeitava o tempo todo.

— Não haverá mais essa de se esgueirar nos quartos um do outro. Não enquanto vocês dois estiverem morando sob o meu teto. Entendido?

— Sim — Lila declarou, rapidamente.

O olhar do meu pai se voltou para mim. Relutantemente, eu assenti.

— Entendi.

— Tendo dito isso, eu lembro como é ter dezoito anos. — Ele exalou alto e esfregou a mão no queixo, parecendo em conflito. — Mas, como eu disse, você me colocou em uma situação ruim. Lila é nossa responsabilidade. Prometemos à sua mãe que cuidaríamos de você e a trataríamos como um dos nossos filhos — ele se dirigiu a ela.

Lila deu-lhe um sorrisinho triste.

— Obrigada. Eu realmente sou grata por isso.

Ele levantou a mão.

— Não precisa me agradecer. Estamos felizes em fazê-lo. Você é como a filha que nunca tivemos.

Seus olhos se encheram de lágrimas e, sem pensar, me aproximei e passei o braço em volta de seus ombros. Ela se inclinou para mim e enxugou os olhos para evitar que as lágrimas caíssem. Eu odiava vê-la chorar. Odiava vê-la triste. Mas eu sabia que as férias eram especialmente difíceis para ela.

— Sua mãe sabia que você e Jude estavam apaixonados. Talvez antes mesmo de vocês dois descobrirem — disse meu pai a Lila, com a voz mais suave do que eu já tinha ouvido. Ele não queria aborrecê-la.

— O que ela disse? — Os olhos de Lila brilhavam com lágrimas não derramadas, sua voz tão esperançosa, sempre desesperada para ouvir qualquer coisa que sua mãe tivesse compartilhado conosco.

Meu pai sorriu, e isso suavizou suas feições, me fazendo pensar por que ele não fazia isso com mais frequência.

— Ela disse que Jude é digno e ela sabia que ele cresceria e se tornaria um bom homem. — Achei ter ouvido um toque de orgulho em sua voz, mas não tinha certeza. Era minha mãe quem distribuía amor e elogios incondicionais, desempenhando o papel de policial bom para o policial mau de meu pai. — Sua mãe parecia pensar que vocês seriam perfeitos um para o outro. E minha esposa concorda.

Eu nunca tinha ouvido nada disso. Não era algo que meu pai tivesse compartilhado comigo, e eu duvidava que ele teria, se Lila não tivesse perguntado. Mas o fato de Caroline confiar em mim me deixou ainda mais determinado a ser o melhor homem para sua filha.

— Então talvez vocês dois possam considerar a situação em que estou. — Ele coçou a cabeça como se estivesse realmente intrigado.

Francamente, eu não conseguia ver o problema. Eu queria Lila, ela me queria. Estávamos apaixonados e o sexo era natural. Qual era a grande questão? Mas eu não era estúpido o suficiente para expressar isso.

— E agora? — perguntei, colocando a bola de volta do lado dele. Vamos acabar com isso e aproveitar o nosso Natal. Algumas horas a mais de

Quando as estrelas caem

155

sono também seriam ótimas. Enquanto isso, eu já estava planejando como iria contornar quaisquer regras que ele decidisse aplicar.

— Você tem dois irmãos mais novos dormindo do outro lado do corredor de Lila. Jesse tem apenas treze anos. Não quero que ele tenha uma ideia errada, achando que eu e sua mãe compactuamos com esse comportamento.

— Falando em mães, por que no mundo eu não fui convidada para essa reunião? — perguntou minha mãe ao entrar no celeiro, claramente irritada por ter ficado de fora. Ela estava usando pijama de flanela e o casaco de lã do meu pai. Ela usava as mesmas botas caramelo feias que as dos pés de Lila. Elas eram a última moda e as meninas diziam que eram como andar sobre uma nuvem.

— Patrick. — Ela franziu a testa para ele. — Você se importaria de explicar por que não me acordou?

— Era cedo. — Meu pai parecia visivelmente desconfortável e eu tossia em meu punho para encobrir minha risada enquanto ele se preparava para a guerra com minha mãe. Às vezes, ele era tão avassalador que eu não percebia o quão forte minha mãe podia ser quando a situação exigia. Ela escolhia suas batalhas sabiamente, suponho. — Não queria que você perdesse o sono com isso.

Minha mãe colocou as mãos nos quadris.

— Vou lidar com você mais tarde — prometeu, antes de se virar para nos encarar com um sorriso brilhante e uma voz alegre. — Feliz Natal.

Lila e eu desejamos a ela um Feliz Natal e trocamos um olhar.

Ela levantou as sobrancelhas. *Isso é tão estranho para você quanto para mim?*

Levantei as sobrancelhas. *Bizarro. Mas siga a onda.*

Relaxei no meu assento e espalhei o braço pela parte de trás do sofá. Poderia muito bem me acomodar.

— Você trouxe algum chocolate quente com marshmallows? Ou que tal alguns daqueles biscoitos de açúcar?

Meu pai fez cara feia, com a voz rouca.

— Já chega, espertalhão. — Ele ainda patinava no gelo fino com minha mãe e estaria ouvindo reclamações sobre isso por muito tempo. Mas eu também não achava que estávamos a salvo, então fechei a boca.

— Como Patrick estava dizendo antes de eu interromper — disse minha mãe, atirando punhais contra ele. — Temos que pensar em Jesse e Gideon e na mensagem que isso passa. — Ela bateu palmas. — Então, decidimos que, se vocês vão dormir juntos, vão fazer isso às claras.

— O quê? — Eu me engasguei.

— Vocês podem dormir com a porta aberta. — Ela sorriu, como se fosse a Mamãe Noel e tivesse acabado de nos dar o melhor presente de Natal de todos os tempos.

Encostei-me no sofá. Que loucura era essa?

— Você quer que a gente durma junto com a porta aberta? — repeti, só para ter certeza de que tinha ouvido direito.

— Preferimos que vocês não durmam juntos até saírem de casa. Mas, se acharem que devem fazê-lo, vocês podem, com a porta aberta.

Sim, bem, não poderíamos fazer safadeza com a porta aberta.

Meu pai riu como se tivesse lido minha mente.

— Exatamente — disse ele, me fazendo questionar se eu havia pensado em voz alta.

— Então isso está resolvido — disse meu pai, esfregando as mãos. Fiquei com a impressão de que ele teria preferido fazer uma cirurgia dentária do que ter essa conversa. Levando tudo em conta, tinha corrido muito melhor do que eu esperava. Estranho pra caramba, claro, mas meu pai não tinha sido duro. Desconfiei que era por causa de Lila. Ele nunca levantou a voz para ela ou a tratou com nada além de bondade. Isso me fez questionar se era porque ela era menina ou porque não era filha dele. De qualquer forma, funcionou a nosso favor.

— E chega de escalar aquela treliça — disse minha mãe ao sair do celeiro. Ela deu um tapa no meu braço. — Você pisoteou minha glicínia. Estou preocupada que ela não volte na primavera.

— Eu posso plantar algumas videiras novas para você — Lila ofereceu, enquanto minha mãe passava um braço em volta dos ombros dela e as duas caminhavam à minha frente e de meu pai no que tinha que ser a manhã de Natal mais estranha de todos os tempos. Eu tinha tirado a virgindade de Lila e depois tivemos uma discussão familiar sobre isso.

— Sabe, quando dizemos que você pode dormir com a porta aberta, realmente queremos dizer que vocês não vão dormir juntos — meu pai me disse.

— Sim, eu entendi isso. — Uma gargalhada irrompeu de mim. — Boa jogada.

— Eu não nasci ontem — afirmou, com uma risada e um aceno de cabeça, muito orgulhoso de si mesmo.

Mas, felizmente, ainda tínhamos minha caminhonete, o celeiro e muitos outros lugares escondidos que ainda não havíamos explorado. Significava apenas que teríamos que ser mais criativos.

Improvisar. Adaptar. Superar.

Quando as estrelas caem

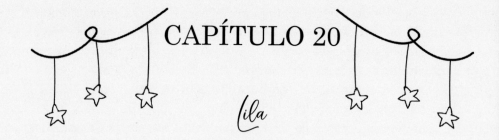

CAPÍTULO 20

Lila

O tempo estava se esgotando. Eu queria fazê-lo desacelerar. Eu queria mais. O resto do nosso último ano tinha voado tão rápido que fazia minha cabeça girar. Assim que comemorei meu décimo oitavo aniversário, era noite de baile e, antes que eu percebesse, estávamos nos formando.

Há três dias, recebemos nossos diplomas do ensino médio. Era para ser o começo de uma nova aventura, mas para mim parecia o fim de algo bom. Mais um marco que minha mãe havia perdido. Mais um passo para a despedida de Jude.

Agora, olhei para a tela do meu celular, minha excitação inicial substituída por uma pedra de pavor afundando no fundo do meu estômago quando outra mensagem chegou. Eu tinha acabado de dar voltas na piscina de Christy e saía me sentindo toda zen, meus músculos relaxados, mas agora estava toda tensa. Por causa de uma mensagem de texto estúpida.

— Eles estão em casa — disse para Christy, que estava sentada de pernas cruzadas em uma espreguiçadeira, com uma tigela de frutas cortadas no colo. Estava quente pra caramba aqui fora, mas ela parecia super-relaxada em um biquíni preto e enormes óculos escuros pretos.

— O que ele disse? — perguntou ela, estourando uma uva na boca. — Ele te deu mais alguma informação?

Balancei a cabeça e joguei o celular na minha ecobag.

— Não. — Juntando meu cabelo molhado em um nó, o amarrei com o elástico no pulso e me sentei na borda da espreguiçadeira em frente a ela. — Tudo o que ele disse foi que eles foram acampar e era uma coisa de conexão masculina. Agora ele disse que precisamos conversar. — Mordi o lábio, pavor pousando no estômago. Bastariam algumas palavras dele para me destruir. — Nada de bom vem dessa frase.

— Pode ser uma boa notícia. Talvez ele tenha uma surpresa para você. Ou talvez seja um código para "estou fora há três dias e preciso de boceta".

Eu ri, mas soou fraco.

— Se fosse isso, ele estaria fazendo *sexting*. Isso não é *sexting*. Parece sério. — Olhei para o quintal onde a mãe dela estava dando uma aula de ioga sob as árvores. "Encontre sua base", ela disse, conduzindo o grupo de mulheres através das poses. Elas deveriam ser árvores: altas e fortes.

— Eu simplesmente não entendo por que eles não puderam falar a verdade. Jude e Brody não precisam guardar segredos de mim — comentei, distraidamente girando a pulseira de prata em meu pulso. Estava lá desde meu aniversário de dezoito anos, três semanas atrás. Os cristais Swarovski na estrela prateada brilhavam à luz do sol. Tão brilhante que era quase ofuscante.

Jude comprou uma estrela para mim no meu aniversário. Uma estrela real que ele chamou de Estrela de Lila. Era uma das estrelas da constelação de Orion e vinha com certificados e um mapa para encontrá-la no céu noturno. Quando perguntei por que ele escolheu Orion, ele disse que foram as estrelas que guiaram Odisseu para casa. Resisti à vontade de perguntar se ele planejava ficar fora por dez anos e se sua jornada de volta seria uma odisseia repleta de provações, tribulações e tentações.

Era inútil tentar prever o que o futuro reservava. E provavelmente era melhor não podermos antecipá-lo.

Ele ia terminar comigo? O cara que me comprou uma estrela e disse que me amava em todas as chances que teve realmente faria isso? Eu não sabia. Tudo que eu sabia era que ele estava agindo de forma estranha.

— Talvez seja exatamente o que ele disse. Eles foram acampar para que pudessem se relacionar. Não dê muita importância a isso. Você vai enlouquecer.

Tarde demais. Eu estava enlouquecendo há três dias. Na verdade, tinha sido mais do que isso. Algo estava errado com ele e Brody durante toda a semana antes de nossa formatura.

— Eu simplesmente odeio me sentir deixada de lado — admiti.

— Triângulos são complicados. A menos que você transforme em um trio, um homem estará sempre fora.

Revirei os olhos.

— Não é esse tipo de triângulo.

Suas sobrancelhas escuras arquearam.

— Claro que não. Você mora com dois caras gostosos que também são seus melhores amigos. Sem contar que são praticamente irmãos. — Ela se abanou com a mão. — Meu Deus, isso me deu um calor.

Quando as estrelas caem

— Não é bem assim — insisti.

— Sim, ok. — Christy pegou um morango da tigela e o mordeu. — Então você não percebe a maneira como Brody olha para você?

— Brody não... — Balancei a cabeça, contestando suas palavras. — Nós somos apenas amigos. Como chegamos a esse tópico?

— Estávamos tentando descobrir o que aconteceu neste acampamento.

Olhei para as profundezas azuis da piscina como se ela contivesse as respostas.

— E se ele for terminar comigo?

Ela deslizou os óculos escuros pelo nariz para me olhar melhor.

— É por isso que você ainda está sentada aqui em vez de indo para casa?

Peguei uma fatia de abacaxi de sua tigela, meu joelho sacudindo enquanto eu comia. Ela estava certa. Eu estava enrolando. Se eu não fosse para casa, não precisaria ouvir as más notícias. Eu poderia atrasar o inevitável. Reclinei-me na espreguiçadeira e fechei os olhos para bloquear o sol e minhas inseguranças.

Quinze... vinte minutos se passaram, a fruta havia sumido e eu ainda estava assando sob o sol do Texas quando Christy empurrou meu braço.

— Vá para casa. Receba as informações. E as traga de volta. Tenho que me preparar para o meu encontro.

Isso me estimulou a agir. Vesti minha regata de algodão solta e shorts cortados. Calçando meus chinelos, pesquei as chaves do carro na bolsa e a joguei no ombro. Hora de ir para casa e enfrentar a realidade.

— Me ligue depois do sexo — Christy pediu, embrulhando as toalhas molhadas em seus braços.

— Me ligue depois do seu encontro esta noite. E divirta-se.

— Se nos divertirmos, você não receberá uma ligação.

— O mesmo vale para mim.

— Piranha — xingou, e contornei a piscina, meus chinelos batendo contra os azulejos.

— Safada — joguei a palavra por cima do ombro.

— Amo você.

— Amo você também.

Na volta para casa, fui me motivando. Talvez não fosse uma má notícia. Por que eu assumi que seria? Tudo estava ótimo há meses. Nossa noite de formatura foi uma das melhores noites da minha vida. Eu usava um vestido preso no pescoço de lantejoulas prateadas com uma saia de tule cinza pérola que flutuava em volta das minhas pernas quando eu dançava. Jude usava um smoking cinza-carvão com uma gravata borboleta que combinava com a saia do meu vestido. Ele foi eleito rei do baile, Ashleigh, a rainha. Mas saímos antes do anúncio e só soubemos depois por mensagem. Jude não se importava com concursos de popularidade. O que ele se importava era passar a noite em um hotel comigo.

Nossa relação era sólida. Jude e eu estávamos apaixonados. Estava tudo bem. Talvez *bem demais*. Tirei esse pensamento da cabeça. O pessimismo não me levaria a lugar nenhum.

As portas do celeiro estavam escancaradas, Eminem explodindo dos alto-falantes, ventiladores portáteis na máxima velocidade enquanto eu espreitava do lado de fora da porta, sem ser detectada.

— Oito... nove... dez — cantou Jesse. — Continue, Jude. Você pode fazer isso.

Claro que ele poderia. Eu não sabia qual era o objetivo de hoje, mas Jude podia fazer flexões o dia todo. Ele estava de costas para mim e vi seus músculos ondularem enquanto ele fazia barra fixa no ferro preso à parede. Sem camisa e suado, seu cabelo estava uma bagunça. Ai, meu Deus, ele parecia delicioso. Eu queria lamber o suor da pele dele.

Foi quando finalmente me atingiu. Eu sabia o que ele precisava me dizer. Quão estúpida eu poderia ser para não perceber isso mais cedo? Ah, é. Negação.

Como eu viveria sem ele? Por que eu tinha me apaixonado por um cara que sempre ia me deixar?

Respirando fundo, tentei me preparar para a notícia que provavelmente me derrubaria. Meu olhar desviou-se para Brody, que estava socando o saco como se tivesse uma vingança contra ele. Christy estava errada. Brody pensava em mim como uma amiga, quase como uma irmã, e nada mais. Eu amava Brody, mas não estávamos *apaixonados*. Grande diferença.

Sentindo minha presença, Brody arrastou o olhar para longe do saco de pancadas e inclinou o queixo em cumprimento. Nenhum sinal de seu sorriso característico. Sentindo que algo estava errado, entrei e parei ao lado dele.

— Está tudo certo? — perguntei baixinho.

— Certo como a chuva. — Mas eu podia ver no rosto dele que estava mentindo.

— Se você precisar falar sobre qualquer coisa, estou sempre aqui por você. Sabe disso, né?

— Eu agradeço. Mas estou bem.

Meus ombros caíram. Ele não ia confiar em mim. Alguma vez já confiou? Se eu pensar sobre isso, ele sempre manteve sua vida pessoal para si. Por mais próximos que sempre tenhamos sido, havia muito que ele não me contou sobre si mesmo. Ele confidenciava com Jude? Acho que sim.

Jude soltou a barra e caiu no chão, em seguida, virou-se para me encarar. Jesse sorriu.

— Oi, Lila. Você já ouviu…

Jude puxou as costas de Jesse contra seu peito e colocou a mão sobre a boca, efetivamente impedindo que o resto das palavras saíssem de sua boca.

— Não é a sua notícia para compartilhar, irmãozinho.

— Ops. Desculpe.

— Está tudo bem. — Jude bagunçou o cabelo de Jesse para deixá-lo saber que não estava com raiva antes de soltá-lo.

Jesse pegou a corda de pular do chão e começou a saltar.

— Você tem um bom jogo de pés aí — eu disse, sufocando uma risada quando meu elogio o fez acelerar. Jesse era um exibicionista, mas ainda era adorável e não tinha um pingo de maldade em seu corpo, então ele se safava de tudo. Como o bebê da família, todos o adoravam e ele sabia como jogar com o afeto de todos.

— Ei, você — Jude disse, segurando meus quadris e me puxando contra ele para um beijo. — Senti sua falta.

Passei meus braços em volta de seu pescoço e o beijei de volta.

— Senti mais.

Brody gemeu.

— Vocês dois estão me deixando enjoado. Saiam já daqui.

Rindo, me afastei de Jude. Tínhamos nos tornado um daqueles casais repugnantes e eu nem me importava.

— Então… quais são as suas novidades? — Eu me preparei para as palavras inevitáveis que sairiam de sua boca.

— Deixe-me tomar um banho rápido e depois vamos dar uma volta.

— Uma volta?

Ele agarrou minha mão e me arrastou pelo campo, meu estômago revirando de ansiedade. Por que ele não podia simplesmente me contar? Por que prolongar minha angústia?

Soltando minha mão, ele abriu a porta dos fundos para mim. Passei por ele e entrei na casa com ar-condicionado. Na cozinha, duas tortas de pêssego esfriavam na bancada. A favorita de Jude.

— Fique de biquíni — ele disse por cima do ombro e subiu as escadas de dois em dois para tomar banho.

Quinze minutos depois, ele estacionou sua caminhonete na beira da estrada perto da piscina.

— Por que você tomaria banho antes de irmos nadar? — perguntei, e ele pegou duas toalhas na traseira de sua caminhonete e caminhávamos pelo caminho de terra que cortava as árvores.

— Para que você não tivesse que sentir meu cheiro no caminho.

Ele jogou nossas toalhas e sua camiseta em uma pedra plana e tirou sua blusa, seus olhos escurecendo enquanto ele se afastava para me ver com meu biquíni vermelho. Enganchou o dedo na alça e deslizou para cima e para baixo.

— Eu amei este conjuntinho.

— Sim, eu sei. Você quem escolheu. — Minhas bochechas esquentaram com a memória. Jude entrou no provador comigo.

— Eu tenho bom gosto. — Agarrou meus quadris e me puxou contra si, passando os polegares sobre os ossos do meu quadril.

— Da próxima vez que você precisar comprar um biquíni, conte comigo.

Inclinei meu rosto para ler sua expressão.

— Da próxima vez que eu precisar de um novo biquíni, você estará aqui para fazer compras comigo?

Em vez de responder, ele me beijou e me soltou.

— Vamos nadar.

Agarrei sua mão, puxando-o para mim.

— Que tal você apenas arrancar o Band-Aid? Quando você vai embora? *Quanto tempo eu tenho com você?*

Ele passou a mão pelo cabelo úmido do banho e estremeceu.

— Duas semanas.

Olhei para ele. Não. Ele não disse isso. Ele não poderia ter dito duas semanas. Eu o ouvi errado.

— O que você acabou de dizer?

Quando as estrelas caem

163

— Amor. Não me olhe assim.

Afastei-me dele e passei os braços sobre o peito.

— Não me diga como olhar para você. Você disse que teríamos alguns meses. Disse que seu recrutador não tinha vaga até o outono. Deveríamos passar o verão inteiro juntos. Então eu iria para a faculdade e você para o campo de treinamento. — Eu estava hiperventilando. Tínhamos tantos planos. Íamos fazer daquele o melhor verão de todos. — Agora são apenas duas semanas?

— Sim. — Isso foi tudo o que ele disse. *Sim.*

— É por isso que você foi naquele acampamento com Brody? Todo mundo sabia? Eu sou a última a descobrir?

— Não, não é por isso... — Ele exalou alto.

— Ah, me desculpe. Não posso perguntar por que meu namorado me abandonou por três dias?

— Não seja assim. — Sua mandíbula apertou, seus olhos se estreitaram. — A merda com Brody não tem nada a ver com você. É ele quem tem que contar essa história, não eu. Se ele quiser te contar, é com ele. E eu não te abandonei. Fiquei fora por apenas três dias.

— E agora você só tem duas semanas e eu estou trabalhando... Vou trabalhar quarenta horas por semana no centro de jardinagem e é tarde demais para pedir folga. Stella está de férias, estou pegando o horário dela e... — Parei e cobri o rosto com as mãos. Era demais. Eu não conseguia lidar com a ideia de ele me deixar.

Braços me envolveram e ele me puxou para perto.

— Ei. Vai ficar tudo bem. Eu vou para o acampamento. Não estou morrendo. Não é como se os médicos tivessem me dado apenas duas semanas de vida — brincou.

— Você não sabe disso — declarei, minha voz abafada por minhas mãos.

Seu peito retumbou com o riso.

— Você está dando uma de maluca, Marrenta. Vamos. Vamos entrar na água — pediu. — Estou suando muito aqui fora.

Eu bufei.

— Melhor se acostumar com isso. Em breve você estará suando com um instrutor de treinamento berrando ordens.

Como alguém poderia estar ansioso por isso? Mas ele estava. Aparentemente, eu não estava me movendo rápido o suficiente para o seu gosto. Ele me levantou em um movimento veloz e me jogou por cima do ombro.

— Deixe-me descer! — Bati meus punhos contra suas costas, mas ele apenas riu e entrou na água. Quando ela estava na altura do peito, ele me jogou no ar como se eu fosse uma boneca de pano.

Esse garoto. Assim que minha cabeça emergiu, lancei-me sobre ele.

— Você é tão previsível, Marrenta.

— Você é um pé no saco.

— Assim como você. — Ele sorriu, mostrando-me aquelas covinhas que eu amava, seus olhos bem azuis à luz do sol, seu cabelo molhado penteado para trás, e senti uma dor no coração do tamanho do Texas. — O pé no saco mais bonito, irritante e teimoso do mundo.

— Igual você. — Em vez de tentar afundá-lo, passei meus braços em volta de seu pescoço e minhas pernas em volta de sua cintura e enterrei meu rosto na curva de seu pescoço.

— Tudo vai ficar bem. Prometo. Depois que você se formar na faculdade e depois que eu terminar os fuzileiros navais, teremos nossas vidas inteiras para ficar juntos. Estarei tanto com você que você vai se cansar de mim.

— Quer passar toda a sua vida comigo?

— É o que planejo. Por quê? Você tem mais alguma coisa em mente?

— Para sempre é muito tempo. Como você sabe que sou a pessoa com quem você quer passar?

— Eu sempre soube. Você é tudo para mim.

— Você pode mudar de ideia.

— Sim, e eu posso ser devorado por um crocodilo.

Eu ri.

— O que você está dizendo?

— As chances de isso acontecer são pequenas ou nenhuma. É o que estou dizendo. O que você está dizendo?

— Esteja preparado. Vou ser a melhor namorada de fuzileiro da história das namoradas de fuzileiros.

— Não duvido disso por um minuto. Estamos bem?

Acenei com a cabeça e disse que estava tudo bem. O que mais eu poderia fazer? Eu tinha que ser solidária.

Ele estava aqui agora, nós estávamos bem e eu não queria perder mais um minuto do nosso tempo juntos pensando no quanto eu sentiria falta dele quando ele partisse para o campo. Eu queria usar nosso tempo para criar boas lembranças, o tipo de lembranças que ambos poderíamos guardar quando estivéssemos separados. Todos os doces e belos momentos que aparentemente era insignificantes. Esses eram os que mais contavam e eu queria me lembrar de cada um deles.

Quando as estrelas caem

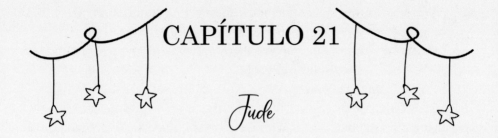

CAPÍTULO 21
Jude

— Você está nervoso? — perguntou Lila. Subimos no telhado por causa dos velhos tempos e o céu noturno não decepcionou. Estava cheio de estrelas, com o ar quente e doce do verão, e eu tinha uma dor dentro do peito que parecia saudade. Amanhã de manhã eu ia deixar Lila.

Meu primeiro instinto foi negar e dizer não, que eu não estava nervoso. Mas optei pela verdade.

— Um pouquinho. Você está bem?

— Não. Com certeza não estou.

Virei a cabeça para olhar para o rosto dela ao luar. Brilhava mais pálido, em contraste com seu cabelo escuro. Eu não conseguia ver as cinco sardas em seu nariz, mas sabia que elas ainda estavam lá. Sua resposta me fez questionar minhas escolhas de vida. Por que eu estava tão decidido a me alistar? Por que não poderia ter ido para a faculdade com a Lila? Jogar futebol americano. Assistir às aulas. Passar os cinco anos seguintes ao seu lado.

— Mas eu vou ficar. E você também. Eu acredito em você, Jude. Acredito em nós. Podemos passar por qualquer coisa. Você me mostrou isso.

— Eu te amo, Marrenta.

— Eu te amo mais.

— Isso é bom, porque pretendo passar o resto da minha vida com você.

— Como você pode me prometer a eternidade aos dezoito anos?

— É a coisa mais fácil que já fiz. Sempre foi você. Eu nunca quis ninguém além de você. Mas…

— Mas? — disse ela.

— Mas tomei essa decisão. Essa foi a minha escolha. Se você… — Porra. Eu não queria dizer isso, mas precisava. Era a coisa certa a fazer. Respirei fundo e soltei: — Quero que você aproveite sua experiência universitária. Quero que faça todas as coisas da faculdade. Chopadas, confraternizações pré-jogos e… Eu não sei. Quero que você seja feliz, Lila. Se conhecer alguém na faculdade e…

Ela pressionou os dedos contra meus lábios, parando as palavras.

— Não diga isso.

Enrolei minha mão em seu pulso e a movi.

— Eu tenho que dizer. Você é jovem e... porra, você é tão linda...

— Você é suspeito para dizer.

Abanei a cabeça.

— Você é. Há um monte de caras por aí que dariam qualquer coisa para estar com você. E não quero que sinta que perdeu nada. Cinco anos é muito tempo para esperar por alguém.

— Você está terminando comigo?

Fechei os olhos.

— Não. Estou apenas te dando uma saída.

— Não quero uma saída. Nunca haverá outro como você. Você é único para mim, Jude.

Respirei fundo.

— Você diz isso agora, mas é porque eu sou tudo o que você já conheceu. Quando chegar na faculdade, vai conhecer um monte de caras diferentes. Caras que...

— Não entendo de onde vem isso. Você passou anos tentando manter os caras longe de mim e agora você está tentando me empurrar para conhecer alguém novo?

— Não. Não estou tentando empurrá-la para conhecer alguém novo. Eu só... — Agarrei a nuca. — Não quero que você se arrependa ou que um dia se ressinta de mim por pedir que você espere. É muito pedir isso a alguém aos dezoito anos.

— Há pouco tempo, você estava me prometendo a eternidade. Quer encontrar alguém novo? É disso que se trata?

— Não. Não quero mais ninguém. Mas nada disso é justo com você. Estarei a milhares de quilômetros de distância...

— Você estará a um telefonema e um e-mail de distância. E estará em casa nas licenças. Vai ter trinta dias por ano, certo? — indagou, e acenei com a cabeça. — E eu posso visitá-lo. Vamos fazer dar certo.

— Mas, se você mudar de ideia, eu vou entender. — Não sabia se isso era verdade. Eu nunca tinha questionado minhas escolhas de vida antes. Esse era o meu plano desde criança. Se eu estivesse sendo honesto, não poderia nem dizer por que ou como eu tinha decidido que era o que eu precisava fazer. Sempre me pareceu certo. Certo para *mim*. Eu tinha sido egoísta. Tão focado no que queria que realmente não tinha levado em conta as necessidades de Lila. E agora, tudo me atingiu.

Eu estava deixando-a. Foi por isso que ela me afastou depois que sua mãe morreu. Na época, achei que ela estava sendo ridícula. Agora entendo que era autopreservação. Me fez sentir um burra de merda por demorar tanto para entender algo tão óbvio.

— Você está repensando? — perguntou ela. — Quer dizer, ainda é isso que você quer?

— Impossível não estar.

— Isso não é uma resposta.

— É, Marrenta. Ainda é o que eu quero. Mas essa foi uma decisão minha, tomada exclusivamente por mim, e você está sendo forçada a acompanhá-la. É por isso que estou te dando uma opção.

— Nossa. Ok. Quanta nobreza. Você age como se eu não tivesse escolha. Eu *escolhi* você, sabendo que era isso que estava planejando fazer. Realmente acha que se eu quisesse algum outro cara, não teria ido atrás dele? Nem você poderia ter me impedido. Eu só quero você. E, se isso mudar, o que não vejo como seria, a gente parte daí. Enquanto isso… — Ela mexeu no meu braço. — Pare de ser cabeça dura. Fomos feitos um para o outro. O tempo e a distância não vão mudar isso.

Eu acreditei nela, porque me sentia da mesma forma. Talvez fosse uma loucura se comprometer com alguém aos dezoito anos. Talvez tenha sido uma loucura acreditar que poderíamos fazer essa relação à distância funcionar. Na nossa idade, esse era um compromisso enorme. O que nos fazia pensar que poderíamos vencer todas as probabilidades? Mas tínhamos fé que podíamos.

— Sabe do que mais vou sentir falta em você? — perguntou ela, alguns minutos depois.

— O quê?

— Seu cabelo.

Nós dois rimos. E então rimos um pouco mais. Eu amava essa garota. Cada pedacinho dela.

— Vejo você em treze semanas. San Diego, aqui vou eu. — Ela cutucou meu peito. — Então é melhor você se formar. Quero ver o Oceano Pacífico. Vai ser bom te ver também — ela brincou.

Não sei se ela chorou depois que saí, mas, quando o ônibus partiu na manhã seguinte, ela estava sorrindo. Seu sorriso era brilhante, lindo, e eu o carreguei comigo durante todo o treinamento. Significava mais para mim do que ela jamais saberia, porque eu sabia que ela fez isso por mim.

Nos cinco anos seguintes, tornou-se coisa nossa. Ela sempre sorria quando nos despedíamos e mais tarde descobri que fazia isso para que fosse minha última lembrança dela. Nós fizemos funcionar. O tempo e a distância não destruíram nosso relacionamento.

Permanecer leal a Lila foi a parte fácil. Nunca se tornou uma questão saber se eu ainda a amava ou não. Sempre amei Lila e sempre amaria.

Mas às vezes o amor não é suficiente.

Parte II

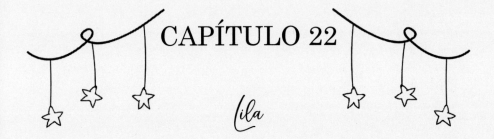

CAPÍTULO 22

Lila

Cinco anos depois...

Jude estava em casa. Foi o primeiro pensamento na minha cabeça quando acordei naquela manhã. Era o fim de semana de Quatro de julho e ele estava de volta há duas semanas. Eu ainda não conseguia acreditar que ele estava aqui, e que desta vez ele estava de volta para sempre. Ainda nem tinha aberto os olhos, mas já estava pensando nele. Senti o colchão afundar sob seu peso quando ele se mexeu na cama para longe de mim e, quando abri os olhos e rolei para o lado, fui presenteada com a visão de suas costas.

De ombros curvados, ele estava sentado na beira do colchão, com a cabeça entre as mãos. Dois dias atrás, acordei e o encontrei dormindo no chão duro. Quando perguntei por que ele estava dormindo no chão, ele disse que não sabia. Parecia confuso, como se não tivesse ideia de onde estava ou como chegou lá, e isso me assustou.

— Você está bem? — Minha voz era baixa e tranquila para não o assustar.

— Sim. Tudo certo.

Rastejei pela cama de joelhos e passei os braços em torno de sua cintura, descansando meu queixo em seu ombro.

— Você ainda tem o zumbido nos ouvidos? E as dores de cabeça?

O ombro sob meu queixo se levantou em um encolher. Em sua terceira e última missão, Jude teve uma lesão cerebral traumática de uma explosão de bomba. Eu não sabia os detalhes porque ele não falava sobre isso.

O que eu sabia era que seu comboio havia sido emboscado e atingido por uma bomba na estrada. Seis fuzileiros navais foram mortos, quatro feridos. Kate e eu lemos sobre isso no noticiário. Costumávamos vasculhar as notícias e frequentar as salas de bate-papo das famílias dos fuzileiros navais, desesperadas por informações que Jude ocultava de nós. Sempre que eu perguntava como iam as coisas por lá, ele sempre dizia que estava tranquilo. Nada para se preocupar. Mentira. Sempre havia algo com que se preocupar em uma zona de combate. Mas era sua maneira de tentar me proteger, acho.

Pressionando meu peito contra suas costas, beijei o lado de seu pescoço e minhas mãos deslizaram para baixo, sobre a pele lisa e os músculos tensos que se flexionavam sob meu toque. Minha mão direita mergulhou dentro do cós de sua cueca boxer e envolveu seu comprimento duro.

Ele agarrou minha mão e puxou-a para longe. A decepção me atingiu e me inclinei sobre os calcanhares.

— O que há de errado? — Tentei mascarar a mágoa em minha voz.

— Nada. Só não estou no clima agora.

— Você parece pronto.

Sem responder, ele se levantou da cama e caminhou até a cômoda de carvalho. Olhei para suas costas enquanto ele pegava uma camiseta e um short de corrida e se vestia.

— Vamos dar uma corrida — convidou, ainda de costas para mim.

— Ok — eu disse lentamente, ficando exatamente onde estava.

Ele se sentou na ponta da cama para calçar os tênis, então se levantou e se virou para mim, suas sobrancelhas levantadas em questionamento quando viu que eu ainda estava no mesmo lugar na cama onde ele havia me deixado.

— Você vai vir ou não? — perguntou, bruscamente.

Ele ainda queria que eu fosse?

Era uma sensação estranha olhar para o homem que você amava, mas não o reconhecer. Talvez fosse o cabelo. Eu nunca me acostumaria com aquele corte militar e mal podia esperar até que crescesse. Ou talvez fossem seus olhos. Havia algo neles que nunca havia estado lá antes. Eles estavam assombrados como se ele tivesse visto muita morte e destruição e não pudesse se reconciliar com isso. Em vez de falar a respeito, ele se trancou e insistia que estava bem toda vez que eu perguntava.

— Sim, estou indo. — Eu tive o dia de folga, então queria que passássemos juntos. Ele saiu do quarto e, quando ouvi a porta do banheiro fechar atrás dele, respirei fundo e me vesti.

Quando ele estava saindo de lá, passei por ele e entrei. Com os dentes escovados e o cabelo preso em um rabo de cavalo alto, encarei meu reflexo no espelho. Você se acostuma tanto com o seu próprio rosto que, depois de um tempo, para de vê-lo, mas agora dei uma boa olhada.

Eu não tinha mudado muito. Ainda tinha umas sardas no nariz. Os mesmos olhos verdes e rosto em forma de coração. Nariz pequeno, boca larga. Sobrancelhas um tom mais escuro que o cabelo.

Nunca fui a garota mais linda da sala, mas sempre estive bem com minha aparência. Jude costumava me dizer que eu era linda o tempo todo. Na verdade, eu me inclinava mais para fofa e, nos meus melhores dias, você poderia me chamar de bonita. Mas ele costumava me achar bonita.

Agora, eu não tinha certeza do que ele pensava.

Quando ele parou de se sentir atraído por mim? Era recente, eu sabia disso. Quando ele costumava voltar para casa de licença, não conseguia tirar as mãos de mim. Costumava me foder até eu esquecer meu nome. Mas, nas duas semanas desde que voltou para casa, ele não me tocou uma vez.

Com um suspiro, juntei-me a ele na cozinha. Era pequena e bege como o resto do apartamento. Meu vaso de ervas estava no parapeito da janela ao lado de um pote cheio de margaridas, minha tentativa de iluminar um quarto monótono.

— Sua mãe vai dar aquela festa para você hoje. — Descasquei uma banana e dei uma mordida, observando a garganta de Jude balançar enquanto ele bebia uma bebida esportiva. Ele não reconheceu minhas palavras e pensei que nem tinha me ouvido, então repeti.

— Ouvi você da primeira vez. — Ele jogou a garrafa vazia no lixo e pegou as chaves na bancada, girando o chaveiro no dedo. — Pronta?

Ele nem se incomodou em esperar pela minha resposta. Já estava do lado de fora. Terminei minha banana, bebi um copo d'água e saí pela porta quando terminei.

Nosso prédio de apartamentos de tijolos de dois andares foi construído no meio da zona rural de Hill Country, cercado por campos e casas espalhadas que não se encaixavam em nenhum projeto específico. O apartamento não era nada de especial, mas nosso aluguel era barato para que pudéssemos economizar nosso dinheiro para a casa e o terreno que esperávamos comprar algum dia.

Antes de sairmos correndo, Jude colocou um par de óculos escuros. Ainda era cedo, o sol se escondia atrás das nuvens e não estava tão claro, mas ele estava de óculos escuros. O que era estranho. Jude nunca costumava usar óculos escuros. Ele parecia um militar. Um fuzileiro. E eu odiava que ele parecesse tão diferente. Mas eu sabia que não tinha nada a ver com a aparência dele e tudo a ver com a maneira como agia.

Ele estabeleceu um ritmo intenso e me esforcei para acompanhar. Tive a sensação de que correríamos até que minhas pernas estivessem queimando e eu desmaiaria quando acabasse.

Quando as estrelas caem

Dei uma olhada para Jude enquanto nossos pés batiam na estrada de terra em uma de suas rotas favoritas. Era montanhosa, com partes íngremes. Falésias calcárias subiam do chão, alcançando as nuvens e, graças a toda a chuva que tivemos na primavera, os campos estavam exuberantes e verdes.

Uma vez pedi a Jude que descrevesse o Afeganistão. Como era? Como era o clima? Coisas assim. Sempre faminta por informações, eu costumava pedir detalhes para tentar imaginar onde ele estava quando não estava comigo.

— *Depende de onde você está* — disse ele. — *O terreno pode ser brutal. Montanhas íngremes e irregulares com bordas afiadas. Deserto. Outros lugares há campos de papoula e campos de milho. Você vai congelar no inverno e suar igual um porco no verão. A areia entra em todos os lugares. E quero dizer em todos os lugares. Tem que ficar ligado para não ser picado por escorpiões. Não há muito que se possa fazer sobre as pulgas de areia e larvas.*

Ele me disse que às vezes ficava meses sem tomar banho. Quando estava fazendo reconhecimento, eles eram jogados no meio do nada, a quarenta quilômetros de distância da civilização e tinham que carregar tudo nas costas. Então, além de estarem em terrenos acidentados, estavam carregando mais de cem quilos. Disse que ficou semanas sem botas secas, porque elas estavam passando pela lama e pela água na altura das coxas.

Parecia um inferno na terra. Mas ele nunca reclamou de nada disso.

Eu tropecei e Jude agarrou meu cotovelo, me pegando antes de eu cair. Seus reflexos eram relâmpagos e, embora parecesse que ele estava a um milhão de quilômetros de distância, sua mão firme me lembrou de que estava bem ao meu lado.

— Mantenha os olhos na estrada, Marrenta. Pare de olhar para mim.

Ele não usava meu apelido há algum tempo e, estupidamente, isso me deu esperança. Como se estivéssemos bem só porque usou o apelido de infância que me deu.

— Não consigo evitar. Você é lindo demais — provoquei.

— Lindo — ele zombou. — Sou uma pequena e cruel máquina de guerra.

— A guerra acabou — eu o lembrei. — Você está em casa agora.

— Sim. Casa — falou, como se fosse um palavrão que deixava um gosto amargo na boca.

Parei de correr e coloquei as mãos nos joelhos, inclinando-me para recuperar o fôlego. O suor escorria da minha testa para os olhos e os fazia arder. Já havíamos corrido cinco quilômetros e ele deu a impressão de que não planejava diminuir a velocidade ou desistir tão cedo. Porém, mais do que isso, parecia que ele tinha acabado de me dar um soco no estômago. Ele uma vez me disse que eu era sua casa e agora ele parecia querer estar em qualquer lugar, menos aqui.

Ele veio ficar na minha frente.

— Você está bem? — Parecia relutante em ouvir minha resposta.

Eu não estava bem. Nem um pouco. Endireitei-me e passei os braços em volta do corpo como se precisasse me proteger dele.

— Sinto sua falta, Jude. Sinto muito sua falta.

Ele riu como se fosse uma piada.

— Estou bem aqui. Parado bem na sua frente.

— Você está? Está realmente aqui?

Ele cruzou os braços sobre o peito e sua mandíbula cerrou. Não consegui ver seus olhos por trás dos óculos escuros, mas aposto que estavam semicerrados para mim.

— O que isso deveria significar?

Olhei para uma casa de fazenda verde-escura de dois andares cercada por carvalhos vivos que bloqueavam o sol. Era por isso que a grama não crescia em volta daquela casa? Ela ficava em um pedaço de terra cercada por arbustos raquíticos. Um balanço de pneu pendia do galho de uma árvore e um setter irlandês estava sentado na varanda, abanando o rabo. Como se *ele* estivesse feliz por estar em casa. Uma onda de tristeza e saudade tomou conta de mim, e eu não conseguia engolir o nó na garganta.

Eu sentia falta da minha infância. Nossa infância. Nosso verão. Todos os doces e belos momentos que compartilhamos. Sentia falta de Jude e Lila, como costumávamos ser. Mas não sabia como colocar nada disso em palavras que ele entenderia. O velho Jude teria entendido, mas esse homem frio e indiferente parado na minha frente arriscaria rir disso.

— Eu te amo, Jude, e te amo há tanto tempo.

Ele soltou uma gargalhada e esfregou a mão sobre o cabelo baixinho.

— Eu te amo também. De onde vem tudo isso?

— Não sei. Eu só me sinto como... — Meus ombros caíram. Durante cinco longos anos, esperei por ele. Durante cinco longos anos, contei os meses e dias até que pudéssemos estar juntos novamente. E, agora que ele estava aqui, parecia que não estava aqui realmente. — Você está tão longe. Tão distante. E não sei mais como falar com você. Sinto que não posso te dizer nada, porque estou preocupada que isso te chateie ou te deixe com raiva. — Assim que as palavras saíram, eu imediatamente me arrependi. Eu tinha dito tudo errado.

Ele colocou as mãos nos quadris.

— Sobre o que você precisa falar comigo? — Ouvi a acusação na sua voz. — Você está dizendo que quer acabar com tudo? É isso que você não pode me dizer?

— O quê? Não. Deus. Por que você pensaria isso?

— Ah, inferno, eu não sei. — Ele jogou as mãos no ar. — Talvez porque você nem me disse que está planejando começar seu próprio negócio com sua amiguinha, Christy. Quer conversar? Que tal falarmos sobre toda a merda que você está escondendo de mim?

— Não estou escondendo nada de você. Quem falou sobre o negócio fui eu. Fui eu, Jude. Mas não achei que estava ouvindo, porque você nem comentou sobre isso.

— Não foi você. Descobri pela minha mãe.

Eu olhei para ele. Ele realmente acreditava que havia descoberto por sua mãe.

— Sério? Você não se lembra de quando eu te disse isso? Foi na semana passada. Você estava jogando videogame.

Outra coisa que ele nunca fazia. Agora ele jogava aqueles videogames estúpidos o tempo todo.

Ele olhou para o céu, depois de volta para mim e vi em seu rosto que ele sabia que eu estava certa.

— Merda. Eu… porra. — Ele mordeu o canto do lábio inferior e tentei não notar o quão sexy aquele pequeno movimento era. No passado, eu poderia perdoá-lo por qualquer coisa quando ele fizesse isso. Ele colocou a mão sobre a testa como uma viseira e massageou as têmporas. Eu queria perguntar se sua cabeça doía, mas senti que estava sempre importunando-o sobre isso, então fiquei de boca fechada. — Desculpe por isso. Agora que você mencionou, eu me lembro.

Uma onda de pânico passou por mim. O que isso significava? Ele não se lembrava, mas agora sim? Jude tinha a memória de um elefante. Ele se lembrava de coisas de anos atrás e podia contar em detalhes vívidos, mas agora não conseguia nem se lembrar de algo que eu disse a ele uma semana atrás?

— Jude… — comecei, sem saber o que dizer. Era inútil continuar perguntando se ele estava bem porque, claramente, ele não estava. — O que os médicos disseram quando examinaram sua cabeça? Fizeram ressonância magnética? Eles fizeram…

— Lila. Pare de fazer isso parecer grande coisa — retrucou. — Eu tive uma concussão. Nada pior do que o que eu tinha quando jogava futebol.

Não acreditei nele. Jude estava mentindo.

— Você desmaiou? Ficou inconsciente?

— Estou bem. Não é para se preocupar, ok? — ele disse, sua voz mais suave agora, como se estivesse tentando me tranquilizar. Passou a mão em volta da minha cabeça e me puxou contra si. Passei os braços em volta de sua cintura e inclinei meu rosto para o dele. Quando sorria, parecia o Jude que eu conhecia. — Pare de ser tão preocupada.

— Eu preciso cuidar de você. Você é meu homem.

— E não se esqueça disso, amor. — Suas mãos emolduraram meu rosto e ele me beijou. — Está tudo bem.

Não tive escolha a não ser acreditar nele.

— Quer continuar correndo? — Ele olhou ao redor como se estivesse apenas agora percebendo onde estávamos. — Não percebi que estávamos tão longe. Deveríamos voltar. Você está bem para correr?

Acenei com a cabeça, mas a preocupação ainda estava me corroendo.

— Sim, estou bem. Posso correr longas distâncias, sem problemas.

— Vou diminuir o ritmo. Dessa forma, podemos conversar se quiser.

Sorri, reconhecendo que ele estava tentando.

— Tá bom. Parece bom.

Partimos em um ritmo decente, mais um trote do que uma corrida e eu não estava tão sem fôlego que não conseguia falar.

— Então, conte-me mais sobre o negócio.

Encorajada por seu interesse, eu disse a ele como Christy e eu queríamos abrir um estúdio de design de flores. Durante toda a faculdade, trabalhei meio período para uma florista e no ano passado trabalhei como planejadora de eventos no Vinhedo Sadler's Creek. Hill Country era a capital dos casamentos do Texas, e o estúdio de design de flores atendia a casamentos e eventos.

— Vamos ter que tomar alguns empréstimos, mas eu realmente acho que podemos fazer funcionar. Gideon disse que poderia montar um plano de negócios para nós.

— Meu irmão Gideon? — Jude perguntou, soando surpreso, como se houvesse outro Gideon.

Eu ri.

— Hum, sim, seu irmão Gideon. Ele é superinteligente e está estudando administração. — Gideon estava indo para este terceiro ano na

Quando as estrelas caem

177

Universidade de Columbia e passando o verão em Nova York, fazendo um estágio em uma empresa de capital de risco. Mas ele havia voado para cá ontem à noite para poder estar na festa de boas-vindas de Jude.

— Parece uma ideia legal — disse Jude. — Sei que você vai fazer disso um sucesso. E eu tenho dinheiro na poupança para não precisar fazer empréstimos.

— Obrigada, mas esse dinheiro é para outra coisa, né? Quer dizer, se você ainda quiser fazer o que conversamos...

— Nada mudou. Eu coloquei um anel no seu dedo, não foi?

Eu ri um pouco, esfregando meu polegar esquerdo sobre o diamante em meu dedo anelar.

— Sim, você colocou.

— Aí está. Ainda vou me casar com você. Ainda vamos comprar um terreno e ainda vou construir essa casa dos sonhos para nós e nossos quatro filhos.

Eu ri.

— Nunca concordamos em quatro.

— Você vai mudar de ideia.

— Você ainda quer todas essas coisas?

— Por que não ia querer?

— Não sei. Eu só... não falamos sobre isso há algum tempo.

— Só estou em casa há duas semanas.

Ele estava certo. Fazia apenas duas semanas. Eu estava impaciente, para não dizer que estava sendo ridícula. Ele ainda era Jude. Ainda era o homem que eu amava mais do que a própria vida. E tudo ia ficar bem. Nós apenas tínhamos que nos acostumar a estar juntos novamente.

Eu estava me sentindo muito mais leve agora que conversamos e esperançosa com relação ao futuro novamente.

— Que tal uma corrida? — propus, voando alto em falso otimismo.

— Ainda acha que pode me vencer?

— Um dia desses eu vou, e você vai chorar de tristeza. Eu vivo para presenciar esse dia.

Ele apenas riu.

— Qual é a aposta?

Foi quando ouvi um som de assobio seguido por um estalo alto e um estrondo. Antes que pudesse processar que eram fogos de artifício explodindo no campo, minhas costas bateram no chão, tirando todo o fôlego de mim.

Um grande peso me pressionava, apertando meu peito e dificultando a entrada de ar em meus pulmões. Levei alguns segundos para perceber que estava deitada em uma vala e que o peso que me pressionava era Jude, seu corpo cobrindo o meu como se para me proteger.

— Jude. — Tentei empurrá-lo para longe de mim.

Ele levantou a cabeça e me encarou. O suor rolou do rosto dele para o meu. Eu podia sentir seu coração batendo contra meu peito. Ele apoiou seu peso em seu antebraço para que eu não tivesse que sustentar, mas ainda estava em outro lugar, e não aqui comigo.

— Jude. Está tudo bem. Foram só fogos de artifício. Você está bem.

Ele se afastou de mim e se sentou com os joelhos dobrados e a testa pressionada contra os braços cruzados. Sentei-me ao lado dele e esfreguei suas costas, porque não sabia mais o que fazer ou como ajudá-lo. Sua camiseta estava encharcada de suor, e eu podia sentir suas costas subindo e descendo a cada respiração fraca que ele atraía e expirava.

No campo em frente a nós, um grupo de crianças lançou mais três rojões. As costas de Jude ficaram rígidas sob minha mão e os músculos tensos como se se preparassem para a explosão. Amaldiçoei as crianças estúpidas que estavam fazendo isso. Mas, quando éramos crianças, costumávamos fazer a mesma coisa no Quatro de Julho. Nós adorávamos. Quanto maior o estrondo, mais felizes ficávamos.

— Você está bem? — perguntei, mesmo sabendo que não estava. Foi uma pergunta tão estúpida, mas eu estava perdida. O que você poderia dizer a um homem que me jogou em uma vala para me proteger de fogos de artifício? Não muito.

Ele respirou fundo, com os olhos no campo e não em mim.

— Eu te machuquei?

Balancei a cabeça, mas ele não conseguia ver, porque estava olhando para longe e não para mim.

— Não, estou bem. Você não me machucou. Só estou preocupada com você.

Claro, isso foi a coisa errada a dizer. Com uma cara de desgosto, ele se levantou.

— Não quero que se preocupe comigo. Vamos correr.

Sem esperar por mim, ele saiu correndo como se tivesse algo a provar. A mensagem era clara. Eu não tinha permissão para me preocupar com ele.

Não tinha permissão de mencionar o nome de Reese Madigan. Não tinha ideia de como ele morreu. Não tinha ideia de como Jude levou um tiro na cabeça naquela primeira missão. Quando perguntei, ele me afastou.

Tudo o que eu sabia era que Jude voltou vivo e inteiro, mas Reese Madigan voltou para casa em um caixão coberto com uma bandeira. Enquanto eu estava no cemitério naquele dia de verão, quatro anos atrás, com um corneteiro solitário tocando o toque fúnebre e um fuzileiro de uniforme azul entregando a bandeira dobrada à mãe de Reese, fiz uma oração silenciosa:

Obrigada, Deus, por não ter levado Jude para longe de mim.

E essa era a minha verdade embaraçosa. A primeira de muitas que virão.

CAPÍTULO 23

Jude

Eu estava a caminho de estar bêbado, mas não o suficiente. Essa festa de boas-vindas foi pura tortura do caralho. Todo mundo esperava que eu estivesse feliz. Que estivesse grato por estar em casa e poder retomar minha vida regular.

Antigamente, sempre que eu chegava em casa de licença, ficava feliz de estar aqui. Mas agora que estava em casa de vez, e de volta com a garota sobre quem eu costumava falar tanto que os caras da minha unidade me sacaneavam, senti que estava em algum lugar que não pertencia mais.

Era uma sensação de merda, porque eu *queria* estar feliz. Queria mais do que tudo.

Que propósito tinha a minha vida agora? Para onde caralhos eu deveria ir daqui? Onde eu me encaixava nesse mundo que tinha acontecido sem mim, como se não houvesse uma guerra sendo travada no meio do deserto em um país abandonado por Deus?

Ninguém se importava com todas as vidas perdidas ou com todo o sangue derramado. Ninguém aqui se importava que isso ainda estivesse acontecendo. Eles não davam a mínima. O Quatro de Julho era apenas uma desculpa para soltar fogos de artifício, ficar bêbado e fazer um churrasco.

Há seis semanas, eu estava nas montanhas escarpadas do Afeganistão, cercado por insurgentes. Nosso comboio havia sido emboscado, nossa operação comprometida. Seis mortos, quatro feridos quando o caminhão em frente ao meu foi atingido por uma bomba à beira da estrada. Devo ter desmaiado. Quando voltei, estava na beira da estrada sem ter ideia de como tinha ido parar lá. Rondas de franco-atiradores arrancaram pedras e caíram por cima. A fumaça branca de fósforo encheu o ar e tiros ricochetearam no caminhão do qual eu tinha acabado de ser jogado.

— Precisamos de apoio aéreo. — Ouvi Reyes gritar no rádio para ser ouvido acima do barulho dos tiros.

Olhei para a minha direita.

— Tommy. — De barriga para baixo, arrastei meu corpo pela sujeira e pedras encharcadas de sangue. — Precisamos nos mexer.

—Não consigo me mexer. Estou preso... Não consigo mexer a porra das pernas.

Agora eu olhava para a vela estrelinha no bolo decorado com as estrelas e listras da bandeira dos EUA. Minha mãe estava sorrindo enquanto colocava na minha frente na mesa.

— Estamos tão felizes que você está em casa, querido.

Forcei um sorriso.

— Bom estar aqui — menti. E me irritou não ser verdade. Por que eu me sentia tão entorpecido, como se estivesse assistindo minha vida como um filme, e tão distante que não estava realmente vivendo?

Eu estava cercado pela minha família. As pessoas que eu amava. Meu pai estava falando sobre os projetos em que estava trabalhando e o canteiro de obras para o qual me enviaria quando eu voltasse ao trabalho na segunda-feira. Gideon conversava com Lila sobre seu novo empreendimento. Jesse falava sobre motocross com Brody, que deveria estar em um rodeio, mas tinha voltado para casa para me ver. Quando não estava na estrada, Brody vivia em um trailer Airstream no rancho de Austin Armacost, onde ainda trabalhava como ajudante. Ele estava economizando dinheiro para comprar uma fazenda de cavalos e ainda tinha grandes sonhos e planos, assim como todos os outros na mesa.

Minha mãe perguntou do que eu mais sentia falta de casa e eu respondi:

— Lila. E minha família.

Era a verdade e fez minha mãe sorrir.

Lila estava sentada ao meu lado, mas, mesmo quando me tocou, eu não senti nada. Como eu poderia explicar isso a ela? Eu não podia. Tudo o que podia fazer era esperar e rezar para que isso mudasse. Eu só estava em casa há duas semanas. Tinha que melhorar.

Tomei outro gole de cerveja e me forcei a ficar na mesa quando tudo o que eu realmente queria era ir embora e ficar sozinho. Mas não poderia ter ido embora se quisesse. Meus ouvidos zumbiam e minha cabeça latejava tanto que minha visão estava turva. O chão se inclinou abaixo de mim e eu estava tão tonto que senti como se tivesse acabado de sair de um passeio no parque de diversões e tivesse sido jogado na casa de espelhos.

Peguei a mão de Lila para me firmar e a apertei como se fosse minha tábua de salvação.

Salve-me, Lila. Estou me afogando.

CAPÍTULO 24

Jude

A luz pálida do sol de novembro se inclinava através das persianas e os canos sibilavam enquanto eu me movia sem som pelo chão do quarto. No banheiro dei uma mijada e lavei as mãos, evitando o espelho acima da pia.

Eu tinha encontrado algo que tornava os dias bons mais brilhantes, e cheguei ao meu esconderijo e o desprendi da cerâmica. Corta. Corta. Corta. Cheira. Minha cabeça imediatamente clareou e transformou o mundo maçante em cor. Passando a língua sobre minhas gengivas formigando, segurei a nota de dinheiro enrolada no nariz e me inclinei para mais um. Roendo os dentes, disse a mim mesmo que era o suficiente. Apenas algumas carreiras para me dar uma brisa sem me fazer bater e queimar. O autocontrole era fundamental e eu era bom nisso.

Voltando o estoque ao seu esconderijo, enxuguei o nariz, escovei os dentes e voltei ao meu primeiro amor.

Eu *sofria* por ela. *Ansiava* por ela. *Precisava* dela. Com todos os músculos e ossos do meu corpo. O órgão no meu peito batendo três vezes.

Lila. Lila. Lila.

Meu pulso disparou e todo o sangue correu da minha cabeça para o meu pau latejante. Ela ainda estava dormindo, deitada de lado. Deslizando por baixo dos lençóis nu, enrolei meu braço em volta de sua cintura e a puxei contra meu corpo, empurrando contra ela, tão duro que foi quase doloroso.

Quanto mais tempo eu aguentasse, mais doce seria a recompensa.

Esfreguei entre suas pernas, observando seu rosto adormecido. Sua boca ficou frouxa, mas seus olhos ainda estavam fechados. Isso não me impediu. Ela estava molhada. Deslizei um dedo dentro dela, sentindo-a, e ela gemeu quando meu polegar pressionou seu clitóris.

— Bom dia — eu disse com a voz rouca, beijando o lado de seu pescoço.

— Bom dia para você também — murmurou, esfregando sua bunda sexy contra a minha ereção.

Que bom. Ela estava pronta para isso. Soltou um grito quando a virei de costas, puxei e rasguei o algodão me impedindo de estar dentro dela. Então enterrei minha cabeça entre suas pernas e me banqueteei, roçando no colchão, buscando a fricção para minha furiosa ereção enquanto minha boca e dedos a fodiam. Suas pernas tremeram e suas coxas apertaram minha cabeça, sua boceta apertando minha língua.

— Ah, meu Deus! — ela gritou.

— É isso, querida. — Sem aviso, eu a virei, a posicionei em suas mãos e joelhos e me dirigi para ela.

— Porra, sim. — Eu batia para dentro dela, minha mão agarrando seu cabelo. Com a outra mão, esfreguei seu clitóris até que ela me encontrasse impulso após impulso, empurrando sua bunda contra mim. Joguei minha cabeça para trás e rugi quando gozei dentro dela. Seus braços cederam e ela desabou no colchão, com a bunda no ar.

E ainda não foi o suficiente.

O sexo não fazia nada para me acalmar. Dois segundos depois de arrastar meu pau para fora dela, eu estava levantando e andando, passando as mãos pelo cabelo. Eu precisava de mais. Estava insaciável. A todo vapor. Muito acelerado para ficar parado.

— O que você está fazendo?

— Vamos tomar banho. — *Para que eu possa te foder de novo.*

Ela bocejava e fechava os olhos, enrolando-se de lado como um gatinho fofo.

— É o meu dia de folga. Preciso dormir. Volte para a cama.

— É, não vai rolar. — Peguei-a e joguei-a por cima do ombro.

Ligando o chuveiro, agarrei as costas de suas coxas e a levantei, suas pernas apertando minha cintura e suas costas batendo contra o revestimento enquanto eu empurrava para dentro dela. Suas unhas marcaram minha pele.

— Isso, amor, porra — rosnei. — Me machuque. Faça-me sangrar por você.

— Eu não… Jude — ela ofegava, com os dedos puxando meu cabelo. Eu era implacável, sem afrouxar nem desacelerar. Precisava de mais.

Mais, mais, mais. De tudo.

Precisava me sentir vivo.

Suas costas arquearam e ela gritou, mas eu mal a ouvi. Não senti a ponta de suas unhas cavando em minha pele. Não senti a dor dos dentes dela afundando no meu ombro. Tudo o que senti foi a necessidade de gozar fundo dentro dela.

Gozei com um rugido, que rasgou da minha garganta, e espalhei ambas as palmas das mãos na parede ao lado de sua cabeça para me manter de pé. Minha cabeça caiu em seu ombro e tentei recuperar o fôlego.

— Deixe-me descer — ela disse baixinho, sua voz baixa abafada pelo rugido em meus ouvidos. Ela empurrou meu ombro. — Jude. Deixe-me descer.

Ergui a cabeça e pisquei algumas vezes, colocando-a em foco.

— Você é tão gostosa, Marrenta. Quero ficar enterrado dentro de você. Ouvir você gritando meu nome tão alto que vai acordar os vizinhos.

Ela balançou a cabeça, lágrimas brilhando em seus olhos.

— Quem é você?

Eu não tinha resposta para ela. Envolvendo as mãos em torno de sua cintura, eu a levantei de cima de mim e a coloquei no chão. Ela ficou sob o jato do chuveiro com os olhos fechados e os braços em volta de si mesma para se proteger. De mim.

Sentindo que ela queria ficar sozinha, deixei-a no chuveiro.

Vestindo jeans e uma camiseta, a água do chuveiro ainda estava correndo enquanto eu dava uma rápida espiada no meu esconderijo secreto, apenas o suficiente para me animar, tornar um dia escuro mais brilhante. Verifiquei se meu nariz estava limpo no espelho acima da cômoda antes de ir para a cozinha. Meu estômago revirou e eu não estava com nem um pouco de fome, mas queria fazer algo de bom para Lila. Então preparei o café da manhã. Uma oferta de paz. Uma tentativa patética de normalidade.

Quando ela se juntou a mim na cozinha, sua omelete estava fria e a torrada com manteiga estava borrachuda. Mas coloquei na frente dela de qualquer maneira, junto com o prato de bacon e um copo de suco de laranja. Ela estava vestindo um conjunto de moletom, o cabelo molhado em um coque e o rosto sem maquiagem. Ela parecia tão tranquila e limpa, como se tivesse esfregado até o último vestígio de mim de sua pele. Lila ainda tinha cinco sardas no nariz. E ela ainda era, para mim, a coisa mais linda que eu já tinha visto.

Eu a amava.

Irrevogavelmente. Completamente. Loucamente.

E estava lentamente, mas com toda certeza, arruinando a melhor coisa da minha vida.

Ela olhou para o prato, mas não tocou na comida.

— Obrigada.

Acenei com a cabeça e derramei-lhe uma xícara de café, enchendo minha própria caneca antes de me sentar em frente a ela em nossa pequena mesa na cozinha apertada em nosso apartamento de merda.

— Sinto muito. — Era a única coisa em que eu conseguia pensar para preencher o silêncio.

— Eu sei que sente. — Ela mordiscou um pedaço de bacon, jogou no prato e eu quase chorei como a porra de um bebê. Porque eu precisava que ela comesse essa porra do café da manhã. Precisava fazer algo para tornar tudo melhor, mas eu não tinha ideia do quê.

— Diga-me algo bom, Jude.

Quebrei a cabeça antes de chegar à resposta mais óbvia.

— Você. Você é algo bom.

Ela balançou a cabeça.

— E o que mais?

— Coração Selvagem é algo bom. Você está fazendo disso um sucesso como eu sabia que faria.

Há seis semanas, Christy e Lila abriram seu novo negócio. Meu pai e eu tínhamos feito todo o trabalho no galpão de telha de cedro que abrigava seu estúdio de design de flores. Derrubamos uma parede e a substituímos por portas francesas. Construímos ilhas de madeira com tampo de zinco para os arranjos. Armários e prateleiras de madeira montados para guardar todos os seus suprimentos e ferramentas. Despejamos um piso de concreto liso e revestimos as paredes com madeira rústica. Era um lugar legal e Lila estava feliz, animada com seu novo empreendimento, e isso era o que mais importava para mim. Sua felicidade.

— Você não consegue pensar em nada que seja bom na sua própria vida?

— Você é a minha vida.

— Era disso que eu tinha medo. — Ela enfiou a mão no bolso do capuz e jogou algo na mesa. Olhei para o sinal de mais na cor rosa por tanto tempo que começou a borrar. — Jude?

— Amor — resmunguei. A bile amarga da autoaversão queimou o fundo da minha garganta. O diamante em seu dedo refletiu a luz da janela da cozinha enquanto ela colocava uma mecha de cabelo atrás da orelha. Eu a pedi em casamento dois Natais atrás. De joelhos, prometi sempre amá-la, nunca deixá-la e sempre me esforçar para ser o melhor homem que pudesse ser para ela. Eu havia prometido a ela o mundo e ainda não tinha cumprido.

Meus olhos encontraram os dela e vi o medo e a preocupação circulando em suas profundezas verdes no que deveria ter sido uma ocasião feliz.

Quando as estrelas caem

Levantei-me da mesa e puxei-a para fora da cadeira e em meus braços. Ela segurou com força, sua bochecha pressionada contra meu peito, e fechei meus olhos e fiz promessas que rezei para poder cumprir.

— Não vou decepcionar você de novo, Marrenta. Prometo que estarei lá por você. Em cada passo do caminho. — Beijei o topo de sua cabeça e ela se afastou, inclinando o rosto para cima. — Eu te amo, Marrenta. Eu te amo pra caralho.

— Você está feliz com isso? Quero dizer... sei que não é o melhor momento, mas...

— É sempre um bom momento para um bebê. Vamos ter um bebê.

— Sim, vamos. — A preocupação a fez morder o lábio inferior. — Você acha que é muito cedo?

— Não. Eu quero tudo disso. — E queria. Queria esse bebê. Queria que fôssemos uma família. Tudo seria melhor. Eu seria melhor. — Mas você precisa tomar seu café da manhã. Vou fazer uma nova omelete, ok? Que tal uma pilha de panquecas? Quer saber? Eu vou fazer tudo.

Ela riu um pouco.

— Uma omelete está bom. Não exagere.

— Faça-me a pergunta novamente.

— O que há de bom na sua vida, Jude?

— Mesma resposta de antes. Você. — Abaixei a cabeça e a beijei suavemente. Delicadamente. Como se ela fosse feita de vidro e fosse quebrar se eu pressionasse demais. Foi Lila quem aprofundou o beijo e enfiou os dentes no meu lábio inferior. Minha menina. Ela era uma lutadora.

— Da próxima vez que decidir me foder, não se esqueça de me levar junto.

— Você é minha parceira, bebê. Nunca vou te deixar para trás.

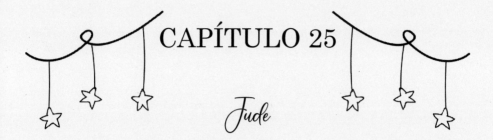

CAPÍTULO 25

Jude

Estava atravessando um campo de papoulas no Afeganistão. Estava na frente, Reese bem atrás de mim. Mais adiante, vi o menino. Hoje ele estava com um celular na mão. Deu-me um sorriso triste antes de se afastar. Sabia que deveria reportar, mas não fiz isso. Ele era apenas um garoto, não mais do que dez ou doze anos. Por que um garoto inocente entregaria nossa posição ao Talibã?

Apenas alguns minutos depois, estávamos caminhando por uma estrada quando o tiroteio começou. Abaixei-me atrás de uma parede, me abrigando. Estava gritando com Reese, mas era tarde demais. Ele caiu no chão, e deixei meu esconderijo, rastejando em sua direção. Uma AK estava apontada para mim.

Levantei meu fuzil e o vi na mira. Puxei o gatilho e atirei nele. Os olhos do menino se arregalaram ao cair no chão. Quando olhei de novo, não era um menino, era um bebê. De barriga para baixo, me arrastei pela sujeira ensanguentada. Uma bala passou pela minha cabeça e levantou uma nuvem de poeira bem ao meu lado. Eu nem vi o próximo tiro sendo disparado ou de onde ele estava vindo, mas senti. Meu rosto estava na sujeira e me engasguei com ele. Sentia que fui golpeado na cabeça com um taco de beisebol.

Tudo ficou estranhamente tranquilo, mas ainda podia ouvir o chamado à oração da mesquita. Levantando a cabeça, pisquei o suor dos olhos e tentei ajustar minha visão embaçada.

Estava gritando, Reese precisava de ajuda, mas ninguém me ouvia.

Pressionando a mão suja sobre o pescoço de Reese, tentei estancar o sangramento.

— Aguenta aí, amigo. Você vai ficar bem.

— Posso rezar uma Ave-Maria para mim? — Sua voz estava distorcida. O sangue corria de sua boca como um rio.

— Você vai ficar bem. — Fiquei repetindo as palavras, dizendo que ficaria tudo bem, mas sabia que não.

Os olhos de Reese olharam fixamente para o céu azul afegão.

Mas não era Reese. E não era o menino ou o talibã que acabei de atirar e matar. Era um bebê de olhos verdes e cabelo escuro.

Levantei-me e cambaleei um passo para trás, minha bota plantada firmemente no chão. Meu sangue correu frio, fiquei coberto de suor. Sabia que tinha sido um erro. Olhei para baixo logo antes de a bomba caseira explodir.

Eu me levantei, meu pulso acelerado e meu coração batendo forte. O pânico subiu pela minha garganta, arrepios levantando os pelos da minha pele suada.

Eu estava morrendo. Eu ia morrer. Todo o ar estava preso em meus pulmões e um trem carregado atravessou minha cabeça. Não conseguia respirar.

— Jude. Você está bem. Você está bem. Foi apenas um sonho. Respire. Puxe o ar. Solte o ar. Puxe o ar. Solte o ar. — Ela continuou repetindo até que as palavras chegaram aos meus ouvidos e fiz o que ela disse, tentando encher meus pulmões de oxigênio e liberá-lo. Desde quando respirar se tornou tão difícil?

Encostei as costas na cabeceira da cama e fechei os olhos, exausto.

— Eu machuquei você? — perguntei, quando minha respiração voltou ao normal. Eu não tinha dezenove anos, vendo meu amigo morrer diante dos meus olhos e não estava no Afeganistão. Estava na minha cama no Texas com Lila, que estava grávida do meu filho. — Eu fiz alguma coisa...

— Não, não. Você estava apenas se debatendo. E você... você estava gritando.

Porra. Eu estava me debatendo e gritando? Abri os olhos e esfreguei as mãos no rosto.

— Desculpe. Eu assustei você?

— Não — ela mentiu.

Claro que assustou, imbecil. Que tipo de psicopata se debate e grita durante o sono? Minha cabeça doía para caralho e a luz piorava, mas acendi o abajur porque precisava ver o rosto dela. Precisava ver Lila e ter certeza de que ela estava bem.

Ela se sentou ao meu lado e virei a cabeça para olhar para o rosto dela. Ela sorriu, mas não alcançou seus olhos.

— Estou bem — ela me assegurou. — Sobre o que era o seu sonho?

Eu não poderia dizer a ela. Meu sonho era muito real. Nunca quis que Lila olhasse para mim e visse um homem que matava pessoas. Nunca quis que soubesse sobre toda a merda que testemunhei ou as coisas que fiz. Uma vez que essas visões estivessem em sua cabeça, elas não iriam embora. Então eu sempre as mantive em um compartimento separado para protegê-la dos horrores da guerra. Só que agora não era tão fácil de conter. Estava respingando na minha vida real. Em vez de deixar a guerra para trás como consegui fazer nos últimos cinco anos, ela me seguiu até em casa.

Meus olhos baixaram para suas mãos. Ela estava segurando o pulso. Quando me viu olhando, soltou e escondeu as mãos sob as cobertas.

— Lila. Deixe-me ver seu pulso.

Ela balançou a cabeça.

— Está tudo bem.

Inferno.

— Não está tudo bem. Deixe-me ver.

Relutantemente, ela me deixou pegar sua mão entre as minhas. Tentei ser o mais gentil possível, mas ela estremeceu e eu já podia ver que estava começando a inchar.

— O que eu fiz? — indaguei, minha voz falhando nas palavras. Meu peito apertou e eu mal conseguia respirar. Queria chorar como a porra de um bebê. Ontem de manhã, vi nosso bebê no monitor, seu coração batendo firme e forte, e jurei ser o melhor pai que poderia.

— Você não fez nada. Eu só... fui eu. Eu caí da cama.

— *Você caiu da cama?* — A bile queimou a parte de trás da minha garganta quando minha mão foi para o estômago dela. — Você está bem? O bebê está bem?

— Estou bem. De verdade. Eu estou bem — ela me assegurou, colocando a mão sobre a minha.

Como ela poderia estar bem? Nada disso estava certo.

Empilhei três travesseiros e apoiei seu cotovelo neles.

— Levante o braço para cima de modo que a mão fique acima do coração. Vai ajudar... — Ajudar no quê? No inchaço? Com o bebê dentro dela? Com sua própria sanidade? Como isso aconteceu? Nunca pensei que veria o dia em que precisaria proteger Lila de mim. — Vou pegar um pouco de gelo para você.

Quando as estrelas caem

Felizmente, o pulso de Lila não foi torcido, mas ela teve que mantê-lo enfaixado por alguns dias. À noite, eu me deitava com ela e esperava até que adormecesse. Depois me movia para o chão ou para o sofá. Às vezes, apenas passava pela sala ou sentava na varanda até que o frio penetrasse em meus ossos.

Se eu dormisse algumas horas à noite, tinha sorte. Nem podia confiar em mim mesmo para dormir com ela. Estava tentando dispensar o uísque e as drogas das quais ela não tinha conhecimento. Tentando ser melhor por Lila. Por nosso bebê. Eu estava sóbrio como um beato de igreja desde a noite em que machuquei seu pulso e duas semanas se passaram sem mais incidentes.

Até hoje.

Eu era uma bomba prestes a explodir e não sabia como controlar isso ou conter minha raiva.

— O que diabos está acontecendo? — gritou meu pai. — Jude. Solte.

Soltei Pete, o merdinha que fazia um trabalho de obra para o meu pai, e dei um empurrão nele. Então me virei e me afastei, precisando colocar espaço entre nós.

— Volte aqui — meu pai me chamou. — Você tem um trabalho para terminar.

Eu me virei para encará-lo, não confiando totalmente em mim mesmo para não plantar meu punho na cara de idiota de Pete.

— Eu preciso ir.

— São duas da tarde. Você não vai a lugar nenhum até me dizer o que diabos está acontecendo.

— Por que você não pergunta a Pete?

— Cara. — Ele ergueu as mãos. — Eu só estava puxando papo. Não há necessidade de ficar furioso comigo.

Minha mandíbula se apertou e tentei respirar pelo nariz.

— Só puxando papo? Você ao menos sabe onde fica o Afeganistão? Você poderia encontrá-lo em um mapa?

— Ei, cara, eu não entendo qual é o problema. Você era militar, certo? Quero dizer, você é treinado para matar. Tudo o que fiz foi perguntar quantos cabeças-de-turbante ele matou — ele disse ao meu pai. — E seu filho me jogou contra a parede, que psicopata.

Minhas mãos se fecharam em punhos. O idiota estava reclamando para o meu pai. Eu queria enfiar um pau na bunda dele. Tínhamos feito o ensino médio juntos e eu realmente não o conhecia na época, mas sabia que andava com Kyle Matthews, o que fazia muito sentido.

— Eu não fui treinado para matar — afirmei, com os dentes cerrados. — Fui treinado para proteger merdas estúpidos como você. E eles não são cabeças-de-turbante. São seres humanos. Então cuidado com as merdas que você diz.

— Está bem, está bem. O show acabou — meu pai disse aos caras da equipe que pararam de trabalhar para assistir ao drama. — Pete. Volte ao trabalho e guarde suas opiniões para si mesmo. Precisamos fazer essa fundação. E você — meu pai apontou para mim, então usou dois dedos para me convocar como se eu fosse um cachorro que tivesse sido treinado para fazer sua vontade —, venha comigo.

Olhei para suas costas enquanto ele se afastava, esperando que eu o seguisse. Em vez disso, caminhei até minha caminhonete e entrei. Quando me afastei, vi-o pelo espelho retrovisor gritando para que eu voltasse.

Vinte minutos depois, saí da rodovia e estacionei em frente ao The Roadhouse.

O cheiro de cerveja e cigarros velhos me cumprimentou ao atravessar a porta, minha visão se ajustando ao interior sombrio. Luzes de Natal multicoloridas piscavam atrás do bar e um cantor country gemia em pequenos alto-falantes que estalavam em cada nota. Puxei um banquinho no bar, minha chegada elevando o número total de clientes para quatro, e olhei para meu reflexo no espelho da Budweiser atrás do bar.

— Ora, olha só quem chegou. Você não está muito bem, amor. — Colleen Madigan abriu uma garrafa de Bud e a colocou na minha frente em um porta-copo de papelão. Alcançando a prateleira superior, pegou uma garrafa de uísque e dois copos de shot, que colocou no balcão e encheu até a borda. Levantou o copo em um brinde. — Ao meu menino. Que ele descanse em paz. E a você. Reese te amava intensamente. Ele não poderia ter pedido um amigo melhor.

Bebemos as doses e colocamos nossos copos no bar. O uísque queimou uma trilha na minha garganta. Como líquido de bateria. Esse era o gosto das mentiras. Ela encheu meu copo e eu sabia que os manteria vindo até que eu estivesse bêbado demais para sair daqui.

Reese parecia muito com sua mãe. Ele herdou seu cabelo ruivo, olhos azuis e pele pálida e sardenta. Sempre que Lila costumava me enviar pacotes de cuidados, ela também enviava um para Reese e sempre fazia questão de incluir protetor solar. Desde aquele dia na piscina, isso se tornou a piada interna deles.

Eu queria contar à mãe de Reese o que realmente aconteceu naquele dia. Queria dizer a ela que era minha culpa Reese estar morto. Eu não era o herói que ela pensava que eu fosse. O relatório oficial afirmava que levei um tiro na cabeça tentando salvar um colega fuzileiro. Um irmão caído.

Reese uma vez me disse que me seguiria em qualquer lugar. Nós éramos apenas crianças quando ele disse isso. E então, anos depois, ele me seguiu até o campo de treinamento, a Escola de Infantaria e o Afeganistão.

Mas eu falhei com ele.

Agora Reese estava morto e eu estava vivo.

Eu era um fracasso.

E não achava que merecia estar vivo.

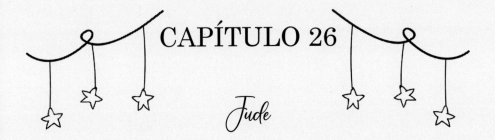

CAPÍTULO 26
Jude

— Jude. Acorde.

Puxei o travesseiro sobre a cabeça para bloquear o barulho e a luz. Porra, minha cabeça ia explodir. Ela agarrou meu ombro e me sacudiu. Afastei as mãos dela e apertei mais o travesseiro que ela estava tentando arrancar de mim.

— Você pode só parar, porra? — rosnei. Eu não dormia há três dias. Talvez uma semana. Neste ponto, quem estava contando?

— Jude. Algo está errado. Você precisa sair da cama.

— O que está errado? Seus pequenos arranjos de flores não são perfeitos? — murmurei.

— Seu idiota. — Ela empurrou meu ombro e ouvi seus passos recuando, então a porta bateu e fechei meus olhos novamente.

Quantos comprimidos para dormir eu havia tomado? Não importava. Eles estavam fazendo o trabalho deles. E mantiveram os pesadelos sob controle.

Quando acordei, estava escuro lá fora e eu não fazia ideia de que horas ou mesmo que dia era. Meu estômago roncou e tentei me lembrar da última vez que comi.

Vesti um moletom e uma camiseta, enfiei os pés nos tênis Nike e caminhei pelo corredor até o banheiro. As luzes de Natal da nossa árvore brilhavam em azul na sala de estar. O apartamento estava quieto. Muito quieto.

Enquanto lavava as mãos na pia, me olhei no espelho. Quem diabos era esse? Nem parecia comigo. Sacudi a água das mãos e passei-as pelo cabelo. Ainda estava curto. Lila odiava, mas toda vez que começava a crescer, eu passava a máquina. Nem sabia o que me compelia a fazer isso. Por outro lado, não fazia a barba há pelo menos uma semana e parecia mais que eu estava deixando crescer do que uma barba por fazer.

Merda, cara, recomponha-se.

Uma fungada me disse que eu fedia. Parecia que eu tinha acabado de sair de uma lixeira depois de dormir nela por uma semana.

Eu precisava de um banho. Precisava de comida. Mas primeiro precisava me desculpar com Lila e descobrir o que ela queria.

Chamei o nome dela, mas não obtive resposta. O apartamento era pequeno, então demorou menos de dois minutos para confirmar que ela não estava ali. Peguei meu celular no balcão da cozinha e percorri as mensagens que havia perdido.

As palavras borradas na tela. Por alguns segundos, apenas fiquei lá em silêncio, olhando para o meu telefone com o coração martelando em meus ouvidos, antes de um grito sair da minha garganta.

— Merdaaaaa!

Dei um soco na parede ao lado da geladeira. Uma vez. Duas vezes. Três vezes para garantir. Sangue escorria pelo meu braço e mal senti a dor dos meus dedos partidos.

Segurando o balcão, abaixei a cabeça e tentei respirar.

Não. Não, não, não, não, porra.

Empurrando o balcão, girei e chutei a lixeira, jogando garrafas e latas vazias pelo chão da cozinha, o vidro quebrando nos ladrilhos.

— Seu pedaço de merda inútil.

Pegando minhas chaves no balcão, tranquei a porta atrás de mim e desci as escadas correndo.

Não era tarde demais, disse a mim mesmo. Ainda poderia estar lá por ela. Poderia segurar sua mão. Ajudá-la nisso. Ser o homem que ela precisava.

Pulei para dentro da minha caminhonete, engatei a ré e pisei no acelerador. Uma buzina soou e pisei no freio, meus pneus cantando quando parei completamente e verifiquei meu retrovisor. *Droga.*

Apertei meus olhos fechados e respirei fundo algumas vezes antes de voltar para minha vaga e sair da caminhonete.

— O que diabos você pensa que está fazendo? — Brody gritou de sua janela aberta. — Você quase a atropelou, seu merda.

Meu olhar se voltou para Lila parada ao lado da porta aberta do passageiro da caminhonete de Brody. E, Deus me ajude, ela tinha a mesma expressão no rosto da manhã em que descobriu que sua mãe havia morrido.

Em alguns passos largos, eu estava bem na frente dela.

— Sinto muito, querida. — Tentei puxá-la em meus braços, mas ela me empurrou e deu um passo para trás, colocando distância entre nós. — Sinto muito. Eu não sabia… — Minha voz falhou nas palavras. — Eu não sabia.

— Não importa. Agora já acabou.

Agora já acabou.

— Obrigada, Brody — ela disse, me dispensando. — Desculpe por tudo isso. Eu só… — Ela balançou a cabeça, sem palavras.

— Não se desculpe. Ainda bem que pude estar lá por você. — Ele saiu de sua caminhonete e contornou o capô, formando um círculo com nós três. — Tem certeza de que está bem? — perguntou a ela. — Quer que eu…

— Estou bem. E não preciso de nada. Você fez mais do que o suficiente por uma noite.

Ela cruzou os braços sobre o peito e esfregou a parte superior dos braços. Eu queria envolvê-la e mantê-la aquecida. Ela estava usando meu velho moletom de beisebol. Eu não podia acreditar que ela o guardou por tanto tempo. Afastando-se de mim, enfiou a mão na caminhonete de Brody e puxou uma toalha. Era uma das nossas. Verde-floresta. Minha mãe nos deu.

— Obrigada por tudo — disse a Brody, reunindo um sorriso para ele.

— Se precisar de alguma coisa, me ligue.

Eu me irritei com suas palavras, mas não estava em posição de lhe dizer que ela não precisava dele, que precisava de mim. Hoje à noite ele estava lá por ela quando eu não estava. E eu me odiava por isso.

Ela começou a se afastar e a segui, quebrando meu cérebro para pensar em algo que pudesse fazer para ela se sentir melhor.

— Está com fome? Eu posso…

— Eu só preciso de um tempo sozinha, Jude.

— Sim. Ok. — Balancei a cabeça, porque o que mais eu poderia fazer? Ela obviamente precisava de tempo para processar o que havia acontecido e a descoberta de que eu era a última pessoa que poderia ajudá-la a fazer isso.

Eu falhei com ela.

Fiquei parado na calçada e a observei se afastar de mim. Ainda estava olhado enquanto a porta da frente do prédio se fechou atrás dela. Nosso apartamento ficava no segundo andar, e olhei para as luzes azuis da árvore de Natal brilhando através da porta de vidro. Esperei que uma luz acendesse lá dentro, mas não aconteceu.

— Você fodeu tudo — disse Brody, vindo ficar ao meu lado enquanto eu mantinha minha vigília silenciosa do lado de fora do apartamento que dividia com minha noiva. Minha noiva que estava grávida de dez semanas. Fui à consulta médica com ela duas semanas atrás. Ouvimos as batidas do coração. Vi nosso bebê no monitor e jurei ser o melhor pai que poderia.

Quando as estrelas caem

Mentiras. Promessas quebradas.

Quem eu me tornei? Um homem que não era confiável. Um homem que quebrava suas promessas e com quem não se podia contar.

— Você está tão fodido agora, eu nem sei o que dizer.

Eu ri amargamente.

— Acha que eu preciso que me diga que estou fodido? Acha que preciso que você aponte o óbvio?

— Não sei do que você precisa, mas não pode continuar fazendo isso consigo mesmo e com todos ao seu redor. O que quer que esteja acontecendo com você, essa merda está te corroendo. Tem que encontrar uma maneira de lidar com isso.

Isso era lindo vindo dele.

— Da mesma forma que você lidou com sua merda? De repente, você é a porra de um psicólogo?

Ele apenas balançou a cabeça, enojado comigo.

— Se precisar de mim, sabe onde me encontrar.

Eu não precisava dele. Precisava de Lila. E precisava encontrar o cara que eu costumava ser e fazê-lo botar um pouco de juízo nesse idiota disfarçado de Jude McCallister.

Subindo as escadas para o segundo andar, meus passos eram tão pesados quanto meu coração. Quando destranquei a porta e a empurrei, a corrente me impediu de abri-la, impedindo-me o acesso ao apartamento e à Lila. Acho que isso me disse tudo o que eu precisava saber. Eu poderia subir na varanda e chegar até ela dessa forma, mas a porta de lá provavelmente também estaria trancada. Então me sentei do lado de fora do apartamento, com as costas encostadas na porta e esperei.

Fiquei pensando nos presentes de Natal que embrulhei e coloquei debaixo da árvore na semana passada. Precisava me livrar deles antes que ela os abrisse.

Horas depois, a porta se abriu, mas a corrente ainda estava presa. Eu estava grato por ela estar disposta a me dar tanto. Mais do que eu merecia, com certeza. Aproximei-me e inclinei meu ombro contra a parede ao lado da porta para que pudesse falar com ela através da fresta.

— Jude?

— Eu estou aqui, amor.

— Está doendo. Dói tanto.

Olhei para o teto e esfreguei a mão no peito. Não tinha certeza se ela estava falando sobre a dor física ou emocional. Ambas, acho.

— Desculpe. Me desculpe por não estar lá com você. Lamento que você tenha passado por isso sozinha. Eu não… — Eu me interrompi antes de dar uma desculpa esfarrapada. Ela não precisava das minhas desculpas patéticas. Elas não mudariam nada. As palavras eram vazias sem ações para apoiá-las. — Diga-me o que posso fazer por você.

— Não sei. — Ela hesitou por um momento. — Apenas fale comigo, eu acho.

— Quer que eu fique aqui fora? — Eu esperava muito que ela pelo menos me deixasse entrar e sentar ao lado dela. Segurá-la. Fazer o que pudesse para tentar confortá-la.

— Por agora. Fica mais fácil falar com você.

Eu estremeci. Então fiz a pergunta que vinha pensando desde que li a mensagem.

— Foi algo que eu fiz? Perdemos o bebê por minha causa? — Eu me preparei para sua resposta. Eu merecia cada pedacinho de sua ira, raiva e culpa.

— Não foi nada que você fez ou qualquer coisa que eu fiz. O médico disse que às vezes acontece. — Ela ficou quieta por alguns segundos. — Eu queria tanto aquele bebê.

— Eu sei. — *Eu também.*

— Mas eu acho… eu acho que o queria pelos motivos errados.

— O que você quer dizer?

Ela respirou fundo.

— Na minha cabeça, eu ficava pensando que, se tivéssemos um bebê, você iria querer ficar. Tipo, talvez o bebê fosse te fazer feliz de uma forma que eu não posso.

Meus olhos se fecharam e aquela prensa em volta do meu coração torceu e apertou. Levei alguns segundos para me recompor o suficiente para falar:

— Eu quero ficar. Você me faz feliz. Você faz. Nada disso é sua culpa. Nada disso — afirmei com convicção, desejando que ela acreditasse. — É tudo na minha conta. Eu sou o fodido. Você é perfeita.

Ela riu, mas eu podia ouvir que estava chorando.

— Não sou perfeita. Eu digo e faço todas as coisas erradas. Tento tanto te apoiar, mas é tão difícil… é difícil pra caralho. E eu não culpo você. Foi a guerra que fez isso com você. Isso mexeu com sua cabeça e te transformou em uma pessoa diferente e alguns dias… na maioria dos dias…

Quando as estrelas caem

— Ela estava chorando mais forte agora e tive que lutar contra a vontade de chutar a porta e quebrar a corrente que nos separava. Mas ela já tinha visto que monstro eu poderia ser e não era hora de forçar minha entrada.

— Na maioria dos dias eu realmente sinto sua falta. Sinto tanto sua falta que dói. E pensei que, se tivéssemos esse bebê, seria como ter um pedaço de você. As melhores partes de nós dois em um pequeno ser humano que poderíamos segurar em nossos braços e ver nosso bebê crescer e ficar mais forte. E eu me sinto tão enganada e com tanta raiva. Odeio o Corpo de Fuzileiros Navais dos EUA com cada fibra do meu corpo. Eu odeio isso, Jude. Realmente odeio isso. E não sei o que fazer ou como melhorar a situação.

Tínhamos acabado de perder nosso bebê e eu estava perdendo Lila. E não conseguia lidar com nada disso.

Estava sentado do lado de fora da porta do nosso apartamento, três dias antes do Natal, sem saber o que fazer ou como consertar isso. Eu sempre costumava ter uma resposta. Sempre costumava encontrar uma solução. Melhorar as coisas. Mas desta vez eu não sabia como fazer isso. E não havia nada pior do que se sentir impotente. Sentir-se fraco, porque decepcionou a pessoa que amava mais do que qualquer outra pessoa no planeta inteiro.

Eu precisava me recompor.

"Seja homem", meu pai me disse na semana passada. *"Use suas próprias pernas para erguer-se e encare."*

Levantei-me e pressionei a palma da mão contra a porta.

— Abra a porta, amor. Me deixar entrar.

— Eu menti. Quando disse que não te culpo, estava mentindo. Eu te odeio agora, Jude. E não posso confiar em mim mesma...

Pressionei minha testa contra a porta, sentindo como se tivesse dezessete anos novamente, implorando para ela me deixar entrar.

— Eu não me importo com o que você faz comigo. Você pode me usar como seu saco de pancadas. Pode fazer o que quiser comigo. Me deixe entrar.

Depois de um momento de silêncio, ouvi a corrente deslizando contra o metal e ela abriu a porta. A menina triste se foi e em seu lugar estava uma mulher que mal reconheci. Os olhos verdes brilharam de raiva e antes mesmo que a porta se fechasse atrás de mim, ela se lançou sobre mim, acertando meu peito, meus ombros e em todos os lugares que podia.

— Te odeio! — ela gritou. — Eu te odeio pra caralho.

Eu nem mesmo lutei. Queria que ela me machucasse. Queria que ela infligisse dor em mim. Queria tirar a dor dela e torná-la minha. Então nem

200   **emery rose**

senti a ardência de seus tapas ou o empurrão no meu peito.

Minhas costas bateram na porta e ela tropeçou. Alcançando-a, puxei-a em meus braços e nos abraçamos com força, como se nossas vidas dependessem disso. Estávamos em um barco, afundando.

— Por que isso está acontecendo conosco? — ela gritou, engasgando-se com um soluço. — O que está acontecendo conosco, Jude?

Afogando-me, segurei-a, tentando mantê-la na superfície mesmo enquanto descia.

Eu não poderia fazer isso.

Não neste momento.

Não nesta vida.

Soluços sacudiam seu corpo e eu tentava juntar seus pedaços quebrados.

— Está doendo — disse ela entrecortada.

— Eu sei, querida, eu sei. — Levantei-a em meus braços e levei-a para o quarto, suas lágrimas encharcando minha camiseta e sangrando em minha pele. Elas fluíam como um rio em minhas veias. Ao deitá-la na cama, lembrei-me do sonho que tive. O bebê de olhos verdes e cabelo escuro na estrada de terra encharcada de sangue em um país a meio mundo de distância.

Ela agarrou minha camisa.

— Não me deixe.

— Eu não vou. — Rastejei para a cama ao lado dela e rolei para o meu lado, puxando-a contra mim. Ela se enrolou em uma bola, com as costas contra o meu peito, e acariciei seu cabelo o mais gentilmente que pude. Por um longo tempo, ficamos em silêncio em nosso quarto escuro, mas eu podia dizer por sua respiração trêmula que ela não estava dormindo.

— Amor. Eu te amo. Diga-me o que posso fazer para melhorar isso. Eu farei qualquer coisa.

— Coloque as estrelas de volta no céu, Jude. É tão escuro e solitário sem elas.

O que você faz quando está tão quebrado que não consegue encontrar uma maneira de juntar todas as peças, muito menos colocar as estrelas de volta no céu? Eu não sabia, porra. Mas, por Lila, eu tentaria. Por Lila, eu faria qualquer coisa.

E eu tentei. Tentei tanto ser o homem que ela precisava. O homem que ela merecia. Mas, como a maioria das coisas ultimamente, o bom não durou muito.

Quando as estrelas caem

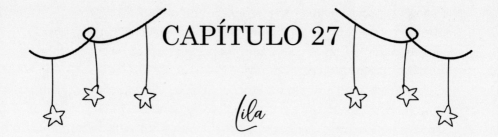

CAPÍTULO 27

Lila

O apartamento estava escuro, a TV ligada quando entrei. Pendurei minha jaqueta no gancho no corredor e sacudi a chuva do meu cabelo, caminhando para a sala.

— Onde você esteve? — ele perguntou, sem tirar os olhos da tela plana na parede.

— Fui jantar com Sophie e Christy.

— Você foi jantar com suas amigas. E não pensou em me consultar?

— Consultar você? — Acendi o abajur ao lado do sofá. Jude se encolheu e ergueu a mão para afastar a claridade.

Não era preciso ser um gênio para descobrir que este era um de seus dias ruins. Eu tinha que continuar me lembrando de ter paciência. Levaria algum tempo para ajustar e eu não poderia esperar que tudo fosse perfeito. Mas ele estava em casa há nove meses e, em vez de melhorar, tudo piorava.

Olhos avermelhados encontraram os meus. Eles eram muito vagos. Muito planos e vazios.

A barba por fazer em sua mandíbula sugeria que ele não se barbeava há uma semana, mas o cabelo em sua cabeça estava rente ao couro cabeludo. Eu odiava isso. Queria correr meus dedos por seu cabelo, mas ele continuava raspando.

Ele estava vestindo a mesma camiseta e calça de moletom dos últimos três dias.

— Você ao menos saiu de casa hoje?

Ele bebeu o resto de sua cerveja e jogou a lata na mesa de centro com as outras vazias antes de abrir mais uma e se recostar na almofada, o controle remoto na mão. O estalo de um raio iluminou a sala escura e um trovão ressoou, mas nem me perturbou. Eu não tinha mais medo de tempestades. Não as que se enfureciam do lado de fora, na verdade.

— Caso você não tenha notado, está a porra de um pântano lá fora.

Meio difícil de fazer telhados no meio de uma tempestade. Risco de saúde e segurança, de acordo com meu velho. — Risos estridentes seguiram-se a essa declaração, embora eu não achasse nada engraçado.

— Jude — chamei, suavemente.

— Pare de fingir que se importa com o que diabos eu faço. — Ele acenou com a mão no ar. — Apenas vá fazer o que você ia fazer. Não me deixe atrapalhar. Não se preocupe em me consultar sobre porra nenhuma.

Respirei fundo e rezei por paciência, algo que vinha fazendo muito ultimamente.

— Ontem à noite eu disse a você que Christy e eu encontraríamos Sophie para jantar. Convidei você para se juntar a nós. — Peguei um saco de lixo na gaveta da cozinha e voltei para a sala, jogando latas de cerveja vazias e embalagens de porcarias dentro dele. — Você não estava ouvindo. Estava muito ocupado jogando videogame. Hoje à tarde, liguei e mandei uma mensagem para avisar para onde estava indo, mas não obtive resposta.

Ele tinha uma coisa estranha sobre telefones celulares agora. Quase nunca usava o dele e provavelmente nem sabia onde estava.

— Isso é uma mentira de merda. Você não me contou. Não perguntou se estava tudo bem ou se talvez eu preferisse que você passasse a noite comigo. Considerando que você nunca está em casa. Eu nunca te vejo. Você está muito ocupada fazendo seus pequenos arranjos de flores. Precisa me perguntar antes de fazer essas merdas, Lila.

— Eu preciso te pedir permissão agora? Você não me consultou antes de partir com seus amigos da Marinha por três dias e eu não tinha ideia de onde você estava.

— Fomos à porra de um funeral — ele gritou. — Não é como se eu estivesse fodendo strippers e cheirando carreirinhas. Foi um funeral, pelo amor de Deus.

— Eu sei disso, Jude. Eu sei. — Cerrei os dentes e respirei calmamente para não dizer nada que pudesse irritá-lo. — É que… eu queria estar lá por você. Se tivesse me contado, eu teria ido junto.

— Você nem o conhecia.

— Falei com ele por telefone. Você me contou tudo sobre ele. Eu sabia que vocês eram próximos. Estaria lá por você.

— Você trouxe alguém enquanto eu estava fora? Pegou um cara em um bar? Transou com ele na cama que divide comigo?

Minha boca se abriu.

— Ai, meu Deus. Eu nunca te traí, idiota.

— Ah, eu sou o idiota agora. Você é quem estava flertando com Tyler no The Roadhouse e eu sou o idiota.

— Eu não estava flertando. Estávamos apenas conversando. Ele é seu amigo.

— Sobre o quê? Sobre o que você estava falando que exigia tanta concentração?

Você. Estávamos falando sobre você. E estávamos falando sobre Reese. Mas, se eu dissesse isso a ele, só iria aborrecê-lo.

— Eu nem me lembro. Estávamos apenas conversando.

— Estou farto dessa merda. — Ele jogou o controle remoto na parede. — Estou farto das suas mentiras.

— E eu estou cansada de você perder o controle com cada pequena coisa.

— Cada pequena coisa, é?

— Isso não é o que você me prometeu. Esta não é a vida que você prometeu, Jude. Cadê aquela casa dos sonhos que você ia construir, hein? Nós nem sequer olhamos qualquer terreno. Nem sequer procuramos casas para comprar. Estamos morando neste apartamento de merda e…

— Ah, espere. Calma aí. Parece que lembro que você uma vez me disse que viveria em uma cabana ou uma casinha de barro se isso significasse que você poderia ficar comigo. Mudou de opinião, querida? Este não é o paraíso que você esperava?

— Se isso significasse que eu poderia estar com você. Exatamente. O Jude por quem me apaixonei. O Jude que amei por tanto tempo. Onde está aquele cara? O cara que me comprou chocolate e me deu seu moletom favorito. O cara que prometeu colocar as estrelas de volta no céu. Eu nem sei mais quem você é. Jude, você precisa falar com alguém. Precisa conversar com um profissional. Por favor. Você precisa de ajuda.

— Não preciso de um profissional para me dizer o que já sei. Estou fodido da cabeça. Não há como consertar isso. E a porra do hospital de veteranos é inútil. Eu tentei, querida. — Sua voz falhou nas palavras, sua cabeça caindo para trás contra o sofá. — Eu tentei — repetiu. — Estou tão farto de tanta enrolação. Estou no fim da porra da lista. — Ele esfregou a mão sobre o rosto, os olhos sombrios.

— Eu sei, querido, eu sei. — Meu coração estava partido por ele, como tantas vezes desde que voltou para casa. — Deixe-me ajudá-lo. Posso marcar uma consulta com um terapeuta. Não temos que passar pelo hospital de veteranos. Por favor. Apenas deixe-me fazer isso por você.

Ele baixou a cabeça entre as mãos.

— Desculpe. Desculpe por tudo. Você deveria me mandar embora, Lila.

— Pare de dizer coisas assim. Sou sua. Sempre. Sempre serei sua, Jude. Só precisamos… precisamos superar isso juntos, ok? Precisamos resolver isso e encontrar alguém que possa ajudá-lo. Você não pode continuar vivendo assim. Ainda tem dores de cabeça? O zumbido nos ouvidos?

Ele deu de ombros e tomei isso como um sim.

— Por que você não toma um banho e eu vou fazer algo para você comer, tá bem?

— Pare de me tratar como uma criança de cinco anos. — Mas não havia nenhuma irritação em suas palavras. Apenas cansaço e uma derrota na queda de seus ombros que me assustaram. Eu vivia com medo do dia em que voltaria para casa e não o encontraria aqui. Duas semanas atrás, um cara de sua unidade havia tirado a própria vida. E se Jude decidisse que não valia a pena? E se ele desistisse da luta? Então, onde eu estaria sem ele?

Nunca em um milhão de anos eu poderia prever que teria esses pensamentos sobre Jude.

Ele se levantou e passei os braços ao redor dele, segurando firme, com medo de soltá-lo.

Eu não deveria ter saído esta noite. Não deveria tê-lo deixado sozinho. Eu o segurei com mais força, pelo tanto tempo que ele deixou. Às vezes, ele não gostava de ser tocado. Às vezes, tentava me foder até esquecer os problemas. Eu nunca sabia qual Jude encontraria em um determinado dia.

Quando ele se afastou, forçou um sorriso que não alcançou os olhos. Eles pareciam tão vagos. Como se não houvesse nada atrás deles. Eu sabia que ele estava deprimido. Sabia que estava com dor. Mas não sabia como alcançá-lo ou ajudá-lo.

— Eu te amo. — Fiquei pensando que, se dissesse isso com bastante frequência, ele começaria a acreditar novamente. Que de alguma forma meu amor por ele poderia ser suficiente para salvá-lo.

— Eu também te amo.

Essa era a parte mais difícil. Eu sabia que ele me amava. Porém, um dia pude imaginar nosso futuro, e agora não tinha ideia de como seria ou se ao menos tínhamos um. Nunca mais falamos sobre isso.

Minha vida estava desmoronando, fio por fio, e eu não tinha ideia de como costurá-la de volta.

Quando as estrelas caem

205

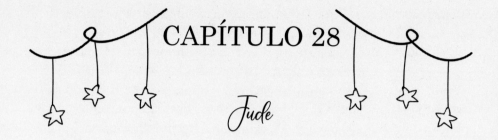

CAPÍTULO 28

Jude

Quão feliz seria flutuar em um mar de pílulas e uísque?

Não haveria mais dor. Sem memórias. Sem flashbacks. *Paz.*

Parei em um acostamento e desliguei o motor. Saí da minha caminhonete, cambaleando.

As pílulas chacoalharam no meu bolso enquanto eu caminhava para o campo, uma garrafa de uísque pendurada na ponta dos meus dedos. Tropeçando, meus joelhos bateram no chão. Merda, isso foi engraçado.

Eu estava rindo tanto que me dobrei.

Recompondo-me, pesquei os frascos âmbar do meu bolso e joguei os comprimidos na palma da mão. Joguei-os na boca e bebi com o resto do uísque na garrafa.

Então me deitei de costas na grama alta e verde e olhei para o céu. A noite estava escura e sem estrelas. Como deveria ser.

De algum lugar distante, ouvi uma música, um bipe.

Meus olhos se fecharam.

Lila.

Lila.

Lila.

Desculpe, querida, estou cansado pra caralho. Cansado pra caralho desta batalha.

Me perdoe.

CAPÍTULO 29

Jude

— Jude, você prometeu que não iria me deixar. Você prometeu. Não se atreva a me deixar.

Lila?

— Eu te amo. Eu te amo muito. Para todo o sempre, lembra? Volte para mim. Volte para mim, Jude. Não quero viver sem você.

— Porra, Jude. Você nunca foi um desistente. Não comece agora.

Pai?

Estremeci com a luz brilhante em meus olhos e percebi a forma vaga de um homem parado sobre mim.

— Jude. Eu sou o Dr. Leighton. Você sabe onde está?

Merda.

Fechei os olhos novamente.

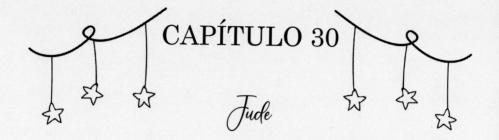

CAPÍTULO 30

Jude

— Você queria morrer, Jude? É isso que você queria?

— Não — menti. — Eu nem me lembro de ter tomado aquelas pílulas e não tenho ideia de como fui parar nesse campo.

— Desculpe. Sei que estou falando tudo errado. Eu só... eu te amo. Vamos superar isso juntos, ok?

Eu tentei sorrir.

— Sim. Ok. — Apertei a mão dela. — Você e eu, amor. Para sempre.

— Promete? Preciso que me prometa, Jude.

— Prometo. — Eu me tornei um mentiroso tão habilidoso que estava quase começando a acreditar em mim mesmo.

Promessas vazias e mentiras. Eu não tinha nada para oferecer a ela.

Sabia que tinha que deixá-la. Era apenas uma questão de tempo até que eu fizesse outra coisa para machucá-la.

Seis semanas depois, cheguei ao ponto sem volta.

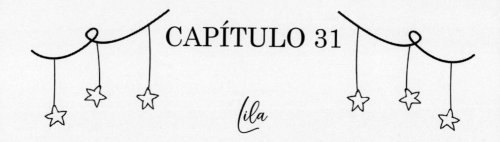

CAPÍTULO 31

Lila

Enterrei meu rosto em seu travesseiro, minhas lágrimas salgadas encharcando o algodão. Chorei por ele e chorei pelo bebê que perdemos. Chorei pelo menino que ele costumava ser e pelo futuro que foi arrancado de nós.

Eu chorei um oceano e, ainda assim, não foi o suficiente.

Esperei uma semana inteira para ler a carta que ele me deixou. Não sei por que esperei tanto. Talvez eu estivesse com medo de que ler suas palavras tornasse isso real. Se eu não lesse seu bilhete de despedida, poderia fingir que ele tinha acabado de sair para comprar café e rosquinhas de canela e a qualquer momento ele entraria pela porta da frente e gritaria: "Cheguei, querida".

Agora eu estava sentada no sofá de nosso apartamento bege encardido e me servia de outra taça de vinho. Depois de um gole fortificante, respirei fundo e tirei a carta do envelope. Estava escrito em folhas soltas, com as bordas rasgadas onde ele havia arrancado do caderno espiral.

Quando desdobrei a carta, um cheque caiu no meu colo. Eu o peguei e o estudei. Sabia quanto ele tinha em sua conta poupança. Era exatamente o mesmo número escrito no cheque. Como se esvaziar sua conta bancária compensasse sua ausência. Rasguei o cheque em pedacinhos e joguei-os no ar, observando a chuva de confete no sofá de couro e no piso de taco.

Não quero seu dinheiro, idiota. Tudo que eu sempre quis foi você.

Comecei a ler a carta escrita com sua letra de forma. Ele nunca escreveu cartas em letra cursiva e, ao longo dos anos, trocamos muitas. Mas esta seria a última que receberia dele, então li devagar, procurando a nuance em cada palavra que havia escrito.

Querida Lila,

Há uma quantidade de vezes em que uma pessoa pode pedir desculpas antes que as palavras percam o sentido. Mas vou repetir pela milionésima vez.

Quando as estrelas caem

209

Desculpe.

Não posso mais fazer isso.

Não posso continuar te machucando e fingir que está tudo bem. Não posso fechar os olhos, sabendo que a fonte de todos os nossos problemas sou eu. Eu costumava acreditar que poderia fazer você mais feliz do que qualquer outro homem jamais poderia. Costumava acreditar que era digno do seu amor. Ou, pelo menos, que eu pudesse me esforçar para ser. Mas não sou mais aquele homem. E você merece algo muito melhor.

Prometi a você que nunca iria deixá-la, mas eu tenho que deixar. Se eu ficar, só vou te destruir.

A princípio, você pode não ver dessa maneira, mas com o tempo perceberá que fiz o melhor que pude. Vou embora porque te amo. Eu te amo tanto que está me matando ver você sofrer por minha causa. Todos os dias eu assisti você desaparecer até que toda a luz em seus olhos se foi, e eu sabia que era por minha causa. Eu fiz isso com você. Tirei a luz dos seus olhos quando tudo o que eu queria era fazer você brilhar ainda mais.

Desde o dia em que nos conhecemos, quis protegê-la e mantê-la segura. Mas o que acontece quando a maior ameaça à sua segurança é o homem com quem você mora? O homem que afirma te amar acima de todos os outros? Que tipo de homem eu me tornei para sujeitar você a tanta dor e sofrimento? O tipo de homem que você não precisa em sua vida.

Tudo que quero é que você seja feliz. E a única maneira que conheço de fazer isso é libertá-la.

As estrelas ainda estão no céu, querida. Basta abrir os olhos e olhar para cima. Nas noites mais escuras, elas brilham mais. E um dia, em breve, você verá que nunca precisou de mim para colocá-las de volta no céu para você. Você é forte, corajosa e feroz. É uma guerreira do caralho, Marrenta. A verdadeira heroína da nossa história.

Desculpe. Por tudo. Mas sei que você vai ficar bem. Quando as coisas não estão bem, você sempre volta lutando. Não acredito mais em muita coisa, mas ainda acredito em você. Sempre vou acreditar em você.

Com amor sempre,

Jude.

Parte III

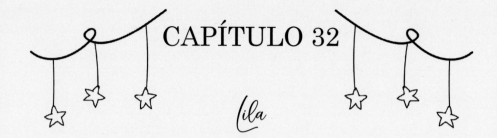

CAPÍTULO 32

Lila

Seis anos depois...

— Encontrei alguém para você. — A voz de Sophie veio dos alto-falantes Bluetooth enquanto eu dirigia, óculos de sol protegendo meus olhos do brilho do sol da primavera. — Ele é gostoso. Divorciado. Sem filhos. E ele...

— Não estou interessada.

Ela suspirou, impaciente.

— O que há de errado com você? Você precisa voltar para pista. É por causa de Brody?

— O que seria por causa de Brody? — Liguei a seta e esperei um carro passar antes de entrar no estacionamento da Pré-Escola Sunrise.

— A razão pela qual você não está namorando.

— Não tem nada a ver com Brody. — Eu estava adiantada, então estacionei em uma vaga no final do estacionamento sob a sombra de um carvalho frondoso e desliguei o motor, mas deixei Sophie no viva-voz.

— Bom. Não é por nada, mas ele fica com mulheres a torto e a direito, então, se ele está tentando te impedir de conhecer alguém, eu ficaria chateada.

Suas intenções eram boas, mas não era a primeira vez que tínhamos essa conversa. Sophie era responsável pelo marketing e eventos no vinhedo de sua família, Sadler's Creek, e enviava muitos negócios para nós. Infelizmente, ela também assumiu a responsabilidade de bancar a casamenteira.

Graças a Sophie, tive muitos encontros ruins ao longo dos anos. Eu estava oficialmente fechada para o namoro.

Baixei minha janela para tomar um pouco de ar fresco e inclinei a cabeça contra o encosto.

— Vamos sair neste fim de semana. Vamos achar um cara gostoso.

— Você está noiva.

— Não para mim. Para você. Você é jovem, gostosa e não há razão para ser solteira.

— Gosto de ser solteira.

— Sim, bem, ser solteira é ótimo quando se está fazendo sexo regularmente. O que claramente não é o seu caso.

— Eu não conto todos os pequenos detalhes da minha vida. Pelo que você sabe, estou fazendo sexo regularmente.

Ela riu como se fosse a coisa mais engraçada que já tivesse ouvido. Revirei os olhos.

— Não foi tão engraçado.

Sua risada se dissipou.

— Você precisa esquecê-lo — disse ela, a preocupação genuína em sua voz.

Eu sabia de quem ela estava falando. Claro que sim. A parte engraçada era que Sophie nem o conhecia. De verdade. O cara que ela conheceu não era o mesmo por quem me apaixonei.

— Eu o esqueci. Eu segui em frente. — Eu tinha seguido em frente, mas ele estava sempre lá. No meu coração. Na minha cabeça. Em todas as minhas melhores memórias e algumas das minhas piores. *Ele* era a razão de eu estar solteira. Ele era razão pela qual eu nunca passei de um segundo ou terceiro encontro.

— Claro que sim. Quando foi a última vez que você transou?

Peguei meu telefone e tirei-o do viva-voz, segurando-o no ouvido. Em retrospecto, falar com Sophie no viva-voz nunca foi uma boa ideia.

— Você tem bebido durante o dia de novo?

— Eu moro em um vinhedo. O que você espera?

Uma risada baixa à minha esquerda me fez virar a cabeça. Brody caminhou até meu carro com jeans rasgados, uma camiseta cinza e botas de trabalho sujas de lama. Ele se agachou na frente da minha janela aberta para que estivéssemos no nível dos olhos, seus olhos castanhos cheios de humor.

— Boa tarde, docinho. — Deu-me aquele sorriso charmoso de Brody McCallister que deixava todas as garotas com os joelhos fracos. Pena que eu era imune aos encantos do meu melhor amigo.

— Pare de me chamar assim. — Eu ri, balançando a cabeça com o apelido estúpido. — Sophie. Tenho que ir.

— Certo. Mas vou marcar um encontro para você. Sem desculpas. Tchau — cantarolou. Encerrei a ligação e joguei meu telefone na bolsa, já planejando como escapar do encontro.

Quando as estrelas caem

213

— Ela está certa. Você precisa transar.

— Você não deveria estar escutando. — Abri a porta do carro e peguei minha bolsa no banco do passageiro, alisando minha mão sobre a saia curta do meu vestido floral.

— Você deveria saber que não pode colocar seus amigos no viva-voz — rebateu.

Eu não poderia argumentar com isso. Meus amigos não vêm com filtros, então eu deveria ter pensado melhor.

Ele passou a mão pelo cabelo louro-escuro comprido e esticou os ombros enquanto atravessávamos o estacionamento lotado de carros no fim da tarde.

— Seu ombro ainda está lhe dando problemas?

— Não. Novo em folha.

Claro que estava. Brody morreria antes de admitir que seu ombro doía. Ao longo dos anos, ele quebrou tantos ossos e levou tantos pontos que perdi a conta de todos os seus ferimentos. Ele fazia rodeios sem sela e era bicampeão mundial. Também criava e treinava cavalos, além de resgatar cavalos selvagens.

— O que você está fazendo aqui, afinal? — Era meu dia de pegar Noah, mas Brody estava sempre bagunçando nossa agenda.

— Eu tenho alguns cavalos novos. Achei que Noah gostaria de vir vê-los.

Antes que eu pudesse responder, Carrie Dunlop passou por nós com o nariz empinado.

— Espero que você tenha ensinado boas maneiras a seu filho.

— Nosso filho tem modos perfeitos — disse Brody, quando chegamos à entrada. — É o seu filho que precisa…

Dei uma cotovelada nas costelas de Brody para ele parar de falar. Não havia necessidade de provocá-la. Na semana passada, Noah havia brigado com o filho de Carrie Dunlop. Noah poderia ser um anjo perfeito com um sorriso tão doce que você nunca imaginaria que ele tinha um temperamento selvagem. Mas, por Deus, ele tinha. Secretamente, eu estava orgulhosa da minha criança. O filho de Carrie era um valentão e pegava no pé das meninas. Noah estava defendendo Hayley, a garota que ele dizia amar e planejava se casar um dia.

Quem poderia culpá-lo por isso?

— O que você pode esperar? As crianças imitam o comportamento dos pais. — Carrie nos olhou de cima a baixo com aquele ar de superioridade que sempre me deixava com espírito assassino e fazia Brody dizer coisas que não deveria.

— Isso explica por que seu filho sempre parece constipado.

Ah, meu Deus. Carrie se engasgou. Com um olhar fatal apontado em nossa direção, se afastou de nós com força em suas roupas de treino Lululemon, sua bolsa de grife agarrada ao corpo.

Amanhã, todas as outras mães saberiam disso. Se elas já não tivessem ouvido. Recebemos alguns olhares furtivos quando entramos no hall de entrada. Puxei Brody para o lado para deixar as outras mães passarem.

— Você precisa parar de dizer coisas assim — eu disse. — Não temos mais treze anos.

Ele apenas deu de ombros. Minhas palavras entravam por um ouvido e saíam pelo outro. Não havia como mudar Brody e era um desperdício de energia tentar.

— Olha isso. — Ele bateu com o dedo indicador em um desenho feito com giz de cera na parede do lado de fora da sala de aula que dizia Noah, quatro anos.

Seu professor havia escrito as palavras para nos identificar. Mamãe. Papai. Vovó. Vovô. Tio Jesse. Tio Gideon. MINHA FAMÍLIA. Havia dois quadrados com um triângulo no topo e cada um dizia LAR.

Um membro da família estava faltando, mas não indiquei isso. Noah nunca conheceu Jude. Por que ele deveria incluí-lo em uma foto de família?

Estudei a obra de arte mais de perto.

— Por que você é tão alto? — perguntei, indignada. — Tenho a mesma altura de Noah.

— Eu diria que ele tem um bom jeito com perspectiva.

Comecei a rir e bati em seu braço. Ele esfregou, como se eu o tivesse machucado.

— Não há mistério de onde ele conseguiu esse gene briguento.

Revirei os olhos.

— Ele herdou isso de você.

Ele abriu a porta da sala de Noah e entramos. Noah estava em seu armário, pegando sua mochila e conversando com Hayley, cujo armário ficava ao lado. Ela estava vestindo um tutu arco-íris com uma camiseta preta e meias altas, o cabelo castanho preso em duas marias-chiquinhas. A mãe dizia que ela gostava de se vestir de manhã. Tão fofa.

Quando as estrelas caem

Quando Noah nos viu, ele disparou em minha direção e me agachei, pegando-o em meus braços abertos. Ele cheirava a xampu cítrico e giz de cera. Segurei um pouco forte demais e por um tempo além, antes de ele começar a se contorcer e sair do meu aperto. Ele deu um tapinha na minha bochecha para suavizar o golpe de se afastar.

— Eu te amo, mamãe.

Ai, meu coração. Afastei uma mecha de cabelo louro-escuro de sua testa para poder ver melhor seu rosto. Seu cabelo era longo e ondulado, quase atingindo a gola de sua camiseta do Dallas Cowboys. Eu estava tentando descobrir quanto tempo poderia ficar sem cortá-lo.

— Também te amo, querido. — Beijei a ponta de seu nariz sardento e me levantei.

— Papai! — O rosto de Noah se iluminou com um sorriso que era apenas para Brody. Por mais que ele me amasse, era um filhinho do papai por completo.

— Aí está o meu homenzinho. — Brody o pegou em seus braços e o carregou para o corredor. Despedi-me de sua professora e fui atrás deles. — Como foi seu dia, amigo?

— Bom. Muito bom.

— Sem brigas hoje?

— Hoje não — ele disse sombriamente, seus olhos seguindo Chase que estava sendo levado por sua mãe.

Brody riu e colocou Noah no chão, em seguida, abriu a porta para nós.

— Você gostaria de vir e ver os novos Mustangues que acabei de comprar? — Brody perguntou, enquanto cruzávamos o estacionamento para sua caminhonete, a mão de Noah firmemente agarrada na minha para garantir que ele não disparasse na frente dos carros saindo do estacionamento. — Então podemos ir comer aqueles tacos que você tanto ama.

— Sim! — O sorriso de Noah escorregou e sua testa franziu. — Mamãe ama esses tacos. Ela pode vir também?

— Sua mãe é sempre bem-vinda. Você vem conosco, Lila?

— Por favor — Noah implorou, seus olhos castanhos tão esperançosos que eu não poderia dizer não. Sem mencionar que Brody tinha acabado de atrapalhar quaisquer planos que eu pudesse ter para mim e Noah. Nosso acordo de coparentalidade era flexível, para dizer o mínimo.

— Claro. Por que não?

Noah me recompensou com um sorriso antes de olhar para Brody.

216   emery rose

— Papai?

— Sim, amigo?

— Por que você não beija a mamãe?

Eu gemi. Aqui vamos nós outra vez. Esta era a última obsessão de Noah.

— Tenho medo de que ela me dê um soco na cara.

— Você não tem medo de nada — Noah zombou. — Você tem três metros de altura e é à prova de balas.

Tive que me esforçar muito para parar o revirar de olhos. Esse era o mito que Brody estava criando em seu filho, e Noah acreditava em cada palavra dele. Por que não? Seu pai era seu herói.

— Só tenho medo de uma coisa e é da mamãe.

Noah riu e deu um tapa na coxa, como se fosse a coisa mais engraçada que ele já tinha ouvido.

— Você deveria tentar. — Ele me olhou de soslaio. — Ela pode não socar você.

— Talvez eu vá, amigo, talvez eu vá.

Brody abriu a porta traseira de sua caminhonete e jogou a mochila de Noah no chão enquanto esperávamos pacientemente que Noah subisse. A caminhonete era muito alta e ele era muito pequeno, mas sempre fazia questão de fazer tudo sozinho e se irritava quando tentávamos ajudar.

Eu não sou um bebê, ele diria.

Juro que suas primeiras palavras foram: "eu consigo". O que significava que tudo demorava dez vezes mais para ser realizado. Fiquei em silêncio enquanto Brody se certificava de que Noah estava preso em seu assento e não disse uma palavra até que a porta foi fechada e o menino não podia me ouvir.

— Pare de colocar ideias na cabeça dele. — Mantive minha voz baixa. Embora as janelas estivessem fechadas, ele ouvia muito mais do que pensávamos.

— As ideias são todas dele.

— Você precisa corrigi-lo. Ele quer que sejamos uma família. — Olhei para Noah, que estava ocupado com o iPad que Brody deixava ali atrás para ele. — Precisamos continuar explicando a ele que você e eu não vamos ficar juntos. Nem agora. Nem nunca.

— Primeiro de tudo, temos um filho juntos. Sempre teremos um filho juntos. Então isso nos torna uma família. Não importa se você dorme na minha cama todas as noites ou não. Eu sempre estarei na sua vida e na vida

Quando as estrelas caem

217

de Noah. Não vou a lugar nenhum, Lila. Estou aqui por você, porque você é a mãe do meu filho e porque é minha melhor amiga há vinte anos. Coloque isso na sua cabeça. — Ele tocou minha têmpora com o dedo indicador para mostrar seu ponto de vista. — Eu estou aqui para ficar.

Eu estou aqui para ficar. Não perdi a implicação nessas palavras. Ele estava aqui. Jude não.

— Você precisa seguir em frente, L.

Joguei minhas mãos no ar.

— O que está acontecendo com todos hoje? Eu segui em frente.

— Você seguiu em frente, foi?

— Sim.

— E quando *foi* a última vez que você transou?

Imediatamente na defensiva, cruzei os braços sobre o peito.

— Há mais na vida do que transar. Estive ocupada. Tenho um negócio para administrar, um filho para criar e... estou ocupada.

— Puta merda. — Ele cambaleou para trás, com a mão sobre o coração. Revirei os olhos para a exibição dramática. — Você não esteve com ninguém desde mim, não é?

— E veja como isso acabou. — Vi a dor em seu rosto pelas minhas palavras antes que ele a cobrisse e seus olhos ficassem duros.

— Pode não ter sido o plano, mas eu não trocaria isso por nada no mundo.

— Eu sei — afirmei, imediatamente repreendida. Noah foi a melhor coisa que já fiz, e Brody era um bom pai. Ele assumiu e sempre esteve lá para o filho. No meu ponto de vista, isso contava muito.

— Eu não quis dizer isso.

— Sim, você quis. Mas, para sua sorte, é impossível me ofender.

Não era verdade. Por baixo do sorriso arrogante e da bravura, Brody era sensível.

— Seu ego é grande demais para isso — provoquei, tentando aliviar o clima.

— Essa não é a única coisa grande que eu tenho. Sou bem-dotado como um cavalo e tenho artilharia pesada.

Eu ri e golpeei seu peito duro como pedra.

— Pare.

— Se você precisar resolver esse problema, ficarei mais do que feliz em oferecer meus serviços.

Isso não ia acontecer. Foi uma única vez. Para nunca mais ser repetido. Brody e eu éramos amigos e éramos pais, mas nosso relacionamento nunca foi romântico. Não há necessidade de complicar as coisas mais do que já estavam.

Quando eu estava entrando no carro, o telefone de Brody tocou. Ao ouvir que ele estava falando com Kate e o tom sério de sua voz, parei para prestar atenção.

— O que aconteceu? — Seus olhos voaram para mim, sua expressão sombria.

Meu primeiro pensamento foi que algo havia acontecido com Jude.

Por favor, Deus, não, não deixe que seja ele.

CAPÍTULO 33

Jude

— Parece que é hora de ir para casa, filho marrenta — disse Tommy, apontando o queixo para o barman que colocou mais duas cervejas na nossa frente antes de passar para um grupo de caras que pareciam estar em uma festa de fraternidade da faculdade.

— Parece que sim.

Acabei de falar ao telefone com minha mãe e prometi que voltaria. Meu pai era forte como um boi e manteve-se fisicamente em forma, então foi um choque saber que ele não apenas teve um ataque cardíaco, mas também precisou de um bypass triplo. Ela me garantiu que a cirurgia tinha corrido bem, embora seu tom preocupado sugerisse que ela precisava de mim lá. Ela não me ligou até que ele saiu da cirurgia, o que garantiu que pudesse dar boas notícias. Enquanto isso, eu estava sentado em um bar sem saber que meu velho estava em cirurgia.

Não sei por que isso deveria me incomodar, mas incomodava. Se tivesse acontecido anos atrás, eu teria sido o primeiro telefonema de minha mãe.

Tomei um gole da minha cerveja e tentei não pensar no que me esperava em Cypress Springs, Texas.

Recordações. Uma amante cruel que cortejei por seis longos anos.

Meu olhar se desviou das placas da Rota 66 na parede de painéis para uma morena com botas de caubói e shorts sentada em uma mesa alta perto da janela. Quando ela me pegou olhando, cruzou as pernas e me deu um grande sorriso. Olhos azuis encontraram os meus em vez de verdes. Seu rosto era oval, não em forma de coração. Desviei meu olhar antes que ela tivesse uma ideia errada.

Eu estava sempre procurando por Lila. Em cada bar. Em cada esquina.

Costumava vê-la em todos os lugares. Eu até a vi no Nepal quando eu e Tommy fomos a Katmandu para ajudar nos esforços de socorro após um terremoto. Persegui a garota pela rua e dei um tapinha em seu ombro.

Claro, não era Lila. Eu a deixei em nossa cama no Texas dois anos antes disso.

— Você está pensando nela de novo — disse Tommy. Uma afirmação, não uma pergunta. — Está pronto para vê-la?

— Não parece que tenho muita escolha. Estou fadado a esbarrar com ela. — Esbarrar com ela. Que piada do caralho. Ela era tão parte da família quanto eu. Mais ainda neste momento.

Tommy sabia tudo sobre Lila. Os caras da minha unidade costumavam me encher por falar tanto sobre ela, mas nunca me importei.

Tommy e eu estivemos juntos durante minha terceira missão no Afeganistão, a segunda dele. Nós fomos os sortudos. Enganei a morte tantas vezes que perdi a conta.

E aqui estávamos. Vivos. Em um bar em Phoenix, bebendo cerveja ao som de *Beast of Burden* explodindo na caixa de som, as vozes aumentavam para serem ouvidas sobre a música e a confusão dos garotos da fraternidade tomando doses de tequila e falando merda.

Agora era hora de voltar e lidar com o meu passado. Não me enganei pensando que meu futuro ainda estava esperando por mim lá. Eu sabia que não.

Um dia de cada vez. Era assim que eu vivia minha vida agora.

Inspire. Expire. E, na maioria dos dias, isso era o suficiente.

— Quanto tempo você acha que vai ficar? — Tommy perguntou, passando a mão sobre o cabelo loiro cor de areia. Ele ainda o usava em um corte raspado, alegando que era mais fácil.

Mesmo que não tivesse a águia, o globo e a âncora tatuados em seu bíceps, ainda dava para saber que ele foi um militar. Tommy parecia um daqueles bonecos do G.I. Joe.

— Minha mãe me pediu para administrar a empresa de construção do meu pai.

Ela estava insinuando que queria que eu assumisse o negócio há anos. Eu estava me esquivando.

Não queria ficar preso na minha cidade natal. Não agora que tudo tinha dado errado. Que tipo de inferno seria?

— Talvez seja hora de você pensar sobre isso.

— Está tentando se livrar de mim?

— Você tem se cobrado muito por anos. É hora de fazer uma pausa. Pare e se cuide.

— Eu estou bem cuidado. — Tomei outro gole de cerveja.

— Você sabe o que quero dizer.

Quando as estrelas caem

— Não vi você fazendo uma pausa.

— Eu vivo para desastres naturais e caos. Enquanto outros fogem dele...

— Nós corremos direto para o meio — terminei.

Foi por isso que criamos uma organização de resposta a desastres liderada por veteranos. Trabalhamos com milhares de voluntários comprometidos com os mesmos objetivos que nós. Sempre quis servir ao meu país e continuei a fazê-lo.

Nosso lema no Time Phoenix era que estávamos lá para as pessoas em seu pior dia. Irônico que eu estava lá para pessoas que eram estranhas para mim, mas falhei com minha própria família e com Lila. Tudo o que sempre quis foi ser o herói em sua história. Em vez disso, me tornei o vilão.

Levei dois dias para organizar minha vida em Phoenix. Se é que poderia chamar isso de vida. Eu não havia acumulado muitos bens materiais. Tudo o que tinha cabia em duas mochilas que joguei na traseira da minha caminhonete.

Saí de Phoenix às sete da noite e segui direto. Mil e seiscentos quilômetros. Catorze horas. Quando cheguei ao hospital, vesti uma camiseta branca limpa, joguei a manchada de café na mochila e mandei uma mensagem para minha mãe do estacionamento.

O elevador abriu e eu saí dele direto para os braços abertos da minha mãe. Ela era uma abraçadora convicta e segurou firme, sem me largar até que estivesse disposta. Seu perfume de lavanda era quente e reconfortante, um lembrete de que, por mais que a vida mudasse, algumas coisas permaneciam as mesmas.

Quando ela finalmente me soltou, me segurava na distância de um braço, seus olhos azuis brilhantes estudando meu rosto antes de me presentear com um sorriso brilhante. Além de mais algumas linhas de expressão ao redor dos olhos e outras mais profundas ao redor da boca, ela parecia a mesma. Seu cabelo castanho cor de mel estava cortado na altura do queixo, sua pele bronzeada pelo trabalho no jardim.

Ela deu um tapinha na minha bochecha.

— Se você não é um colírio para os olhos.

— Eu pareço tão bem assim?

— Você está maravilhoso. Estou tão feliz que você está aqui. Finalmente terei todos os meus filhos sob o mesmo teto novamente. — Pelo menos alguém estava animado com essa perspectiva. — Faz muito tempo desde que nos sentamos para um jantar em família.

Suas palavras não tinham a intenção de me fazer sentir culpado, mas eu ainda sentia isso.

— Você acabou de perder Jesse. Ele foi ao aeroporto buscar Gideon.

Eu vi Jesse alguns meses atrás, quando ele estava em Peoria para uma corrida de motocross, mas não via Gideon há alguns anos. Nossas vidas eram tão drasticamente diferentes que eu não conseguia me relacionar. Gideon tinha um armário cheio de ternos que custavam mais do que tudo o que eu possuía. De acordo com Jesse, ele morava em um apartamento "irado" em Manhattan e passava o verão nos Hamptons.

— Agora que está aqui, talvez consiga algumas respostas. — Minha mãe colocou o braço no meu enquanto caminhávamos pelo corredor até o quarto do meu pai. Ele havia sido transferido da UTI para um quarto particular. No caminho para lá, ela cumprimentou uma das enfermeiras pelo nome e deu um sorriso brilhante a uma senhora.

— Não vim aqui em busca de respostas. Estou aqui para visitar o papai e ajudar no que puder.

— Eu sei. — Deu um tapinha no meu braço. — Mas, como você nem me deixou falar, há muita coisa que você não sabe.

Bufei uma risada.

— Eu sei tudo o que preciso saber.

Minha mãe suspirou.

— Ainda tão teimoso.

Sem comentários. Eu não debateria os certos e errados dessa situação fodida. Não quando estávamos do lado de fora do quarto de hospital de meu pai.

— Ele vai ficar tão feliz em te ver. Eles o tiraram do respirador. Está mal-humorado, reclamando de estar preso em um hospital, mas o médico diz que ele está indo muito bem. — Ela sorriu, seu alívio evidente. — Vou tomar um café. Dar a vocês dois algum tempo a sós. — Ela deu um tapinha no meu braço novamente antes de se afastar, seu passo rápido, sua figura esbelta desaparecendo na próxima esquina.

Quando as estrelas caem

Empurrando a maçaneta da porta de metal, entrei no quarto do meu pai. Seus olhos se abriram e ele olhou para a porta enquanto eu me aproximava de sua cama.

Meu pai e eu não éramos abraçadores. O máximo que já fizemos foi o abraço de um braço só com um tapa nas costas. Não tenho certeza se era uma boa ideia hoje. Não quando ele tinha uma intravenosa no braço e tinha acabado de abrir o peito.

— Oi, velho. Você faz qualquer coisa por um pouco de atenção.

Ele soltou uma risada que o fez estremecer e imediatamente me arrependi da minha piada.

Peguei uma cadeira e a movi para o outro lado da cama, sentando-me de modo que ficasse de frente para a porta. Ainda não conseguia dar as costas.

— Quem você está chamando de velho? — Sua voz era rouca e áspera como se machucasse falar. — Eu ainda posso gritar com você.

— Não duvidei disso nem por um minuto.

— Então é isso que é preciso para trazer você para casa. Tenho que estar batendo na porta da morte.

— Você não está nem perto da porta da morte — zombei. — Parece que você está pronto para fazer sapateado.

Seus lábios se curvaram em um sorriso. Meu pai tinha mais alguns fios grisalhos salpicados em seu cabelo escuro e estava mais pálido do que o normal, mas ainda tinha uma estrutura forte e não havia mudado muito desde a última vez que o vi, um ano atrás. Mas eu não conseguia me lembrar de meu pai ter tido um resfriado ou um dia de doença, então vê-lo em um roupão de hospital, à mercê de outros para cuidar dele, era desconcertante.

— Como você está se sentindo?

— Como quem dar o fora daqui. — Ele arrancou o oxigênio do nariz, o bastardo teimoso.

— É. Hospitais não são divertidos. — Meus olhos dispararam para a máquina monitorando seu coração, os pontinhos e bips me assegurando que ainda estava batendo forte e constante. — Você vai sair daqui em breve.

— Estão ameaçando me manter aqui por duas semanas.

— Pense nisso como férias. Relaxe e deixe que cuidem de você.

Ele bufou. Boa sorte para a equipe do hospital se planejam mantê-lo em um quarto por duas semanas. Meu pai estaria escalando as paredes.

— É bom ter você em casa, filho.

— É bom estar aqui — menti.

— Espero que você fique.

Essas palavras me encheram de pavor.

— Eu estou aqui agora. Não seja ganancioso.

Isso o fez rir de novo e então ele tossiu. Merda.

— Sem risadas. Ordens do médico. — Enchi um copo d'água da jarra que estava em sua mesinha de cabeceira e levei o canudo até sua boca. Ele tomou alguns goles e recostou-se no travesseiro, exausto pelo esforço de tomar alguns goles de água. Coloquei o copo de volta na mesa.

— Eu me sinto como uma maldita criança.

— Você estará em forma logo, logo.

Acenou com a cabeça e nos sentamos em um silêncio confortável, mas eu poderia dizer que ele tinha muito em mente.

— Estou orgulhoso de você. Orgulhoso do trabalho que tem feito. — Ele limpou a garganta. Fazer elogios não era fácil para ele. — Você foi bem.

Não tenho certeza se eu tinha. Passei anos sendo tudo menos bom.

— Sim, bem, quando se atinge o fundo do poço, não há para onde ir a não ser para cima.

— Acho que nós dois sabemos que isso não é verdade.

Ele estava certo. Nos últimos seis anos, dois caras da minha unidade tiraram suas próprias vidas. Cheguei tão perto de me tornar outra estatística.

Fui diagnosticado com TEPT. Não foi algo que simplesmente desapareceu. Eu ainda tinha gatilhos. Ainda tinha pesadelos que me acordavam suando frio e me faziam sentir como se estivesse morrendo. Ainda tinha flashbacks.

Disseram-me que talvez nunca fossem embora. Mas eles não eram tão frequentes. Nos últimos anos, recebi muitos aconselhamentos, então aprendi a lidar melhor com isso.

Todas as manhãs, eu acordava e seguia com o meu dia. Todos os dias, fazia um esforço consciente para ser mentalmente saudável. Isso em si foi uma grande vitória.

— Você tem algum arrependimento? Sobre se alistar? — indagou. Meu pai e eu geralmente não entrávamos nesse tipo de conversa. Não conversamos sobre merda nenhuma nem filosofamos sobre a vida, mas agora ele estava abordando um assunto que nunca havíamos discutido. — Sempre me perguntei se você fez isso porque falei tanto sobre o assunto. Se você se alistou por minha causa.

— Não. Foi minha escolha. Sem arrependimentos. — Não tenho certeza se ele acreditou em mim, mas não precisava se sentir culpado por uma decisão que tomei.

Quando as estrelas caem

225

A verdade é que eu tinha sido um bom fuzileiro naval e, enquanto estava lá, adorei. Voltar para casa era o desafio, e era péssimo que o lugar que sempre amei tivesse se tornado um campo de batalha. Em vez de deixar a guerra para trás, trouxe o inferno para minha própria porta.

— Era uma época diferente quando eu era fuzileiro — declarou. — Nunca fui enviado para uma zona de combate. Se você fez isso por minha causa, sinto muito.

Percebi por que ele estava falando assim. Não havia nada como enfrentar sua própria mortalidade para fazer você questionar suas escolhas de vida. Para estudar e analisar suas decisões, erros, curvas incertas e desvios que o levaram a qualquer lugar da estrada em que você estava atualmente.

— Tenho muitos arrependimentos, mas me tornar um fuzileiro não é um deles — afirmei com clareza, precisando que ele acreditasse nisso.

Ele assentiu, aceitando minha declaração como verdade.

Mais alguns segundos de silêncio se passaram até que eu finalmente disse as palavras que deveria ter dito há muito tempo.

— Sinto muito por ter sumido por tanto tempo.

Eu não quis dizer apenas fisicamente, eu tinha *sumido*.

— Você nunca foi de fugir. Muito pelo contrário. Se sentiu que tinha que partir, acho que teve seus motivos. — Fiquei tentado a perguntar ao meu velho se ele estava ficando mole com a velhice, mas senti que ele tinha mais a dizer. — Mas esteja preparado — avisou. — Sua mãe não vai te deixar escapar tão facilmente desta vez. Ela quer que você assuma o negócio. Continua dizendo que é hora de tirarmos as férias para o Havaí que venho prometendo na última década. — Ele fez uma pausa, estudando meu rosto para ver o efeito que suas palavras tiveram em mim.

Estudei minhas feições para esconder minha reação.

— Você deveria levá-la para umas férias. Vocês dois merecem.

— O negócio sempre foi feito para ser seu. É hora de se levantar e assumir o controle.

Eu estava com medo de que isso acontecesse. Não era só minha mãe que queria que eu assumisse o negócio. Ele também queria.

— Você está pronto para se aposentar?

— Eu ainda teria uma mão no negócio, mas não preciso estar lá tanto quanto estive ao longo dos anos. Seria bom passar algum tempo no jardim. Talvez comece a jogar golfe.

Eu bufei. Não conseguia ver meu pai jogando golfe.

— Pense um pouco. Não há necessidade de tomar nenhuma decisão agora.

A porta se abriu, me poupando de ter que comentar mais. Um enorme buquê amarelo canário entrou na sala. Um buquê de flores preso a um par de pernas esguias com panturrilhas esculpidas por anos de corrida. Eu seria capaz de discernir essas pernas em meio a muitas outras. Conhecia cada curva de seu corpo. Cada mergulho e ondulação. Cada sarda. Cada centímetro de pele macia e sedosa.

Ou, pelo menos, eu costumava conhecer. Costumava saber tudo sobre Lila Turner. Suas esperanças, sonhos e medos. Seus pontos fortes e fracos. Eu costumava ser capaz de ler o rosto dela como um livro amado que guardei na memória.

Ela colocou as flores sobre a mesa e nos encaramos do outro lado da cama do hospital de meu pai. Na verdade, ela estava mais bonita agora do que da última vez que a vi. O cabelo escuro e brilhante caía em ondas sobre os ombros nus. Lábios carnudos e rosados que eu beijei mil vezes.

Minha. Exceto que ela não era. Não mais.

Ao contrário dos velhos tempos, quando eu chegava em casa de licença, pegando-a de surpresa duas vezes, ela não atravessou a sala voando e se jogou em meus braços. Claro que não. Por que ela iria? Nós éramos estranhos agora.

— Oi, Lila. — Recostei-me na cadeira, adotando uma postura relaxada que desmentia minha agitação interior. Como se este fosse apenas um dia comum e não fizesse seis anos desde a última vez que nos falamos.

— Oi, Jude. — Ela lambeu os lábios e ergueu a mão trêmula para ajustar a blusa. Era uma daquelas ombro a ombro, azul-escura com margaridas. Sua saia era jeans, e estudei os botões de latão na frente, tentando descobrir se eram de pressão. Irrelevante. Eu não iria arrancar a saia dela, então não importava se eram de pressão ou não.

Arrastei meu olhar para longe de Lila e foquei em meu pai, que estava nos observando com um olhar divertido no rosto. Não tenho certeza se havia algo para se divertir.

— Bem, eu, hm… eu preciso ir — disse Lila, afastando-se em direção à porta.

— Não saia por minha causa.

— Eu só queria deixar as flores. — Ela sorriu para o meu pai. — Tentei escolher as mais masculinas.

Meu pai retribuiu o sorriso, seu carinho por ela aparente na grosseria de sua resposta.

Quando as estrelas caem

— Você fez bem, querida.

— Eu, hm... — Ela olhou para mim. Seu peito subiu em uma respiração profunda. Inspirar. Expirar. — Tenho que ir trabalhar. Passarei amanhã, Patrick. Bom te ver de novo, Jude.

Bom te ver de novo, Jude.

Seu tom tão formal, tão educado, como se fôssemos apenas conhecidos.

Ela saiu apressada, praticamente tropeçando em si mesma para sair pela porta. Quando fechou atrás de si, continuei olhando para ele.

— Vá — disse meu pai, dando-me sua bênção para perseguir a garota que eu perseguia desde os nove anos de idade.

Eu fiquei sentado. Não éramos mais crianças.

Mas agora que eu a tinha visto, uma coisa era certa. Esses velhos sentimentos nunca morreram. Apesar de todas as minhas merdas, de toda a besteira que fiz com ela e do inferno que a fiz passar, eu nunca deixei de amá-la.

A pergunta era: quando *ela* parou de *me* amar?

Quando cheguei em casa um homem diferente, foi esse o momento. Eu tinha visto isso em seus olhos e em seu rosto. Ela nunca foi boa em disfarçar as feições. Seus olhos não mentiam. Eu tirei a luz deles. Tinha falhado com ela de todas as maneiras imagináveis.

Quebrei seu coração e, no verdadeiro estilo Lila, ela voltou com tudo.

Arrancando a porra do órgão pulsante do meu peito e pisando em cima dele. Ela sempre foi uma lutadora. Era uma das muitas coisas que eu mais amava nela.

Mas nunca em um milhão de anos eu teria pensado que ela e Brody me trairiam do jeito que fizeram.

CAPÍTULO 34

Lila

Em estado de choque. Foi assim que me senti depois de ver Jude. Ninguém se preocupou em me avisar que ele estava voltando para casa. Talvez eles não estivessem certos de que ele realmente apareceria.

Passei por campos de flores silvestres, roxas e azuis, mal notando a paisagem. A primavera era minha época favorita do ano em Hill Country. Quente e ensolarado sem o calor escaldante do verão. A brisa chicoteava meu cabelo e empurrei meus óculos de sol no topo da cabeça para mantê-lo fora do rosto.

Eu ainda não conseguia acreditar que ele estava em casa.

Ele parecia tão bem. Como se estivesse descansando em uma praia nos últimos seis anos. O que eu duvidava muito. Mas ele não era o mesmo homem quebrado que me deixou. Seus olhos azuis eram claros. Não pareciam vagos ou assombrados. Ele não estava bêbado ou chapado. Seus ombros eram mais largos, seu corpo mais magro, seu cabelo mais comprido como costumava ser antes de se alistar. Aquele estilo bagunçado e desgrenhado que me fazia doer de vontade de passar os dedos por ele.

Um carro parou na minha frente e pisei no freio. Meu carro foi derrapando, minhas mãos suadas apertando o volante. Meu coração estava na minha garganta. Eu escapei por pouco do carro na minha frente e eles não perceberam. Respirei fundo algumas vezes e então pressionei o pé no acelerador, ambas as mãos no volante, mais alerta agora enquanto dirigia.

Deus. Eu nem estava prestando atenção. Isso foi o que ver Jude fez comigo. Deixou-me imprudente e abalada. Depois que saí do quarto de hospital de Patrick, levei pelo menos dez minutos para controlar meu coração galopante e impedir que minhas mãos tremessem.

Isso era ridículo. Como ele ainda pode ter tanto poder sobre mim?

E lá estava ele, sentado em sua cadeira como um rei em seu trono, nem mesmo se preocupando em se levantar e me cumprimentar. Nem um abraço. Nada. Tão frio como se ele não pudesse se importar menos em me ver. Parecia quase entediado.

Passei a mão pelo cabelo, um grunhido frustrado escapando dos meus lábios.

Ele não podia voltar aqui e mexer com a minha cabeça. Não depois do jeito que ele me deixou. Trabalhei tanto para construir uma nova vida para mim, uma que não o incluísse. Minha vida era boa. Eu tinha meu próprio negócio. Tinha minha própria casa. Não era a casa dos meus sonhos, mas minha casa à beira do rio era um oásis. Um novo começo. E o mais importante, eu tinha Noah. Ele era meu único amor verdadeiro. Minha prioridade número um.

Por mais que eu adorasse continuar dirigindo sem rumo, não tinha esse luxo. Era a temporada de casamentos e estávamos muito ocupados, então virei meu carro e segui na direção de Coração Selvagem. Meu lugar feliz.

Ao passar pelas portas francesas abertas do estúdio de design de flores, inalei profundamente as peônias e os eucaliptos e exalei todas as coisas ruins. Christy era louca por ioga e afirmou que esse era o segredo para uma vida equilibrada. Mas ela não tinha um ex que assombrava seus sonhos e bagunçava sua cabeça. A mulher tinha um namorado que adorava o chão que ela pisava.

— Oi — disse, saindo do refrigerador. Hoje ela estava com o cabelo escuro preso em dois coques estilo princesa Leia e um macaquinho cáqui que me faria parecer uma escoteira. Mas ela conseguia fazer funcionar. Christy Rivera poderia fazer um saco de batatas parecer chique. — Como está Patrick?

— Ele está, hm… é, ele está bem. Patrick está bem. — Deus, eu era a pior. Mal tinha falado com ele. Mas não foi minha primeira visita ao hospital. Fui vê-lo na UTI ontem. Hoje ele parecia um milhão de vezes melhor.

Guardei minha bolsa no armário sob o balcão de madeira e peguei minha ordem de serviço para o casamento de Conrad. A paleta de cores era rosa, creme e tons de verde. O casamento era em uma plantação de estilo Antebellum. As palavras digitadas ficaram borradas na página.

Concentre-se, Lila.

— A Austin Wholesale acabou de entregar nosso pedido. Fiz um inventário. Está tudo aqui. A mãe da noiva do casamento de Conrad passou…

Christy ainda estava falando. Tentei me concentrar em suas palavras, mas não consegui. Por quanto tempo Jude ficaria? Ele estava planejando

emery rose

se mudar? Tinha namorada? Uma esposa? Ah, meu Deus. E se ele fosse casado? Certamente, eu teria ouvido falar sobre isso. Certo? Mas eu não podia ter certeza. Ninguém em sua família falava comigo sobre ele. Nunca mencionavam seu nome na minha presença.

— Lila!

Minha cabeça se levantou e meu olhar se encontrou com o de Christy.

— O quê?

Seu aborrecimento se transformou em preocupação, suas sobrancelhas escuras se juntaram em um V.

— Você está bem?

— Hm, sim… — Balancei a cabeça, contestando minhas próprias palavras. — Não. Não sei. — Meus ombros caíram. Esfreguei a testa, tentando aliviar a tensão. — Jude está de volta. Acabei de vê-lo no hospital.

Sua mandíbula ficou frouxa.

— Puta merda. — Ela apoiou as mãos nos quadris. — Por que você não começou com isso em vez de me deixar divagar? — Tudo o que pude fazer foi encolher os ombros. — Você falou com ele?

— Na verdade, não. Estávamos no quarto de hospital do pai dele. Foi tão difícil vê-lo. Quero dizer, costumávamos nos conhecer tão bem e agora somos praticamente estranhos.

— Sim, bem, muita coisa aconteceu. — Ela franziu os lábios e vi o julgamento ali. — Faz muito tempo.

— Eu sei. É só… — Balancei a cabeça novamente. O que eu esperava? Que ele fosse me puxar em seus braços e implorar pelo meu perdão? Que ele me diria o quanto sentiu minha falta? — Ele parece ótimo. Parece Jude de novo. — Eu não sabia se isso fazia sentido, mas para Christy sim. Ela testemunhou as mudanças drásticas na personalidade de Jude também.

— Só tenha cuidado — ela advertiu. — Lembre-se do que ele fez com você.

— E o que eu fiz com ele?

Ela acenou com a mão como se fosse um mosquito irritante.

— Ele se foi.

Isso não era desculpa, mas eu não tinha tempo para pensar nisso. Precisava tirar isso da cabeça e me concentrar nessas flores do casamento. Verifiquei a folha novamente e desta vez as palavras faziam sentido. Quatorze centros de mesa. Vasos antigos em vidro leitoso a serem entregues pela mãe da noiva. Um buquê de noiva. Cinco damas de honra e padrinhos. Um arco de flores para a cerimônia.

Quando as estrelas caem

231

Respirei fundo outra vez e soltei o ar. Tudo ia ficar bem. Perfeitamente bem.

— Eu preciso começar a trabalhar.

— Tudo bem — disse ela lentamente, sem tirar os olhos do meu rosto.

— Tenho que entregar e preparar aquela festa de bodas de prata. Depois disso, tenho uma consulta em Sadler's Creek. Você vai ficar bem até eu voltar?

— Vá. Estou bem. — Ela me deu um olhar cético. — De verdade. Agora que o choque inicial passou, estou bem. Abri um sorriso só para provar. Ela não parecia convencida, mas havia flores para entregar e um negócio para administrar. Isso tinha que ter precedência sobre a minha vida amorosa fodida. Ou a falta dela, conforme o caso.

Carregamos o caminhão de entrega refrigerado, então acenei para ela e juntei as flores de que precisaria, levando os baldes de flores e folhagens para uma das duas ilhas com topo de zinco onde fazíamos nossos arranjos.

Pus as mãos à obra, preparando os caules, tirando os espinhos e as folhas do fundo. Nas horas seguintes, me perdi em um mar de peônias, ranúnculos e rosas de jardim. As folhas verdes de sálvia aveludadas e foscas do moleiro empoeirado e o eucalipto prateado complementavam as pétalas de rosa vermelha, coral e creme. Enquanto trabalhava, verificava minhas criações de todos os ângulos no espelho de corpo inteiro à minha frente.

Como todos os casamentos, este seria lindo.

Quando terminei os centros de mesa e buquês, mudei-os do espaço de trabalho para o corredor, onde ficariam hidratados e frescos até amanhã de manhã, quando eu os entregasse.

— Você está feliz, Lila?

Ao som de sua voz, eu me virei, minha mão sobre o coração.

— Ai, Deus, você me assustou.

Há quanto tempo ele estava lá me observando?

Estava parado na porta com uma camiseta branca e jeans desbotado, parecendo com todas as minhas fantasias. Bonito nem começava a descrever Jude McCallister. Quando adolescente e com vinte e poucos anos, ele era um cara gostoso. Mas agora, ele era todo homem. Robusto, masculino e tão lindo que eu não conseguia desviar os olhos. Depois que Jude foi embora, imaginei esse momento tantas vezes. Como seria se ele voltasse? Até que um dia disse a mim mesma para me acostumar com a ideia de que ele nunca mais voltaria.

— Você está feliz? — repetiu, rondando em minha direção como um caçador perseguindo sua presa. Gracioso, poderoso, sem pressa. No entanto, suas longas pernas consumiram a distância entre nós em pouco tempo. Agora ele estava bem na minha frente e eu não estava pronta para estar tão perto.

Você está feliz? Dadas as circunstâncias, era uma pergunta estranha.

— É isso que você quer saber? Se eu disser sim, vai aliviar sua consciência? — Afastei-me dele e limpei o espaço de trabalho para manter minhas mãos ocupadas e meu foco em qualquer coisa, menos nele. No entanto, foi difícil de fazer. Sempre que ele estava perto de mim, ele era tudo que eu podia ver.

— Como está a *sua* consciência? — perguntou, a acusação em sua voz alta e clara. — Incomodando você?

Acho que íamos fazer isso, afinal. Sem recuar, levantei meu queixo e encontrei seus olhos. Eles se estreitaram em mim. A raiva girando nas profundezas azuis alimentou a minha.

— Você fez a única coisa que me prometeu que nunca faria. Você me deixou.

O músculo em sua mandíbula tiquetaqueou. Um movimento pequeno. Imperceptível. Mas eu vi.

— Então você pensou que se vingaria de mim fodendo meu primo?

Ele disse isso como se fosse um ato de vingança.

— Você não estava aqui. Não me queria mais. Você me jogou de lado como se eu não significasse nada.

Ele olhou para mim, sem piscar, como se não pudesse acreditar no que eu tinha acabado de dizer. Sua mandíbula apertou e eu poderia dizer que ele estava trabalhando duro para manter suas emoções controladas.

— Isso não é justo e você sabe muito bem disso.

Eu sabia que não era justo e não era o que eu planejava dizer, mas a maneira como ele me deixou também não foi justa.

A vida não é justa, Jude.

— Eu pensei que te conhecia. Achei que conhecia seus limites rígidos. E pensei que foder meu primo era um deles. Brody dorme com qualquer vadia com uma saia. Ele lhe deu uma DST para acompanhar aquele bebê que colocou dentro de você?

Qualquer vadia com uma saia. Bem, obrigada por essa, Jude.

— Você não sabe nada sobre o que aconteceu entre mim e Brody.

— Eu sei o suficiente. Ele te engravidou. E por que você acha que isso aconteceu, Lila? Como é que ele dormiu com tantas garotas e nunca engravidou nenhuma delas? Até chegar em você. Já parou e pensou nisso? Talvez ele tenha feito de propósito.

Quando as estrelas caem

233

Eu ri. Não era nem remotamente engraçado, mas o que mais eu poderia fazer? Ele estava tão errado em suas suposições que era ridículo.

— Você é ridículo. Foi um acidente.

— Continue dizendo isso a si mesma, mamãe. Quanto tempo você esperou depois que eu saí? Ou espere... você estava fodendo com ele o tempo todo? Estava transando com ele pelas minhas costas enquanto eu estava no Afeganistão?

— Não seja idiota. Você sabe que nunca te traí.

— E eu devo acreditar em você. É engraçado.

— Eu nunca menti para você. — Olhei-o bem nos olhos e respirei fundo, reunindo toda a minha coragem. — Você me deixou. Com apenas uma carta de despedida. Sempre pensei que você enfrentava todos os seus medos, mas acontece que você foge deles.

— Não vire esse jogo para mim. Você *fodeu* com meu primo. Talvez ele fosse quem você queria o tempo todo. Ou talvez você tenha fodido todos os caras da cidade depois que eu saí.

— Como você ousa! — Meu sangue estava fervendo. Ele ainda me irritava. Além disso, prefiro ficar com raiva e discutir do que lidar com a mágoa e a tristeza. A raiva era muito mais fácil. O corte ficava mais limpo. Mais nítido.

— Você era minha garota, Lila. *Minha*. Nunca pensei que me trairia assim.

— Eu nunca pensei que você me deixaria, mas deixou. E, no dia em que saiu por aquela porta, desistiu do direito de me chamar de *sua garota*. Não sou mais sua, Jude.

— É mesmo? — Ele avançou em minha direção. Dei um passo para trás. Fizemos esse tango até que minhas costas batessem na parede e não houvesse mais para onde correr.

Jude colocou as mãos em cada lado da minha cabeça e se inclinou.

— Diga-me, Lila. Devemos fingir que não significamos nada um para o outro? Fingir que não quebramos o coração um do outro? — Suas mãos deslizaram pela parede e pararam ao lado dos meus quadris. — Devemos fingir que ainda não nos queremos?

Pressionei minhas costas contra a parede, a batida violenta do meu coração tão alta que eu podia ouvi-lo ressoando em meus ouvidos.

— Eu não — sussurrei. — Eu superei você.

— E eu superei você. Superei você para caralho, amor. — Seu olhar abaixou para minha boca, e meus lábios se separaram, uma pequena respiração escapando. — Eu nunca penso em você. Você nunca passou pela minha cabeça.

234   **emery rose**

— Também nunca penso em você. — Inalei, e foi o cheiro dele que encheu minha cabeça. Sabonete de cedro, masculinidade e todos aqueles feromônios que destruíam meus sentidos. *É apenas uma reação química*, disse a mim mesma. Não significa nada. — Você não passa de um pontinho no meu espelho retrovisor.

— Nunca penso na sensação de seus lábios contra os meus. Seu doce sabor. Os pequenos sons que você fazia quando eu te fodia. — Seus olhos estavam encobertos e ele nem estava me tocando, mas cada palavra de seus lábios perfeitos causava arrepios deliciosos na minha espinha. — Eu nunca sonho com você. Nunca me perguntei se você estava sonhando comigo ou se me esqueceu. Você ainda chama meu nome enquanto dorme?

— Nunca. — Tenho certeza de que sim, mas não havia ninguém lá para me contar sobre isso.

— Mentirosa. — Ele abaixou a cabeça, seus lábios a apenas uma fração de centímetro dos meus, e então me beijou.

Sua boca estava na minha, seus lábios macios, mas firmes, e esqueci como respirar. Houve um som no fundo de sua garganta, um rosnado tão profundo e gutural que senti reverberar em meu interior. Sem pensar, acabei com o pequeno espaço entre nós e pressionei meu corpo contra o dele, meus dedos cavando em seu cabelo, tão macio e sedoso quando tudo nele era forjado em aço.

Suas mãos agarraram meus quadris e ele me levantou como se eu fosse leve. Minhas pernas envolveram sua cintura, e ele nos girou, nossos lábios permanecendo selados. Estávamos nos devorando, nos afogando um no outro, e ainda não era o suficiente. Eu precisava de mais.

Fazia tanto tempo. Tempo demais.

O beijo ficou frenético e selvagem, e ele me colocou na ilha, minhas pernas ainda apertadas em torno de sua cintura, minha saia enrolada em volta dos meus quadris. Sua língua se arrastou por meu pescoço, suas mãos deslizando pelos meus lados. Então ele abriu minha saia e empurrou minha calcinha para o lado. Dois dedos deslizaram pelo meu calor escorregadio e eu choraminguei quando seu polegar circulou o feixe de nervos apertado.

— Diga-me, Lila. Brody te deixa tão molhada? Ele faz você perder a cabeça por causa de um beijo?

Suas palavras romperam e me tiraram da minha névoa cheia de luxúria.

O que eu estava fazendo? Este homem partiu meu coração. Quebrou-o em um milhão de pedaços.

Quando as estrelas caem

Empurrei-o e pulei para fora da ilha, minhas mãos trêmulas fechando os botões da minha saia. Meu Deus. Cinco minutos depois de ficar sozinha com ele, acabei seminua e a apenas alguns segundos de deixá-lo me foder na mesa de trabalho.

Onde estava meu respeito próprio?

— Vá. Embora — gritei, ajustando meu top e alisando a mão sobre meu cabelo bagunçado, me afastando dele com pernas que eram feitas de gelatina. Ainda faltava projetar o arco floral. Eu ainda tinha muito trabalho para fazer hoje.

Recomponha-se, Lila. Finja que ele nem está lá.

Virando as costas para ele, peguei meus suprimentos nas prateleiras de madeira sob as janelas. Alicate. Tela de arame. Lacres. Quando me virei, ele estava bem na minha frente.

— Sabe o que é engraçado? Eu voltei por você. Voltei para ver se havia uma chance de você me perdoar. Voltei para ver se você me daria uma segunda chance. Mas, em vez disso, recebi uma resposta diferente.

— Você não voltou. Eu esperei. Me preocupei com você. Ninguém ouviu notícias suas, Jude. Acordei de manhã e você tinha ido embora. Encontrei seu telefone quebrado em pedaços no balcão da cozinha. Eu não tinha como chegar até você. Você simplesmente foi embora e nem se importou com nenhuma das pessoas que abandonou. — Lágrimas ameaçaram, mas as forcei de volta. Já derramei um oceano de lágrimas por ele. Jude não ia me ver chorar.

Ele segurou meu queixo e inclinou meu rosto para si.

— Voltei para te dizer que não poderia viver sem você. Voltei para implorar pelo seu perdão.

— Do que você está falando? Quando foi isso?

— Não importa. Você fez suas escolhas, assim como eu. — Com isso, ele me soltou e caminhou até a porta. Lá se foi ele de novo, valsando para longe com meu coração e deixando um rastro de destruição no caminho.

Você fez suas escolhas, assim como eu.

Fizemos todas as escolhas erradas.

Maldito seja, Jude. Por que você teve que voltar aqui e agitar todas essas emoções novamente?

Eu o odeio. Realmente odiava. Eu o odiava tanto.

Se isso fosse verdade, a vida seria muito mais simples.

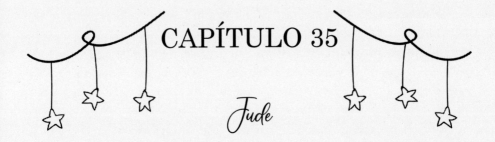

CAPÍTULO 35

Jude

— Este jantar vai ser estranho pra caralho — Gideon disse, ecoando meus pensamentos.

Minha mãe suspirou, tirando as tortas do forno. Não passou despercebido que eram de pêssego, a minha preferida. Ou que os bifes Black Angus eram grossos e marmoreados do jeito que eu gostava. Gideon já havia chamado esse jantar de "a volta do filho pródigo".

— Cuidado com a língua — ela disse a ele. — Desligue esse telefone e seja útil. — Ela apontou para o armário que guardava nossos pratos. — Coloque a mesa na varanda.

Relutante, Gideon guardou o telefone que estava preso à sua mão 24 horas por dia, sete dias por semana, e pegou os pratos do armário enquanto eu continuava cortando pepinos e pimentões para a salada.

Minha mãe, por qualquer motivo maluco, estava animada por ter toda a família reunida para o jantar de domingo. E por família, ela quis dizer cada um de nós, incluindo Brody, Lila e o filho deles.

Fazia dois dias que eu não via Lila, e ainda não tinha visto Brody. Ficaria feliz em manter assim.

Jesse pegou um tomate-cereja da salada e encostou o quadril no balcão da cozinha, passando os dedos pelo cabelo castanho-claro de surfista. Meu irmãozinho tinha quase vinte e cinco anos, mas eu ainda pensava nele como uma criança. Ele sempre foi o mais tranquilo e descontraído da família e o tempo não mudou isso.

— Como você acha que vai ser? — perguntou.

— Eu não vou dizer uma maldita palavra. — Meu olhar rastreou minha mãe enquanto ela carregava uma jarra de chá doce para a varanda. — Não quero chatear a mamãe.

Brody e eu tínhamos negócios inacabados, mas um jantar em família não era a hora nem o lugar para entrarmos nisso.

— Então você não acha que vai haver uma briga? — Jesse perguntou, desapontado.

— Ninguém vai brigar — minha mãe disse, a porta de tela se fechando atrás dela quando voltou para dentro. — Eles são homens adultos, não mais crianças.

Gideon pegou os talheres da gaveta e me avaliou.

— Eles são iguais, mas meu dinheiro está em Brody.

— Que diabos? — Jesse disse, escandalizado. Havia uma boa razão para Jesse ser o meu favorito. Ele era leal ao núcleo. Mais do que eu poderia dizer de Gideon ou Brody. — Jude venceria com as mãos amarradas nas costas.

— Não haverá briga. — Minha mãe apontou o dedo para mim como se eu tivesse oito anos de novo e tivesse acabado de espalhar lama pelo chão limpo da cozinha. — Está me ouvindo?

— Eu não estou em busca de briga.

— Você e Brody estavam sempre em busca de briga — disse Gideon.

Se não me falha a memória, era sempre Brody atrás de briga. Não apenas comigo. Com qualquer um que olhasse torto para ele. Ele me envolveu em mais lutas do que eu gostaria de lembrar. Sempre o dava cobertura. Ele era da família, e a família vinha em primeiro lugar. Pena que ele tinha se esquecido disso. Assim que virei as costas, ele enterrou a faca nela.

Falei no diabo e ele entrou. *Idiota*. Ele não havia mudado muito. Alguns centímetros mais baixo do que eu, com uma estrutura magra e musculosa e aquela atitude arrogante que sempre o colocou em problemas. Problemas dos quais eu o salvei em mais ocasiões do que poderia contar. Obviamente, ele havia esquecido sobre isso também.

— Há quanto tempo — saudou, aquela expressão mal-humorada no rosto que costumava reservar para professores e figuras de autoridade. — Esperava que continuasse assim.

Pelo menos concordamos em algo.

— Brody. Se comporte — minha mãe alertou.

Eu ri, mas não havia humor nisso.

— Não há razão para começar agora. Brody sempre jogou sujo. Não é verdade?

Ele cruzou os braços sobre o peito e se encostou no balcão da cozinha, cruzando as botas nos tornozelos.

— Pense o que quiser, primo. Você sempre achou que sabia de tudo.

Filho da puta. Minhas mãos se fecharam em punhos. Precisei de todo o meu autocontrole para não plantar uma delas na cara dele. Ele riu como se soubesse o que eu estava pensando.

Se conseguíssemos passar por este jantar sem derramamento de sangue, seria um maldito milagre. Como minha mãe pode ter pensado que isso seria uma boa ideia? Por que eu tinha concordado com isso?

— Brody. Leve esta comida para a mesa. — O tom de voz da minha mãe não dava espaço para discussão. Ela empurrou a tigela de salada no peito de Brody. — Jude. A churrasqueira deve estar pronta. Coloque os bifes.

— Noah não come bife. Graças ao Jesse. — Brody lançou um olhar para Jesse.

Noah. Esse era o nome do filho deles. Noah McCallister.

— Ainda bem que ele não perguntou de onde vêm os hambúrgueres. Mas ei, ser vegetariano é muito mais saudável. — Jesse deu um tapinha em seu abdômen tanquinho. — Papai vai ter que começar a comer coisas saudáveis para o coração, sabe — disse ele à minha mãe. — Ele precisa começar a comer vegetais.

Minha mãe suspirou.

— Você tem razão. Vou ter que mudar nossa dieta.

— Boa sorte com isso — disse Gideon, sem levantar a cabeça do telefone. Ele voltaria para Nova York amanhã, mas parecia que nunca havia saído do escritório. Sua camisa preta de botão cobria os braços, um Rolex no pulso, pernas vestidas de jeans escuro, com mocassins de couro caros nos pés.

Acho que ele conseguiu a vida que queria, mas parecia feliz? Com Gideon, era difícil dizer com certeza. Ele e meu pai nunca tinham se visto olho no olho e senti que ele se ressentia de ter que estar aqui.

Peguei a bandeja de bifes e hambúrgueres do balcão e levei-os para a grelha a carvão que havia acendido antes. A churrasqueira ficava no pátio de laje ao lado da varanda, um afastamento temporário da porra de Brody McCallister.

Ignorando-o, concentrei-me nas bistecas que estava grelhando. Era tão estranho estar de volta aqui. Nossa casa não havia mudado — uma casa de fazenda de pedra irregular com telhado de dois lados que ocupava três acres. Eu quase podia imaginar Lila atravessando o quintal com um vestido de verão amarelo-claro, o cabelo caindo da trança que sua mãe havia feito. Descalça. Pele bronzeada. Olhos verdes vívidos.

Minhas memórias de infância nem eram minhas. Todas as boas incluíam Lila.

Quando as estrelas caem

— Quem é aquele homem?

Ao som da voz do menino, virei-me da grelha e deparei-me com uma réplica de um metro de Brody McCallister. Olhos castanhos me encararam com uma mistura de curiosidade e acusação. Aos olhos dele, eu era um estranho que não pertencia ao pátio de sua avó grelhando bifes. Por um momento, fiquei atordoado em silêncio. Eu não conhecia Brody nessa idade, mas aposto que ele era exatamente assim.

Depois de alguns segundos constrangedores de silêncio, Lila finalmente disse:

— Esse é o seu tio Jude.

Tio Jude. Puta que pariu. Cada detalhe disso parecia tão errado, e ainda assim eu não podia negar. Eu era o tio do garoto.

Olhei para uma cabeça de cabelo loiro-escuro, pequenos punhos me esmurrando. Tal pai, tal filho. Eu ouvi o idiota rindo na varanda. Não fiquei surpreso que ele tenha achado isso divertido.

— Noah. Pare com isso. — Lila agarrou seus ombros e o puxou para longe de mim. — O que você está fazendo?

— Eu não gosto dele. — Ele cruzou os braços sobre o peito e fez uma careta para mim. — Ele é um cara mau.

— Não, ele não é. Ele é um dos mocinhos. — Não pude deixar de notar que sua voz falhou nas palavras. Mesmo ela não tinha tanta certeza no que acreditar. Era justificado, mas ainda doía para caralho. Houve um tempo em que ela costumava acreditar em mim. Até que destruí sua fé.

O garoto estava certo. Eu era um cara mau. Agachei-me para ficar no nível dos olhos dele. Não tenho certeza porque fiz isso. Talvez tenha sido uma tentativa equivocada de ganhar sua confiança. Para assegurar-lhe que não queria lhe fazer mal.

— Você se parece com seu pai.

Ele inclinou a cabeça e estudou meu rosto, sem saber se deveria confiar em mim ou não. As crianças eram inteligentes. Lembro-me disso quando ajudei a treinar a liga de futebol juvenil no colégio. Eles tinham detectores de mentira embutidos que os ajudavam a avaliar os motivos e a sinceridade de uma pessoa.

— Por que você está aqui?

— Vim visitar minha família e ver seu avô.

— E para pedir desculpas?

— Desculpas pelo quê? — perguntei, curioso para saber pelo que ele achava que eu deveria me redimir. Eu sabia que tinha muita merda pela qual me desculpar, mas o que ele sabia sobre isso?

— Por fazer minha mãe chorar. Quando ela olha para as suas fotos, ela chora e eu não gosto disso.

Meu peito ficou apertado e o esfreguei para aliviar a dor que suas palavras causaram.

— Sinto muito por ter feito sua mãe chorar. Eu nunca quis. Sua mãe é muito, muito especial para mim.

Sem hesitar, ele perguntou:

— Você a ama?

— Noah. — Lila tentou silenciá-lo e afastá-lo, mas ele não aceitou. Manteve-se firme e olhou para mim com expectativa, esperando por uma resposta.

Crianças. Eles vão direto ao cerne da questão, não é?

— Sim. Eu sempre a amei. — Era verdade. Não fazia sentido mentir. Lila tinha que saber que sempre a amei. Infelizmente, o amor não foi suficiente para consertar tudo o que estava quebrado. *Eu*. Eu estava quebrado.

— Ela foi minha melhor amiga por muito, muito tempo.

Ele assentiu pensativamente, como se isso fosse algo que ele entendesse. Na tenra idade de quatro anos, eu não tinha certeza de como ele poderia.

— Minha melhor amiga é Hayley. Eu briguei na escola. E eu nem sinto muito.

Eu ri disso, minha curiosidade despertada.

— Pelo que vocês estavam brigando?

— Eu dei um soco no Chase. Ele fez Hayley chorar.

— Bom garoto. Você fez a coisa certa.

— Jude — Lila repreendeu, sua voz severa, mas eu poderia dizer que ela estava tentando reprimir o riso.

— Ele estava apenas defendendo sua amada, certo?

Noah assentiu.

— Sim. Ela me deu um beijo. — Ele sorriu. Esse garoto era tão fofo que não pude deixar de sorrir. Filho de Lila. Este era o filho de Lila.

— Sortudo. É bom encontrar seu amor verdadeiro quando se é jovem. Evita que você tenha que passar a vida inteira procurando por ela.

Ele ponderou esse pensamento enquanto eu me levantava. Meus olhos encontraram os de Lila e, por um momento, éramos apenas nós dois, os anos se esvaindo, aqueles olhos verdes me mantendo cativo.

— Jude — ela disse suavemente. E isso foi tudo, mas naquela única palavra eu ouvi tudo o que não podíamos dizer.

Quando as estrelas caem

Todos os anos de arrependimento, tristeza, raiva e remorso desabaram sobre mim. Senti aquele aperto familiar no peito. Respirei fundo algumas vezes, mas não ajudou. Ela ainda estava lá. Ainda olhando para mim. Ainda me fazendo desejar que cada maldita coisa pudesse ter acontecido de forma diferente.

— Você está queimando os bifes — Brody disse, sua voz apertada, sua presença um lembrete de tudo que perdi.

— Ainda bem que é o seu então. Você ainda gosta do seu bife incinerado, não é? — Virei o bife grelhado e pressionei a espátula contra ele. A gordura chiou e a fumaça encheu o ar. Ignorei seus xingamentos murmurados. Mesmo que preferisse meu bife malpassado, eu mesmo comeria o maldito bife.

O jantar transcorreu tão bem quanto se poderia esperar, dadas as circunstâncias. Minha mãe conversou um pouco, tentando disfarçar a tensão. Não tenho certeza de quem foi o responsável pela disposição dos assentos, mas fui colocado bem em frente a Lila. Brody estava à sua esquerda. Noah à sua direita. Ele era fofo e inocente. Não era culpa dele que seu pai fosse um idiota.

— Quanto tempo você pretende ficar na cidade? — Brody me perguntou. A implicação era clara. Quando você vai embora?

Noah comia alegremente uma torta com duas bolas de sorvete de baunilha, alegremente inconsciente da tensão entre seu pai e seu tio.

— Enquanto meu pai precisar de mim.

— Vai demorar alguns meses, pelo menos — minha mãe disse, parecendo muito mais alegre do que a situação exigia.

Alguns meses. Isso deveria ser divertido. Eu precisava ser homem. Estava aqui pelo meu pai e pela minha mãe.

Com um sorriso malicioso apontado para mim, Brody passou um braço em volta dos ombros de Lila como se pertencesse ali. Cerrei os dentes. Eu podia sentir meu fodido olho se contraindo.

Lila lhe lançou um olhar que ele ignorou. Seu braço ficou exatamente onde estava, em volta dos ombros da minha ex-noiva. Mesmo quando ele tirou o telefone do bolso e atendeu a ligação, seu braço não se mexeu.

Incapaz de assistir mais disso, levantei-me e comecei a limpar a mesa, empilhando pratos e tigelas, ignorando o apelo de minha mãe para sentar e relaxar. Esta não era a minha ideia de relaxamento. Eu estava tão ferido que precisava socar alguma coisa. Ou alguém.

Coloquei os pratos na pia e agarrei a borda, meus ombros curvados, meu peito subindo e descendo a cada respiração. Inspira. Expira. Inspira. Expira. Minha mandíbula estava tão apertada que fiquei surpreso por meus molares não terem quebrado.

— Você está bem? — ela perguntou baixinho, esfregando minhas costas com a palma da mão. Tentando me acalmar, como se eu fosse a porra de um bebê. — Jude… você está bem?

— Estou bem? — Eu ri duramente. Ela estava louca? — Defina bem.

— Você poderia só se virar e olhar para mim? Por favor — acrescentou, sua voz tingida de preocupação. Eu odiava que ela sentisse a necessidade de se preocupar comigo. Isso me fazia sentir fraco. Patético. Do jeito que costumava me sentir quando voltei aqui sete anos atrás e ela tentou fazer tudo ao seu alcance para me consertar. Para me curar.

— Por quê? Para que eu possa ver o que perdi? Não preciso de outro lembrete disso. — Até eu podia ouvir a amargura em minha voz. Respirei fundo outra vez, então concedi seu desejo e me virei para encará-la.

— Brody acabou de sair. Ele teve que verificar um de seus cavalos. — Essa foi a única razão pela qual ela se aventurou na cozinha. Brody se foi. Fiquei surpreso por ele a ter deixado sozinha comigo. Seus olhos dispararam para a pia cheia de pratos sujos. — Você enxágua e eu guardo?

Esfreguei minha mão sobre o rosto e ri baixinho. Por que não, inferno? Vamos fingir que estava tudo bem.

— Claro.

— Ele tem muita energia. — Segui seu olhar pela janela acima da pia. Noah atravessou o quintal com Jesse perseguindo-o. — Ele é como um daqueles coelhinhos da Duracel. Apenas continua indo e indo. — Uma risada nervosa escapou de seus lábios. Era tão diferente dela ficar nervosa ou agir de forma tímida perto de mim, mas de repente éramos como duas pessoas apenas começando a se conhecer, sem saber por onde começar.

Entreguei a ela outro prato para colocar na lava-louças.

— Ele é um corredor veloz. Como você.

— E, no entanto, eu nunca ganhei de você.

— Eu teria te deixado ganhar, mas, a única vez que tentei isso, você me deu um soco na cara e me acusou de tratá-la como uma garota.

— Eu não te dei um soco na cara. — Ela riu. — Você está inventando coisas agora.

— Pode ter sido no ombro. Definitivamente houve um soco envolvido.

Quando as estrelas caem

243

— Sinto muito — ela disse, não soando nem um pouco arrependida.
— Não, você não sente.
Nós dois rimos e isso aliviou um pouco da tensão.
Enxaguei e ela guardou, nenhum de nós falando até que o trabalho estivesse feito. Quando a máquina de lavar louça ficou cheia, ela encostou o quadril na porta para fechá-la. Afastei-me da pia, enxugando as mãos molhadas na calça jeans, e dei minha primeira boa olhada nela desde que chegou.
— Você parece bem, Marrenta.
Ela olhou para mim por baixo de seus longos cílios. O sol entrando pela janela deu à sua pele um brilho de mel, destacando as manchas douradas em seus olhos verdes. Sua garganta balançou em um gole, e ela lambeu os lábios. Eu queria afundar os dentes em seus lábios macios. Esmagar seu corpo contra o meu e nunca a soltar.
Como eu poderia ter me afastado da melhor coisa da minha vida? Mesmo depois de todos esses anos, eu ainda não tinha resposta. Exceto que eu estava tão fodido da cabeça que não podia ficar e sujeitá-la a mais abusos.
— A maternidade cai bem em você.
Seus olhos baixaram para o chão de ladrilhos de terracota.
— Eu nunca quis... nunca quis que isso acontecesse dessa maneira. Eu nunca quis te machucar. — Ela respirou fundo e soltou o ar como se admitisse que isso lhe custara muito.
Eu também nunca quis machucá-la, e isso me matou, mas aconteceu e não havia como voltar no tempo e desfazer o dano.
— Você não respondeu minha pergunta outro dia. Você está feliz?
Incapaz de encontrar meus olhos, seu olhar se desviou para a janela.
— O que você quer que eu te diga?
— A verdade. É tão difícil responder à minha pergunta?
— Diga-me você — ela desafiou, seus verdes encontrando meus azuis e fiquei feliz em ver que não a destruí completamente. Ela ainda estava cheia de fogo e atrevimento. Ainda era muito feroz e desafiadora. — Você está feliz, Jude?
A reviravolta é um jogo justo. Eu não conseguia responder à pergunta tanto quanto ela.

— Corra, Noah, corra — gritou Lila.

Ele olhou por cima do ombro para ver se eu estava chegando perto dele. Essa foi a sua queda. Ele tropeçou e caiu de joelhos, a bola Nerf ainda agarrada ao peito. Fingi que não conseguia alcançá-lo. Ele estava de pé novamente, correndo e rindo. Deveria saber que o filho de Lila seria durão. Sempre que ele caía, se levantava em um salto e continuava sem derramar uma lágrima sequer.

— *Touchdown* — Jesse gritou, simulando o barulho de uma multidão. — Noah McCallister marcou novamente.

Noah chutou a bola do jeito que mostrei a ele e fez uma dancinha da vitória. Tão bonitinho. Então ele caiu no chão e ofegou como um cachorro. Eu pairava sobre ele, que sorriu para mim. Em algum lugar ao longo do caminho, ele esqueceu que eu era o vilão.

— Eu acabei com você — afirmou.

— Você com certeza acabou. Sabe o que acontece com os vencedores?

Seus olhos se arregalaram.

— Eles ganham sorvete?

Eu ri.

— Chega de sorvete — disse Lila. — É hora de ir para casa tomar banho e dormir.

Ele chutou os pés e bateu com os punhos no chão.

— Não! — Quando Lila tentou agarrá-lo, ele se levantou e se afastou dela. — Eu não vou para a cama. Quero brincar.

Eu o peguei e o joguei por cima do ombro, correndo pelo campo enquanto ele batia com seus pequenos punhos nas minhas costas e gritava. Ignorei seu acesso de raiva.

— Seu velho truque — disse Lila, referindo-se à maneira como eu carregava seu filho.

— Ele pesa tanto quanto você.

Ela riu. Quando cheguei à varanda dos fundos, girei de costas para ela.

— Diga tchau à vovó e ao tio Gideon.

O garoto sabia quando tinha perdido. Olhei por cima do ombro. Ele levantou a cabeça e acenou.

— Tchau, vovó. Tchau, tio Gideon.

— Adeus, meu doce menino. Vejo você no sábado.

Gideon ergueu os olhos do telefone.

— Tchau, amigo. Seja bonzinho.

Quando as estrelas caem

— Vai me ligar de vídeo? — Noah perguntou.

— Não ligo sempre? Sinto muito a sua falta quando estou em Nova York.

— Sim. É solitário sem mim.

— Claro que é.

Bem, merda, quem diria? Gideon tinha um coração.

— Vamos, cavalinho. — Noah deu um tapa nas minhas costas enquanto eu corria ao redor da casa para a entrada da garagem.

— Pare de bater — disse Lila.

— Estou montando meu cavalo. Vá mais rápido.

Eu ri.

— Sua mãe costumava dizer isso.

— Ai, meu Deus. Pare. — Mas ela estava rindo.

Lila abriu a porta traseira de um Volkswagen Jetta azul e coloquei seu filho na cadeirinha.

— Eu posso colocar o cinto de segurança — ela disse, tentando me tirar do caminho.

— Deixa comigo. — Puxando a alça sobre seu corpo, prendi no lugar. Ele não lutou comigo sobre isso. Se alguém estava exausto, era ele. Certifiquei-me de que ele estava bem e seguro antes de levantar sua mão e bater meu punho contra o dele. — Você se saiu bem lá fora. Aposto que vai ser um bom jogador de futebol.

Ele assentiu com toda a confiança de um menino de quatro anos que ainda acreditava que tudo era possível.

— Um jogador de futebol e um cowboy.

Mais um lembrete de que ele era filho de seu pai.

— Seja bom para sua mãe. — Baguncei seu cabelo suado. — Cowboys e jogadores de futebol não fazem birra.

Ele assentiu.

— Ok. Tchau.

As crianças eram tão rápidas em perdoar e esquecer. Se ao menos os adultos pudessem fazer o mesmo.

Como diabos eu consegui me relacionar com o filho de Brody McCallister? Não era o jeito que eu esperava que as coisas acontecessem hoje. Ajudou o fato de ele não estar aqui, porque eu poderia garantir que, se estivesse, a noite inteira teria sido repleta de tensão e, mais do que provável, eu teria dado uma desculpa e saído para correr em vez de jogar futebol com Noah.

Fechei a porta e me virei para Lila, que espiava pela janela, sem dúvida verificando se o filho estava bem preso.

— Obrigada. — Ela me deu um pequeno sorriso. — Ele te esgotou?

— Não. Eu poderia fazer isso a noite toda. A. Noite. Toda, amor.

Suas bochechas ficaram rosadas.

— Ah, meu Deus, você precisa parar de dizer coisas assim.

Sim, eu precisava parar e me lembrar de que não éramos mais um casal. Que porra eu estava pensando? Nem sabia mais o que éramos um para o outro, se é que sabíamos. Por um tempo, quase esqueci que Noah era filho de Brody.

Ela olhou para Noah.

— Eu preciso ir. Então acho... — Ela juntou as mãos e balançou para trás nos saltos de seu Converse branco. — Eu te vejo por aí.

— Sim. — Enfiei as mãos nos bolsos para me impedir de tocá-la. — Vejo você por aí.

Ela hesitou por um momento, abrindo a boca para dizer algo, mas obviamente pensou melhor, porque contornou o capô do carro sem dizer mais nada.

Muito tempo depois que o carro dela desapareceu de vista, eu ainda estava parado na entrada, me perguntando o que ela teria dito.

Sinto sua falta, Jude. Ainda te amo. Vamos fugir juntos e foder os miolos um do outro. Vamos nos esconder do mundo e ficar na cama o fim de semana inteiro, como fizemos quando você voltou de licença pela primeira vez.

Duvido que ela teria dito algo disso. Com toda a probabilidade, se ela alguma vez pensou em mim, ela se lembrou da merda ruim. Mas, antes de tudo, havia amizade e havia amor. Muito amor.

Afastei minhas memórias e observei o pôr do sol sobre as colinas verdejantes, o céu pintado de rosa e laranja, as flores roxas e silvestres sendo uma faixa de cor no campo em nossa estrada de duas pistas. O ar cheirava mais doce aqui. Perfumado com grama recém-cortada e as flores roxas do Mountain Laurel da minha mãe.

Lar, doce lar.

— Você está bem? — Jesse perguntou, parando ao meu lado.

— Sim. Tudo certo. — Não estava. Nem perto disso.

— Deve ser difícil, certo?

Dei de ombros.

— Aonde está indo? — perguntei, notando o capacete em sua mão.

Jesse sempre preferiu duas rodas a quatro.

— Encontrar com Tanner e Mason. Vamos relaxar e tomar algumas cervejas, jogar sinuca. Quer vir?

Eles eram seus amigos do colégio. Eu realmente não os conhecia. Quando parti para o campo de treinamento, Jesse tinha apenas treze anos. Quando voltei para casa, ele tinha patrocínios para motocross e viajava muito.

— Não. Estou bem. Obrigado.

— Claro.

Ele começou a caminhar em direção à sua motocicleta; em seguida, virou-se.

— Nunca achei certo o que Brody fez. Mas eu não estava muito por perto, então não sei exatamente o que aconteceu.

— Está no passado. Não posso mudar isso agora.

— Acho que não. Não tenha a ideia errada. Eu não odeio Brody. Acho que ele é um cara legal. Só não é o cara certo para Lila.

Também não tenho certeza se eu era o cara certo para Lila, mas não mencionei isso.

— Todos nós amamos Noah.

— Ele parece ser um bom garoto.

— Sim, ele é legal. Para constar, acho que você e Brody deveriam conversar sobre isso. Ainda somos uma família. Isso nunca vai mudar.

Olhei para a estrada enquanto um caminhão monstro passava, música alta.

— Onde é que eles vivem? — Como se eu estivesse realmente pensando em "conversar".

— Eles? — A testa de Jesse franziu. — Você quer dizer Lila e Noah?

— Eles não moram com Brody?

— Você pensou que eles estavam juntos?

— Eles não estão? — questionei, surpreso.

Jesse riu e balançou a cabeça.

— Puta merda. Eu te amo, mano, mas às vezes você é um idiota.

Fiz uma careta para ele, que levantou as duas mãos.

— Ei. Eu teria dito qualquer coisa que você quisesse saber, mas você nunca perguntou.

Eu teria voltado antes se soubesse disso? Não tinha tanta certeza. Só porque Lila não morava com Brody não mudava o fato de que eles tinham um filho juntos.

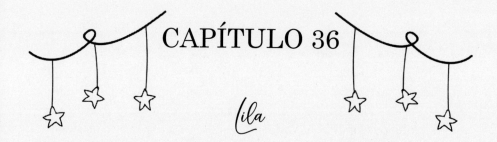

CAPÍTULO 36

Lila

Noah adormeceu no caminho de volta para casa. Afastei o cabelo suado de sua testa e soltei seu cinto de segurança. Sujeira e grama estavam grudadas nos joelhos de sua calça jeans e uma mancha de ketchup decorava sua camiseta azul. Suas pálpebras tremeram, mas ele não acordou.

Eu o peguei em meus braços e o levantei de sua cadeirinha. Ele era pequeno, mas, quando dormia, era pesado. Fechando a porta do carro com o quadril, eu o levantei enquanto Brody estacionava na garagem e saía de sua caminhonete.

— O que você está fazendo aqui? — perguntei, quando ele me encontrou no meu carro.

— Eu o pego. — Sem se preocupar em responder minha pergunta, tirou Noah de meus braços. Tranquei o carro e o segui até a porta da frente da minha casa de dois quartos aninhada em um bosque de ciprestes. Jesse chamava de Casa Hobbit. Mas era aconchegante e do tamanho perfeito para mim e Noah.

Brody deu um passo para o lado, destranquei a porta e a abri para dar espaço a ele.

— Você o quer na cama? — perguntou, quando atravessamos a sala de estar.

Assenti com a cabeça e o segui pelo corredor; em seguida, fui ao banheiro e passei um pano em água morna com sabão.

No quarto de Noah, Brody o estava despindo em sua cama vermelha de carro de corrida que Kate e Patrick compraram para ele. Seu quarto era decorado em vermelho, branco e azul-marinho, seus brinquedos em sacolas de lona em uma estante baixa que se estendia por uma parede. Abri a cômoda de carvalho e peguei um pijama do Bob Esponja. Seu desenho animado favorito.

Ele estava meio acordado agora, suas pálpebras tão pesadas que mal conseguia mantê-las abertas, mas isso não o impedia de tentar.

— Oi, papai — resmungou Noah.

— Oi, amigo. Precisamos tirar você dessa camiseta. — Noah se sentou e ergueu os braços, deixando Brody tirar a camiseta. Ele estava só de cueca agora.

— Eu preciso fazer xixi — avisou, enquanto eu limpava seu rosto com a toalha quente e ensaboada. — Preciso muito.

— Depressa — eu disse. Ele se arrastou para fora da cama e correu para o banheiro. Noah tinha o hábito de esperar até o último minuto.

— Oh, oh! — Ouvi do banheiro. — Errei.

Brody riu. Suspirei. Juro que Noah errava o vazo com mais frequência do que nunca. Eu estava sempre limpando xixi do chão. Do assento. Às vezes, quando ele estava se exibindo, borrifava até a parede.

Levei mais quinze minutos para finalmente fazer Noah se acalmar. Adormecido agora, enfiado sob seu edredom azul-marinho com estrelas brancas, certifiquei-me de que a luz noturna estava acesa e fechei a porta suavemente antes de me juntar a Brody na sala de estar.

Fiz uma pausa na porta enquanto ele colocava uma foto emoldurada de volta nas estantes que se estendiam na parede oposta. Era uma foto de nós três — eu, Brody e Jude quando éramos crianças. Estávamos sentados na varanda dos fundos dos McCallister comendo picolés. Não estávamos olhando para a câmera e a foto nos pegou no meio do riso. Parecíamos tão felizes. Tão despreocupados. Os meninos provavelmente estavam contando aquelas piadas idiotas sobre picles que achavam tão engraçadas naquele verão. Eu estava sentada no meio, e acho que sempre foi assim.

Agora eu abri uma barreira entre eles e não tinha ideia de como ou se poderíamos nos recuperar disso.

Brody se virou para me encarar, de costas para as prateleiras repletas de livros e memórias muito amadas — fotos emolduradas, bugigangas, tigelas de cerâmica e vasos que minha mãe e eu fizemos no verão em que ela estava fazendo quimioterapia. Atravessei o piso de madeira e sentei no sofá de couro gasto, dobrando minhas pernas debaixo de mim.

— Como está seu cavalo?

Ele virou a mão e estudou o sangue seco na palma.

— Ele se enroscou no arame farpado na propriedade do vizinho. Tive que consertar a cerca. Esses cavalos têm trinta acres para vagar livremente, mas ainda tentam ultrapassar os limites. Essa é a coisa sobre cavalos selvagens. — Ele levantou a cabeça, seu olhar encontrando o meu. — Enquanto houver cercas, elas não serão verdadeiramente livres.

— As cercas existem para protegê-los e mantê-los seguros.

— Sim, bem, eles não sabem disso. Eles veem uma cerca e querem saber o que há do outro lado. Assim como fazíamos quando éramos crianças.

Era verdade. Nós sempre fomos aonde nos diziam para não ir. Sempre ultrapassamos os limites.

— Por que você está aqui? — Alisei minha mão sobre o cobertor de crochê amarelo pendurado na parte de trás do sofá. — Eu não estava te esperando.

Seus olhos se estreitaram em mim.

— Preciso ligar agora para ver meu próprio filho?

— Não. Claro que não. Fiquei surpreso em vê-lo aqui — expliquei. Ele ainda estava de pé, sua postura rígida, braços cruzados. Isso não parecia uma visita social. — O que foi tudo aquilo no jantar?

— O que foi tudo o quê? — perguntou, deliberadamente não me entendendo.

— Você sabe do que estou falando. Por que você colocou seu braço em volta de mim? Você estava tentando esfregar isso na cara de Jude?

Ele jogou as mãos para o ar.

— Aqui vamos nós outra vez. É tudo sobre Jude.

— Não é tudo sobre Jude, mas isso foi… — Neguei com a cabeça, meu olhar pousando na mesa de centro de madeira rústica na frente do sofá. Jude a fez de carvalho centenário. — Vocês dois eram como irmãos e agora agem como se se odiassem.

— Preciso lembrá-la do que ele fez? Você espera que eu apenas perdoe e esqueça? Não. Não vai acontecer. E deixe-me lhe dizer uma coisa. — Ele apontou um dedo para mim em acusação. — Se você decidir seguir por esse caminho novamente, que Deus me ajude, é melhor não arrastar Noah para o seu show de merda.

— Meu show de merda? Uau. Obrigada por ter tanta fé em minhas habilidades parentais. Noah é minha prioridade número um e não preciso que você me lembre de nada.

— Então você se lembra do abuso? A maneira como ele estava bêbado de manhã até a noite. Se lembra das drogas? Se lembra de tudo isso? Porque hoje só vi a Lila que ainda acreditava que Jude pendurou as estrelas e a lua no céu.

— Abuso? — questionei, criticando a única coisa que eu poderia objetar. — Você está brincando comigo agora? Jude não abusou de mim. Nada

Quando as estrelas caem

251

disso foi culpa dele. Ele tinha TEPT. Ele teve TCE. Você sabe disso. Jude nunca me machucaria.

Nenhum homem jamais poderia me amar do jeito que Jude amou. Nós nos amamos muito. Nós nos amamos ferozmente. Mas nenhum homem jamais poderia me machucar do jeito que ele fez.

— E ainda assim... ele fez. Te colocou no inferno. Não quero te ver passar por isso de novo.

Eu sabia que o coração de Brody estava no lugar certo e essa era sua maneira de cuidar de mim, mas ainda sentia a necessidade de defender Jude.

— Você o viu. — Envolvi os braços em torno de uma almofada com estampa de girassol. — Ele está muito melhor.

Minhas palavras não influenciaram a opinião de Brody. Ele era de guardar rancor. Jude não só me machucou ao ir embora, ele também machucou Brody. Ele nos abandonou sem olhar para trás.

— Ele não voltou aqui por você, Lila. E ele com certeza não estava lá para você quando você precisava dele. Apenas tenha isso em mente antes de voltar correndo para ele.

— Eu não vou voltar correndo para ele. — Eu não ia. Era tarde demais para nós. Estávamos irreparavelmente quebrados. E, como Brody tinha apontado tão prestativamente, Jude não tinha voltado aqui por mim. Ele veio visitar o pai e ajudar nos negócios da família.

— Acho que vamos esperar para ver. Jude está acostumado a conseguir o que quer.

Isso não era verdade e eu não conseguia entender como Brody podia dizer isso.

Passar um tempo com Jude hoje trouxe de volta tantas lembranças, agitou tantas emoções. Ele foi tão bom com Noah e por um tempo eu esqueci muitas coisas. Agora Brody estava aqui para me lembrar.

— Foi por isso que você veio? Para me avisar para não me apaixonar por Jude de novo?

Ele balançou sua cabeça.

— Vim avisar que vou embora.

Meu coração pulou uma batida. Joguei a almofada de lado e me levantei.

— O que você quer dizer? Embora?

— Eu volto, L. Eu sempre volto. Só estou indo para a estrada por algumas semanas. Parto na sexta-feira.

— O rodeio?

Ele assentiu.

— Eu pensei que você ia parar.

— Eu preciso do dinheiro. Estive pensando nisso por um tempo. Agora que sei que Patrick vai ficar bem, posso ir. — Ele agarrou a parte de trás do pescoço, sem olhar para mim. — Eu gostaria de ter Noah por algumas noites esta semana. Posso buscá-lo na escola amanhã e deixá-lo na quinta-feira à noite.

Hesitei antes de responder. Não sei por que hesitei, mas Brody não costumava jogar esse tipo de coisa em mim. A coisa toda do rodeio parecia ter surgido do nada. Mas, novamente, eu sabia que ele nunca quis desistir. Ele desistiu por Noah, e por mim, eu acho, e agora estava ansioso para voltar a isso.

— Ele é meu filho também, Lila. Eu deveria passar um tempo com ele — ele disse, confundindo meu silêncio com recusa. — Tenho um quarto para ele na minha casa. Você sabe disso.

— Eu sei disso, Brody. Nunca tentei te impedir de passar um tempo com Noah. Claro que ele pode ficar com você.

— Bom. Está resolvido então. — Ele se virou para ir embora e o segui até a porta.

— Você não está partindo por causa de Jude, certo?

Ele soltou a maçaneta da porta e se virou para olhar para mim.

— Acredite ou não, minha vida não gira em torno de Jude. Você precisa que eu fique? Eu fico. Basta dizer. — Seu olhar segurou o meu. Neguei com a cabeça. Eu nunca pedi para ele ficar. Sempre foi sua escolha.

— Eu não preciso que você fique. Essa não foi a minha pergunta.

— Estou sendo honesto. Eu preciso da porra do dinheiro. Tenho um monte de contas e um empréstimo bancário que gostaria de pagar antes dos noventa anos.

Então era realmente uma questão de dinheiro.

— Você não precisa pagar pela creche de Noah neste verão. — Não que eu tivesse dinheiro para torrar, mas daria um jeito se isso significasse ajudá-lo. — Eu cuidarei disso.

— Ele é tanto minha responsabilidade quanto sua, então nem fodendo. Você não vai cuidar disso. Eu pago a creche dele. Você sabe que ficaria feliz em pagar por qualquer coisa que torne sua vida e a de Noah melhores.

Eu sabia disso.

— Você é um bom homem, Brody.

Quando as estrelas caem

— Desde quando?

— Desde sempre.

— Não seja doce comigo — brincou, dando-me um sorriso e uma piscadela. — Isso só gera problemas.

E problemas eram a última coisa de que precisávamos.

— Você precisa conhecer alguém especial. É hora de deixar alguém entrar. — Desde que eu conseguia me lembrar, Brody tinha pegado e largado antes que alguém pudesse chegar muito perto.

— Alguém especial, né? Alguém como você?

— Não. Eu quis dizer... — *Outro alguém.*

— Sim, eu sei o que você quis dizer. Apaixonar-se... chegar muito perto... Isso só leva ao desgosto. — Seu olhar sombrio segurou o meu por alguns longos momentos antes de ele balançar a cabeça e sair pela porta.

Quando a porta se fechou atrás dele, desabei contra ela e soltei a respiração que estava segurando.

Ah, meu Deus.

CAPÍTULO 37

Jude

Minha caminhonete cruzava a sinuosa estrada de terra e cascalho flanqueada por árvores. À frente, um portão de metal havia sido deixado aberto. Atravessei os dois pilares de pedra e espiei pelo para-brisa uma casa de dois andares com telhas envelhecidas e detalhes em verde-escuro. Parecia um lar. O tipo de lugar onde você pode criar um monte de filhos. A mundos de distância da vida que eu estava vivendo.

A última vez que vi Brody, ele estava morando em um trailer no rancho de Austin. Agora ele possuía uma casa e uma fazenda de cavalos.

Estacionei atrás da caminhonete de Brody e segui o caminho de pedra até a porta da frente.

Levantando minha mão, bati meu punho contra a madeira. Nenhuma resposta. Tentei novamente com o mesmo resultado antes de contornar a lateral da casa.

Eu conhecia esta propriedade. Trinta acres de Hill Country nobre.

No verão em que eu tinha dezessete anos e trabalhava para meu pai, trabalhei com a equipe que colocou um novo telhado no celeiro. Naquele verão, Brody estava trabalhando como ajudante de rancho e eu lhe disse que ele adoraria este lugar. Um dia ele parou para almoçar e subiu no telhado comigo para ter uma visão melhor — além do celeiro e dos piquetes, a terra era selvagem e acidentada, colinas e prados e áreas arborizadas com um lago natural nascente.

"Algum dia vou comprar um lugar como este", disse ele.

Os outros caras da equipe riram como se fosse uma piada. Mas eu sabia que Brody falava sério. Possuir terras e trabalhar com cavalos era tudo o que ele sempre quis, e eu sabia que ele encontraria uma maneira de fazer isso. Brody era assim. Quando alguém dizia que não podia fazer algo, ele se matava para provar o contrário.

Quando algo — ou *alguém* — estava fora dos limites, ele queria ainda mais.

Reduzi meus passos quando ouvi a voz de Noah vindo de dentro do celeiro. Merda. Eu nem pensei que ele poderia estar aqui.

— Você pode consertá-lo, papai?

— Não sei, amigo. Algumas coisas não podem ser consertadas.

— Mas você pode consertar qualquer coisa. Você pode consertar todos os cavalos.

— Gostaria de poder. Ele já passou por muita coisa. É por isso que ele fica tão assustado. Ele tem muitos gatilhos e eles o fazem reviver as coisas ruins repetidamente em sua cabeça.

— Gatilhos? Ah... como uma arma?

— *O que você está fazendo na minha caminhonete?* — *Brody perguntou, estreitando os olhos para mim e subindo no banco do motorista.*

Sentei-me e bocejei, sacudindo os ombros. Eu tinha dormido em sua caminhonete para não perder quando ele partisse. O sol ainda nem tinha nascido.

— *Eu vou com você.*

— *Preciso fazer isso sozinho.*

Boa sorte para ele se pensou que poderia me fazer sair. Eu me acomodei, me preparando para ficar aqui por muito tempo.

— *Não, porra, não. Eu te dou cobertura. Não vou deixar você fazer isso sozinho.*

— *Eu sabia que ele não queria que eu saísse de sua caminhonete. Caso contrário, teria brigado comigo. Ele pisou no acelerador e partimos em silêncio. Enquanto ele dirigia, mandei uma mensagem para Lila para avisá-la que iria para um acampamento improvisado com Brody para comemorar nossa formatura do ensino médio.*

— *Você quer falar sobre isso?*

— *Não. Gostaria de nunca ter te contado.*

Quando ele me contou, estava bêbado e chapado, e quase incoerente, mas era óbvio que precisava falar para alguém. Ele estava guardando isso para si mesmo por muito tempo. Agora estava em busca de vingança e eu não o deixaria fazer isso do seu jeito. Ele acabaria na prisão. De jeito nenhum eu poderia deixar isso acontecer. Tinha algumas horas para ajudá-lo a bolar um plano melhor. Um que não envolvia colocar uma bala na cabeça de seu agressor.

— Tio Jude! — Noah sorriu para mim e acenou quando entrei no celeiro. Brody fez uma careta para mim, mas ignorei isso e ele.

— Oi, Noah. — Ele correu em minha direção, então parou e estendeu o punho. Eu bati meus dedos cheios de cicatrizes contra seu pequeno punho. Apenas um leve toque para não machucá-lo. Seu sorriso ficou mais largo, como se bater os punhos já tivesse se tornado nossa coisa.

— Como está Hayley? — perguntei.

— Bem. Ela tem um cachorro novo. E fez um desenho para mim. Fiz um desenho para o vovô. Ele disse que isso o faz se sentir melhor.

— Você tem muitos talentos. Também é um artista?

Ele assentiu sério.

— Sim. Eu sou realmente bom — afirmou, e reprimi minha risada. — Você vai socar o papai?

Tentador.

— Não. Só vim conversar.

Noah olhou para mim por um minuto, então acenou com a cabeça e saiu correndo atrás de um border collie preto e branco.

— Buster. Volte aqui.

— Se você está procurando briga, terá que esperar — disse Brody, enquanto saíamos do celeiro, nossos olhos em Noah, que perseguia o cachorro pelo campo.

— Eu não estou arás de briga.

— Claro que está — afirmou. — Você acha que eu roubei algo que era seu.

— Porque você roubou. Lila sempre foi minha.

— Se você a amava tanto, deveria ter ficado por aqui em vez de foder tudo e largar. Pensar duas vezes? Nada disso. Ela estaria melhor sem você.

Minha mandíbula apertou e eu podia sentir meus dentes rangendo. Brody sempre foi um idiota, mas levou isso a um nível totalmente diferente quando foi atrás de Lila. Eu o culpava por tudo isso.

— Quando pedi para você cuidar dela, dormir com ela não era o que eu queria dizer. — Mesmo agora, depois de todos esses anos, ainda me cortava profundamente ele ter feito isso. — Você era como um irmão para mim. Eu *confiei* em você. Como você pode fazer aquilo?

— Você. Fodeu. Tudo. — Ele apontou o dedo para mim. — E não tem ninguém para culpar, exceto você mesmo.

— Por que Lila? De todas as garotas que você poderia ter escolhido, por que ela? — botei para fora.

— Você a destruiu e eu estava lá para juntar os pedaços. Você não. Eu. Eu amava Lila tanto quanto você. Antes de tudo, ela era nossa melhor amiga. E quando você vê uma pessoa que ama sofrendo, quer tornar as coisas melhores para ela. Isso é algo que você deve entender. Já que sempre teve um complexo de herói.

— Vá se foder. Você esqueceu todas as vezes que eu te protegi? Se esqueceu de Odessa?

— Eu nunca pedi para você vir para Odessa comigo. Eu poderia ter lidado com isso sozinho. Eu tinha tudo sob controle.

Eu ri.

— Seu estúpido de merda. Você não tinha *nada* sob controle. Teria acabado na prisão. Assim como seu velho. — Foi um golpe baixo, e eu sabia, mas isso não tornava menos verdadeiro.

— Tentei pagar minha dívida com você. Tentei salvá-lo de si mesmo — declarou. — Quando você voltou, estava muito fodido. Eu te arrastava para casa dos bares quando você estava bêbado demais para se levantar. Você tentou cometer suicídio. Ela estava louca de preocupação. Com medo de sair do seu lado.

Eu estava tendo problemas para respirar. Queria que ele calasse a boca, mas o idiota continuou falando.

— Estávamos todos preocupados com você. Mas também estávamos preocupados com Lila. Acha que não reconheço o abuso quando o vejo?

— Eu não… — Respirei fundo pelo nariz. Inspira. Expira. Inspira. Expira. Porque era verdade. Quer eu tenha feito isso intencionalmente ou não, eu abusei dela.

Minhas lembranças daquela época eram nebulosas. Provavelmente porque eu estava sempre bêbado ou drogado com alguma coisa.

— Sim. Você não pode nem negar, pode? — indagou. Eu não podia negar. Foi por isso que a deixei. — Ela tentou esconder. Mentiu sobre isso para protegê-lo, seu estúpido de merda.

— Pare — gritei. — Apenas pare, porra.

— Não. Você precisa ouvir isso. Você prometeu a ela que sempre estaria ao lado dela. Você quebrou suas promessas e a quebrou, porra. Então não pode vir aqui me acusar de nada. Ela está feliz agora. Tem um filho para criar e um negócio para administrar. Você precisa ficar bem longe dela. Você não a merece. Não mais. Não depois de toda a merda que a fez passar.

— E você acha que merece? O que você achou que aconteceria, Brody? Você a engravidaria e ela te escolheria?

— Ela sempre fará parte da minha vida. Temos um filho juntos. O que você deu a ela além de um monte de lembranças ruins?

Desgraçado. A raiva incandescente borbulhou na superfície. Eu o agarrei pela camisa e o joguei longe. Ele tropeçou, então se endireitou e investiu contra mim.

— Isso é o melhor que você pode fazer? Seu fraco — provocou. Ele projetou o queixo e estendeu os braços. — O primeiro soco é grátis.

Brody mereceu.

Dei o primeiro golpe. Meus dedos bateram em seu nariz. Sangue espirrou por toda parte, mas não parei. Outro soco no estômago e pensei que ele fosse cair, mas não.

Ele deu um soco na minha mandíbula. Balancei a cabeça e o joguei no chão, chovendo socos nele.

— Brody! Jude!

Atordoado, olhei para Lila no momento em que o punho de Brody atingiu minha têmpora. Me cegando. Filho da puta. Rolei de costas e ficamos ali nos contorcendo e ofegando, minha mão na cabeça.

— Ai, meu Deus. O que há de errado com vocês dois?

Com a cabeça latejando e a visão embaçada, sentei-me e esperei alguns segundos para que o mundo parasse de girar. Então me levantei, cambaleando um pouco, e respirei fundo algumas vezes para me firmar. A parte engraçada? Eu poderia ter batido nele até virar uma polpa sangrenta, mas me contive. E ele me deu um soco na cabeça. Meu ponto fraco.

Como eu disse, Brody sempre jogou sujo.

— Brody. Onde está Noah?

— Merda — xingou.

Brody colocou os dedos entre os lábios e assobiou. Segundos depois, o border collie correu pelo campo e parou a seus pés, sentou-se e olhou para ele.

— Merda, Buster. Onde está Noah?

— Você está perguntando a um cachorro onde está seu filho? — Lila perguntou, o pânico aumentando sua voz algumas oitavas.

— Vai ficar tudo bem — assegurei a ela. — Ele não pode ter ido longe. Nós o encontraremos.

Ela balançou a cabeça e caminhou em direção ao celeiro.

— Noah!

Nós três nos separamos, chamando seu nome. Fui na direção onde o vi pela última vez quando ele correu pelo campo perseguindo o cachorro que agora estava nos calcanhares de Brody.

— Noah — chamei, correndo pelo campo. À frente, vi um flash de dardo vermelho atrás de um carvalho vivo e diminuí meu passo, minha abordagem furtiva e silenciosa para que ele não corresse novamente. Quando cheguei à árvore, sua cabeça apareceu para verificar se eu o havia pegado. Tendo me visto, ele disparou novamente e o persegui, agarrando-o pela cintura e levantando-o do chão.

— Ponha-me no chão!

Eu o coloquei no chão e o virei de frente para mim, segurando-o com firmeza, mas gentilmente, para não o machucar, mas ele também não poderia fugir novamente.

— Você nos assustou. Sua mãe e seu pai estão te procurando. Você vai voltar comigo ou eu tenho que te carregar de volta?

— Me deixe ir.

— Desde que você prometa não fugir de novo.

Ele pensou por um minuto, então acenou com a cabeça e o levei de volta para Lila, que correu para ele quando o viu.

Ela o ergueu do chão e o colocou em seus braços. As pernas dele envolveram a cintura dela, que o abraçou, acariciando seu cabelo.

— Eu estava com tanto medo de ter te perdido.

Noah ergueu a cabeça do ombro dela e deu um tapinha em sua face com as palmas das mãos, espalhando terra nas maçãs do rosto.

— Você não pode me perder. Eu sou o seu Noah.

— Sim, você é. E eu te amo muito.

— Também te amo. Coloque-me no chão.

Lila o colocou no chão e pegou sua mão.

— Vamos para casa agora. Brody, pegue a bolsa dele, por favor.

— Vamos, L. Não...

— Vocês dois podem terminar o que quer que estejam fazendo. Ele vai voltar para casa comigo.

— Vou ficar com o papai — disse Noah.

— Não essa noite. Ele vai te ver amanhã.

— Por que não posso ficar? — perguntou a Brody.

— Porque sua mãe mandou. É por isso.

Segui Lila e Noah pelo campo, ao redor da casa e até o carro deles. Não sei por quê. Eu sabia que ela nem queria ver meu rosto, muito menos falar comigo.

— Tchau, tio Jude — falou Noah, depois que Lila o prendeu com o cinto na cadeirinha. Ela se afastou para me deixar dizer adeus. O que era mais do que eu merecia.

— Tchau, Noah.

— Você tem sangue na camisa.

— Sim. Eu estava sendo burro. Brigar é burrice. Não é a maneira certa de resolver uma discussão. É melhor usar suas palavras.

Ele assentiu.

— Isso é o que a mamãe e a vovó dizem.

Eu sorri.

— Isso é o que sua avó sempre me disse também. Você deveria ouvir sua mãe. Ela é inteligente. Muito mais inteligente do que eu.

Ele acenou com a cabeça e bati em seu punho com meus dedos ensanguentados, em seguida, me afastei do carro. Olhei para Lila, cujos braços estavam cruzados sobre o peito, os olhos no chão como se ela não suportasse olhar para mim.

— Sinto muito — eu disse calmamente. Não esperava uma resposta e não recebi. Ela deu a volta no carro e Brody saiu de casa com as bolsas de Noah.

Subi na caminhonete, peguei alguns guardanapos no porta-luvas e abaixei o visor. Eu odiava me olhar no espelho. Nenhuma surpresa. Meu rosto estava uma bagunça do caralho. Limpei o sangue do nariz e joguei os guardanapos no porta-copos. Nada poderia me ajudar agora. Observei Lila pelo espelho retrovisor. Ela tinha as duas mãos no volante, pronta para ir. Estava me bloqueando, então tive que esperar que ela saísse.

Brody parou ao lado de sua janela aberta e se agachou na frente dela. Minhas janelas estavam abertas, mas eu não conseguia ouvir suas palavras daqui. Não era da minha conta de qualquer maneira. Quer eu gostasse ou não, tinha que aceitar que eles eram uma família e eu era o estranho.

Que tipo de exemplo demos para uma criança de quatro anos? Que merda.

Quando as estrelas caem

Esperei até ouvir os pneus dela esmagando o cascalho, então virei a chave na ignição.

— Só para constar — Brody me disse, passando pela minha janela —, não tenho intenção de perdoar e esquecer tão cedo.

— Só para constar, eu também não. — Engatei a ré com a caminhonete e fiz uma curva de três pontos, depois segui Lila pela estrada de terra e cascalho. No final, ela virou à esquerda na rodovia e eu à direita. Ela seguiu o último sol, que mergulhava no céu, e eu dirigi para longe dele.

E foi assim que me senti. Como se estivéssemos indo em direções diferentes por todos esses anos e continuaríamos a fazê-lo.

Como poderíamos encontrar o caminho de volta um para o outro depois de tudo o que foi dito e feito? A melhor coisa que eu poderia fazer por ela seria ficar longe. Mas agora que eu estava de volta aqui, agora que a tinha visto de novo, não sabia como fazer isso.

Brody estava lá para ela quando eu não estava.

Como eu falhei tão epicamente? *Como?*

Como eu poderia consertar tudo o que quebrei? Como eu poderia reparar o dano que causei? O menino que tinha sido seu melhor amigo... o homem que a amava além das palavras ou da razão... queria acreditar que ainda era possível.

Meu pé estava no primeiro degrau da escada quando minha mãe me chamou da cozinha. Relutantemente, caminhei pelo corredor, as paredes cobertas de fotos que não parei para olhar. Eu já tinha visto todas elas antes. Baile de formatura, colações, retornos para casa, nossas fotos anuais de Natal em família ao longo dos anos.

Enquanto eu cruzava os ladrilhos de terracota, minha mãe ergueu os olhos das palavras cruzadas em que estava trabalhando e se engasgou. Acho que meu rosto não parecia tão bom.

— Honestamente. Vocês dois não estão um pouco velhos para brigar?

Puxei uma cadeira em frente a ela e passei as duas mãos pelo meu cabelo.

— Provavelmente.

Estalando a língua, minha mãe se levantou da mesa, pegou um pano de prato da gaveta e abriu o freezer para pegar um pouco de gelo para o hematoma no meu rosto.

— Estou bem — garanti. — Não preciso de gelo. Apenas sente-se. Por favor.

Com um suspiro de resignação, ela voltou ao seu lugar à mesa.

— Quer um pouco de chá de ervas? Pode ajudá-lo a dormir.

— Não, obrigado. Estou bem. Por que você ainda está acordada? — Meus olhos dispararam para o relógio na parede acima do fogão. Eram onze e meia e minha mãe nunca foi noturna. Depois que saí do Brod, saí para um passeio sem destino real em mente e acabei fazendo uma viagem pela estrada da memória, visitando todos os lugares que Lila e eu costumávamos frequentar.

— Eu não conseguia dormir.

— Papai vai ficar bem — assegurei a ela, pensando que poderia ser isso que a estava mantendo preocupada.

— Eu sei que ele vai. Mas a casa parece tão vazia sem ele. — Ela sorriu. — Aquele homem me deixa louca, mas não consigo imaginar minha vida sem sua presença.

Meus pais passaram por muitos altos e baixos ao longo dos anos, porém, depois de mais de trinta anos de casamento, eles ainda estavam juntos. Para melhor ou pior. Na saúde e na doença.

— Você e Brody resolveram suas diferenças?

Esfreguei a nuca.

— Não tenho certeza se isso é possível. — Eu sabia que ela queria que fôssemos uma grande família feliz, mas isso não ia acontecer.

— Vocês dois sempre foram tão parecidos.

Olhei para ela.

— Brody e eu nunca fomos nada parecidos. Somos tão diferentes quanto duas pessoas podem ser.

Ela balançou a cabeça, contestando isso.

— Vocês podem ter desejado coisas diferentes na vida, mas vocês eram muito parecidos. Ainda mais agora que você está mais velho. Ambos lutam pelas coisas em que acreditam. Ambos são leais e têm um senso inato de justiça. E vocês dois passaram por coisas terríveis em suas vidas.

Embora eu achasse que ela estava errada, não me incomodei em discutir.

Quando as estrelas caem

263

— Quer meu conselho?

— Claro — respondi, embora a pergunta dela fosse retórica. Minha mãe me dava conselhos, quer eu pedisse ou não.

— Você precisa encontrar uma maneira de se perdoar. Sempre foi muito duro consigo mesmo. Ninguém é perfeito, Jude. Todo mundo comete erros. Apenas tente não cometer os mesmos repetidamente.

Ela estava me dando muito crédito. Minimizando o dano que eu havia causado ao chamar isso de erro. Como se eu tivesse tirado um C no meu teste de matemática em vez de um A e tudo que eu precisasse fazer fosse aprender melhor a matéria antes da próxima avaliação.

— Nunca é tarde para uma segunda chance. — Minha mãe se levantou da mesa e enxaguou a caneca. — Durma um pouco. As coisas sempre parecem melhores pela manhã. — Com essas palavras de sabedoria, ela me deixou sozinho na cozinha com meus próprios pensamentos.

Minha mãe estava errada. Eu não precisava me perdoar. Eu precisava do perdão de Lila. Tinha que encontrar uma maneira de corrigir meus erros.

Tinha que encontrar uma maneira de colocar as estrelas de volta no céu.

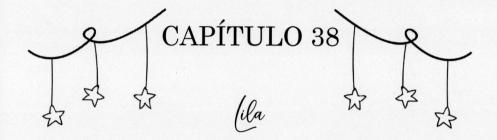

CAPÍTULO 38
Lila

— O Príncipe Encantado está de volta — disse Christy, nem mesmo levantando a cabeça do arranjo de flores em que estava trabalhando. Não tivemos que olhar pelas janelas para confirmar. Ouvi os pneus esmagando o cascalho e sabia que era ele. Bem na hora. A música que tocava nos alto-falantes foi cortada e *The Beautiful & Damned*, de G-Eazy, encheu o estúdio.

— Engraçadinha — eu disse, enquanto ela colocava o telefone de volta no bolso e ria.

— Só digo o que vejo. Torcendo para ele ter trazido rosquinhas hoje.

Fazia cinco dias desde que fui até a casa de Brody para deixar o cobertor especial de Noah, que ele alegou não conseguir dormir sem. Cinco dias desde que Jude e Brody brigaram. Cinco dias desde que enlouqueci quando não consegui encontrar Noah. E todas as manhãs desde então, Jude trazia presentes. Café e rosquinhas. Os enroladinhos de canela que eu amava da padaria. Sempre havia um bilhetinho na bolsa. Eles me lembravam dos bilhetes cafonas que ele costumava deixar no meu armário no colégio.

Você está bonita hoje.
Eu amo o seu sorriso.
Você é mais doce que rosquinhas de açúcar.

Mas não estávamos mais no ensino médio e tínhamos que parar de agir como se estivéssemos. Hoje eu ia ignorá-lo. Continuar trabalhando em meus arranjos e mantendo o foco no trabalho em mãos. Estávamos atoladas porque, afinal, era época de casamentos. Então eu apenas fingiria que ele nem estava lá. Não importava o quão adorável ele agisse ou o quão sexy parecesse em suas camisetas justas e jeans desbotado que pendia baixo em seus quadris estreitos, eu nem sequer olharia em sua direção. Não. Nem notaria a maneira como ele passava a mão pelo cabelo despenteado e bagunçado ou a maneira como mordia o lábio inferior.

Eu era um ímã e seus encantos batiam em mim. Pam. Pam. Pam.

— Mamãe!

Minha cabeça girou para a porta quando Noah disparou pelo estúdio e derrapou até parar na minha frente. Deixando de lado o buquê de noiva em que estava trabalhando, limpei as mãos no short e o puxei para um abraço. Meu olhar se estreitou em Jude, que colocava xícaras de papelão com café e uma torta no balcão. Não apenas algumas fatias. Uma torta inteira. A coragem deste homem.

Então ele sorriu e fiquei atordoada em silêncio, as palavras de repreensão morrendo em meus lábios. Foi o primeiro sorriso genuíno que vi em tanto tempo. Jude tinha o sorriso mais lindo de todos. Quando sorria, as covinhas apareciam em suas bochechas e transformavam todo o seu rosto.

Ai, Jude, você voltou, pensei. Eu não sabia que era possível. Achei que ele nunca mais voltaria.

— Adivinha? — Noah puxou minha mão para chamar minha atenção.

Arrastei meu olhar para longe de Jude e foquei em Noah.

— O quê?

— Vamos caçar ursos. — Seus olhos se iluminaram.

— Caçar ursos.

Jude riu e meus olhos se estreitaram nele novamente.

Ele estava usando meu filho agora? Quão baixo ele poderia ir? Brody geralmente ficava com Noah aos sábados, mas, como estava na estrada, deixei Noah na casa de Kate esta manhã. Ela insistiu. Tinha até me ligado alguns dias atrás para ter certeza de que eu iria. Quando protestei que era demais para ela com Patrick ainda no hospital e voltando para casa na segunda-feira, ela disse:

— Bobagem. Eu amo tê-lo aqui.

— Jude. Posso falar com você um minuto? — Precisei de todo o meu autocontrole para manter minha voz calma e comedida. Estava tentando ser uma adulta responsável e dar um bom exemplo para meu filho. Já era ruim o suficiente ele ter testemunhado seu pai e seu tio batendo um no outro, ele não precisava ver sua mãe gritando como uma alma penada. — Em particular.

— Eu adoraria falar com você. Em particular. — Sua voz era baixa e íntima, fazendo soar como se eu tivesse pedido outra coisa.

Minhas mãos se fecharam em punhos e ele riu baixinho, claramente gostando dessa troca.

— Oi, Noah. Venha me contar o que você tem feito — Christy disse, e lancei a ela um sorriso agradecido. — Na verdade, vamos pegar alguns garfos e atacar essa torta.

— Torta! Sim!

Suspirei. Noah era facilmente influenciado. Suborne-o com uma torta e uma caçada aos ursos e ele o seguirá até o fim do mundo.

Deixei-os no estúdio e saí com Jude. O ar estava pesado, as nuvens deslizando pelo céu cinza trazendo a promessa de chuva.

Parando do lado do motorista de sua caminhonete, onde não podíamos ser vistos do estúdio, plantei minhas mãos nos quadris e o enfrentei.

— O que você pensa que está fazendo?

— Passando o dia com Noah. Minha mãe foi ao hospital visitar meu pai. Disse que tem muitas tarefas para fazer depois disso. Então, estou apenas ajudando. — Ele sorriu, a imagem da inocência. — É o mínimo que posso fazer.

Até Kate estava conspirando contra mim.

— *O mínimo que você pode fazer? Sério?* Você nem me perguntou se estaria tudo bem.

— Eu te mandei uma mensagem. Você não respondeu. — Ele deu de ombros e se encostou na lateral da caminhonete, muito calmo, tornozelos e braços cruzados. Eu queria socá-lo. Ou beijá-lo. Não, eu não queria isso.

— Você me mandou uma mensagem? — Tirei meu telefone do bolso e, com certeza, havia uma mensagem de um número desconhecido. Eu nem tinha o novo número do celular dele. Quão patético era isso?

— Eu costumava sonhar com você nesses shorts. — Seu olhar baixou para minha roupa. Esta manhã, quando apareci no trabalho, Christy ameaçou queimá-los, alegando que não estávamos mais na faculdade.

Estalei os dedos na cara dele.

— Jude. Mantenha o foco.

Muito lentamente, seu olhar percorreu minhas pernas e a camiseta de manga comprida que eu estava usando até que seus olhos finalmente encontraram os meus. O que era quase pior do que o rastro de fogo que ele havia deixado no seu olhar aquecido. Nossos olhos se encontraram e, por alguns segundos, eu apenas fiquei lá e olhei para ele, o motivo do nosso confronto completamente esquecido.

Seu braço disparou e ele agarrou minha mão, puxando-me para si.

— Lila. — Sua voz era baixa e rouca e alcançou as partes mais profundas de mim. Eu me desenrolei como uma flor, alcançando o sol enquanto ele passava o braço ao meu redor, uma faixa de aço me segurando no lugar, sua outra mão envolvendo a parte de trás da minha cabeça e me puxando contra si, esmagando sua boca na minha. Sua língua separou meus lábios e eu choraminguei, meus olhos se fechando quando o deixei entrar, sua língua acariciando a minha e minhas mãos agarrando sua camiseta.

Eu precisava de mais. De seus beijos revestidos de veludo, de seu perfume inebriante e a sensação de seu peito duro pressionado contra o meu.

Meu corpo se fundiu ao dele e passei meus braços em volta de seu pescoço, esquecendo tudo, exceto este beijo.

Ai, Deus. Isso parecia tão certo e tão errado. Beijar Jude foi como voltar para casa, para um lugar que eu conhecia, mas havia esquecido. Um lugar que visitei em meus sonhos e ao qual desejei voltar por tantos anos. E agora ele estava aqui e meu corpo respondeu de uma forma que não fazia há mais tempo do que eu conseguia me lembrar.

Mas então eu me lembrei. Afastei-me, meu peito arfando, e respirei fundo algumas vezes. Ele não era o oxigênio que eu precisava para respirar. Não mais.

— Por que você está fazendo isto comigo?

Ele passou a mão pelo cabelo.

— Como não? Você sabe como é difícil estar tão perto de você… inalar o seu doce e delicioso perfume… e *não* a tocar?

Eu sabia por que era o mesmo para mim, mas não queria que fosse. Enfiei as mãos nos bolsos de trás e recuei um passo, lembrando a mim mesma a razão de estarmos aqui escondidos. *Noah.*

Balancei a cabeça para limpá-la.

— Jude… você não pode usar meu filho…

— Eu não estou usando Noah. Eu quero conhecê-lo. Quero fazer parte da vida dele.

— Parte da vida dele? — Soltei uma risada incrédula. Jude era inacreditável. Talvez Brody estivesse certo. Jude estava acostumado a conseguir tudo o que queria e agora decidiu que queria fazer parte da vida de Noah, então é claro que todos deveríamos concordar com isso. — E como exatamente você acha que isso vai funcionar?

— Não tenho ideia do papel que desempenharei em sua vida, mas ainda sou seu tio. — Ele estremeceu com a palavra. — Ainda sou da família. E eu… — Ele olhou por cima do meu ombro. — Eu amo crianças e ele é um ótimo garoto. Eu nunca faria nada para machucá-lo. Não vou tirar os olhos dele. — Como se a segurança física de Noah fosse a única coisa em perigo. — Prometo a você que não vou deixar nada acontecer com ele.

Deixei escapar um suspiro.

— Suas promessas costumavam significar muito para mim. Você sempre manteve suas promessas. Até que não mais.

Mesmo sabendo que minhas palavras o machucaram, ele não podia negar. Nem tentou. Abriu a boca para falar, mas fechou novamente quando um carro parou ao lado de sua caminhonete. Tori, nossa funcionária de meio período, saiu dela, com os olhos arregalados, encarando o homem parado na minha frente.

Ela era jovem, loira e bonita e observei o rosto de Jude para ver uma reação, mas ele mal olhou para ela. Por toda a merda que passamos e todos os nossos anos de separação enquanto ele estava na Marinha, eu sabia que ele nunca me traiu. Sempre foi leal. Nunca me deu motivos para me preocupar ou me sentir insegura de que preferia estar com outra pessoa.

— Oi, Lila. — Ela me deu um sorriso brilhante e fiz as apresentações. Jude fez uma careta quando o apresentei como primo de Brody. O que mais eu poderia dizer? Tori não sabia nada sobre Jude.

Quando ela entrou, ele disse as palavras que eu suspeitava que pretendia dizer antes de sermos interrompidos.

— Apenas me dê outra chance de me provar. É tudo o que estou pedindo.

Eu quase ri. Isso era pedir muito. Mas me vi concordando com a cabeça.

— Proteja-o com sua vida. Se alguma coisa… — Desviei o olhar e voltei para ele para que soubesse onde eu estava. — Noah é *a pessoa* mais importante da minha vida.

Eu não poderia enfatizar isso o suficiente e precisava que ele ouvisse e entendesse.

— Eu sei que ele é — afirmou, com calma, e eu podia ouvir a aceitação em seu tom. Meu coração não batia mais só por ele.

Ele sorriu, mas não era o mesmo sorriso de antes. Era mais triste e infinitamente mais bonito.

— Podemos ir agora? — Noah se aproximou de nós dois, mas olhou para Jude.

Jude pôs a mão no ombro dele. Foi um gesto tão paternal. Como Brody se sentiria se soubesse que Jude estava passando o dia com seu filho?

Depois de me despedir e observar sua caminhonete entrar na estrada, voltei para dentro. Christy ergueu as sobrancelhas, mas não disse nada na

Quando as estrelas caem

269

frente de Tori. Ela só começou a trabalhar para nós há alguns meses e não sabia nada sobre o assunto. Eu podia ver que ela estava curiosa, mas não era algo que eu planejava compartilhar.

Como eu poderia começar a explicar o que Jude significava para mim?

— Traga-o como seu acompanhante — disse Sophie, quando estacionei na entrada da garagem dos McCallister, os limpadores de para-brisa batendo.

— Noah é meu acompanhante.

— Ok. Se você não trouxer Jude, vou arranjar para você o advogado divorciado. A escolha é sua.

— Isso é... argh, não. Eu não preciso de um acompanhante para o casamento. — O casamento de Sophie seria em três semanas. Traje a rigor. Duzentos e cinquenta convidados. No vinhedo de sua família. Christy e eu estávamos fazendo as flores. — Tenho que ir.

— Beleza. Tchau. E não se esqueça de convidá-lo.

Eu não tinha intenção de convidar Jude para o casamento de Sophie. Desligando a chamada, saí do carro, corri pelo jardim da frente e subi os degraus da varanda, procurando abrigo da chuva. Correndo meus dedos pelo meu cabelo úmido, bati antes de abrir a porta da frente. Eu não tinha certeza porque sempre batia. Aqui era como uma casa da família para mim. A única que tive desde que minha mãe morreu.

Segui o cheiro de alho e molho de tomate até a cozinha. Kate tirou uma lasanha do forno e colocou no balcão antes de se virar para olhar para mim.

— Oi, querida. Como foi o trabalho?

— Bom. Fiquei muito ocupada, mas foi bom. Onde estão Noah e Jude? — perguntei, observando os quatro talheres na mesa da cozinha.

Kate apontou para a janela com um sorriso no rosto. Olhei para o quintal onde uma barraca foi armada. Parecia a mesma barraca que Jude uma vez decorou com luzes de fada em nosso acampamento. A mesma barraca em que costumávamos dormir na festa do pijama no verão, quando éramos apenas crianças. Eu, Brody, Jude.

— Você precisa de ajuda com o jantar? — perguntei. — Eu posso fazer uma salada ou...

— Tudo feito. Vá lá fora e veja-os. Sei que você está morrendo de vontade.

Eu ri, porque era verdade. Eu queria ver o que eles estavam fazendo. Corri pelo quintal e disse:

— Toc, toc. — Então puxei a aba da barraca e entrei, fugindo da chuva. Minha mão foi para o meu coração.

Eles estavam dormindo. Meu filho e o homem que eu amava tanto. O homem que roubou meu coração tinha o braço em volta do meu filho e meu coração se expandiu como um balão, tão cheio que quase estourou.

Como se pudesse sentir o peso do meu olhar, Jude se mexeu e suas pálpebras se abriram. Ele esfregou a mão no rosto e inclinou o queixo para baixo para olhar para Noah, como se quisesse se certificar de que ele não havia negligenciado seus deveres ou quebrado sua promessa de manter meu filho seguro sob seu olhar atento o tempo todo.

— Parece que vocês se cansaram — eu disse, com um sorrisinho.

— Você estava certa sobre o moleque. Ele nunca para.

— Ele ficou bem com você?

Noah poderia dar um trabalhão. Era teimoso. Obstinado. Propenso a acessos de raiva quando não conseguia o que queria. Mas, aos meus olhos, o bem superava o mal. Ele era inteligente, engraçado e doce, e me fazia sorrir e rir todos os dias.

— Ele foi ótimo. É um garoto incrível. — Jude sorriu, como se estivesse orgulhoso disso, como se tivesse alguma participação em fazer Noah quem ele era. E me forcei a não pensar em como seria se as coisas tivessem funcionado de maneira diferente e tivéssemos um filho juntos.

— Oi, Noah. — Rastejei mais para dentro da tenda e gentilmente levantei seu braço, puxando seu corpinho contra o meu. Afastei seu cabelo da testa com a mão e o acariciei enquanto ele acordava, ainda atordoado e meio adormecido.

Era fácil ver por que eles haviam adormecido aqui. Estava aconchegante lá dentro, com a chuva caindo lá fora e a iluminação nebulosa, a barraca mantendo-os aquecidos e secos.

— O que vocês fizeram o dia todo?

— O que não fizemos? — Jude disse com uma risada quando se sentou e passou a mão pelo cabelo bagunçado. Eu estava encarando de novo.

Quando as estrelas caem

271

Precisava parar com isso. — Brincamos de esconde-esconde. Fomos ao parquinho. Jogamos futebol. Fizemos um piquenique. Fizemos uma caminhada ao longo do rio. Fomos tomar sorvete. Estou esquecendo alguma coisa? — perguntou a Noah.

— Não consigo ver como poderiam encaixar mais coisas. Estou cansada só de ouvir.

Jude sorriu.

— Foi divertido.

— Sim — disse Noah, totalmente acordado agora. — Muito divertido. Nós também fomos cavar — ele lembrou a Jude.

— Ah, sim, como eu poderia esquecer?

— O que você estava procurando?

— Um tesouro — respondeu Noah.

— Tesouro, hein? Encontrou algum tesouro enterrado?

— Sim. Eu tenho muitos. — Ele esvaziou os bolsos, virando-os do avesso, e colocou todas as pedras no chão da tenda.

— Uau. Sim, isso é... um tesouro e tanto. — Tentei não rir, mas não consegui segurar. Noah fez uma careta para mim e enfiou todas as pedras de volta nos bolsos como se eu o tivesse ofendido.

— Pare de rir.

— Desculpe. Eu não queria rir. Essas pedras são boas.

Ele olhou para mim.

— Não são qualquer pedra. São pedras mágicas da lua. Quando você as esfrega, seu desejo se torna realidade.

— Foi isso que o tio Jude te disse? — Levantei uma sobrancelha para Jude. Ele deu de ombros, os cantos de seus lábios se contraindo. *Culpado.*

— Onde eu ouvi isso antes? — murmurei.

Jude riu tanto que as lágrimas brotaram de seus olhos.

— Não foi tão engraçado. — Mas ele não me ouviu, porque ainda estava rindo.

— Eu tenho que fazer xixi — disse Noah, pulando e se segurando.

— Apenas regue o gramado — Jude disse. — Todos nós já fizemos isso.

— Eu não. — Abri o zíper da calça jeans de Noah e Jude segurou a aba da barraca aberta. Noah mal conseguiu sair da barraca antes de borrifar o quintal e rir como se fosse a coisa mais engraçada de todas.

— Sua mãe fez lasanha — avisei, e atravessamos o gramado para a varanda dos fundos. — Acho que ela está esperando que fiquemos para o jantar.

— Você tem outros planos?

— Não, mas...

— Mas o quê? — Ele passou o braço em volta dos meus ombros e, por instinto, me inclinei para ele antes de perceber o que tinha feito. Esquivei-me de debaixo do braço dele. Não éramos mais um casal, mas agíamos como um. Como se fosse uma deixa, meu celular tocou e verifiquei a caminho da cozinha. Respirando fundo, deslizei meu dedo pela tela e atendi a ligação.

— Ei, Brody. Espere. Noah está só lavando as mãos.

Não mencionei que Jude o estava segurando na pia da cozinha e o ajudando.

— Você está na casa de Kate? — ele quis saber.

— Hm, sim. Estamos prestes a jantar.

— Ah, sim. Eu só tenho alguns minutos. — *So Alive* estava tocando ao fundo.

— Isso é Goo Goo Dolls? — perguntei, visando uma distração.

— Sim, eles estão se apresentando. — O mundo do rodeio era completamente diferente. Mas era o mundo de Brody e ele se sentia em casa lá. — Tudo bem com você? — perguntou, quando nosso silêncio se estendeu por alguns segundos.

— Sim. Eu trabalhei o dia todo. Acabei de chegar. — Jude colocou Noah no chão e me deu um olhar que não consegui ler. — Boa sorte esta noite. Tenha cuidado, ok? E cuidado com esse ombro. — *E todo o resto dos ossos do seu corpo que você quebrou ao longo dos anos.* Deus, que pessoa seria louca o suficiente para montar um animal selvagem? Brody, essa é a pessoa.

— Não se preocupe comigo. Eu vou ficar bem. Você...

— Deixe-me falar com o papai. — Noah ergueu as duas mãos e entreguei o telefone a ele, mordendo o lábio enquanto o segurava no ouvido. Então ele começou a falar a mil por hora, dando a Brody os destaques de seu dia. Cada um deles.

— Ok. Tchau, papai. — Ele acenou com a cabeça, embora Brody não pudesse vê-lo. O que quer que Brody disse o fez assentir novamente.

— Ele não pode te ver, Noah — eu o lembrei.

— Eu vou. Também te amo. — Ele empurrou o telefone de volta para a minha mão e subiu em seu assento na mesa, já pronto para o jantar. Quando verifiquei meu telefone, Brody ainda estava na linha.

— Oi. Falo com você mais tarde. Estamos prestes a comer.

Quando as estrelas caem

— Sim. Não gostaria de deixar Jude esperando. — Ele desligou e eu suspirei, então coloquei meu telefone no bolso enquanto Kate se sentava ao lado de Noah, deixando-me com o assento ao lado de Jude.

Embora Brody não estivesse aqui, me senti presa no meio. A parte engraçada era que, se Noah tivesse passado o dia com Gideon ou Jesse, Brody não teria se importado. Mas, porque era Jude, ele estava irritado.

Comi um pedaço de lasanha, deliciosa como sempre, mas de repente fiquei sem apetite.

— Eu vou falar com ele — Jude afirmou, sua voz baixa.

Eu bufei.

— Sim, porque funcionou muito bem da última vez. — Balancei a cabeça, negando. — Apenas fique fora disso. Tudo está bem. — Forcei um sorriso para Kate. — Obrigada pelo jantar. Está delicioso.

— Vou acreditar nisso quando vir um prato vazio.

Obriguei-me a comer mais algumas mordidas quando tudo que eu realmente queria fazer era colocar Noah no carro e ir para casa. Talvez beber uma taça de vinho. Ou uma garrafa.

Quando o jantar acabou, Jude me acompanhou até meu carro com Noah nos ombros. A chuva havia diminuído para uma leve garoa que esfriava minha pele superaquecida. Isso não podia ser bom, do jeito que ele estava se insinuando em nossas vidas. Depois de passar o dia inteiro com Jude, Noah já estava apegado.

Esperei até que meu filho estivesse em sua cadeirinha com a porta fechada antes de expressar minhas preocupações. De novo.

— Ouça, Jude... isso é... Você precisa dar um passo para trás.

Ele cruzou os braços sobre o peito.

— Por quê? Por que é o que você quer? Ou por que não quer chatear Brody?

— Ambos.

Jude passou a mão pelo cabelo e apertou a mandíbula.

— Deixe-me ver se entendi. Você está preocupada em chatear Brody, mas não dá a mínima para como isso me afeta?

Eu fiquei boquiaberta. Ele estava falando sério agora?

— Passei um ano inteiro colocando você e suas necessidades em primeiro lugar. Preocupando-me com cada pequena coisa que eu dizia e fazia. Culpando-me por aborrecê-lo. Pisei em ovos o tempo todo que você esteve em casa, Jude. Eu não podia nem me permitir sofrer... — Deixei minhas palavras vagarem. Não queria entrar em nada disso. Agora não. Nem nunca. Respirei fundo e desviei o rosto para não ver a expressão de mágoa ou culpa dele.

— Desculpe. Você tem razão.

Eu não queria ouvir que ele estava arrependido. Nunca queria ouvir essas palavras dele novamente. Eu passei dessa fase.

— Eu preciso ir.

Felizmente, ele não tentou me impedir de sair. Tirei meu carro da garagem e virei para a estrada, dando a ele uma última olhada antes de ir embora. Ele ainda estava parado no mesmo lugar onde eu o havia deixado. E, Deus me ajude, eu ainda amava aquele homem. Mas deixá-lo entrar na minha vida novamente era perigoso.

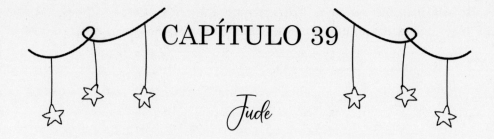

CAPÍTULO 39

Jude

Três dias. Foi por quanto tempo eu esperei antes de ceder e aparecer na porta dela como um cachorrinho perdido. O chalé de Lila na River Road estava aninhado em um bosque e ficava em um penhasco de calcário. Cestas de flores penduradas flanqueavam a porta da frente, as flores em uma profusão de cores — roxo, vermelho e fúcsia. Duas cadeiras Adirondack estavam na varanda da frente e me perguntei se ela se sentava aqui e olhava as estrelas. De sua varanda da frente, se podia vislumbrar o rio através dos ciprestes que margeavam a lateral. Estava tranquilo ali, o ar cheirava a pinheiros e cedros das telhas de sua casa. O cheiro de cedro me lembraria para sempre daquelas noites deitado no telhado de telhas de cedro com Lila. Quando inalei profundamente, senti o cheiro de casa.

Bati na porta da frente. Esperava que ela não a fechasse na minha cara. Esperei alguns segundos, em seguida, levantei a mão para bater novamente. A porta se abriu e ela estava coberta de farinha da cabeça aos pés. Eu sorri.

— Você brigou com um pacote de farinha?

Olhando para sua camiseta coberta do ingrediente, ela riu.

— Noah e eu estamos fazendo pizza caseira.

Eu gemi. Gemi de verdade.

— Precisa de alguma ajuda?

— Não. — Mas ela abriu mais a porta, um convite para entrar. — Você sabe que sou florista, certo? — ela perguntou, quando coloquei as flores silvestres em suas mãos. Peguei meio campo de flores silvestres e amarrei com barbante. Isso me fez sentir como se eu tivesse quinze anos de novo.

— Flores silvestres colhidas por mim são as suas favoritas.

— Elas costumavam ser — disse ela. — Flores silvestres colhidas por Noah são minhas favoritas agora.

Eu poderia viver com isso. Muito melhor ter um rival de quatro anos do que um cowboy idiota de trinta disputando uma posição. Disse a mim mesmo que não pensaria em Brody. Sempre que o fazia, eu me torturava com a visão deles juntos. O que fodia com a minha cabeça.

Então empurrei sua memória para fora do caminho — não havia espaço para nós dois — e a segui para dentro de casa.

Noah sorriu para mim de seu lugar na ilha na alegre cozinha amarela ensolarada. Ele estava de pé em um banquinho para poder alcançar o balcão de granito.

— Oi, tio Jude. Você me trouxe um presente?

— As pessoas não são obrigadas a trazer presentes toda vez que batem na sua porta — disse Lila, depois murmurou baixinho: — Mesmo quando elas não são convidadas.

Ignorei sua pequena farpa e me concentrei em Noah, meu aliado número um. Eu tinha um homem ao meu lado e não era contra o suborno para mantê-lo ali.

— Claro que sim. É para depois do jantar.

Ele pulou do banquinho e pegou o saco plástico da minha mão, abrindo as alças para olhar dentro. Seu rosto inteiro se iluminou.

— Sorvete!

— Nada diz "eu te amo" como a diabetes — disse Lila, enchendo potes de vidro com água para caber todas as flores silvestres. — Você precisa parar de nos subornar com açúcar.

Amor. Eu sorri.

— Está funcionando?

— Não. — Ela estava de costas para mim, então não pude ver seu rosto, mas, para mim, o *"não"* parecia muito com um *"sim"*. Ela colocou os três potes de flores silvestres no parapeito da janela, eu a empurrei para o lado e abri a torneira.

— Vou ter que tentar outra tática então. — Lavei minhas mãos na pia da casa da fazenda, a janela acima me dando uma vista de seu jardim, os últimos raios do sol da tarde pintando-o de bronze. Flores e plantas prosperavam, graças ao seu dom. Além de seu pequeno jardim, um balanço de pneu pendia do galho de um carvalho e, ao lado dele, havia um trepa-trepa de madeira e um pequeno galpão. Sequei minhas mãos em um pano de prato e me virei para encará-la e a Noah.

— Fique à vontade.

— Eu vou. — Esfreguei as mãos. — Onde está minha massa?

Quando as estrelas caem

277

— Você nem foi convidado. Pode nos assistir.

— Você pode pegar um pouco da minha. — Noah pegou um pedaço de massa de cinco centímetros e o colocou na minha frente.

— Você é generoso demais. Aposto que posso transformar essa massa em uma pizza de trinta centímetros. — Indiquei com as mãos o tamanho daquilo.

Noah olhou para a massa com ceticismo.

— Como? — perguntou, intrigado.

— Magia. — Roubei a massa de Lila debaixo dela e comecei a sová-la na superfície enfarinhada.

— Ei. — Lila deu um tapa em meu braço e tentou pegá-lo de volta, mas a empurrei para o lado.

— Afaste-se, Minnie Mouse. Você sabe que adora me ver amassar. Adora ver meus braços flexionados e minhas mãos grandes trabalhando a massa.

— Pare com isso — pediu, rindo. — Sério. Você precisa parar.

Noah estava ocupado demais batendo na massa com um rolo para prestar atenção em nós.

— Sua mãe te ensinou a girá-la? — perguntei a Noah depois de pressionar a massa em forma de disco.

Ele balançou sua cabeça.

— Pode me ensinar?

— Claro que posso. A rotação é tudo.

— Pare de se exibir — disse Lila, enquanto eu jogava e girava a massa no ar, pegando-a com as costas dos punhos. Mas ela estava rindo de novo. Era tão bom ouvi-la rir. Era incrível pra caralho fazê-la feliz em vez de triste.

Foi assim que sempre imaginei nossa vida. Cheia de alegria, risos e amor.

Depois que Noah me implorou para contar uma história para dormir e eu concordei, Lila me expulsou de seu quarto para que ela pudesse dizer boa-noite e aconchegá-lo. Não passou despercebido que ela colocou estrelas no teto dele, semelhantes às que eu tinha colocado em seu teto todos aqueles anos atrás. Noah dormia sob a constelação de Orion, e tomei isso como um sinal de que ela estava pensando em mim. Que ela ainda se lembrava de algumas coisas boas em vez de todas as ruins e feias. Depois do comentário dela na entrada da garagem na outra noite, eu não tinha tanta certeza de que era esse o caso.

Peguei uma das fotos emolduradas nas estantes e a estudei. Lila segurava Noah nos braços. Ele devia ser um recém-nascido. Tão pequeno. Tão precioso. Envolto em um cobertor branco. Ela estava sorrindo para o filho. Brody estava parado ao lado de sua cama de hospital, Seu sorriso voltado para Lila. Ele estava olhando para ela como se ela tivesse colocado as estrelas no céu. E ela tinha. Ela lhe dera um filho. E eu o odiava por isso. Odiava que ele pudesse compartilhar algo com ela que nunca tive. Provavelmente nunca teria.

Ao som de seus passos atrás de mim, coloquei a foto de volta na prateleira.

— Você o ama? — indaguei, de costas para ela.

Ela não respondeu de imediato. Como se precisasse pensar um pouco em vez de me presentear com o não automático que eu estava rezando para sair de sua boca.

Preparando-me para ouvir a verdade, virei-me para encará-la.

— Você ama Brody? — repeti.

— Não do jeito que te amei.

Não do jeito que te amei. *Amei*. Pretérito.

— Então você o ama?

Ela veio ficar na minha frente, seu olhar vagando para a foto que eu tinha acabado de colocar na prateleira.

— Eu o amo como amigo. Como o pai do meu filho.

— O que aconteceu? Como isso aconteceu? — Toda a mágoa e raiva que guardei desde que descobri que ela e Brody tiveram um filho juntos ameaçaram explodir do compartimento em que as enfiei. Um lugar que me recusei a visitar ou reconhecer nos anos em que estive longe dela. — Por que ele, Lila?

Ela desviou o olhar e soltou um suspiro. Eu não tinha certeza se ela responderia. Talvez não sentisse que me devia uma explicação, mas foda-se, eu merecia.

— Você preferiria que eu tivesse ficado com algum estranho aleatório? Brody estava lá para mim. Ele foi meu amigo durante tudo isso. E a noite... foi só uma noite. Uma noite de bebedeira.

— Foi só uma noite? — Apenas uma noite e as estrelas se alinharam. Ela engravidou e deu à luz um filho saudável.

Quando as estrelas caem

Ela assentiu.

— Estávamos tão bêbados que mal me lembro daquela noite.

Aquele filho da puta.

— Você estava bêbada e ele se aproveitou de você? — Minha voz tremeu de raiva.

— Não. Não foi assim. Ele nunca… Deus. Jude. Brody é um cara legal.

Discutível.

— Foi um ano depois que você partiu e eu estava… — Ela balançou a cabeça. — Não importa. Você se foi e não voltou. Brody não fez isso de propósito como você parece pensar. A última coisa que ele queria era um bebê. Ele estava sempre na estrada e não queria ser amarrado a nada. Mas acidentes acontecem. E não importa o que você pensa sobre ele, Brody é um bom pai. Ele ama Noah e faria qualquer coisa no mundo por ele.

Esfreguei meu peito, tentando aliviar a dor que suas palavras causaram.

— Sinto muito, Jude. Sei que é difícil para você aceitar. Mas eu amo Noah e não posso chamá-lo de um erro. Ele é a melhor coisa da minha vida. É a pessoa mais importante da minha vida. — Ela sustentou meu olhar, querendo ter certeza de que as palavras atingiriam o alvo. Ela poderia muito bem me espancar com elas por todas as vezes que já tinha me batido na cabeça.

— Entendi. Eu não esperaria nada menos. Sempre soube que você seria uma boa mãe.

Ela desviou o olhar para que eu não pudesse ver o efeito que minhas palavras tiveram. Lila era forte e sabia ser dura quando precisava. Ela sofreu muitas perdas em sua vida e isso mudava as pessoas. As endurecia. Mas, por baixo do exterior resistente, ainda era vulnerável.

Eu queria ficar. Queria puxá-la em meus braços e abraçá-la. Queria fazer muitas coisas, mas ela me mostrou a porta.

— Você precisa ir. — Sua voz era firme e eu sabia que não era hora de abusar da sorte.

— Eu quero ver você de novo. Em breve. — Tipo amanhã. E no dia seguinte. E todos os dias na sequência.

Ela balançou a cabeça, negando.

— Isso é tão típico de você. Você aparece aqui depois de seis anos de silêncio e espera que tudo saia do seu jeito. Não somos mais as mesmas pessoas. Você nos destruiu, Jude. Quebrou todas as promessas que fez. E não tenho ideia de como te perdoar por isso.

280   emery rose

Eu também não tinha ideia de como me perdoar, e com certeza não tinha intenção de perdoar Brody. Não me importava com o que ela disse. Ele se aproveitou da situação, de seu estado vulnerável. Existia a opção de ser um bom amigo e estar lá para alguém sem ter que transar com ele. Mas Lila e eu precisávamos começar de algum lugar, e aquele era um lugar tão bom quanto qualquer outro.

— Podemos reconstruir. Podemos começar de onde estamos. Bem aqui. Agora mesmo. E podemos encontrar nosso caminho de volta um para o outro.

— É tarde demais — ela disse, mas sua voz carecia de convicção e isso me deu toda a esperança de que poderíamos mudar os rumos.

Não era tarde demais. Recusei-me a acreditar nisso. Não agora que eu sabia que ela não estava apaixonada por Brody e não tinha outro homem em sua vida.

— Que tal sermos amigos de novo? — sugeri. — Podemos começar por aí. Vamos, Marrenta. Atreva-se.

Ela revirou os olhos e tentou suprimir o sorriso. Ela queria isso. Eu sabia que queria.

— Não temos nove anos.

Bufei.

— Você sempre aceitou meus desafios. Isso não parou quando tínhamos nove anos.

— Sim, bem, eu fui burra. Fiquei mais esperta desde então.

Acho que veríamos.

— Vejo você em breve.

— O que diabos é isso? — Meu pai olhou para o prato de comida que minha mãe colocou na frente dele. Salmão grelhado e salada de folhas verdes. Dizer que ele parecia menos do que entusiasmado era um eufemismo.

— Esse é o seu jantar — afirmou, sentando-se à mesa.

— Onde estão a carne e as batatas?

Jesse riu, enchendo seu prato com salada. Ele foi encarregado do planejamento do cardápio e consultou um de seus aplicativos de nutrição. Jesse era alguns centímetros mais baixo que meu 1,80m e era todo musculoso. Ele precisava manter o peso baixo por causa da moto, explicou, e se tornou vegetariano alguns anos atrás, para grande consternação de meu pai.

Minha mãe interrompeu os resmungos de meu pai.

— Ouça-me, Patrick McCallister. Tenho muitos planos para nós. Você me prometeu que envelheceríamos juntos e é melhor manter essa promessa. Então, de agora em diante, estarei cozinhando refeições saudáveis. Agora pare de reclamar e coma seu jantar.

Meu pai olhou para ela. Seus lábios pressionados em uma linha reta, seus ombros retos, desafiando-o a contradizê-la. Finalmente, ele assentiu e estendeu a mão por cima da mesa, apertando a mão dela. — É bom estar em casa, Kate.

Ela sorriu.

— É bom ter você em casa, querido. E não se atreva a me assustar assim de novo.

Ele limpou a garganta e pegou o garfo. Nenhuma outra palavra foi trocada, mas a mensagem foi alta e clara. Mesmo depois de todos esses anos, meus pais ainda estavam apaixonados e não conseguiam imaginar suas vidas um sem o outro.

— Estou indo para Califórnia amanhã — anunciou Jesse. — Não voltarei até o final de agosto, quando o Nacional acabar. Se precisar de um lugar para dormir, meu apartamento está disponível. Não é nada ótimo. Mas é seu, se quiser.

Eu não tinha orgulho.

— Eu aceito.

— Legal. Bônus. É barato e perto de Li…

— Temos muito espaço na casa — minha mãe interrompeu. — Não há necessidade de sair. Ninguém precisa morar em uma garagem.

Jesse riu.

— Se dependesse da mamãe, eu ainda estaria dormindo no meu antigo beliche.

E eu não sei? Atualmente, eu estava no quarto da minha infância, que não havia mudado nem um pouco desde que saí. Mesmo aqueles troféus estúpidos ainda estavam nas prateleiras.

— Eu tenho trinta anos. Preciso de um lugar só meu.

Mamãe parecia desapontada, mas ela superaria isso.

— Agora que resolvemos isso — disse meu pai. — Atualize-me sobre o que está acontecendo com o negócio.

Meu pai comandava com linha dura e mantinha tudo tão organizado que não foi difícil continuar de onde ele havia parado. Contei sobre as inspeções no local e o atualizei sobre o andamento dos projetos para os quais ele havia sido contratado. Ele me interrogou por vinte minutos e eu tinha uma resposta pronta para todas as suas perguntas.

Quando terminei, ele balançou a cabeça como se minhas respostas estivessem corretas. Eu tinha trinta anos, estive em zonas de combate e não morava em casa desde os dezoito. Mas ele estava me tratando como uma adolescente. Algumas coisas nunca mudavam.

— Certifique-se de ficar em cima dos terceirizados. Mike tem uma tendência a relaxar no trabalho. Se ele acha que pode ganhar um centímetro, vai pegar um metro. Mostre quem está no comando. Não podemos deixar o projeto da cervejaria atrasado.

Eu quase ri. O projeto da cervejaria estava dentro do cronograma e Mike era um homem de quarenta anos que trabalhava para meu pai há quinze anos. Ele conhecia sua área, trabalhava duro e não era um preguiçoso. Na verdade, era ele quem comandava o show na ausência de meu pai. Mas meu pai tinha dificuldade em soltar as rédeas. Gostava de estar no comando, algo que eu entendia.

— Não se preocupe com isso. Tenho tudo sob controle. — Sustentei seu olhar até que ele assentiu.

— Vou ligar para o meu advogado. Vou pedir que ele elabore a papelada para fazer de você um sócio.

— Não há pressa.

— É melhor fazermos isso agora. Deixar tudo às claras.

Esfreguei a nuca. Eu esperava evitar essa conversa um pouco mais.

Achei que não era o momento certo para dizer a ele que não tinha interesse em assumir seus negócios ou ser um empreiteiro. Eu estava planejando ficar em Cypress Springs, mas não ficar no lugar dele. O Time Phoenix não era apenas um hobby para mim. Era minha força vital e não tinha intenção de me afastar para administrar os negócios de meu pai.

Na semana passada, quando levei Gideon ao aeroporto, ele me disse que poderia ajudar a mim e a Tommy a conseguir mais fundos para nossa organização sem fins lucrativos. Fiquei surpreso por ele ter se oferecido

Quando as estrelas caem

para me ajudar, considerando o quanto sempre se ressentia de mim. Ele também confidenciou que foi difícil seguir meus passos no colégio e mal podia esperar para sair de casa. Perguntei se ele estava feliz em Nova York. Ele disse que sentiu que poderia respirar mais facilmente e ser ele mesmo e acho que eu podia entender isso também.

— Jude — meu pai chamou. — Há algo que você não está me dizendo?

O que eu não daria para lhe contar a verdade, para variar. Olhei para minha mãe. Ela balançou a cabeça, um apelo silencioso para manter minha boca fechada. Ela sabia que eu não queria o negócio, mas não queria que eu contasse ao meu pai. Ainda não, de qualquer maneira.

O homem tinha acabado de voltar do hospital depois de um bypass triplo. O médico disse à minha mãe que ele precisava descansar e a última coisa que precisava era do estresse indevido que eu sabia que minhas palavras causariam a ele. Eu contaria mais tarde.

— Não. Está tudo bem.

Os ombros da minha mãe relaxaram, ela me deu um sorriso e agradeceu silenciosamente.

Na manhã seguinte, saí do meu quarto de infância e fui para o apartamento de um quarto de Jesse em cima de uma garagem. Cheirava a óleo diesel. O apartamento era um lixo, mas a localização era ideal. A oitocentos metros da casa de Lila. Era temporário, mas todos os outros lugares em que morei desde que saí de casa também.

Parecia que eu estava sem-teto por tanto tempo que nem sabia mais como deveria ser uma casa.

Isso não era verdade. Eu sabia como era a sensação de estar em casa. Minha casa não era um lugar, era uma pessoa. Minha casa era Lila. Estar de volta aqui me fez perceber que nunca a havia superado, e nunca a esqueceria. Eu só esperava que não fosse tarde demais para consertar as coisas.

Eu precisava reconquistar seu amor, sua confiança e sua fé em mim.

E eu não desistiria até que isso acontecesse.

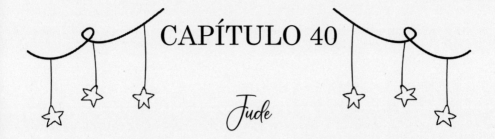

CAPÍTULO 40

Jude

O sol da manhã queimou através das nuvens e agora o céu era todo azul sem uma nuvem à vista. Suspensões de poeira laranja se ergueram atrás de mim, meus tênis de corrida batendo na estrada de terra que cortava campos verdejantes, o terreno montanhoso e acidentado. A mesma estrada onde empurrei Lila para o chão e joguei meu corpo sobre o dela para protegê-la. Só que não estávamos em perigo. Não havia insurgentes atirando em nós. Nenhum atirador no telhado. Nenhuma explosão de artefatos. Apenas um bando de garotos soltando fogos de artifício no Quatro de Julho.

E eu tinha perdido a cabeça.

Às vezes, ainda via os rostos de Reese Madigan e dos outros caras da minha unidade que haviam sido mortos. Às vezes, via os rostos dos civis que haviam sido mortos. Vítimas inocentes pegas no fogo cruzado.

Eu costumava ver o rosto daquele menino em todos os lugares. Ele estava sorrindo, animado com seu estoque de doces e as canetas que demos a ele. Chutando a bola com a gente. Ele era apenas um menino, não tinha mais de dez ou doze anos, infeliz o suficiente para nascer em um país onde uma guerra acontecia em seu próprio quintal.

Mas agora eu estava mais bem preparado para lidar com os gatilhos e, na maioria das vezes, me sentia mais como era antes.

Ao chegar ao topo da próxima colina, vi uma figura à distância. Mesmo daqui, eu sabia que era Lila. Correndo em minha direção. Minha frequência cardíaca acelerou e não teve nada a ver com o esforço da corrida.

Eu acelerei, encerrando a distância entre nós.

— Oi, coisa gostosa — chamei, parando na frente dela. Suas bochechas estavam rosadas, um brilho de suor em seu rosto, seu cabelo preso em um rabo de cavalo alto. Ela estava linda. — Que surpresa encontrar você aqui.

— Digo o mesmo. — Ela sorriu e, como um tolo, eu estava sorrindo também. Seus olhos baixaram para o meu peito nu e ela lambeu o lábio, engolindo em seco. Rindo para mim mesmo, usei a camiseta na minha mão para enxugar o suor do meu rosto.

— Por que você está aqui? — perguntei, meu olhar baixando para a regata esportiva que ela usava com seus shorts de corrida minúsculos.

— Talvez eu estivesse procurando por você. — Meu sorriso se alargou com sua admissão. — Brincadeira — disse, com uma risada, limpando a alegria do meu rosto. — Este ainda é meu lugar favorito para correr.

— Deve ser meu dia de sorte.

— É bom ver seu sorriso. Senti falta dessas covinhas.

— Ah, é? — Aproximei-me e afastei uma mecha de cabelo de seu rosto. — O que mais você sentiu falta? — Eu simplesmente não pude evitar, como poderia?

— Acabar com você. — Ela ergueu o quadril e plantou uma das mãos nele. — Que tal uma corrida?

— Ah, meu amor, quando você vai aprender? Eu sou o homem biônico. Você não tem a menor chance.

— Já que você está tão confiante, que tal uma aposta?

— O que você está disposta a perder?

— Tenho tudo a ganhar. — Ela cutucou meu peito suado. — É você quem deveria se preocupar.

Eu bufei.

— Ok. Estou dentro. — Fechei um olho e pensei no que eu mais queria dela. Além de tudo. — Quando eu ganhar, posso levar você para um encontro.

— Um encontro?

— Uhum.

— Que tipo de encontro?

— Isso cabe a mim decidir.

Ela considerou isso por um momento.

— Certo. Quando você perder... — Ela bateu o dedo indicador contra os lábios, pensando. — Terá que ser meu par no casamento de Sophie.

O par dela. Isso parecia promissor. *Por que a mudança de opinião,* eu me perguntei, mas não verbalizei. Eu pegaria o que pudesse conseguir.

— Feito.

— Prepare-se para comer minha poeira, cachorrão.

— Nos seus sonhos, Marrenta.

286   emery rose

— O primeiro a chegar à minha varanda é o vencedor.

— Tenho tudo a ganhar e nada a perder — eu disse. — De qualquer forma, sou um vencedor.

Pensei tê-la ouvido dizer "o mesmo aqui", mas não pude ter certeza, porque ela já havia disparado. Levei um momento para apreciar a visão de sua bunda sexy, antes de correr atrás dela. E assim, meu dia parecia melhor.

Para mostrar minha gratidão, agarrei-a no gramado da frente, onde a esperava.

— Por que você insiste em competir comigo? Eu poderia vencê-la com um pacote de setenta quilos nas costas.

— Ainda tão arrogante — ela murmurou, meus lábios encontrando os seus e seus braços envolvendo meu pescoço.

Inclinando minha cabeça para baixo, lambi o contorno de seus lábios; em seguida, agarrei o lábio inferior entre os dentes e mordi. Foi o suficiente para ela me deixar entrar. Nossas línguas dançaram e não conseguia enjoar daquilo. Não queria que acabasse. Muito cedo, ela se afastou e eu gemi.

— Tenho que tomar banho. — Ela se levantou e eu a segui. Eu sempre seguiria.

Ajustando-me em meu short, puxei-a para o meu peito.

— Eu poderia te ajudar com isso. Eu me certificaria de que você está bem limpa. Eu ensaboaria cada centímetro do seu corpo e...

Ela empurrou meu peito — ainda tão físico — antes de se afastar.

— Tchau, Jude.

— Você me deve um encontro — gritei para ela.

Ela parou na porta e olhou por cima do ombro.

— Você me deve uma galáxia inteira. Ainda estou esperando que você coloque as estrelas de volta no céu.

Bem, merda. Acho que terei trabalho. Havia uma chance de ela ainda amar meu eu quebrado e fodido? O homem que perdeu parte de sua alma para uma guerra e todo o seu coração para uma garota?

Não pude evitar o sorriso que surgiu em meus lábios. Eu não conseguia me lembrar da última vez que me senti tão esperançoso. Ou tão feliz.

Quando as estrelas caem

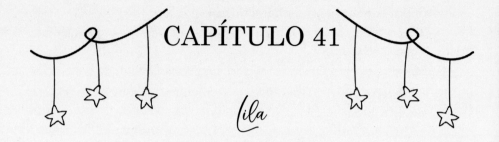

CAPÍTULO 41

Lila

— Tem certeza de que está tudo bem? Eu deveria levar Noah para casa e me certificar...

— Querida. Ele está bem. — Kate colocou as mãos em meus ombros e me virou em direção à janela. Noah estava comendo uma tigela de sorvete na varanda dos fundos, falando a mil por hora com Patrick. E me impressionou mais uma vez como fui abençoada por ter os McCallister em minha vida. Todos eles estiveram lá comigo quando precisei deles. Em diferentes momentos da minha vida. À sua maneira especial, eles encheram minha vida de amor e risos e me mostraram como era fazer parte de uma família grande, feliz e turbulenta.

— Ele é um menino feliz. E sabe por quê?

— Por quê?

— Porque ele está sendo criado com amor. Você é uma boa mãe. — Ao longo dos anos, ela teve que me tranquilizar mais vezes do que eu gostaria de admitir. — Sua mãe ficaria tão orgulhosa de você, querida.

— Espero que sim.

— Eu sei que sim. Agora vá para casa e prepare-se para o seu encontro sensual.

Eu ri.

— Não é um encontro sensual. É do seu filho que estamos falando.

Kate riu.

— Vocês dois não precisam mais se preocupar em se esgueirar pela treliça.

Ai, meu Deus. Eu podia me sentir corando.

— Ele te amou intensamente. Ainda ama.

— Não sei... não sei como poderíamos fazer isso funcionar — admiti. — Parece que é tarde demais.

— Nunca é tarde para uma segunda chance. Depois de tudo que passaram, vocês dois merecem a felicidade. E talvez ajude Brody também.

— Ajudá-lo? De que maneira?

— Eu acho que ele está apenas esperando que você o liberte.

Suas palavras me deixaram em silêncio por alguns segundos.

— Mas eu nunca… o que quer dizer? Ele sempre foi livre.

Kate apertou meu ombro e me deu um pequeno sorriso.

— Eu sei disso, mas não tenho certeza se ele sabe. Ele sempre esteve tão preocupado em se tornar como seus pais. Não quer decepcionar você e Noah.

— Ele nunca nos decepcionou.

— Talvez ele precise ouvir isso de você. Ele age de forma rígida, mas precisa de muita reafirmação.

Meu coração estava na garganta, então tudo que pude fazer foi acenar com a cabeça. Desde que Jude voltou, fui atingida por todas essas emoções.

— Ok. Já chega disso. Vá para casa e prepare-se para o seu encontro. Noah vai ficar bem.

Depois de abraçar e dar um beijo de despedida em Noah, deixei-o na varanda com Kate e Patrick e dirigi para casa para me preparar para o meu "encontro sensual".

— O que você vai vestir? — Sophie perguntou, sem preâmbulos.

— Não sei. — Vasculhei meu armário. — Meu ex-noivo está me levando para um encontro. O que exatamente devo vestir para isso? — Joguei de lado alguns pares de shorts e alguns tops, em seguida, sentei-me sobre os calcanhares, derrotada. — Eu não tenho nada.

— Use o vestido verde com as costas abertas. Você fica gostosa nele.

— Ele é meio elegante. Usei isso na sua festa de noivado.

— Confie em mim. Use-o.

— Você não acha que é demais? Não gostamos de restaurantes chiques. Somos mais do churrasco e cerveja. É provável que a gente vá comer na caçamba da caminhonete dele.

— Que elegante.

— É assim que somos.

— De toda forma, use o vestido de qualquer maneira.

Coloquei o telefone na minha cômoda e acionei o viva-voz para que eu pudesse me vestir.

— Então, como Noah está lidando com toda essa coisa de namoro?

— Nós não estamos realmente namorando. Quer dizer… isso é… Ele é muito jovem para entender.

Quando as estrelas caem

— Se você diz, mas ele provavelmente entende muito mais do que você gostaria de pensar.

Ela estava certa. Ele provavelmente entendia mais do que eu, porque agora eu não tinha ideia do que estava fazendo.

— Estou cometendo um erro?

— É só um encontro.

— O jantar com o Dr. Esqueci o Nome, o podólogo, foi só um encontro.

— Goldbaum. E sim, aquilo foi apenas para colocar você de volta na pista. Como um encontro de abertura.

— Como um encontro sem abertura. Quase adormeci no meio de seu monólogo, que durou todo o jantar.

Houve uma batida na porta e entrei em pânico total.

— Ai, meu Deus. Ele está aqui. Ele está na porta.

— Hm, me chame de estúpida, mas é meio que assim que funciona. Ele bate na porta. Você atende. Então vocês fazem sexo de reconciliação e pedem pizza.

— Não vamos... eu tenho que ir.

— Divirta-se.

— Obrigada. — Encerrei a ligação e respirei fundo. Não que eu não conhecesse Jude. Não era como se eu não o conhecesse toda a minha vida. Estava sendo ridícula. Alisei minhas mãos suadas sobre a saia do vestido e me dei uma última olhada no espelho antes de ir atender a porta.

— Oi. — Dei a ele um pequeno aceno idiota.

Ele riu.

— Oi. Você está... incrível pra caralho.

Eu sorri, feliz por ter feito o esforço apenas para ver aquele olhar aquecido em seus olhos.

— Obrigada. Você também. — E era verdade. Ele estava incrível em uma camisa de botão azul-escuro e jeans.

— Você está pronto para ir?

— Sim, deixe-me pegar minha bolsa. — Pegando-a do sofá, fui até ele, que segurou minha mão e nos levou até a porta.

290

emery rose

— Eu amei esse lugar.

— Que bom.

Trocamos um sorriso e levei a caneca de cobre aos lábios, rindo enquanto Jude estremecia. Não tive nenhum problema em beber meu Texas Mule no alumínio, mas Jude não suportava a ideia. Estranhas as coisas que o incomodavam.

Coloquei minha bebida na mesa e observei o pôr do sol sobre as colinas e campos e mais campos de árvores espalhadas de nossa mesa no deque. O restaurante era rústico moderno, com tetos altos, paredes de madeira e janelas do chão ao teto que se abriam para o deque. Romântico. Sofisticado, mas descontraído. Nem um pouco onde eu esperaria que fosse nosso encontro esta noite.

— Isso te lembra alguma coisa? — Jude perguntou, abrindo mão do copo e bebendo sua cerveja da garrafa.

Eu nunca tinha vindo a este restaurante, então não deveria me lembrar de nada, mas lembrava. Era quase exatamente sobre isso que costumávamos conversar quando estávamos planejando a casa dos nossos sonhos. Rústico. Moderno. Madeira e pedra. *Nossa própria casa na árvore*, costumávamos dizer, quando tínhamos tantas esperanças e sonhos. Éramos apenas crianças, mas tão apaixonados que tudo parecia possível.

— Isso me lembra a casa que você ia construir para nós. — Fiquei lá sentada, o garçom entregando nossa comida e, depois que agradecemos e ele se foi, retomei a conversa. — É por isso que você escolheu?

— Eu só tive sorte.

Conhecendo Jude, havia mais do que sorte envolvida em sua decisão. Dei uma mordida no meu camarão do Golfo e grãos. Comida deliciosa. Local perfeito. Jude não havia deixado nada ao acaso. E eu não tinha ideia de porque isso me incomodava quando deveria me deixar feliz.

Enquanto jantávamos, conversamos um pouco. E tudo foi simplesmente perfeito. Realmente foi. Mas só porque não estávamos falando de nada importante.

— Você está linda, Lila.

— Você também não está muito maltrapilho. Se limpou direitinho.

Ele olhou para a camisa que estava vestindo.

— Comprei no shopping. — Ele riu um pouco.

— Não acredito que você foi ao shopping. Estava se sentindo bem? — perguntei, lembrando-me de como era difícil para ele ir a lugares lotados.

Quando as estrelas caem

— Eu estava bem.

— Tive minha própria crise de guarda-roupa até que Sophie me disse o que vestir e salvou o dia.

— Não importa o que você veste. Tudo o que vejo é você.

Meu olhar vagou para o cenário, mas eu não o via por que acontecia o mesmo comigo. Eu odiava que ele ainda tivesse esse poder sobre mim. Odiava ainda amá-lo do jeito que amava. Eu o odiava por me deixar.

— Ei. Lila. Olhe para mim.

Peguei meu coquetel com infusão de gengibre e tomei um gole fortificante antes de encontrar seus olhos do outro lado da mesa.

— Por que você sempre faz isso comigo?

— O que eu faço com você?

— Você me leva a um lugar lindo que se parece com a casa dos meus sonhos. A casa que planejamos juntos. Você me faz esquecer por um tempo. Você me faz... querer algo que não posso mais ter.

— Quem disse que não podemos recomeçar? Quem disse que não podemos ter aquela vida que sonhamos?

Eu balancei minha cabeça.

— Você ainda me ama?

— Essa nunca foi a questão. Eu *sempre* te amei. — *Foi você que deixou de me amar.*

— Então não vejo qual é o problema.

Eu ri amargamente.

— Sério, Jude? Depois que você foi embora, fiquei esperando você voltar. Mesmo apenas um telefonema ou uma mensagem. Qualquer coisa para me avisar que você ainda estava... por aí, pensando em mim. Não tive como entrar em contato com você. Você simplesmente desapareceu e eu não sabia onde estava ou se estava bem. Fiquei imaginando o pior cenário possível.

— Não se passou um único dia sem que eu pensasse em você.

— Pensamentos sem ação não significam nada. Você é quem sempre me disse isso. Entendo que estava passando por um momento horrível. Entendo que sua cabeça estava em um lugar ruim. Mas o que nunca vou entender é porque você sentiu que tinha que passar por tudo isso sozinho. Você quebrou sua promessa. E sabe de uma coisa? Depois que toda a tristeza passou, eu estava com tanta raiva de você. Te odiei por me deixar. Te odiei por se alistar. E foi assim que superei os momentos ruins. Ficando com raiva de você. Culpando você. E agora você voltou aqui... e espera que eu coloque minha fé em você novamente?

Sua mandíbula apertou e ele olhou para as colinas, o belo cenário arruinado por nossas verdades feias.

— Eu não sou o mesmo homem que era quando te deixei.

— Eu posso ver isso. Mas não sou a mesma garota que você abandonou. Preciso estar presente para Noah. Preciso ficar forte por ele. E se eu te deixar entrar de novo e não der certo, isso vai me destruir. Não posso passar por esse tipo de dor novamente.

— Então é isso? — Seus olhos ficaram duros como se ele tivesse algum direito de me questionar. — Você vai apenas desistir.

— Isso não é desistir. É autopreservação. Quantas vezes um coração pode se partir, Jude? — Joguei meu guardanapo na mesa e empurrei minha cadeira para trás, saindo de perto dele e deixando-o sozinho.

Quando as estrelas caem

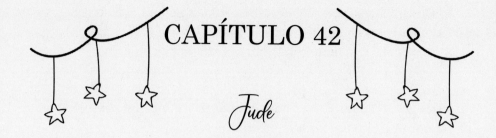

CAPÍTULO 42

Jude

Quantas vezes um coração pode se partir, Jude?

Essa era a pergunta que ficava passando pela minha cabeça enquanto eu dirigia. Eu poderia ter dito a ela que corações não se partem. Eles eram feitos de músculos. Deixado negligenciado e desnutrido, os músculos atrofiam. Mas você pode reconstruí-los trabalhando e pode torná-los mais fortes. Era isso que tínhamos que fazer. Alimentar nossos corações. Torná-los mais fortes.

Nossa história de amor se desenrolou como uma maldita tragédia. A redenção nunca foi fácil, mas eu estava à altura da tarefa.

Lila estava em silêncio, sua postura rígida, a tensão pesada. Mas, mesmo assim, continuei olhando para ela. Ela estava linda pra caralho naquele vestido verde que combinava com seus olhos, ombros nus e seu cabelo caindo em ondas nas costas. Eu queria colocar a mão nele, arrastá-la pelo console central e esmagar meus lábios contra os dela. Deslizar minha mão por sua coxa e afundar meus dedos dentro dela. Queria provar sua doçura e ver se era tudo o que eu lembrava. Eu sabia que seria.

Eu precisava parar. Não era hora de ficar pensando em sexo, mas foda-se, fazia tanto tempo.

— Para onde estamos indo? Este não é o caminho de casa.

Ignorando seus protestos, continuei dirigindo ao som de *Earned It*, do The Weeknd. Mensagem recebida. Eu tinha que ganhar o direito de tocá-la novamente.

— Jude, só me leve para casa.

Assim não. De jeito nenhum.

— Nosso encontro ainda não acabou.

Ela caiu em seu assento e cruzou os braços sobre o peito, olhando para fora do para-brisa enquanto descíamos a via expressa, rumo a Austin. A lista de reprodução que fiz especialmente para ela era a trilha sonora de nossos altos e baixos nas últimas duas décadas. Vinte anos de amor e perda, alegria e dor, e ela foi rápida em perceber isso.

— Você escolheu toda essa música de propósito — acusou, quando a música do The Black Keys começou a tocar.

— Tudo o que faço tem um propósito. *Você* é meu propósito.

— *Você* é irritante.

Eu ri. Ela continuava tentando me dizer que nós mudamos, e de várias maneiras nós mudamos, mas ainda éramos Jude e Lila. Ela ainda era minha pessoa favorita. Meu tudo favorito. Ela ainda adorava discutir comigo e brigar comigo a cada passo do caminho, e eu ainda podia lê-la como um livro.

Trinta minutos depois, chegamos ao nosso destino e demorei mais dez minutos para encontrar estacionamento e praticamente arrastá-la para fora do carro até a entrada do Museu de Ciência e Tecnologia.

— Por que estamos aqui? — perguntou.

Achei que era óbvio, considerando que acabei de comprar dois ingressos para o show das nove horas, mas aparentemente não.

— Eu te devo uma galáxia.

Eu a conduzi para dentro Cúpula Lunar e encontramos dois assentos reclináveis lado a lado que nos dariam uma visão de todo o domo acima.

Dez... quinze minutos depois do show das estrelas, enquanto viajávamos para o centro da Via Láctea, virei minha cabeça para ela. Lila encontrou meu olhar sob um céu cambaleante com milhões de estrelas.

— Jude — sussurrou.

— Lila.

Ela sorriu e rivalizou com as estrelas por seu brilho.

— Por que você faz isso comigo? — Sua voz era suave e desta vez não havia acusação nela. Sem responder, peguei sua mão e ela me deixou segurá-la. Por enquanto, isso era o suficiente. Embora estivéssemos cercados por pessoas, isso parecia íntimo. Como se fôssemos as duas únicas pessoas no planetário. Recostei-me e aproveitei o show, a mão dela apertada na minha até o fim.

Quando acabou, ela me beijou, apenas um beijinho doce que me fez sentir como um adolescente novamente, e não forcei por mais. Queria que ela desse as ordens. Queria que ela me quisesse.

No caminho de volta para casa, dirigi com uma das mãos no volante e a outra na coxa dela, como se pertencesse ali. Porque sim. Mesmo depois de todos esses anos, ela ainda era minha. No que me diz respeito, sempre seria.

Quando as estrelas caem

Como um cavalheiro, eu a acompanhei até a porta da frente e esperei que ela a abrisse.

— O que você está fazendo? — ela perguntou, quando entrou e se virou para me olhar ainda de pé em sua varanda.

Enfiei as mãos nos bolsos para me impedir de agarrar a parte de trás de sua cabeça e esmagar minha boca na dela, a jogando contra a parede mais próxima e fazendo um rápido trabalho de me enterrar dentro dela. Só de pensar nisso já estava a meio mastro. Ser um cavalheiro não vinha sem desafios.

— Esperando por um convite.

— Maldito. — Ela agarrou minha mão e me puxou para dentro, fechando a porta atrás de mim. — Te odeio. Eu realmente odeio.

— Mas você ama o que minhas mãos, língua e gigantesco...

Ela colocou a mão sobre a minha boca para parar as palavras.

— Cala a boca e me beija.

Deixa comigo.

Levantando-a, ela envolveu as pernas em minha cintura, a saia de seu vestido em volta de seus quadris, e bati suas costas contra a parede. Seus lábios se separaram em um suspiro e os tracei com minha língua antes de deslizar para dentro. Eu a beijei como se ela fosse o ar que eu precisava para respirar, e ela se agarrou a mim, suas mãos apertando meus ombros, as pernas firmemente presas ao meu redor como se ela estivesse com medo de que eu desaparecesse.

Meus lábios se moveram para seu pescoço e balancei meus quadris, esfregando contra ela.

— Eu poderia foder você aqui mesmo contra a parede.

— Faça isso. — Havia um desafio em sua voz que eu conhecia muito bem.

Em vez disso, eu nos virei e fui para o quarto dela, tateando meu caminho no escuro, suas mãos agarrando meu cabelo e seus dentes roçando meu pescoço. Voraz. Ambiciosa. Pronta para me devorar. Ouvi seus sapatos baterem no chão de madeira com um baque no corredor antes de abrir a porta de seu quarto e deitá-la em cima de sua cama.

— Tem certeza?

Em resposta, ela tirou o vestido pela cabeça e o jogou para o lado, ficando apenas com a renda preta, deixando-me ver seu corpo nu. Seus quadris estavam mais cheios, os seios maiores, mas não menos perfeitos do que da última vez que a vi.

— Jesus, Marrenta.

Enganchando meus dedos nas laterais de sua calcinha rendada, puxei-a para baixo de suas pernas e joguei-a de lado. Quando me inclinei para beijá-la, vi a tatuagem. Uma flor em suas costelas logo abaixo do seio esquerdo. Meus dedos roçaram sua pele, subindo até a borda de uma das pétalas delicadas.

— Quando você fez isso?

— Em vinte e dois de dezembro. Seis meses depois que você me deixou.

Um ano depois de perdermos o bebê. Um aniversário que ela escolheu para comemorar tendo sua pele permanentemente marcada.

— O que significa? — Tracei levemente o desenho com as pontas dos dedos, causando arrepios em sua pele. Eu costumava conhecer cada centímetro de sua pele macia e sedosa. Tinha tocado, beijado e lambido, mas agora seu corpo era um território desconhecido, algo que eu tinha que redescobrir e me familiarizar novamente.

— É uma flor de lótus. Significa paz, amor e eternidade. — Ela se apoiou nos cotovelos e mordeu o lábio enquanto eu contemplava o significado por trás da tatuagem. — Você gosta?

— *Eu amo.* — *E amo você.*

Ela merecia ser adorada. Ser amada total e inequivocamente. Caí de joelhos na frente dela, minhas mãos subindo por suas coxas, meus lábios traçando a dobra de sua perna. Mantendo suas pernas presas na cama com meus braços, separei seus lábios com meus polegares, expondo o rosa que brilhava com sua excitação.

— Diga que me quer, Lila. — Levantei a cabeça e encontrei seu olhar sob o luar prateado, buscando sua permissão.

— Sim — ela respirou, contorcendo-se abaixo de mim. — Quero você. Eu quero isso.

Com os olhos fixos nos dela, abaixei a cabeça e experimentei algo que me foi negado por muito tempo, algo que sempre foi meu. Quando minha língua roçou seu clitóris, ela gemeu e contraiu os quadris.

— Mais — exigiu.

Colocando as mãos em cada um de seus joelhos, eu os pressionei contra a cama, então ela estava bem aberta para mim. Chupei e mordi seu clitóris inchado e alisei com a língua, lambendo-a de ponta a ponta e em todos os lugares no meio. Porra. Ela era tão quente, macia e molhada, e tinha um gosto tão doce quanto eu me lembrava.

— Ah, meu Deus — ofegou, suas coxas tremendo, seus dedos puxando meu cabelo.

Quando as estrelas caem

Eu a fodi com a boca, e ela gritou meu nome, o som disparando direto para o meu pau latejante enquanto ela apertava minha língua. Dei-lhe algumas lambidas superficiais com minha língua achatada para trazê-la do orgasmo, em seguida, beijei o interior de sua coxa.

Ela se empurrou para cima do colchão, estendeu a mão para mim, seus dedos desajeitados com os botões da minha calça jeans, e joguei minha camisa no chão.

— Droga. Quando você vai comprar jeans com zíper?

Empurrando sua mão, eu ri e fiz sozinho, empurrando meu jeans e cueca boxer para baixo com minhas mãos, e ela usou os pés para me ajudar, ainda tão impaciente.

Subi em seu corpo e segurei seus seios, guiando um mamilo rosado em minha boca e chupando-o. Suas costas arquearam para fora do colchão e ela agarrou a parte de trás da minha cabeça, cavando seus dedos em meu couro cabeludo. Depois que chupei e provoquei o outro mamilo, subi até sua boca e a beijei, nossas línguas se entrelaçando enquanto eu me acomodava entre suas coxas, meu pau deslizando entre suas dobras lisas e ela se movia contra mim.

— Você está tão molhada — eu disse, com a voz rouca, deleitando-me com a sensação do meu pau aninhado em sua boceta novamente depois de todos esses anos. *Lar.*

— Seria tão fácil deslizar para dentro de você.

— Faça isso. — Envolvendo suas pernas em minha cintura, ela angulou seus quadris, e cutuquei minha ponta contra sua entrada. *Só a cabeça.* Mas porra, me senti tão bem.

— O que você está esperando? — provocou. — Me dê isto. Agora.

— Tão gananciosa. — Mas lhe dei o que pediu. Em um movimento brusco, empurrei dentro dela, e Jesus, ela era tão perfeita que quase chorei como a porra de um bebê.

Como eu vivi sem *isso*, sem *ela*, por todos esses anos? *Como?*

Trazendo meus dedos para onde estávamos conectados, esfreguei seu clitóris até que ela se contorceu embaixo de mim, suas unhas marcando minha pele enquanto ela me implorava por mais. Acariciei dentro e fora, mais forte, mais profundo, mais rápido, enchendo-a, estimulado pelos pequenos suspiros e gemidos e sons que ela fazia quando eu a fodia.

Enquanto dirigia para dentro e para fora dela, meu ritmo forte, ela me encontrou impulso após impulso e me afastei para observar seu rosto.

298   emery rose

Lábios carnudos ligeiramente entreabertos, pele de porcelana banhada pelo luar e ondas de cabelo escuro caindo sobre os ombros, ela era todas as minhas fantasias. Ao longo dos anos, sempre que eu queria me torturar, a imaginava assim. Quantas noites solitárias eu tinha me masturbado com a visão de Lila na minha cabeça? Demais para contar.

Ela jogou a cabeça para trás, expondo o comprimento de seu pescoço que implorava para ser marcado por meus lábios e dentes.

Minha.

Eu queria passar um tempo com ela, mas não consegui me conter. Precisava disso. Precisava dela. Puxando-a para mais perto de modo que nossos corpos estivessem encostados um no outro, enterrei meu rosto na curva de seu pescoço e respirei-a. Era um cheiro que eu me lembrava de tanto tempo atrás. Chuva de primavera e madressilva. O cheiro de Lila.

— Goza pra mim, Lila. — Arrastei meus dentes até o lóbulo de sua orelha e mordi antes de chupá-lo para aliviar a dor.

— Ah, meu Deus. Sim, Jude!

Puxando para fora, mergulhei nela mais uma vez, enterrado ao máximo enquanto ela apertava meu pau, ordenhando um orgasmo para fora de mim que parecia continuar e continuar. Derramei tudo de mim dentro dela, meu corpo estremecendo com a liberação antes de cair em cima dela.

Depois, ela passou os braços em volta do meu pescoço e me abraçou, pele contra pele, membros emaranhados e nossos corpos úmidos de suor. Abaixei minha cabeça e beijei sua boca. Não queria ir embora nunca. Queria ficar aqui em seus braços, em sua cama, dentro dela até que as estrelas morressem e renascessem.

Encontrar o caminho de volta para Lila, estar com ela de novo assim, valia mil mortes.

Eu era Ulisses. *Seu Ulisses.* Depois de todos esses longos anos naufragando, lutando contra monstros e demônios e perdendo batalhas, finalmente encontrei meu caminho de volta para casa. Só que, desta vez, eu estava em casa para ficar.

— Faz tanto tempo — ela disse suavemente.

— Muito tempo — concordei. Emoldurando seu rosto em minhas mãos, beijei seus lábios.

Eu amo você. Só você.

Quando as estrelas caem

299

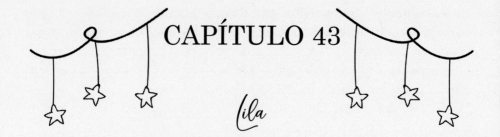

CAPÍTULO 43

Lila

— Me solte — eu disse, rindo, a bola Nerf ainda agarrada ao meu peito. — Eu tenho que ver o jantar.

— Quanto mais tempo fervendo, melhor fica o gosto. Cozinhando leeeeentamente, amor. — Ele me deu um tapa brincalhão na bunda antes de me soltar, mas não sem de arrancar a bola das minhas mãos e passá-la para Noah, que disparou pelo quintal e jogou a bola no balanço de pneu, gritando "*touchdown!*".

Ri, atravessando o quintal e entrando na cozinha, e inalei o aroma picante e defumado do chili. Jude fez e estava fervendo no fogão lento desde esta manhã. Chili era sua especialidade, e eu ainda estava tentando arrancar dele sua receita secreta.

No fundo da minha mente, os sinos de alarme estavam tocando. Isso era ruim. Estávamos ficando muito confortáveis. Fazia uma semana desde o nosso encontro e passamos todas as nossas noites juntos. Jantamos juntos, revezando-nos para ler histórias de ninar para Noah. Eu não o deixei passar a noite desde o nosso encontro, mas, depois que Noah dormia, nós ficávamos juntos. Assistíamos a filmes, transávamos, nos apaixonávamos de novo.

Tão rapidamente, caímos em uma rotina. Hoje era sábado e eu tinha que trabalhar, então Jude passou o dia com Noah.

Enquanto ralava queijo cheddar e picava cebolinha para os molhos, eu o observava jogando futebol com meu filho. Jude era tão bom com ele. Eu sempre soube que ele seria um bom pai.

Ah, meu Deus, o que eu estava pensando? Ele não era o pai de Noah. Eu precisava parar de nos imaginar como uma família.

O celular de Jude no balcão tocou, desviando minha atenção da janela.

Jude tinha o hábito de esvaziar os bolsos quando chegava em casa. Casa. Não que fosse sua casa, mas ele passava muito tempo aqui e se sentia confortável. De volta aos velhos hábitos. Então sua carteira, chaves e celular estavam no balcão da cozinha.

Seu celular vibrou com outra mensagem e a curiosidade tomou conta de mim. Pegando seu telefone, li as mensagens.

> Victor: Porra, cara, por onde você anda? Bianca tem perguntado de você.

> Victor: Ainda está lutando? Eu tenho uma coisa para você. Muito dinheiro envolvido. Liga para mim.

Olhei para a tela e esperei por outra mensagem, mas não veio nenhuma. O que isso significava? Quem era Bianca? E de que tipo de luta esse cara estava falando? Fiquei impressionada com o quão pouco eu realmente sabia sobre a vida de Jude.

Nós nem conversamos sobre o que ele fez nos últimos seis anos.

Olhei pela janela novamente e depois de volta para a tela. Tentei desbloqueá-la, usando diferentes combinações da senha que ele costumava usar. Meu aniversário. Eu não sabia por que me sentia tão desolada por ele não usar mais isso como sua senha. Eu nem deveria estar tentando acessar e ler suas mensagens. Coloquei-o no balcão e peguei sua carteira, virando-a na mão. Eu dei a ele no Natal um ano desses. O couro estava rachado e gasto agora. Eu a abri, sem ter certeza do que estava procurando. Pistas para o homem que eu não conhecia mais, eu acho.

Tirei as fotos de um dos compartimentos e folheei-as. Eram todas minhas. *Deus, como um dia fui tão jovem*, pensei, olhando para a minha foto do último ano. Ele carregava essas fotos há anos. Algo caiu no chão e me inclinei para pegar. Estava dobrado em um pequeno quadrado e, mesmo ao segurar na mão, eu sabia o que era. Desdobrei e coloquei sobre o balcão, alisando as dobras com a mão. Como se eu precisasse de outro lembrete doloroso.

Uma corrente apertou meu coração e eu não conseguia ar suficiente em meus pulmões. Apoiei-me no balcão e fechei os olhos, a foto me levando de volta a um lugar e tempo que tentei esquecer.

— Puta merda. É o batimento cardíaco do nosso bebê — Jude disse, maravilhado, como se não pudesse acreditar.

— Certamente é — afirmou o médico, com um sorriso.

Jude apertou minha mão, desviando minha atenção de nosso bebê no monitor para seu rosto.

— Eu te amo.

Sorri, através das minhas lágrimas, e deixei de lado as preocupações. Ele me amava e eu o amava, e poderíamos superar essa fase difícil. Juntos.

— Te amo mais.

Nós ficaríamos bem. Este bebê lhe daria uma razão para viver. Algo pelo que lutar.

— Não vou decepcioná-la, Marrenta — garantiu, quando saímos do consultório médico, com o braço sobre meus ombros.

Antes de eu subir no banco do passageiro de sua caminhonete, ele emoldurou meu rosto com as mãos e pressionou um beijo suave em meus lábios.

— Eu prometo que estarei ao seu lado a cada passo do caminho. Prometo que vou ser melhor. Por você. Pelo nosso bebê. Seremos uma família.

O cronômetro do forno disparou, me arrastando de volta ao presente. Com as mãos trêmulas, enfiei as fotos de volta na carteira dele, devolvendo tudo ao lugar onde as encontrei. Respirando fundo algumas vezes para me acalmar, peguei as luvas e tirei o pão de milho do forno.

Então chamei Jude e Noah para jantar e tentei fingir que estava tudo bem. Que outro pedacinho do meu coração não tinha acabado de ser arrancado.

Quanto duas pessoas poderiam ser testadas? Eu tinha ido para o inferno e voltado com esse homem e aqui estávamos nós, tentando juntar todos os pedaços quebrados e montar tudo novamente.

Sem saber da minha agitação interna, ele sorriu para mim do outro lado da ilha enquanto jantávamos. E, ai, meu Deus, aquele sorriso era tão lindo que fez meu coração doer. *Ele* fazia meu coração doer. Persegui seu fantasma por tanto tempo que alguns dias tinha que me beliscar para ter certeza de que tudo não era apenas um sonho. Ele estava aqui. Firme, forte e capaz de carregar o peso do mundo em seus ombros largos novamente.

Noah estava dormindo e Jude e eu estávamos relaxados no sofá assistindo a um filme, mas tudo em que conseguia pensar eram aquelas mensagens de texto e a foto que encontrei em sua carteira. Aquela que ele carregava consigo há seis anos e meio. Na noite em que abortei, encontrei os presentes que ele havia deixado debaixo da árvore e, por algum motivo maluco, os abri. E me matou ele ter saído e comprado presentes para um bebê que nunca nasceria. Considerando que ele não estava lá quando precisei dele, eu não sabia o que fazer com isso.

Estava devastada, triste e muito solitária, uma grande parte de mim realmente o odiando por tudo que nos fez passar. Mas eu me lembro de olhar para os presentes do bebê e imaginar esse cara musculoso e de aparência dura comprando um cobertor de bebê branco, macio e perfeito, decorado com estrelas amarelas. E o imaginei na livraria comprando *Boa noite, lua*. Doeu tanto pensar nele fazendo isso. Eu não tinha ideia de como conciliar o homem que estava sentado do lado de fora da porta esperando para entrar com o homem que faria algo tão dolorosamente doce. Essa era a coisa sobre Jude.

O bem superava o mal, e agora a balança estava pendendo a seu favor novamente. Mas ainda havia tanto que eu não sabia sobre ele.

— Eu vi as mensagens no seu telefone — comentei, casualmente, meus olhos no Homem de Ferro e não nele. Seus pés estavam apoiados na mesa de centro, os meus, descalços, em seu colo, suas mãos mágicas massageando-os.

— Você leu minhas mensagens? — Ele parecia mais surpreso do que zangado. Como se não pudesse me imaginar bisbilhotando e lendo suas mensagens. Acho que ele nunca percebeu quantas vezes eu fazia isso quando morávamos juntos. Ou como revirei nosso apartamento de cabeça para baixo, procurando as drogas que ele escondia e as garrafas de uísque escondidas em gavetas e aberturas de ventilação no teto.

Naquela época, Jude era um mentiroso dos bons. Ele era capaz de me olhar nos olhos e jurar pela vida que não estava mais usando drogas. Mas o que ele se esqueceu de me dizer foi que parou de acreditar que sua vida valia a pena ser vivida. Uma vez eu pedi a ele para jurar pela minha vida. Incapaz de fazer isso, ele simplesmente se afastou.

— Quem é Bianca? — questionei. Eu ainda era ciumenta.

— Ela é... — Ele estremeceu e eu sabia. Maldito seja. — Alguém que eu conhecia.

— Você dormiu com ela, não foi?

Ele assentiu e eu silenciosamente o amaldiçoei por ser tão honesto. Teria matado ele mentir? Tentei tirar meus pés de seu colo, mas ele agarrou meus tornozelos e os segurou no lugar.

— Você a amava? — Esfreguei meu pé contra sua virilha, pronta para chutá-lo se necessário.

Ele riu, sabendo o que eu estava pensando, e segurou meus pés com firmeza para se proteger.

— Não. Eu só amei uma mulher na vida.

Ligeiramente apaziguada por sua resposta, meus ombros relaxaram e suas joias da coroa ficaram seguras. Por agora. Era estúpido ficar com ciúmes. Estúpido tentar imaginar como Bianca poderia ser ou como ele tinha sido com ela. Mas isso não me impediu de fazê-lo.

— Pare de pensar nisso. Não significou nada.

Sim, sim, apenas sexo. Aparentemente, os caras podiam separar o emocional do físico, mas eu não tinha ideia de como isso era possível.

Mas eu ainda tinha perguntas.

— Que tipo de luta era aquela de que Victor estava falando?

Ele hesitou por um momento e flexionou a mão, estudando os nós dos dedos cheios de cicatrizes, como se eles tivessem a resposta para a minha pergunta. Eu não me lembrava daquelas cicatrizes e também odiava isso. Que ele tinha cicatrizes que eu não sabia. Assim como tinha uma vida que eu nem conseguia imaginar.

— Boxe sem luvas.

Meu queixo caiu. O choque foi substituído pela raiva. Empurrei sua coxa com o pé.

— O que há de errado com você? Você não pode fazer uma merda dessas com seu ferimento na cabeça. E se... Deus, Jude. E se você tivesse levado uma pancada na cabeça?

Ele encolheu os ombros.

— Fui atingido na cabeça várias vezes. Não me deu nenhum bom senso. — Ele estava tentando fazer piada sobre isso, mas não achei graça.

— Não é nem legal, é?

— Não é sancionado.

— Então, algum tipo de luta clandestina? Tipo *Clube da Luta*?

Ele soltou uma risada.

— Não exatamente.

— Mas você lutava por dinheiro?

Ele assentiu.

— Sim.

— Por quê? Por que você faria isso? — Balancei a cabeça, tentando entender, mas não consegui. — Isso é só... Não parece nada com você. O que aconteceu com você, Jude?

— Eu estava fodido, amor. Queria fazer qualquer coisa que pudesse para sair da minha própria cabeça.

— Como reconciliar todas essas pessoas diferentes? É como se eu conhecesse apenas alguns lados diferentes de você, mas não todos eles. Lá estava o garoto que eu conhecia. Meu melhor amigo. E então o amor da minha vida. Meu tudo. Você era meu tudo.

— E você era minha.

Tirei meus pés de seu colo e os coloquei debaixo de mim. Ele franziu a testa, infeliz por eu ter me distanciado. Antes que eu pudesse fugir, ele me pegou do sofá e me puxou para seu colo.

— Fique — pediu, seu braço apertando em volta de mim para me prender no lugar como se ele estivesse com medo de que eu fugisse.

Tracei seu queixo quadrado com as pontas dos dedos. Ele agarrou meus dedos e os guiou até sua boca, chupando-os, sua mão deslizando pela minha coxa.

— Por que você ainda carrega aquela foto do ultrassom na carteira?

— Você revistou minha carteira também?

Dei de ombros, sem desculpas em minha voz quando respondi:

— Eu estava procurando pistas. Eu não sei quem você é. Por que você guarda essa foto?

— Acho que era outro lembrete de tudo que te fiz passar. — Ele acariciou meu cabelo com tanta delicadeza que doeu. — De quanto falhei com você. É uma das muitas razões pelas quais fui embora e fiquei longe por tanto tempo.

Desistindo de todas as pretensões de assistir ao filme, enterrei meu rosto na curva de seu pescoço e coloquei minha palma sobre seu coração

Quando as estrelas caem

305

palpitante. Como esse homem, com seus braços fortes, ombros largos e um coração do tamanho do Texas, pode ter falhado comigo? Mas ele tinha.

— Você disse que voltou. Por que não falou comigo?

— Foi cerca de dezoito meses depois que deixei você. Foi um pouco antes do Natal. — Eu estava grávida de seis meses de Noah. — Por acaso eu vi você saindo daquela padaria que você gosta, carregando sacolas de compras. Você estava com Sophie. Sentei-me na minha caminhonete e observei você pelo para-brisa e disse a mim mesmo: "Se ela me vir, falarei com ela. Se ela olhar na minha direção, se me der um sinal…" Então você guiou a mão de Sophie até sua barriga. Seu corpo estava muito grávido. Por alguma razão, eu não tinha notado. Acho que foi por causa do vestido que você estava usando. Estava com uma jaqueta jeans por cima.

Eu me lembro desse dia. Eu estava usando um maxi vestido azul-escuro sob uma jaqueta jeans forrada de lã. Sophie e eu estávamos comprando roupas de bebê.

— E você sorriu. Era o mesmo sorriso que costumava me dar quando eu te fazia feliz. Mas eu não conseguia me lembrar de te ver sorrir assim por tanto tempo. Nem quando estávamos no ultrassom. Seu sorriso tinha sido mais preocupado do que alegre. Como se você soubesse, de alguma forma, que algo daria errado.

Ai, meu coração. Eu não suportava a ideia de Jude estar sentado em sua caminhonete, tendo que testemunhar minha felicidade quando ele não participava dela.

— E foi esse sorriso que me fez deixar você de novo. Porque você parecia feliz. Você seguiu em frente. Fez o que eu esperava que fizesse. Você encontrou a felicidade sem mim. Doeu muito e eu queria caçar o homem que ficou com você e perguntar se ele sabia como era um sortudo do caralho. Então eu fui embora e disse a mim mesmo que poderia viver sem você. Eu disse a mim mesmo que fiz a coisa certa ao partir.

Meus olhos se fecharam, tentando bloquear o pensamento do que poderia ter sido. Se eu não estivesse grávida de Noah. Se ao menos ele tivesse voltado antes. Tantos "e se". Mas não dava para pensar assim. Eu não poderia imaginar um mundo sem Noah, nunca quis.

Jude pegou minha mão e entrelaçou nossos dedos. Respirei fundo e inalei seu cheiro, respirando-o.

Eu sabia que havia muito mais nessa história. Muita coisa ele não estava me contando. Jude não teria aceitado tão bem quanto fingia.

— O que aconteceu depois disso? — perguntei, me preparando mentalmente para ouvir a resposta.

Ele estremeceu. Apertei sua mão, encorajando-o a continuar.

— Acho que não estava indo tão bem quanto pensei. — Ele riu como se fosse uma piada, mas não acompanhei. Ele puxou a mão e a esfregou no rosto.

Levantei a cabeça de seu ombro.

— Jude. O que aconteceu?

Ele balançou a cabeça, negando.

— Muita merda aconteceu, Marrenta. Um monte de merda que você não precisa ouvir.

Eu não o deixaria escapar tão fácil.

— Se houver o mínimo de esperança para nós, temos que ser honestos.

Ele acariciou sua mandíbula, em seguida, acenou com a cabeça, reconhecendo que eu estava certa.

— Não lembro muito bem. Eu estava em uma festa em Oceanside. — Ele me olhou de soslaio. — Havia um monte de drogas lá. Digamos que tive uma *bad trip*. Acabei na ala psiquiátrica do hospital de militares em San Diego. E, de certa forma, foi a melhor coisa que poderia ter acontecido. Comecei a receber aconselhamento. Ajudou. Alguns meses depois, Tommy Delgado... você se lembra dele?

— Claro. Enviei-lhe pacotes de cuidados.

— Sim, você enviou. — Ele sorriu com a memória. Jude costumava me dizer que eu mandava os melhores pacotes de cuidados e todos os seus amigos fuzileiros ficavam com ciúmes, então comecei a enviar pacotes de cuidados para eles também.

— Enfim, eu e Tommy estávamos saindo um dia e ouvimos no noticiário que um grande terremoto atingiu o Nepal, perto de Kathmandu. O dano foi catastrófico. Milhares de vidas perdidas e milhares de feridos. E nós apenas olhamos para cada um e dissemos: "vamos".

— Assim desse jeito? Você decidiu ir para o Nepal?

Ele riu.

— Sim. Bem desse jeito. Reunimos uma equipe de oito ex-fuzileiros. Três dos quais eram médicos. E fomos assim, aos trancos e barrancos.

Agora, *isso* soava exatamente como algo que Jude faria.

— E o que vocês fizeram lá? — indaguei, fascinada por sua história.

— Qualquer coisa que pudéssemos para ajudar. Formamos uma equipe de busca e salvamento. Desenterramos pessoas dos escombros que

Quando as estrelas caem

307

ainda estavam presas. Transportamos pessoas para locais seguros. Então ficamos e ajudamos a limpar os escombros. Quando voltamos para casa, decidimos criar uma organização de socorro sem fins lucrativos liderada por veteranos. Lideramos equipes de voluntários em vilas e cidades em toda a América que foram atingidas por desastres naturais.

— Uau. Isso é incrível. E foi isso que te ajudou nos momentos ruins? — supus. Porque eu podia ver Jude fazendo isso. Poderia imaginá-lo liderando uma equipe e entrando em situações das quais a maioria das pessoas fugiria.

— Sim. Tenho certeza de que aquela viagem ao Nepal salvou minha vida. Sinto que deu sentido e propósito à minha vida novamente.

Uma onda de tristeza tomou conta de mim. Por que eu não era o suficiente? Por que ele teve que viajar até os confins da terra para encontrar seu significado e propósito? Então ele terminou sua história e as peças se encaixaram.

— Logo antes de partir para o Nepal, liguei para minha mãe. Foi a primeira vez que liguei para casa em dois anos. Eu disse a ela que te vi alguns meses antes e perguntei sobre o bebê. Perguntei se vocês dois estavam bem. Acho que ela pensou que eu sabia... não sei. Mas foi assim que descobri que era de Brody.

— Isso te atrapalhou?

Ele bufou.

— O que você acha?

Eu tomaria isso como um sim.

— Tentei não pensar nisso. Porque doía demais.

Na cabeça de Jude, o que Brody e eu fizemos foi uma grande traição. Na manhã seguinte, quando acordei com Brody, me senti tão culpada. Acho que ele também, mas nenhum de nós mencionou aquela noite novamente.

— E agora? Como você está lidando com isso?

— Estou aprendendo a aceitar — disse Jude, e isso era o máximo que qualquer um poderia esperar.

— Só quero que você saiba... a noite em que estive com Brody...

— Eu não quero ouvir...

— Não. Por favor. Só escute. — Sua mandíbula se apertou, mas ele assentiu. — Passamos a noite inteira falando sobre você. E nós dois estávamos tão tristes e com tanta raiva, sabe? Ficamos tão bêbados, Jude. E ele me disse... — Parei e respirei fundo. — Ele me contou o que você fez por ele em Odessa. Contou o que aconteceu com ele quando estava em um orfanato.

— Ele te contou? — Jude perguntou, surpreso.

Assenti.

— Eu sei que foi só porque estava muito bêbado, mas ele queria que eu soubesse que você estava lá quando ele precisou de você. E o que aconteceu entre mim e Brody... naquela noite... éramos apenas duas pessoas que eram melhores amigas há muito, muito tempo. Caindo de bêbados e tentando confortar um ao outro. Porque nós dois perdemos você. E nós dois te amamos muito. Quando descobri que estava grávida, chorei.

— Por que você chorou?

— Porque foi você quem me deixou. Mas eu sabia que tinha acabado de fechar a porta para qualquer possibilidade de você voltar. Sabia que, quando descobrisse, se descobrisse, seria realmente o fim para nós. E, até então, eu ainda tinha esperança de que você mudasse de ideia e que um dia aparecesse e me implorasse para aceitá-lo de volta.

Ele me reposicionou para que eu estivesse em cima dele e passou a mão em volta da minha cabeça, puxando-me para si. Nossos lábios colidiram e ele me beijou com força.

— E aqui estou, fazendo exatamente isso — murmurou. — Implorando para você me aceitar de volta. — Beijou o canto da minha boca. — Implorando para você amar meu eu fodido. — Segurando meu cabelo, ele o afastou, expondo a extensão do meu pescoço, sua boca se movendo para baixo, dentes roçando minha clavícula.

Apertei seus ombros e balancei meus quadris, esfregando contra seu comprimento duro, sua mão encontrando meu seio e acariciando-o.

Deus, este homem poderia me fazer perder a cabeça.

— Você realmente acha... realmente acredita que podemos fazer isso? — Eu ofegava. — Que podemos fazer funcionar desta vez?

— Eu não estaria aqui se não acreditasse. — Ele rapidamente tirou minha camiseta e me ajudou a tirar meu short de algodão. Nem mesmo se preocupando em tirar suas próprias roupas, ele desabotoou a calça jeans e empurrei para baixo o cós de sua cueca boxer, guiando sua ponta para a minha entrada.

— Eu senti tanto a sua falta — ele disse, enquanto eu me afundava nele até que eu estivesse totalmente sentada.

— Brody estará de volta na próxima semana. Se você quer estar na minha vida e na vida de Noah, terá que encontrar uma maneira de fazer as pazes com ele.

Quando as estrelas caem

— Porra. Isso é pior que um banho de água fria.

Eu ri e remexi meus quadris, provocando um gemido dele.

— No entanto, de alguma forma, você ainda está duro.

— Por você — murmurou, quando seus lábios encontraram os meus novamente e suas mãos agarraram meus quadris.

— Estou falando sério. Você e Brody...

— Pare de mencionar o nome dele — rosnou. Apertei meus lábios e segurei seu olhar até que ele suspirou e então assentiu. — Tá bom. Farei as pazes com Brody. Agora podemos terminar o que começamos?

— Mamãe! Estou com sede!

Com um gemido de frustração, a cabeça de Jude bateu no encosto do sofá enquanto eu descia dele e lutava para me vestir.

— Só um minuto — gritei.

— Se ao menos a gente tivesse mais um minuto... — Jude murmurou.

Ha! Isso iria ensiná-lo a não foder garotas chamadas Bianca.

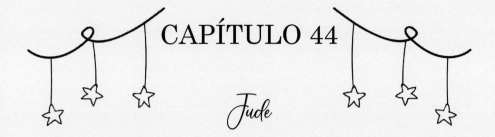

CAPÍTULO 44

Jude

Porra. Isso não está certo. Na dúvida, pesquise no Google.

— A mamãe pode fazer isso — disse Noah. — Mamãe sabe fazer tudo. Tenho certeza de que minha carteirinha de homem seria revogada se eu não fizesse isso direito.

— Ela sabe. Mas está tudo sob controle. — Deslizando meu telefone de volta no bolso, estalei meus dedos e rolei meus ombros. — Mais uma tentativa.

Ele suspirou.

— Ok.

Desamarrei o laço e recomecei. Desta vez, parecia meio decente. Molhei um pente e passei-o por seu cabelo; em seguida, segurei-o na distância do braço.

— Você está bonito, campeão.

Ele sorriu. Tirei uma foto e mandei para a Lila. A resposta dela foi imediata.

> Lila: Meu bebê. Por que ele parece tão crescido? Meu coração não aguenta.

Bati meu punho contra o de Noah.

— Pronto para ir?

Ele assentiu.

— Tudo bem por aí? — perguntei a ele, enquanto dirigíamos para Vinhedo Sadler's Creek. A última vez que vi a amiga de Lila, Sophie, eu estava drogado e bêbado. Fiquei surpreso por ela ter considerado me deixar ir ao seu casamento.

Quando Noah não respondeu, olhei para ele pelo espelho retrovisor. Ele ficou quieto durante toda a viagem, o que não era típico dele. O garoto geralmente falava pelos cotovelos.

— O que há de errado? — tentei saber. Ele estava olhando pela janela, seu rosto preocupado.

— Você é meu novo papai agora?

Bem, merda, eu não tinha previsto isso. E, pode me xingar, mas eu desejava poder dizer sim.

— Não. Seu papai sempre será seu papai. Ele vem para casa amanhã.

Maravilha. Eu mal podia esperar. Mas guardei meus sentimentos. Isso não era sobre mim.

— Você beijou minha mãe.

— Sim, eu beijei. Está tudo bem por você?

Nenhuma resposta. Estávamos quase no vinhedo, então continuei dirigindo. Virei à esquerda, parei no manobrista e estacionei o carro. Nenhuma despesa foi poupada para este casamento.

Ao sair do carro, entreguei as chaves ao atendente. Abri a porta de trás, mas, antes de desafivelar o cinto de segurança de Noah, o sondei em busca de respostas.

— Você está chateado porque beijei sua mãe?

Ele deu de ombros, sem me olhar.

— Noah. Olhe para mim.

— Não. — Ele chutou o assento com os calcanhares. — Eu quero sair.

Esfreguei a nuca e tentei descobrir o que lhe dizer. Ele era muito jovem para entender a loucura dessa situação e eu não queria colocá-lo no meio dela. Eu não era o pai dele. Era apenas seu tio, que também era o homem que amava sua mãe. Era minha função dizer a ele qual era a situação?

— Você fica bravo quando eu beijo sua mãe? — perguntei, tentando uma tática diferente.

Ele negou com a cabeça. Aliviado por não o ter deixado com raiva, continuei:

— Como isso faz você se sentir? — Eu soava como um psiquiatra, e, puta merda, como eu odiava essa pergunta. Noah obviamente se sentia da mesma maneira. Ele fez uma careta para mim. Como eu poderia esperar que uma criança de quatro anos tivesse todas as respostas quando eu também não as tinha? — Eu amo sua mãe. Nunca faria nada para machucá-la. — Mentira. Mas isso estava no passado. — E nunca faria nada para te machucar, ok?

Ele cedeu um pouco, como se estivesse ouvindo e absorvendo a informação. Processando-a em sua cabeça e tentando entendê-la.

— Seu pai sempre estará ao seu lado — assegurei a ele. — Isso nunca vai mudar. Mas sua mãe também precisa de amigos. E eu sou seu... amigo especial. — *Amigo especial?* Eu parecia um idiota. — Então, o que me diz? Podemos nos divertir nesta festa?

Ele acenou com a cabeça, sorriu e soltei um suspiro de alívio quando liberei seu cinto de segurança. Então mandei uma mensagem para Lila avisando que havíamos chegado e que estávamos do lado de fora da vinícola de pedra com telhado de terracota que parecia uma villa toscana.

Não via Lila desde as seis da manhã, quando ela saiu para trabalhar. Ela e Christy tinham feito todos os arranjos de flores para o casamento, então, a última vez que a vi, nove horas atrás, ela estava vestindo jeans, uma camiseta e sem maquiagem, seu cabelo preso em um daqueles coques bagunçados.

Mas agora… caralho. Ela usava o cabelo meio preso, meio solto, ondas caindo sobre os ombros nus. Seu vestido era azul-meia-noite e sem alças, com uma saia rodada que terminava logo abaixo do joelho. Mas caramba, esses sapatos. Sandália preta de tiras e salto alto com fitas grossas amarradas no tornozelo. Eu queria desamarrá-los com meus dentes.

Quando ela nos viu, parou na varanda e colocou a mão sobre a boca enquanto eu conduzia Noah escada acima para encontrá-la.

— Ah, meu Deus, você está tão… vocês dois estão… vocês estão lindos. — Seu sorriso foi direcionado a nós dois.

— E você está bonita pra cara… caracoles. — Por pouco. Lembrando-me de Noah, parei bem a tempo.

Uma risada explodiu dela.

— Bonita pra caracoles?

— Uhum. É uma versão mais doce de bonita pra caraca.

— Você está bonita pra caraca, mamãe — disse Noah.

Eu ri.

— Obrigada, querido. Mas não vamos dizer caraca.

— Ok. — Ele fez uma pausa. — Você está bonita pra caracoles.

Isso me fez rir ainda mais. Lila me deu uma cotovelada nas costelas.

— Pare.

CAPÍTULO 45

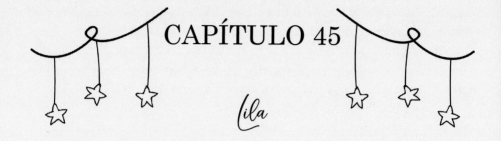

— Vamos nos despedir — Agarrei a mão de Jude. — Precisamos chamar Noah e dizer a ele que é hora de ir.
— Não, não vamos.
— Sim, nós vamos. Não temos que ficar para isso.
— Nós vamos ficar.
— Sério, Jude. Foram momentos incríveis. Não quero estragar. — Sua mandíbula apertou. Claramente, eu tinha atingido um ponto fraco, mas queria terminar com uma nota alta e não sujeitá-lo a uma exibição de fogos de artifício. — Vamos pegar Noah e...
— Ele está ansioso por isso. Só tem falado no assunto. Não vamos decepcioná-lo.
— Mas você vai ficar bem?
— Eu vou ficar bem.
— Tem certeza?
— Estou bem.
— Você não precisa fazer isso.
— Lila. Pare. Noah quer ver os fogos. Vamos fazer isso.
— Você não tem nada a provar para mim.

Ele exalou um suspiro frustrado. Eu o estava irritando com meus protestos, mas queria que tivesse absoluta certeza de que isso era algo que ele poderia lidar. Não precisava ser submetido a estresse desnecessário.

— Tenho muitas coisas a provar, mas isso não é uma delas. Posso me preparar mentalmente para uma exibição de fogos de artifício.

Eu odiava que uma exibição de fogos de artifício fosse algo para o qual ele tinha que se preparar mentalmente. Que teve que trabalhar tão duro. Mas, ao mesmo tempo, admirei sua força e todo o trabalho duro que fez para chegar até aqui.

Então ficamos para os fogos.

Ele passou os braços em volta de mim por trás e me inclinei contra seu peito sólido. Senti a força em seus braços e meu batimento cardíaco disparou. Eu não sabia o quanto era difícil para ele fazer isso ou o quanto ele desejava estar em qualquer lugar, menos aqui. Mas ele ficou.

Quando inclinei minha cabeça para trás para olhar para ele, seus olhos encontraram os meus, os fogos de artifício refletidos em seu rosto destacavam o brilho do suor. Mas, ainda assim, ele sorriu e eu devolvi o sorriso.

Olhei para Noah, que estava sentado com todas as outras crianças em campo aberto, seu rosto extasiado com os fogos de artifício explodindo e iluminando o céu escuro. Como se pudesse nos sentir olhando para ele, Noah desviou sua atenção do show e nos deu um grande sorriso.

— Isso é tão maneiro. Certo, tio Jude?

— Muito maneiro. Melhor coisa de todas.

— Sim. — Com o sorriso ainda firme no lugar, Noah se concentrou lá novamente, e uma parte de mim desejou que ele pudesse permanecer tão jovem e inocente para sempre. Que nunca conhecesse a dor de um desgosto ou os efeitos da guerra ou tivesse que lamentar a morte de um ente querido. Mas não era assim que a vida funcionava.

Noah estava finalmente dormindo e, com sorte, fora de combate por hoje. Fechando a porta suavemente, caminhei pelo corredor com meus pés descalços, a saia do meu vestido balançando contra minhas coxas. Exausta, me joguei na cama ao lado de Jude, que estava deitado de costas, olhando para o teto. Ele ainda estava vestindo sua camisa para fora e calças, o paletó de seu smoking pendurado na porta do meu armário.

— Parece a noite do baile — eu disse, rolando para o lado e apoiando minha cabeça na minha mão.

Ele riu um pouco.

— Na noite do baile, mal passamos pela porta antes de arrancarmos as roupas um do outro.

— Você tem razão. Estamos vestidos demais.

— Nós já deveríamos estar casados e com quatro filhos. — Ele parecia tão triste que partiu meu coração em dois.

— Não podemos pensar no que poderia ter sido.

— Mas você faz isso, não faz? Pensar nisso. Nunca pensei que me tornaria aquele cara, Marrenta. Eu costumava pensar que era muito forte para deixar algo foder com a minha cabeça assim. Era algo que acontecia com outros caras, não comigo. E quando olho para trás naquela época, ainda não consigo acreditar que era eu.

Coloquei minha mão sobre seu coração.

— Não era você. Era outra pessoa. Não era o *meu* Jude.

— Era eu, amor. E eu daria qualquer coisa para retirar toda a dor e sofrimento que fiz você passar.

— E eu daria qualquer coisa para tirar toda a dor e sofrimento que você passou. Mas acho... que você fez o que você se propôs a fazer, Jude. E eu estava tão orgulhosa de você. Os escolhidos. O orgulho. A Marinha. Sempre Leal. Você foi meu herói.

— Até que me tornei um monstro.

— Não um monstro. Nem um deus. Um mero mortal, assim como o resto de nós. Você se esforçou tanto, mas não teve o apoio certo e eu só queria... Gostaria de ter encontrado a ajuda de que você precisava. Gostaria que o amor tivesse sido suficiente para curá-lo.

— Ninguém poderia ter me amado mais. Você é única na minha vida.

— E você é na minha. Por que tudo tem que ser tão difícil para nós?

— Eu não sei, amor. Acho que é assim que somos. O touro e o leão.

— Você é meu Ulisses.

— Você é minha Penélope.

— Então, por que ainda parece que você não encontrou o caminho de casa? Por que estou com tanto medo de que você não tenha vindo para ficar?

— Não sei. O que mais posso fazer para provar isso a você?

Eu não tinha uma resposta.

— Deixe-me te mostrar — disse ele. — Deixe-me mostrar como é voltar para casa.

316   emery rose

O calor irradiava de seu toque e deixava um rastro no caminho. Mãos calejadas, ásperas contra a minha pele macia, deslizaram pelas minhas coxas e pelos meus seios, meu pescoço e meu cabelo. Sua mão apertou a minha e ele entrelaçou nossos dedos, descansando nossas mãos unidas ao lado da minha cabeça, seus lábios viajando do meu queixo ao meu ouvido.

— Diga-me que isso não parece como estar em casa — sussurrou.

E me senti exatamente em casa, porque minha casa era ele. Sempre foi.

Quando ele deslizou dentro de mim, foi lento e gentil, e permitimos que nossos corpos dissessem tudo o que nossas palavras não podiam. Curvei-me para longe da cama e ele empurrou mais forte, acariciando dentro e fora, provocando um gemido meu e dele.

Um fogo acendeu em minha alma, queimando só por ele.

Levei minha mão ao seu rosto e ele beijou meus lábios, tão gentilmente, com uma reverência que trouxe lágrimas aos meus olhos. Quando ele empurrou mais fundo, meus olhos se fecharam, uma lágrima solitária escorrendo pela minha bochecha.

— Jude — sussurrei. Como eu vivi sem ele por tanto tempo?

Minhas costas arquearam para fora do colchão e cravei as unhas em suas costas enquanto ele invadia mais fundo, mais forte, preenchendo o espaço dentro de mim que ele criou para si mesmo tantos anos atrás.

Ele pressionou seus lábios contra os meus e me beijou suavemente.

— Eu te amo, Lila.

— Eu te amo, Jude.

Tudo o que eu conseguia pensar era nele. Tudo que podia sentir era ele. Tudo o que queria e precisava era ele.

— Você é minha casa.

Para todo o sempre.

CAPÍTULO 46

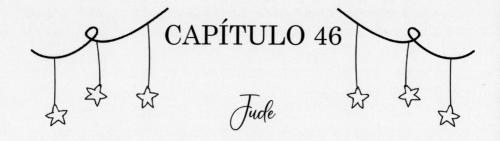

Jude

— Está na hora de virar? — Noah inclinou a cabeça para me olhar. Ele era tão fofo. Em apenas algumas semanas, eu me apeguei a ele. Ansiava por passar um tempo com o garoto, tanto quanto ansiava por ver Lila todos os dias.

— Está vendo as bolhas? — perguntei a ele.

Ele estudou as panquecas na frigideira e assentiu.

— Estou.

— Isso significa que estão boas para virar. Mas lembra do que eu te disse?

— Tomar cuidado. Não tocar na panela. Porque está quente — repetiu as palavras que eu disse a ele.

— Está muito quente e não quero que você se queime.

— Eu sei.

Fiquei ao lado dele, pronto para intervir se necessário, mas, ao contrário da maneira como fazia a maioria das coisas, ele abordou essa tarefa com cautela. Envolvi minha mão na dele e o ajudei a colocar a espátula debaixo da panqueca antes que ele tentasse virá-la.

— Eu posso fazer isso.

Soltei sua mão e o observei fazer. A panqueca parecia um pouco queimada, o que eu suspeitava que fosse o caso, mas eu comeria essa fornada.

Coloquei a pilha de panquecas na ilha ao lado do bacon e Noah subiu em seu banquinho, pronto para atacar.

Servi uma xícara de café para Lila, coloquei leite até ficar da cor que ela gostava e pus na frente dela, que se sentou à minha frente. Ela olhou para o café e depois para o desjejum — panquecas, bacon, frutas que Noah e eu cortamos — e finalmente seus olhos encontraram os meus.

— É meio que legal ter você por perto.

— *Meio que legal?*

— Não deixe isso subir à sua cabeça.

— Isso significa que você quer que eu fique? — Sentei-me no banquinho ao lado do de Noah e enchi meu prato de comida, passando a mensagem de que não tinha intenção de ir a lugar nenhum. Servi a calda de Noah para ele, já sabendo por experiência que suas panquecas acabariam nadando em calda se ele fizesse por conta própria.

— O que você quer dizer com ficar? — ela perguntou, fingindo ser tímida, espetando um morango e o levando à boca.

— Você sabe, então estarei à disposição para preparar seu café da manhã todas as manhãs.

— Ah. — Ela me deu aquele sorriso malicioso. — Então você quer ser meu cozinheiro para comidas rápidas?

— Para manter esta conversa apropriada para menores, vamos dizer que é exatamente isso que eu quero ser.

— Pode haver uma oportunidade de emprego. — Ela deu de ombros. — Mas tenho outros candidatos para entrevistar.

Que brincalhona.

— Já posso garantir que não terão minhas qualificações. — Eu balancei os dedos das mãos para ela. — Como minhas mãos mágicas, por exemplo.

Ela balançou a cabeça e comeu seu café da manhã, as bochechas coradas. Por mais que eu gostasse de ver Lila em um vestido chique e saltos que me chamavam para devorá-la, esse era o visual que eu mais amava nela. Coque bagunçado com algumas mechas soltas emoldurando o rosto, sem maquiagem e vestindo uma camiseta azul desbotada que costumava ser minha.

— Camisa legal.

— Ah, essa coisa velha? É do meu ex-namorado.

Fiz uma careta para ela. Ela apenas riu e mordeu uma tira crocante de bacon.

— Sua mãe é uma comediante — eu disse a Noah.

— O que é uma mediante?

— Tio Jude acha que eu sou engraçada.

A testa de Noah franziu.

— Você não é engraçada.

Isso me fez rir.

— Tio Jude é engraçado? — quis saber Lila.

Noah enfiou uma garfada de panquecas na boca e pensou por um minuto antes de assentir.

— Ele conta piadas engraçadas sobre picles.

Quando as estrelas caem

319

Lila gemeu.

— Ai, meu Deus. Não as piadas de picles.

Bati no punho de Noah. Estava pegajoso com a calda.

Bem quando eu estava pensando que as manhãs de domingo com Lila e Noah eram minha coisa favorita no mundo, minha felicidade recém-descoberta foi destruída por uma batida na porta seguida pelo som de botas cruzando o piso de madeira.

— Lila! Noah! — gritou, efetivamente causando estragos em nossa pacífica manhã de domingo.

— Papai! — Noah pulou de seu banquinho e se lançou nos braços estendidos de Brody.

— Ei, homenzinho. — Brody levantou Noah nos braços e lhe deu um grande abraço. — Senti a sua falta.

— Senti sua falta também.

— Noah, volte e termine seu café da manhã — disse Lila. — Oi. Não estávamos esperando você tão cedo — disse ela a Brody.

— É. Posso ver que não. — Brody colocou Noah de volta em seu banquinho e me ignorou completamente, como se eu nem estivesse sentado ali. Retribuí o favor.

— Fizemos panquecas! — Noah cantarolou. — Quer algumas?

— Não, estou bem. — Ele pegou uma tira de bacon, enfiou na boca e se serviu de uma xícara de café. Ele sabia em qual armário colocar as canecas e se sentia em casa, puxando um banquinho ao lado de Lila. Fazendo valer a ideia de que se sentiam confortáveis um com o outro.

— Como foi? — ela perguntou a Brody.

— Você ganhou, papai? — Noah indagou, com os olhos arregalados, os antebraços plantados na bancada e ajoelhado no banquinho alto, sua atenção extasiada focada no homem que era claramente um herói aos seus olhos. O banquinho se inclinava para a frente sobre duas pernas. Minha mão disparou para segurá-lo para que o banquinho não voasse debaixo dele e a criança acabasse caindo de cara no granito. Mantive a mão esquerda na perna do móvel e bebi meu café com a mão direita.

Brody balançou a cabeça. Parecia que não dormia há dias.

— Não. Estou ficando velho demais.

— Velho? — Lila disse, com um sopro. — Você acabou de fazer trinta e um anos.

Ele soltou uma risada.

320   **emery rose**

— Faço isso desde a adolescência. Os melhores caras do circuito agora são dez anos mais novos que eu.

Lila deu-lhe um pequeno empurrão com o cotovelo.

— Hora de pendurar as esporas, vaqueiro.

Ele passou os dedos pelo cabelo e exalou alto.

— É o que parece.

— Eu sei que você adora, Brody — ela disse. — Mas precisamos que fique seguro e forte. Aquele maldito rodeio te deixou com mais ossos quebrados e ferimentos do que qualquer homem jamais deveria ter na vida.

Ele a olhou de soslaio.

— Cuidado aí. Você está começando a soar como se realmente se importasse.

— Eu me importo. E me preocupo com você toda vez que está na estrada.

Cerrei os dentes, surpreso que a caneca na minha mão não tenha rachado sob a pressão do meu aperto firme. Ela se preocupava com ele. Como se ele estivesse indo para uma zona de combate em vez de um rodeio estúpido onde tudo o que tinha que fazer era ficar montado em um cavalo. Ele fazia isso pela glória, pelos aplausos da multidão e pela adoração. Eu sabia disso, porque fui vê-lo em muitos rodeios no colégio, onde ele se exibia como se fosse um presente de Deus para as mulheres.

— E eu sempre digo para você não se preocupar — respondeu. — Sempre voltarei para casa.

A indireta era para mim. Mas Lila estava alimentando isso. Caindo nessa merda.

Esta era uma pequena cena familiar aconchegante e eu era o estranho.

— Terminou? — perguntei a ela concisamente, pegando seu prato que ela não tocava desde que o cowboy entrou e fixou residência bem ao lado dela.

— Sim, mas não se preocupe com a louça. Eu posso…

Ignorando seus protestos, recolhi os pratos.

— Sim, mamãe — Noah gritou. — Papai *sempre* volta para casa.

Enchi a máquina de lavar louça e a fechei com mais força do que pretendia. Então me virei para dizer a Lila que precisávamos sair daqui. Deixar Brody levar Noah para que pudéssemos passar o dia juntos.

— Está na hora de você fugir? — ele me perguntou. — As coisas não estão indo do seu jeito?

— Brody — Lila alertou. — Não comece.

Quando as estrelas caem

Ele sorriu.

— Apenas dizendo o que vejo.

Respirações profundas. Ele estava me provocando. Montou essa cena de propósito, porque queria que eu visse que eles eram uma família.

— Não se apegue muito ao seu tio Jude — disse Brody a Noah. — Ele tem o hábito de fugir quando as coisas ficam difíceis.

Minhas mãos se fecharam em punhos. Aquele filho da puta.

— Brody — Lila sibilou. — Você precisa parar.

— Ei, amigo, por que não vai se arrumar? Vamos ver os cavalos. Pode se vestir?

— Posso fazer isso — disse Noah, pulando de seu banquinho e correndo para fora da cozinha.

Quando Noah se foi, Brody disse:

— É divertido brincar de casinha, não é? Mas você só está fazendo isso há algumas semanas. E agora estou de volta. Você não terá mais Noah e Lila só para si. Vamos ver como você lida com isso. Nunca foi muito bom em compartilhar.

— Não quando a pessoa era minha, para começo de conversa.

— Como eu disse, Noah é meu, não seu. E Lila...

— Não pertence a ninguém — ela interveio. — Eu sou de mim mesma. E estou sentada aqui. Não sou uma moeda de troca. Não sou um brinquedo pelo qual vocês dois possam brigar. Então parem de marcar território mijando em tudo. Se vocês não conseguem resolver suas diferenças... — Ela parou e balançou a cabeça, seus olhos correndo para mim. — Se você não pode fazer isso, nenhuma de suas palavras doces ou qualquer outra coisa fará a menor diferença.

Abri a boca para protestar.

— Brody. Você pode ajudar Noah? Ele ainda não sabe se vestir sozinho.

Ela sustentou seu olhar por alguns segundos até que ele finalmente assentiu.

— Claro. Como quiser, L.

Depois que ele saiu da cozinha, contornei a ilha e estendi a mão. Ela cruzou os braços sobre o peito, excluindo-me. Como se as últimas semanas não tivessem significado nada para ela. Como se a noite passada nunca tivesse acontecido.

— Eu só preciso que você responda a uma pergunta — ela disse, seu olhar segurando o meu. Eu assenti. — Você vai me perdoar por isso?

Eu queria dizer que já tinha perdoado, mas não era verdade. Enquanto Brody estava fora, eu consegui bloqueá-lo, fingir que ele não existia, mas agora que ele estava de volta e jogando isso na minha cara novamente, eu sabia que o verdadeiro teste começaria.

Se Brody e eu não conseguíssemos encontrar uma maneira de coexistir pacificamente, Lila chutaria minha bunda pela porta mais rápido do que você poderia dizer "Marrenta". Ela foi honesta desde o início, enfiou na minha cabeça que Noah sempre viria em primeiro lugar. Eu não era mais o número um dela. E Noah era filho de Brody, não meu. Então, onde isso me deixava?

— Brody sempre fará parte da minha vida — explicou. — Ele não vai desaparecer. Encontramos uma maneira que funciona para nós. Encontramos uma maneira de coparentalidade que é melhor para Noah. Quero que Noah veja que somos bons amigos e que nos importamos um com o outro. Nunca quero que ele sinta que tem que escolher um lado.

Eu não poderia discutir com nada disso. Tudo o que ela disse fazia todo o sentido e, se Noah fosse meu filho, eu iria querer a mesma coisa. Ele nem era meu filho e eu *ainda* queria isso para ele. Mas, se me perguntar, era um exagero.

— Você sempre vai agir assim? Toda vez que vocês três estiverem juntos na minha presença? Foi um teste para ver o quanto eu aguentaria antes de quebrar?

Ela balançou a cabeça negativamente. Então respirou fundo e soltou o ar.

— Eu não quero te quebrar, Jude. Sei o quanto trabalhou e chegou tão longe… Não quero ser a pessoa que estraga todo o seu trabalho duro.

— Eu não sou tão frágil. Não quebro tão facilmente. — Me irritava que ela ainda sentisse que tinha que se preocupar comigo.

— Mas você não respondeu à minha pergunta. — Ela ergueu os olhos para os meus. — Você algum dia vai me perdoar?

— Você algum dia vai me perdoar?

— Eu quero.

Acho que tive minha resposta. Ela ainda não havia me perdoado e eu ainda estava ressentido com o método que ela escolheu para me superar.

Quando Lila e eu ficamos noivos, eu disse a ela que, se ela me traísse, seria o fim. Eu nunca superaria esse tipo de traição. Ela me disse que, se eu a deixasse, não haveria volta. Tecnicamente, ela não me traiu e, logicamente, eu sabia disso. Quando fui embora, queria que ela seguisse em frente, que encontrasse a felicidade sem mim. Mas eu ainda não conseguia entender o fato de que ela não apenas dormiu com Brody, mas ele a engravidou.

Eu tinha algum direito de me ressentir de Lila e Brody por isso? Alguém poderia argumentar que não.

Eu sabia o que precisava fazer. Tinha que ser um homem mais maduro. Tinha que encontrar uma maneira de fazer as pazes com uma situação que não me agradava. Encontrar uma maneira de sentar na mesma mesa com o homem que deu ao amor da minha vida algo que eu não pude. Era uma grande pergunta. A situação era fodida. Mas, como eu sabia, muitas coisas na vida foram fodidas além do nosso controle.

Eu tinha duas escolhas. Ser homem e aceitar. Ou perdê-la para sempre.

— O que eu preciso fazer para que você me perdoe? — perguntei a ela.

— Ainda estou com tanto medo de que você vá fugir. Estou com medo de que tudo isso seja demais para você lidar e você me deixe novamente. Tenho medo de um dia acordar e você ter ido embora. Mas eu acho… Você tem que decidir se isso é algo com o qual você pode viver. E eu sinto muito… sinto muito por colocá-lo nesta posição. Mas não posso voltar atrás e mudar o que aconteceu.

Lila e eu acreditávamos que nosso amor poderia conquistar tudo. Que nenhum obstáculo seria grande demais. Como fomos ingênuos. Nunca foi uma questão de não se amar o suficiente. Nunca deixamos de nos amar.

No final, o que importava era se poderíamos ou não encontrar uma maneira de ficar juntos sem trazer à tona todos os pecados do nosso passado. Sem jogar nossas transgressões na cara um do outro toda vez que discutíssemos. Porque nós discutiríamos. Ainda éramos o touro e o leão, e brigávamos tão apaixonadamente quanto amávamos.

O amor testava seus limites.

Era tão fácil se apaixonar. Tão fácil amar uma pessoa quando os tempos eram bons. O verdadeiro desafio era resistir mesmo quando as coisas ficavam difíceis. Mas eu cansei de correr. Cansei de tentar fingir que um dia encontraria a verdadeira felicidade sem Lila. Ela era tudo para mim. O amor da minha vida. Minha razão. Meu passado, presente e futuro. Se eu me afastasse dela agora, seria um bastardo miserável pelo resto da minha triste vida.

— Eu não vou a lugar nenhum sem você, Marrenta. Você é minha companheira na alegria e na tristeza. Nunca vou te deixar. Eu prometo pela minha vida… não, foda-se. Eu prometo pela sua vida, pela vida de Noah, eu vou ficar e te amar até meu último suspiro.

— E vai me perdoar pelo que eu fiz?
— Eu já perdoei.
Seus olhos se estreitaram em descrença. Ainda tão desconfiada. Só o tempo curaria essas velhas feridas, mas teríamos muito tempo.
— Quando isto aconteceu?
— Agora mesmo. Fiz um pequeno exame de consciência. Tipo dois segundos atrás.
Ela riu.
— Ah, por Deus, Jude... você é inacreditável.
— Obrigado.
Isso a fez rir ainda mais.
— Fico feliz em ver que seu ego ainda está intacto. — O riso morreu em seus lábios e seu rosto ficou sério. — Pode acertar as coisas com Brody?
Passei a mão pelo cabelo. Essa era uma grande pergunta.
— É isso que você quer que eu faça?
— É isso é que eu preciso que você faça. Se quer fazer parte da minha vida e da vida de Noah...
— Não há "se" em relação a isso.
— Se eu te perder de novo, meu coração não aguentaria.
— Eu não vou te decepcionar. De novo não. Prometo. — Desta vez, eu manteria minha promessa ou morreria tentando. Mesmo que isso significasse jogar limpo com a porra do Brody McCallister. Eu faria isso por Lila e Noah.
Talvez minha mãe estivesse certa. Eu precisava encontrar uma maneira de me perdoar. E talvez, se eu pudesse fazer isso, poderia encontrar uma maneira de perdoar Brody por estar lá quando eu não estava.

Respirando fundo, abri a porta e entrei no The Roadhouse. As luzes de Natal ainda estavam penduradas, embora fosse maio, e a música country ainda tocava nos alto-falantes, mas a qualidade do som era melhor e o lugar não cheirava mais a cerveja velha e fumaça de cigarro.

— Ora, ora, se não é Jude McCallister — disse Colleen, com um sorriso. — Há quanto tempo não te vejo.

Ela colocou uma cerveja na minha frente e pegou uma garrafa de uísque na prateleira.

— Só a cerveja.

Suas sobrancelhas se ergueram, mas ela assentiu e devolveu a garrafa à prateleira.

— Onde você esteve todos esses anos, doçura?

— Em todo lugar e em lugar nenhum. — E essa pelo menos foi uma resposta honesta.

— Bem, acho que foi para lá que você teve que ir para encontrar o caminho de volta para casa — comentou, entendendo mais do que verbalizei. — Você parece bem. Muito bem.

Inclinei meu queixo.

— Obrigado. Você também. — Ela parecia a mesma: cabelo longo e ruivo, jeans justos e uma camiseta preta justa com o rosto de Johnny Cash. — Como você tem estado?

Ela deu de ombros.

— Não posso reclamar. Comprei o lugar há alguns anos. — Olhos azuis astutos me avaliaram. — Mas acho que você sabe disso, não é?

— Posso ter ouvido algo a respeito.

Com um aceno de cabeça, ela riu.

— Você é um péssimo mentiroso. Venho me apegando a isso há anos, esperando que você volte. — Ela enfiou a mão em uma gaveta sob o balcão e colocou um cheque na minha frente. — Não vou ficar com seu dinheiro, querido. Você nunca me deveu nada.

Olhei para o cheque que ela colocou na minha frente. Dinheiro por culpa. O mesmo dinheiro que tentei dar a Lila quando a deixei.

— Eu te devia a verdade. — Lembrei-me das palavras de minha mãe. Que eu tinha que encontrar uma maneira de me perdoar. E, na maioria dos casos, eu tinha feito isso, mas ainda sentia que devia a Colleen mais do que dei a ela. Razão pela qual eu estava sentado nesta banqueta agora. — Aquela história que você leu no jornal. Eu não salvei a vida de Reese. Não foi assim que aconteceu. Eu...

Ela ergueu a mão para me impedir.

— Você estava em uma zona de combate, querido. Eu não sou idiota. Coisas ruins acontecem com pessoas boas o tempo todo. Não preciso saber como Reese morreu. Você estava lá por ele. Sabe quantas vezes ele te mencionou em seus e-mails para mim? Você era um bom amigo para ele. E ele tinha orgulho de ser fuzileiro naval, servir seu país e lutar ao lado de seu melhor amigo. Então você não tem nada pelo que se sentir culpado, ouviu?

Assenti.

— Sim, ouvi.

— Bom. Agora deixe pra lá. Você não pode se apegar a tudo isso. Apenas vá lá e viva a melhor vida que puder. Isso é o que Reese teria desejado. Essa é a melhor maneira de honrar sua memória.

Com suas palavras, um peso saiu de meus ombros.

— Agora, o que eu não me importaria de ouvir são algumas das boas histórias sobre Reese.

— Ah, eu tenho muitos delas. — Ri de algumas das minhas memórias de Reese. Eu não sabia se ela gostaria de ouvir sobre quando ele finalmente perdeu a virgindade com uma stripper chamada Destiny e acordou na manhã seguinte com o nome dela tatuado no coração. Mas eu tinha muitas outras histórias que poderia compartilhar. E foi isso que fiz. Falei sobre Reese por duas horas e fiz Colleen rir e chorar; quando saí, ela me deu um abraço de despedida e me agradeceu por compartilhar minhas memórias com ela.

E acho que tudo isso faz parte do processo de cura. Você tem que falar sobre a merda que está te consumindo, descarregar um pouco da bagagem que carrega há muito tempo e aliviar sua carga.

Na noite anterior ao trigésimo aniversário de Lila, fui ver Brody. Ele estava sentado na varanda dos fundos, com uma cerveja na mão, os pés apoiados no corrimão. Quando tornei minha presença conhecida e me juntei a ele na varanda, ele não pareceu surpreso em me ver.

Sem esperar por um convite, sentei-me na cadeira de vime ao seu lado. Eu reconhecia essas cadeiras. Elas costumavam estar na nossa varanda dos fundos.

— Esperava que você já tivesse ido embora — comentou, tomando um gole de sua cerveja. Ainda um idiota.

— Desejos nem sempre se realizam. — Ficamos sentados em silêncio por alguns minutos.

— Algo em mente? — perguntou, finalmente.

Eu não tinha planejado o que diria. Tudo que eu sabia era que tinha que fazer isso por Lila. E por mim. Por todos nós, acho. Lá vai. Eu engoliria o orgulho mesmo que me engasgasse com ele.

— Nunca te agradeci por estar ao lado de Lila quando eu não estava. — Olhei para o céu escuro, a sombra do celeiro ao longe, o ar perfumado com feno, cavalos e a promessa do verão. Sem interromper, ele esperou que eu continuasse. — Pela noite em que você a levou para o hospital e ficou sentado na sala de espera por horas. E todas as noites que me arrastou dos bares para casa quando eu estava bêbado demais para chegar sozinho. — Esfreguei a mão sobre o peito, tentando afrouxar o aperto, e limpei a garganta. — Você salvou minha vida e eu nunca te agradeci por isso também.

Eu não sabia se ele tornaria isso fácil para mim ou complicaria mais. De qualquer maneira, eu aceitaria qualquer coisa que ele oferecesse.

— É por isso que você está aqui? Você veio me agradecer?

Assenti.

— Ainda não ouvi a palavra mágica.

Eu ri baixinho. Bastardo teimoso.

— Obrigado. — Porra, isso foi difícil.

— Você não me agradeceu quando aconteceu, porque não queria ser salvo. Estava chateado comigo por encontrá-lo naquele mato. Queria que eu o deixasse morrer.

Eu não podia negar. Na época, isso era verdade. Lila ligou para ele, perturbada por eu não ter voltado para casa, e ele saiu à minha procura. Eu não tinha ideia de como ele tinha me encontrado, mas encontrou. Disseram-me que ele me encontrou bem a tempo.

— Lila disse que você contou a ela sobre Odessa.

Ele virou a cabeça bruscamente, surpresa pintando suas feições.

— Eu com certeza não contei a ela sobre Odessa.

— Sim, contou. Ela disse que foi na noite… vocês dois estavam bêbados — terminei.

— Porra. — Ele passou a mão pelo rosto. — Eu disse a ela?

— Quão bêbado você estava?

Ele soltou um suspiro e balançou a cabeça.

328   **emery rose**

— Honestamente? Não me lembro de nada daquela noite. Bebemos uma garrafa inteira de uísque e Deus sabe o que mais. Acordei na manhã seguinte e nós dois surtamos.

Por alguma razão isso me fez sentir melhor.

— Então você não está apaixonado por Lila?

— Apaixonado por ela? Eu nunca estive apaixonado por ela. Se eu estivesse apaixonado por ela, teria tentado juntar vocês dois idiotas no ensino médio?

— Quem era o idiota? Você quase quebrou o nariz dela.

Ele riu.

— Ah, cara. Aquilo foi engraçado pra caralho.

Fiz uma careta para ele.

— Não. Nunca fui apaixonado por ela. Por um minuto, pensei que talvez… mas não. Não era assim. Eu a amo como amiga. Mas vou te dizer uma coisa com certeza. — Ele apontou o dedo para mim. — Se você machucá-la de novo, nunca mais vai chegar a cem metros dela ou de Noah. Vou me certificar disso.

— Bem, então acho melhor você se acostumar a me ver por aí. Eu não vou a lugar nenhum. — Tendo dito tudo o que precisava, levantei-me para ir.

Enquanto eu estava indo embora, ele me chamou.

— Isso não nos torna amigos de novo.

— Não éramos amigos. Nós éramos irmãos. Nós *somos* irmãos.

— Sim, acho que éramos.

— Ainda somos — eu o lembrei.

— Tá, tá. O que você disser, *tio* Jude. Seu merdinha.

Típico de Brody. Ele tinha que mencionar isso, não é? Ele teria um grande choque de realidade quando eu me tornasse o padrasto de Noah. Agora só faltava convencer Lila.

Quando as estrelas caem

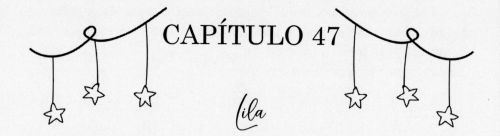

CAPÍTULO 47

Dois meses depois...

— Vamos caçar ursos! — Noah girou e girou até ficar tão tonto que caiu no gramado da frente.

— Você é tão bobo — provoquei, fazendo cócegas em suas costelas até que ele estava rindo tanto que não conseguia respirar. Nós não estávamos realmente indo para uma caça a ursos. Faríamos um piquenique no Quatro de Julho. Ideia de Jude. Ele estava cheio de ideias esses dias.

Colocamos a comida e a manta de piquenique na traseira da caminhonete e partimos.

— Aonde vamos para este piquenique?

— Nem ideia. Pensei em dar uma volta até encontrar um bom lugar.

Bufei. Como se eu fosse cair nessa. Jude deixava muito pouco ao acaso. Mas, depois de quinze minutos dirigindo sem rumo, como se tivéssemos todo o tempo do mundo, comecei a me perguntar se talvez ele estivesse dizendo a verdade. Quando ele deu a volta com o carro e foi na direção oposta, comecei a ficar preocupada. Dez minutos depois, ainda estávamos dirigindo.

Talvez ele não estivesse bem. Talvez estivesse tendo um flashback. Eu não sabia o que pensar. Encarei-o. Ele parecia bem. Tranquilo. Relaxado. Sua mão batendo no ritmo da música no batente da porta.

— Há mesas de piquenique no lago — sugeri.

— Muito lotado.

— Que tal o parque estadual? Perto da pedreira? Ou a piscina...

— Eles estarão todos muito lotados — afirmou, descartando minhas sugestões. — Não se preocupe. — Ele apertou minha coxa. — Eu resolvo.

Cinco minutos depois, ele saiu da rodovia e pegou as estradas não pavimentadas.

— Certifique-se de que haja muitas árvores para que possamos nos sentar na sombra — pedi, não totalmente convencida de que ele tivesse alguma ideia de para onde estávamos indo. Ele nem respondeu ao meu pedido. Estávamos no meio do nada e, pelo que eu sabia, não havia locais para piquenique por aqui. Embora eu conhecesse este lugar. Era a estrada que havíamos percorrido um milhão de anos atrás, depois que Brody nos enganou para comprar tacos.

Era um dos meus passeios favoritos em Hill Country. Estradas sinuosas e colinas acidentadas, prados verdes e falésias calcárias. Hoje o sol estava brilhando e o grande céu estava incrivelmente azul.

— Já chegamos? — Noah falou do banco de trás.

— Quase — Jude respondeu.

Olhei de soslaio para ele.

— Tem alguma ideia de para onde estamos indo?

— Apenas aproveite o passeio.

Assim que as palavras saíram de sua boca, ele virou à direita em uma estrada estreita de cascalho sombreada por árvores. Agora eu tinha certeza de que ele estava perdido. A caminhonete subiu uma colina e no topo dela apareceu uma casa de fazenda de pedra e madeira com uma varanda em volta.

— Esta é a garagem de alguém — eu disse. — Manobre e volte.

Em vez de manobrar, ele parou na frente da casa e desligou o motor.

— Este parece um bom lugar para um piquenique.

— Você está louco?

Ele sorriu.

— Loucamente apaixonado por Lila Turner.

Revirei os olhos.

— Vamos, Jude. Vamos embora.

— O que você acha dessa casa?

— É linda. Eu amei. — Era verdade. Mas por que ele estava me perguntando sobre uma casa? Eu estava morrendo de fome agora e fiquei pensando nos ovos cozidos que fiz. E nos sanduíches em baguetes. Eu precisava de comida. — Agora vamos.

Ele estava fora do carro e contornando o capô. Abrindo minha porta, estendeu a mão para me ajudar a sair da caminhonete.

— Jude… o que você está fazendo? Estou com fome e não é hora para brincadeiras…

Seu sorriso parou as palavras na minha boca. Minha cabeça se mexeu dele para a casa na nossa frente. Ai, meu Deus. Era tão bonita.

— Isso é… o que você fez?

Quando as estrelas caem

Ele me ajudou a sair da caminhonete e desafivelou Noah de seu assento e o ergueu no ar antes de colocá-lo no chão.

— Lembra o que conversamos? — Jude perguntou ao garoto, agachando-se para que ele ficasse no nível dos olhos.

Noah assentiu.

— Lembro. — Olhou para mim, um sorriso malicioso no rosto.

— Você está bem com isso, certo? — Jude perguntou a ele.

Noah acenou com a cabeça com entusiasmo e, em um sussurro teatral, perguntou:

— Posso dar o anel à mamãe agora?

Jude balançou a cabeça e esfregou as mãos no rosto e então começou a rir. Eu respirei fundo. Ai, meu Deus. Ele ia...

Antes que eu tivesse a chance de pensar sobre isso, Jude estava de joelhos na minha frente. A entrada era de cascalho e ele usava shorts. Seu joelho ficaria todo cortado. Não sei por que esse foi o primeiro pensamento na minha cabeça. Noah deu um tapinha no ombro de Jude como se estivesse dando a ele coragem extra e deixando-o saber que tudo ficaria bem.

Jude pegou minha mão na dele.

— Não acertei da primeira vez, mas prometo que nunca mais vou te deixar. Estarei ao seu lado nos bons e maus momentos. Vou atravessar o fogo por você. Carregar seus fardos. Te amar até que eu dê meu último suspiro. E, mesmo depois disso, minha alma continuará te amando e te encontrarei na próxima vida. Porque você me dá vida. Eu vivo e respiro você. Eu te amo há muito tempo. Não há nada que eu não faria por você. E por Noah. Eu amo você e só você. — Ele levantou seu belo rosto para olhar para mim, e eu mal conseguia vê-lo através do borrão de lágrimas. — Quer se casar comigo, Lila?

Lágrimas escorriam pelo meu rosto e tudo que eu podia era acenar com a cabeça.

Jude cutucou Noah.

— Psiu. É hora do anel.

Minhas lágrimas se transformaram em risos neste ato de comédia.

— Ah. Sim. Entendi. — Noah enfiou a mão no bolso do short, e achei corajoso e um pouco estúpido confiar um anel de noivado a uma criança de quatro anos. Meu filho virou o bolso do avesso e eu ri ainda mais quando vi que o anel estava preso com fita adesiva no interior da bermuda.

Jude arrancou a fita para revelar um anel embrulhado em filme plástico.

— Isto é quase uma operação militar — comentei, rindo quando ele finalmente ergueu um anel, triunfante, e o colocou em meu dedo. Então enxugou o suor imaginário da testa. Ou talvez não fosse imaginário. Ele estava realmente suando. E ainda estava ajoelhado na calçada de cascalho de uma casa que comprou para nós.

Era a casa dos meus sonhos porque era um lar, e Jude era meu lar.

Meu amor. Minha alma gêmea. O desejo que fiz a uma estrela. Meu tudo.

Enquanto Noah corria de cômodo em cômodo, Jude me conduziu pela casa, falando sobre as mudanças que poderíamos fazer e como ele construiria um anexo. Mas, se você me perguntasse, estava perfeita daquele jeito e eu disse a ele enquanto estávamos em frente às altas janelas da sala de estar com teto abobadado e olhando para os cinco gloriosos acres de terra que vinham com a casa.

— Obrigada — pedi, virando-me em seus braços e emoldurando seu rosto nas mãos.

— Pelo quê?

— Por colocar as estrelas de volta no céu.

— Você ainda não viu nada, amor. Eu vou te dar um universo inteiro.

EPÍLOGO

Jude

Nove meses depois, abril...

A florista está carregando um buquê de flores silvestres, colhidas a dedo esta manhã por mim e Noah. Nós as colhemos em nosso campo e as amarramos com barbante. Mas não são as flores que prendem minha atenção. É o lindo rosto da minha noiva enquanto ela caminha por um corredor coberto de pétalas de rosa, *A Thousand Years,* do The Piano Guys, tocando ao fundo, o céu de abril bem grande, azul e sem nuvens.

Ela está reluzente. Essa é a única palavra para descrevê-la. A luz está de volta em seus olhos e gosto de pensar que a coloquei lá. Ou, pelo menos, desempenhei algum papel em fazê-la brilhar tanto. Ela me tira o fôlego.

Olhos verdes, da cor da grama do prado, brilham de alegria. Seus lábios carnudos e rosados estão levantados nos cantos em um sorriso, o cabelo escuro caindo em longas ondas ao redor dos ombros e pelas costas. Quando finalmente consigo tirar meus olhos de seu rosto, deixo-os vagar para baixo, sobre a pele dourada de seus ombros nus e um vestido enganosamente simples que se fecha em torno de seus seios e cai como uma cachoeira até seus pés. O sol destaca minúsculos brilhos de ouro no tecido creme. Ela parece uma deusa grega. Parece com todos os meus sonhos se tornando realidade.

Esperei tanto que esse dia chegasse e, agora que chegou, mal posso esperar mais um minuto.

Devagar demais, Marrenta.

Eu quero tudo isso. Agora mesmo.

Então subo o corredor para reivindicar minha noiva, ganhando uma carranca de meu pai que a está entregando. Quando ela perguntou se ele faria as honras, eu poderia jurar que vi uma lágrima em seus olhos. Ele negaria, é claro.

— Espere até chegarmos lá — resmunga.

— Eu assumo daqui — digo a ele, não lhe dando outra opção a não ser liberar Lila.

Ela apenas ri e balança a cabeça.

— Isso é tão típico de você.

Espere até que ela veja as outras surpresas que tenho reservadas para ela hoje.

— Tudo culpa sua por parecer linda pra caralho. — Agarro a parte de trás de sua cabeça e a puxo para mim, minha outra mão em suas costas. Pela primeira vez, ela não luta. Inclinando minha cabeça, eu a beijo na frente de todos os nossos convidados e ela me retribui, seu braço serpenteando em volta do meu pescoço e seu corpo nivelado com o meu. Estamos tão perto que posso sentir seu coração batendo e tenho quase certeza de que está batendo no mesmo ritmo que o meu. Erámos tão sincronizados assim.

— O papai Jude está beijando a mamãe. *De novo* — meu padrinho fala. E agora todos que estão aqui para compartilhar nosso dia especial estão rindo das palavras de Noah, de cinco anos. Eu amo aquele garoto. E amo que ele me chame de papai Jude. Tão fofo.

Quando Lila se lembra de que estamos em um campo atrás de nossa casa com nossa família e amigos sentados em ambos os lados de nosso corredor coberto de pétalas e o celebrante esperando para nos casar, ela se afasta e dá um tapa no meu peito. Mas está sorrindo. Um segundo depois, o sorriso é substituído por um olhar sério.

— Você está pronto para fazer isso? — Ela segura meu olhar, seus olhos procurando os meus como se quisesse ter certeza de que não havia nenhum traço de dúvida ou hesitação. É chocante que ela possa realmente pensar que haveria, mas tento não me ofender. Ela tem seus motivos e, se precisar de confirmações, darei a ela pelo tempo e quantas vezes precisar ouvir.

— Eu nasci pronto. Nunca estive tão pronto para qualquer coisa na vida. — E era verdade.

Apenas alguns minutos depois, estamos trocando nossos votos. Eu lhe faço tantas promessas. Juro amá-la até o fim dos tempos. Digo que vou me esforçar todos os dias para ser o homem que ela merece. Para ser digno dela. Para nunca me acomodar e amá-la nos bons e maus momentos. Prometo manter um curso constante em todos os altos e baixos. Não estava nem um pouco preocupado em prometer o mundo a ela. Sei que vou manter minha palavra.

Agora era a vez dela, e estou curioso para ouvir o que vai dizer. Ela me

Quando as estrelas caem

335

olha bem nos olhos, e somos apenas nós dois em nossa própria pequena bolha. Suas mãos estão tremendo e seus olhos brilham com lágrimas não derramadas, mas sua voz nunca treme. Está forte e firme quando ela fala.

— A primeira vez que te vi, pensei que você fosse o garoto mais chato do mundo.

Brody ri e murmura algo baixinho, mas nós o ignoramos.

— Então você se tornou meu melhor amigo. Meu aliado mais fiel. O menino que pendurou a lua e colocou as estrelas no céu. Eu sabia que estava apaixonada por você quando tinha quinze anos. O dia em que você me deu seu moletom favorito. Os anos se passaram e o menino que você era se tornou o homem sem o qual eu não poderia viver. Eu não queria imaginar uma vida... *um mundo*... sem você nele. — Ela faz uma pausa e respira fundo antes de continuar: — Quando perdi você, fiquei em choque, triste e com raiva, porque o mundo continuou girando e a vida continuou. Sem você.

"Mas agora acho que tivemos que passar por toda aquela dor, mágoa e separação para chegar a este lugar. É um lugar tão bom e bonito o que estamos agora." Trocamos um sorriso. O dela é gentil e ela enxuga uma lágrima solitária. "Meu amor por você fica mais forte e profundo a cada dia. E eu prometo que vou te amar, e somente você, pelo resto dos meus dias. Prometo que estarei ao seu lado para o que acontecer de bom, de mau e de feio, e todos os momentos intermediários. Prometo que vou mostrar a você, em ações e não apenas em palavras, quão forte e verdadeiro é o meu amor..."

Ela congela, e seus olhos se arregalam.

Não tenho certeza do que pensar. Ela esqueceu o que estava planejando dizer? Ou há algo errado?

Por um segundo, entro em pânico. Não consigo nem ler o olhar em seu rosto e isso me preocupa.

— Marrenta. O que há de errado?

Então ela sorri. É um sorriso grande. Brilhante. Lindo. É tudo. Ela agarra minha mão e a guia até sua barriga, achatando a palma da mão sobre a minha.

— Aqui. — Seus olhos brilham de emoção. — Você sente isso?

Estou atordoado em silêncio. Porque, porra, sim, eu sinto. Não é exatamente um chute de karatê. Mas o garoto é apenas do tamanho de uma berinjela grande. Toda semana, Lila me atualiza. Com qual fruta ou legume podemos comparar nosso filho esta semana? Ontem, enquanto ela estava em um dia de Spa com Christy e Sophie, mandou uma mensagem de texto com emojis de berinjela. Eu estava com Tommy, Brody e meus irmãos fazendo os preparativos de última hora para o casamento na tenda em nosso campo, onde nossa recepção seria realizada.

— Foi isso que a colocou nessa confusão em primeiro lugar — disse Tommy.

Todos nós rimos como pré-adolescentes compartilhando uma piada maliciosa.

No momento, só quero ir direto ao ponto e começar meu futuro aqui, agora. Então me dirijo à celebrante, uma mulher na casa dos cinquenta com a paciência de uma santa, e peço a ela:

— Acho que terminamos aqui. Pode nos pronunciar marido e mulher para que eu possa beijar a mamãe do meu bebê? — A pobre mulher apenas ri e balança a cabeça.

— Ah, Jude — diz Lila, entre risadas e lágrimas que enxugo com a ponta dos polegares. — Você é inacreditável.

— Ora, obrigado. — Dou a ela uma piscadela metida que a faz rir ainda mais.

Mal ouço as palavras da moça. Tudo o que sei é que somos casados e que coloquei um anel em sua mão. Sem esperar, puxo Lila para meus braços. Nós nos beijamos por mil anos enquanto nossos amigos e familiares vibram por nós.

Não importa que não tenhamos guardado todas as nossas estreias um para o outro. Ela sempre será minha primeira, minha última e meu único amor verdadeiro.

Para todo o sempre. A mulher da minha vida. Poucas pessoas têm a sorte de encontrar sua alma gêmea aos nove anos, mas eu sou um sortudo. No dia em que conheci Lila, as estrelas se alinharam. E, se necessário, passarei a vida inteira colocando-as de volta no céu para ela.

Oito meses depois...

Três meses após nosso casamento, Levi Patrick McCallister fez sua grande entrada no mundo. Ele nasceu no dia 5 de julho a uma da manhã. Do nosso quarto de hospital, podíamos ouvir o som fraco de fogos de artifício à distância enquanto Lila estava em trabalho de parto. Nós brincamos que ele veio ao mundo com um estrondo. Seu primeiro nome é nossa pequena piada interna. Lila me fez prometer que levaria para o túmulo para não traumatizarmos o pobre garoto. Mas um dia talvez eu lhe diga que ele recebeu o nome da calça jeans que Lila comprou para mim. Zíperes, não botões, para facilitar o acesso. Pensando bem, ele não precisa saber disso.

Agora ela está abrindo o zíper da dita calça jeans e puxando-a para baixo enquanto eu arranco suas roupas. Em dois segundos, estamos nus. Levantando-a e contornando a montanha de presentes embrulhados sob a árvore, as suaves luzes brancas de Natal iluminando a sala, e a coloco no tapete de pele de carneiro em frente à lareira de pedra. Sua pele brilha à luz do fogo e eu paro um momento para apreciar cada entrada, curva e detalhe de seu corpo nu antes de beijar meu caminho até suas coxas. Beijo sua barriga, seus seios e a tatuagem em suas costelas logo abaixo do seio esquerdo. A tatuagem de lótus serve como um lembrete constante do que perdemos, mas também simboliza nosso renascimento. Para mim, tornou-se um símbolo de esperança. Ela floresce na escuridão, delicada e bonita, mas resistente. Como Lila.

Continuo salpicando beijos em seu peito, pescoço e lábios antes de me acomodar entre suas coxas, guiando minha ponta para sua entrada.

Sempre tão gananciosa e impaciente, ela agarra minha nuca e envolve suas pernas em volta da minha cintura, me puxando para mais perto. Nossos lábios colidem e ela move seus quadris, tentando me levar para dentro de si de uma vez.

Eu estalo a língua.

— Paciência.

— Não temos esse tempo.

Bom ponto.

— Eu quero você agora. *Preciso* de você agora.

Quem sou eu para discordar disso? Suas palavras me estimulam a agir. Em um impulso, estou enterrado até o fim e este, bem aqui, sempre será meu lugar favorito.

A porra do paraíso.

Deslizo para dentro e para fora dela, que balança os quadris, encontrando-me impulso após impulso. Eu a beijo profundamente e ela passa as unhas pelas minhas omoplatas. Suas costas arqueiam para fora do tapete de pelúcia e ela joga a cabeça para trás, expondo o pescoço, um convite para beijar o ponto de pulsação em sua garganta. Ele vibra sob meus lábios.

Seus dedos se enroscam no meu cabelo e ela sussurra:

— Eu te amo.

— Eu te amo mais.

Nós nos abraçamos, nossos olhos fixos ao me mover dentro dela, meus golpes duros e longos, esfregando contra seu clitóris, contra tudo dela. Estamos quase lá, mas ainda não.

— Venha comigo, Lila. — Arrasto meus lábios sobre sua mandíbula.

— Não vou deixar você ir a lugar nenhum sem mim. — Ela agarra meus ombros e aperta, inclinando os quadris para me permitir ir mais fundo.

Eu me choco nela, enchendo-a, implacável, até que nós dois estamos ofegantes e um brilho de suor cobre nossa pele.

— Ah, Deus, Jude… — Um grito sai de seus pulmões e seus dentes afundam em meu ombro, arrastando um gemido profundo do fundo da minha garganta. Não há como segurar agora. Nossa velocidade é frenética, sem gracejo e sem ritmo, impulsionada pela necessidade primordial de nos perdermos um no outro, de perder o controle e perseguir nossa alegria juntos.

Enquanto nos precipitamos em orgasmos compartilhados, ela chama meu nome, suas coxas tremendo e os lábios entreabertos. Eu gozo com uma vingança quase violenta.

Com um estremecimento, caio em cima dela, minha testa apoiando sobre a dela. Ela emoldura meu rosto em suas mãos e por alguns segundos tudo fica quieto e calmo, exceto pelo som de nossas respirações e o crepitar das chamas na lareira.

Eu inalo suas exalações. Eu vivo e respiro ela. Não consigo mexer um músculo nem quero.

— Feliz Natal, querida. — Assim que as palavras saem da minha boca, ouço o choro do nosso bebê no monitor. Pela primeira vez, seu senso de oportunidade é bom, mas mesmo assim eu gemo e sinto o corpo de Lila tremer de tanto rir. Algumas semanas atrás, brinquei que deveríamos dar a ele um novo nome do meio. Levi Empata-Foda McCallister.

— Feliz Natal, *papai* Jude.

E essa é a minha deixa para me vestir e correr escada acima para resgatar meu filho do berço. Então farei tudo o que puder para fazê-lo feliz e mantê-lo seguro.

A vida não fica muito melhor do que isso. Sei que não devo tomar minha boa sorte como comum. Algumas pessoas nunca têm essa sorte.

Quando pego meu bebê nos braços, eu o seguro perto. Talvez você tenha que passar pelo inferno e sair do outro lado para apreciar plenamente o pedacinho do céu que lhe foi dado. Eu passei, e aprecio.

— Você sabia que as estrelas brilham mais forte aqui? — pergunto a Levi, o carregando até a janela e levantando a persiana de linho. Eu o seguro na curva do braço para que ele possa olhar para o céu azul-escuro cheio de estrelas nesta fria e clara véspera de Natal.

— É verdade — Lila diz da porta, e então está ao meu lado, levando a mãozinha de Levi aos lábios para um beijo.

— Mamãe! Papai Jude! — Noah corre para o quarto e para ao nosso lado.

— O que você está fazendo acordado? — Lila pergunta, erguendo-o nos braços para que ele possa se juntar ao nosso pequeno círculo.

— Levi estava barulhento. O Papai Noel já chegou?

— O que é aquilo? — Aponto para o céu. — Aquele é o trenó do Papai Noel?

— Ah — Noah diz, seus olhos arregalados, encara o lado de fora da janela. Ele ainda acredita em magia, milagres e Papai Noel. Espero que uma parte dele permaneça assim.

A vida é difícil, mas são esses momentos de alegria e admiração que brilham mais, mesmo nas noites mais escuras. E não quero perder nenhum deles. Encontrei o caminho de casa e a jornada que fiz para chegar aqui tornou a recompensa muito mais doce.

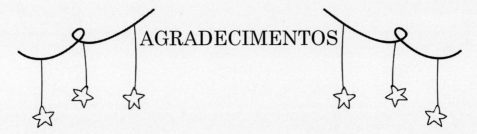

AGRADECIMENTOS

Tenho de agradecer a tantas pessoas por embarcarem nessa jornada comigo, por ajudarem a fazer deste o melhor livro possível e por segurarem minha mão e me convencerem a sair do precipício quando deixei que minha loucura levasse o melhor de mim. O que, infelizmente, era mais frequente do que eu gostaria de admitir.

Um enorme obrigada a Jen Mirabelli. Onde eu estaria sem você? Obrigada por amar Jude e Lila tanto quanto eu e por acreditar em mim e nesta história. Você tornou este livro muito melhor e serei eternamente grata a você. Sem falar nos chats diários, e por organizar toda a divulgação e marketing. Eu não poderia ter feito nada disso sem você. Você é incrível e estou muito feliz por termos nos encontrado. Todos os beijos e abraços.

À Aliana Milano. Obrigada pela leitura beta, sempre me dizendo a verdade, e por enviar os melhores pacotes de cuidados. Um dia sem nossas conversas à meia-noite é como um dia sem bolo. Você nunca me deixou sem, então obrigada por isso. Ainda esperando a receita daquela salada. Se você me deixar de novo, eu vou te caçar. Você foi avisada. Te amo, besta.

Carol Radcliffe, obrigada pela música, sua amizade e seu apoio inabalável. Você é uma alma tão bonita e tenho muita sorte de chamá-lo de amiga. #irmãdealma

Monica Marti, obrigada por me ajudar a encontrar minhas musas e por sempre se oferecer para ler para mim, mesmo quando a vida fica loucamente ocupada e agitada. Estou sonhando com a Califórnia — mal posso esperar para vê-la novamente. #teamo4ever

À Emily Meador, obrigada por ser uma administradora e amiga tão incrível. Você faz um trabalho maravilhoso em manter as coisas funcionando no meu Grupo de Leitores e em me lembrar de que dia da semana é hoje. Apenas para avisar, iremos ao Texas no futuro próximo.

Ellie McLove, obrigada pela edição e por sempre arranjar tempo para mim, mesmo quando está em cima da hora. O que, convenhamos, acontece sempre. Prometo fazer melhor da próxima vez.

Lori Jackson, obrigada por criar a linda capa da versão em inglês. É tão bonita que dá vontade de chorar. É uma alegria trabalhar com você, obrigada. Obrigada a Michelle Lancaster por tirar esta foto impressionante que adorna a capa. Você é uma verdadeira artista.

A todos os blogueiros de livros que dedicaram seu tempo para ler, resenhar e compartilhar, muito obrigada! Eu sou grata a vocês e a tudo que fazem pela comunidade independente.

Um grande agradecimento à minha família, especialmente aos meus filhos que aturam as minhas loucuras no dia a dia. Nós nos divertimos, não é? Vocês são a minha razão. Amo vocês para todo o sempre.

E por último, mas não menos importante, um enorme obrigada aos leitores. Escrever é um sonho que se torna realidade e eu não poderia fazer isso sem vocês. Muito obrigada por lerem minhas palavras. Se você gostou de *Quando as estrelas caem ou não*, considere reservar alguns segundos para deixar uma crítica honesta. Agradeço todos os comentários. Eles significam muito para autores independentes.

Muito obrigada.

Beijos,

Emery Rose.

SOBRE A AUTORA

Emery Rose é conhecida por se deliciar com um bom vinho tinto, café forte e uma dose saudável de sarcasmo. Ela adora escrever sobre heróis alfa sensuais, heroínas fortes, artistas, almas bonitas e personagens imperfeitos, mas resgatáveis, que precisam trabalhar para viver felizes para sempre.

Quando não está escrevendo, você vai encontrá-la assistindo à Netflix, caminhando por aí em busca de luz do sol ou imersa em um bom livro. Uma ex-nova-iorquina, atualmente vive em Londres com suas duas lindas filhas.

A The Gift Box é uma editora brasileira, com publicações de autores nacionais e estrangeiros, que surgiu no mercado em janeiro de 2018. Nossos livros estão sempre entre os mais vendidos da Amazon e já receberam diversos destaques em blogs literários e na própria Amazon.

Somos uma empresa jovem, cheia de energia e paixão pela literatura de romance e queremos incentivar cada vez mais a leitura e o crescimento de nossos autores e parceiros.

Acompanhe a The Gift Box nas redes sociais para ficar por dentro de todas as novidades.

 www.thegiftboxbr.com

 /thegiftboxbr.com

 @thegiftboxbr

 @GiftBoxEditora

Impressão e acabamento

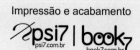